# L'ANTI-MAGICIEN

## HORS-LA-LOI

## L'Anti-Magicien

*L'Anti-Magicien*
*L'Ombre au noir*
*L'Ensorceleuse*
*L'Abbaye d'Ébène*
*Les Traîtres de la cour*
*Hors-la-loi*

SÉBASTIEN DE CASTELL

# L'ANTI-MAGICIEN

## HORS-LA-LOI

*Traduit de l'anglais (Canada)*
*par Laetitia Devaux*

GALLIMARD JEUNESSE

Titre original : *Crownbreaker*

Édition originale publiée en Grande-Bretagne par Hot Key Books,
un département de Bonnier Zaffre Limited, Londres

Carte de Farhad Ejaz

*À la vraie Furia Perfax.*
*Le pire de tes* teysan *se remémore*
*chaque jour tes leçons.*

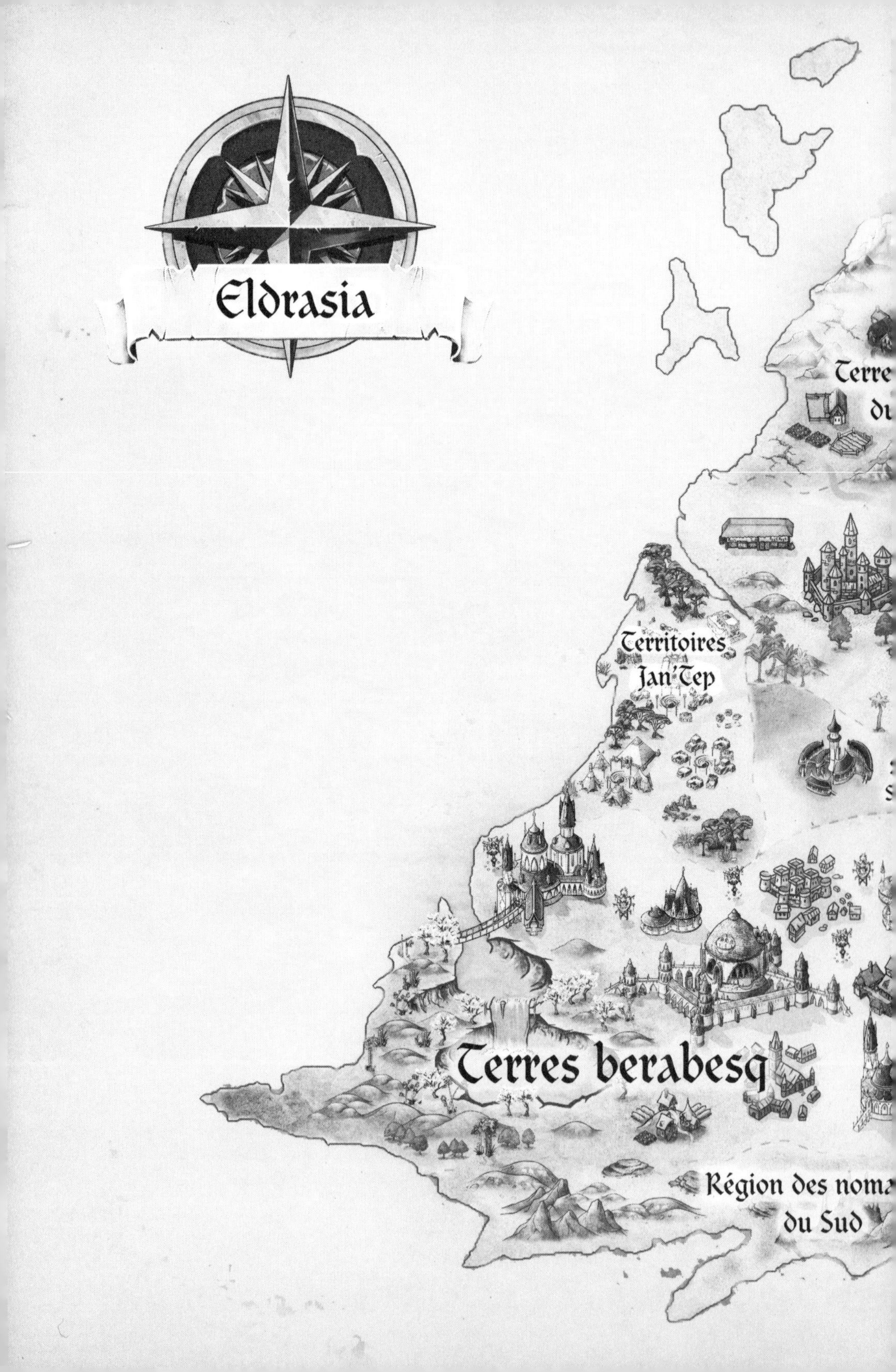
Eldrasia
Terre
du
Territoires
Jan'Tep
Terres berabesq
Région des noma
du Sud

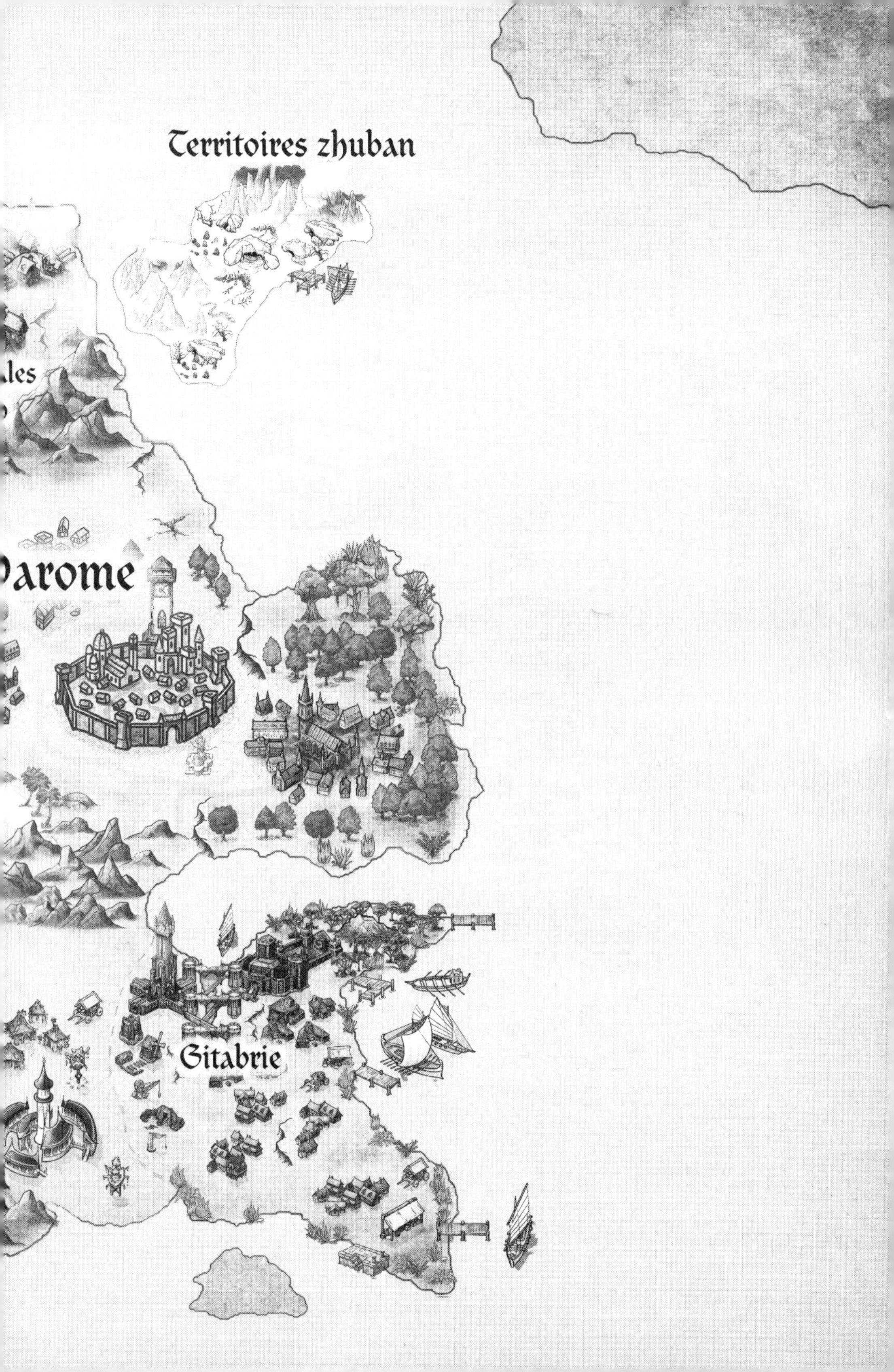
Territoires zhuban
les
Darome
Gitabrie

# PROLOGUE
## Le tour de cartes

Le vieux me distribua un as. Je mis la carte sur la table devant moi, face visible, à côté d'un autre as et de deux valets. Comme pour souligner l'évidence, la carte s'inclina légèrement vers moi car posée en équilibre sur une miette de pain moisie.

– Deux valets et deux as, c'est-à-dire deux guerriers armés de lances, déclarai-je.

Le vieux se pencha vers la table. Son petit sourire en coin était encadré par de longs cheveux bruns et une barbe sale. Il leva les bras au ciel en signe de désespoir et s'exclama :

– J'ai encore perdu, c'est ça ?

Puis il jeta de petits coups d'œil dans la salle, comme s'il y avait du public. L'endroit était pourtant presque vide, à l'exception d'un ivrogne qui ronflait sur un banc tout au fond et d'un unique serveur qui passait sans grande conviction une serpillière par terre.

Le vieux se replaça face à moi et posa une main sur ses genoux tandis que, de l'autre, il faisait signe au serveur de remplir à nouveau nos chopes de bière, qui n'étaient guère plus propres que le sol.

– Tu n'as pas l'air très fort aux cartes, fis-je remarquer.

Mon compagnon, dont l'insouciance commençait à m'agacer, me sourit, découvrant des dents blanches parfaitement alignées qui contrastaient avec ses cheveux sales, ses habits miteux et ses sandales aux semelles trouées. Sans oublier qu'il m'avait suffi d'un coup d'œil pour noter l'absence de callosités à ses mains et ses ongles taillés avec soin.

– Je me demande bien pourquoi un mage seigneur s'aventure dans un salon de voyageurs pour y perdre de l'argent au jeu, fis-je observer en tapotant le tas de pièces près de moi.

J'avais commencé la soirée avec une seule d'entre elles. Le vieux haussa les épaules et répondit :

– Peut-être que je suis au-dessus de petits soucis tels que les problèmes d'argent.

– Peut-être, répétai-je en prenant une gorgée de bière, ce que je regrettai aussitôt. Ou alors, peut-être que c'est parce que tu n'as aucune intention de me laisser repartir avec ton pécule.

Le mage récupéra les cartes et entreprit de les battre de nouveau.

– On m'avait dit que tu étais malin.

– Remercie qui de droit pour ce compliment.

Il distribua les cartes en vue d'une nouvelle partie de Hold-up de la Frontière. Quatre chacun, seules les figures comptent.

En ramassant mon jeu, je découvris quatre cartes de deux. Il en avait visiblement assez de me faire gagner.

– On change la donne ? demandai-je.

– Tout à fait.

Son sourire s'effaça en même temps que ses bonnes manières quand il annonça :

– Kelen de la maisonnée de Ke, tu vas mourir ce soir.

– Tu me prends pour quelqu'un d'autre, l'ami.

Je me débarrassai de mon deux de char sur le tas au centre. Le vieux m'attribua une nouvelle carte. Encore un deux de char. Ça commençait à bien faire.

– Tu croyais vraiment me rouler dans la farine avec ce stupide accent de la Frontière ? ricana-t-il.

Ça, c'était méchant. Je m'étais exercé toute la matinée à l'imiter.

– Cette fois, pas moyen de fuir, Kelen, reprit-il. Car tu es Kelen, pas de doute. Un petit mage avec quelques tours dans son sac. Tellement moins puissant qu'un mage seigneur.

– Que je n'ai jamais prétendu être.

Le vieux éclata de rire.

– C'est pas faux. Comment t'ont surnommé ces barbares de Daroman, déjà ? Le « frondeur de sort de la reine » ?

– Je crois que Sa Majesté préfère « maître des cartes royal ».

Je posai le deux de trébuchet sur le tas au centre.

– « Sa Majesté », répéta le vieux d'un ton dédaigneux.

Puis il cracha sur la table, ce qui ne contribua à la rendre ni plus sale, ni plus propre.

– Cette petite peste a énervé des gens qu'il aurait fallu laisser tranquilles, Kelen. Mais elle jouit d'une immunité à la fois politique et diplomatique, alors la leçon doit passer par toi.

Il gloussa, lui-même apparemment surpris par son côté retors quand il ajouta :

– Tu crois que ça pourrait faire de moi son « maître des bonnes manières royal » ?

– Je ne vois pas comment tu vas l'atteindre à travers moi, l'ami, vu que je ne suis pas ce Kelen que tu cherches.

Il me distribua une autre carte, un deux de crâne, cette fois. Ce qui en soi était une prouesse, car il n'y a pas de telle enseigne dans un jeu de cartes daroman.

– J'imagine que tu ne voudras pas me montrer comment tu réalises ce tour ? demandai-je.

– À quoi bon ?

Il agita les doigts, et la carte prit feu. Il poursuivit :

– J'aurais cru qu'un hors-la-loi aussi réputé que toi serait plus prudent, or mes sorts de soie m'ont tout de suite indiqué cet endroit. Franchement, mon garçon, tu me déçois tellement que j'ai envie de te tuer sans plus tarder, histoire d'en finir.

Je levai les mains en lui faisant mon plus beau sourire.

– Hé, on n'est pas pressés. Moi, je suis juste venu ici boire un verre et jouer aux cartes. Alors, si tu me décrivais ce Kelen ? Peut-être que je l'ai déjà croisé quelque part.

Le mage poussa un petit hennissement avant de dire :

– Il a ta taille et ta corpulence.

Il lança un valet de trébuchet sur la table et ajouta :

– Et aussi ta gueule de lèche-bottes et tes cheveux couleur de merde.

Il retourna la carte, devenue un valet d'épée.

– Cette description pourrait désigner plein de gens dans le coin, rétorquai-je. Et puis, l'ami, je ne pense pas que tu sois en mesure de critiquer les cheveux de quiconque.

– Mais surtout..., dit le mage en retournant à nouveau la carte du valet.

Cette fois, elle figurait un personnage avec des marques noires entrelacées autour de l'œil gauche. Il conclut :

– Le type que je cherche a l'ombre au noir autour de l'œil gauche, comme toi, Kelen de la maisonnée de Ke.

Je me penchai sur ma chaise et j'applaudis en disant :

– Tu vois ? Ça, c'est vraiment de la magie. Allez, tu veux pas m'apprendre un petit tour ?

– Cette fois, c'est fini, Kelen, tu n'as plus aucun tour dans ton sac.

Il agita un doigt dans ma direction.

– Certes, tu as réussi à échapper à quelques adeptes, et tu t'es construit une réputation à partir du peu de magie que tu possèdes. Pas de doute, tu as su impressionner quelques péquenauds de la Frontière. Et peut-être même fasciner une fillette de douze ans qui se dit reine. Mais tu ne peux rivaliser avec un vrai mage seigneur, Kelen. Tu vas donc mourir.

Je poussai un soupir de frustration.

– Comme je n'arrête pas de te le répéter, l'ami, tu me prends pour quelqu'un d'autre.

– Tu vas me dire qu'il y a dans le coin plusieurs gars avec des marques noires autour de l'œil gauche ?

Je haussai les épaules.

– Ça pourrait être du maquillage, tu sais. Une mode. Une coquetterie...

– Une coquetterie ? Comme si quelqu'un de sain d'esprit afficherait volontairement l'ombre au noir qui entache son âme...

Il tapa dans ses mains.

– Je reviens sur ce que j'ai dit, mon garçon. Tu es presque trop drôle pour que je mette fin à ta vie. Malheureusement, tu as tué trop de Jan'Tep...

Il récupéra les cartes et en disposa onze sur la table, face visible. Que des rois.

– Onze mages, ajouta-t-il, si on en croit la rumeur.

– Peut-être même plus… ? suggérai-je en saisissant une carte dans la pioche.

J'aurais aimé qu'elle se transforme elle aussi en roi, mais ça n'était qu'un six de flèche. Je repris :

– Dis-moi, l'ami, ce Kelen a l'air terriblement dangereux. Ça te fait pas peur de le poursuivre comme ça aussi loin dans les territoires daroman ?

– Non.

Je posai les coudes sur la table et scrutai ses yeux :

– Tu es sûr de toi *à ce point* ? Tu es si puissant que *ça* ?

– Oui. Et contrairement aux crétins que tu as croisés avant moi, moi, je suis prudent. J'ai préparé cette rencontre avec soin pour ne prendre aucun risque.

Je tapotai ma pile de pièces.

– Par exemple, en perdant une petite fortune aux cartes ?

Il éclata à nouveau de rire.

– Par exemple. Les cartes, c'était surtout pour que tu restes vissé sur ta chaise qui, comme tu vas bientôt le découvrir, est ensorcelée avec une magie plus terrible que tu peux même le concevoir.

– Ce vieux machin branlant ? Je suis désolé de te dire ça, l'ami, mais si c'est supposé me tuer, ça a pas l'air de très bien fonctionner.

– Tu tuer ? Ne sois pas stupide. C'est à moi que revient ce plaisir. Ta chaise est ensorcelée avec la sympathique de l'entrave, Kelen. Lorsqu'un mage s'y assied, le sort le vide peu à peu de sa magie. Même la faible bande du souffle que tu possèdes suffira à t'étreindre plus puissamment que le chêne ou l'acier.

Il me fit signe de me lever.

– Vas-y. Essaie de bouger. Plus tu vas te débattre, plus le sort gagnera en intensité jusqu'à ce que, pour finir, tu ne puisses plus respirer.

Je réfléchis quelques instants avant de dire :

– C'est vraiment ingénieux. Je ne vois pas comment on pourrait échapper à un piège aussi diabolique. Et je me demande bien pourquoi personne n'avait pensé à l'utiliser plus tôt contre Kelen.

Le vieux gloussa.

– Parce qu'on n'est pas nombreux à pouvoir jeter ce sort.

– Mais je suis quand même curieux de savoir pourquoi la dizaine de personnes qui se sont assises sur cette chaise avant moi n'ont pas été gênées.

Une expression irritée passa sur la figure du vieux mage.

– Comme je te l'ai dit, l'entrave ne fonctionne que sur les Jan'Tep. Je croyais que tu apprécierais le compliment, Kelen. Car ça sous-entend que tu n'es pas entièrement dépourvu de magie.

– C'est vrai. C'est à la fois diabolique et intelligent. Pourtant...

Je tapotai la table avec mes doigts.

– Pourtant quoi ?

J'inclinai nonchalamment la tête vers le plafond.

– Je trouve ça risqué de placer tous ses espoirs dans un objet aussi banal qu'une chaise prise au hasard, en pariant que la victime s'assoira justement dessus.

– Aucun risque. Tu es venu ici tous les soirs de la semaine, et tu t'es toujours installé à cette place. Alors, je me suis mis juste en face pour t'attendre. Sans compter que j'ai pris soin de choisir le soir où les barbares célèbrent le douzième anniversaire de leur petite reine.

– Bien sûr. Cependant...

– Quoi encore ?

– Ce Kelen est connu pour être sacrément intelligent, non ? Un petit génie, même, non ?

– Un génie ? N'exagérons rien. Rusé, peut-être. C'est vrai qu'il a su sortir quelques tours de son chapeau par le passé.

J'acquiesçai.

– Rusé, c'est bien ça. Alors, dis-moi, un gars rusé n'aurait pas pu découvrir ce que tu mijotais ? Ce Kelen semble très fort pour se sortir de n'importe quelle situation. Et s'il avait réussi à se glisser dans le salon de voyageurs hier soir après la fermeture pour inverser les chaises ? Techniquement, ça impliquerait que tu sois maintenant prisonnier de ton propre sort d'entrave, n'est-ce pas ?

Le mage plissa les yeux, voulut lever un bras, mais resta bouche bée quand il se rendit compte qu'il en était incapable. Il tira sur la manche de son vêtement, qui semblait collée à l'accoudoir. Puis il s'agita comme un fou en tentant de quitter son siège, en vain. Ses mouvements se firent de plus en plus frénétiques jusqu'à ce qu'il relève la tête vers moi, ses lèvres remuant en silence, comme si ses poumons étaient écrasés sous une pression grandissante. Ses yeux finirent par se fermer.

La salle fut plongée dans le silence.

Et là, le vieux éclata de rire. Puis il se leva sans effort de sa chaise en se tapotant le ventre.

– Fichtre. Cette tête que tu as faite, mon garçon, ça n'avait pas de prix ! Comme celle d'un type qui découvre le nœud autour de son cou une fois sur la potence !

– Eh bien, il faut dire que c'était bien joué, fis-je d'un ton sec.

Le vieux me salua très bas.

– Merci, merci.

Il se rassit et partit dans un nouvel éclat de rire.

– Je t'avais averti, Kelen, je suis un peu plus intelligent que ces mages que tu as combattus par le passé.

– Un tout petit peu plus, concédai-je.

– Je savais qu'il y avait une possibilité que tu aies vent de mes projets, alors j'ai pris toutes mes précautions. Je me suis assuré que les chaises soient à la bonne place ce matin.

– ... Donc ton complice les a à nouveau échangées avant mon arrivée, dis-je en jetant un coup d'œil au serveur, qui arborait un sourire mauvais. C'est pas une façon de traiter un bon client, lui lançai-je.

Le mage tapota la table et conclut :

– Bon, même si tout ceci est très divertissant, je dois récupérer la deuxième partie de ma récompense, ce qui signifie que je vais mettre un terme à cette conversation.

Le serveur posa sur la table une bouteille de vin poussiéreuse et un tire-bouchon.

– Tu m'offres un dernier verre avant de me tuer ? m'étonnai-je.

– Ah non, dit le mage en attrapant la bouteille. Celle-là, elle est pour moi.

Il la reposa, sortit un chiffon blanc de la poche de son vêtement et entreprit d'astiquer le tire-bouchon.

– Ça, dit-il en l'exhibant, c'est ce que je vais planter dans ton œil cerclé de noir. Puis je te mettrai à mort.

Je déglutis.

– C'est un mode opératoire bien barbare pour quelqu'un d'aussi raffiné, je trouve.

– Une exigence de mes employeurs daroman, expliqua-t-il. Profaner le cadavre de son ennemi, c'est une tradition chez eux. Le message à leur petite reine en sera d'autant plus clair.

Je hochai la tête d'un air compatissant en déclarant :

– Je comprends. Quand on travaille à son compte, il faut savoir s'adapter à la clientèle.

– Ce qui, dans ce cas, ne me pose aucun problème.

Il inspecta le tire-bouchon rutilant et l'agita en l'air.

– Un mage seigneur se salit rarement les mains, mais enfoncer ça dans ton œil ? T'infliger une telle douleur pendant que tu pousseras des cris d'agonie sans pouvoir contracter le moindre muscle ?

Il en tremblait de joie.

– Disons que c'est une idée qui me séduit, poursuivit-il. Je me demande si tu vas mourir suffoqué à force de te débattre contre mon sort d'entrave ou d'abord succomber à ta blessure.

Je me mordis la lèvre.

– J'imagine que je n'ai aucun moyen de te dissuader ? On pourrait peut-être trouver un terrain d'entente ?

Le mage secoua la tête et sourit en exhibant ses dents parfaites avant de se lever, le tire-bouchon dans la main droite.

– Mince alors, dis-je. Puisque le jour est venu où je dois rejoindre mes ancêtres, je préférerais les rencontrer debout.

– Je te l'ai dit, il y a un sort qui...

La fin de sa phrase fut engloutie par sa stupéfaction quand je quittai ma chaise. Il bafouilla :

– Mais, mais...

J'attrapai la bouteille de vin pour y lire l'étiquette rédigée au crayon gras. C'était sans aucun doute la plus onéreuse de la taverne.

– Mais ça ne va pas du tout, fit enfin le mage qui, tout à coup, ressemblait à un vieillard égaré.

– Peut-être que le sort n'a pas fonctionné ? suggérai-je.

– C'est impossible. Mes sorts ne me font jamais défaut. Jamais.

– Dans ce cas, c'est un mystère.

Je levai un doigt et dis :

– Ou alors, peut-être que ce Kelen a une magie bien plus puissante que tu as été amené à le croire.

Le vieux se mit à balbutier :

– Mais... Mais tout le monde sait que Kelen de la maisonnée de Ke est le plus minable de tous les mages ! Il n'a fait étinceler qu'une seule bande ! Sa magie équivaut à celle d'un enfant !

Je hochai la tête d'un air songeur.

– Ouais, même moi, c'est ce que j'ai entendu dire. Mais si tes sorts ne ratent jamais et que ce Kelen n'est pas assez puissant pour en venir à bout, alors, il n'y a qu'une explication, n'est-ce pas ?

J'attrapai le chiffon blanc, avec lequel j'entrepris d'essuyer le maquillage noir autour de mon œil gauche. Il s'exclama :

– Ancêtres ! Tu n'es pas...

Je lui adressai un sourire béat.

– L'ami, j'ai pourtant mentionné que je n'étais pas ce Kelen de la maisonnée de Ke que tu cherches. Si ta mémoire est bonne, je l'ai même fait à plusieurs reprises.

Le mage se ressaisit, et ses doigts s'agitèrent pour créer ce que les Jan'Tep appellent une forme somatique.

– Qui que tu sois, le fait que cette chaise ne t'ait pas entravé signifie que tu n'as pas de magie. Alors, tu vas me dire où se cache Kelen, sinon tu me supplieras très vite de t'offrir une mort sans douleur !

– Je te le dis tout de suite, lançai-je en jetant le chiffon par-dessus l'épaule du mage. Il est juste derrière toi.

Le mage se retourna. Le serveur gisait par terre. L'ivrogne qui, jusque-là, ronflait sur son banc était debout derrière le vieux Jan'Tep et essuyait son œil gauche avec le chiffon.

– C'est un piège ! s'écria le mage. Tu m'as joué un tour !

Kelen Argos – en tout cas, c'est le nom qu'il m'avait donné en m'embauchant – lui adressa un sourire charitable. Cet étrange motif noir autour de son œil qu'on avait passé des heures à reproduire autour du mien luisait à la faible lueur de la lanterne.

– Comme vous l'avez dit, mage seigneur, je n'ai que peu de magie. La seule chose dont je dispose vraiment, ce sont des ruses, annonça-t-il.

Pour honorer la dernière clause de notre contrat, j'abattis de toutes mes forces la bouteille de vin sur la nuque du mage. Le verre se brisa, et le vin se déversa sur les cheveux gras du vieux bonhomme. Qui s'écrasa au sol comme un vulgaire sac de pommes de terre.

Kelen Argos s'agenouilla près de lui et lui tâta le pouls avant de fouiller ses vêtements et d'en extraire un sac de pièces. Il en prit quelques-unes, qu'il glissa dans sa poche, et me tendit le reste.

Il y avait une vraie petite fortune là-dedans – assez pour m'offrir un titre de noblesse et un joli manoir aux abords de la capitale. Assez pour me rendre soupçonneux, aussi.

– C'est quoi, l'entourloupe ? demandai-je.

Kelen saisit le bras du mage inconscient.

– Donne-moi un coup de main.

À nous deux, on le souleva puis on l'installa sur ma chaise.

– Ça me semble un peu cruel comme sentence, fis-je remarquer.

Kelen tapota la tête du vieillard.

– Pas pire que le sort qu'il me réservait. De toute façon, ses commanditaires doivent être déjà en chemin. Peut-être qu'ils auront pitié de lui et qu'ils engageront un second mage pour le libérer de son sort d'entrave.

– Pourquoi pas le tuer, tout simplement ? T'as pas peur qu'il aille raconter à d'autres comment tu l'as piégé ?

– Au contraire, j'y compte bien.

Il s'approcha du coin où il avait fait semblant de dormir pour récupérer son manteau et un chapeau noir de la Frontière au bandeau couvert de glyphes argentés. Il m'expliqua :

– Comme ça, la prochaine fois que les ennemis de la reine voudront embaucher un mage seigneur pour faire le sale boulot à leur place, ils devront offrir une bien plus grosse somme.

Il se dirigea vers les portes battantes du salon de voyageurs.

– Encore une question, lançai-je avant qu'il parte. Tu travailles pour la reine, non ? Tu appartiens à la cour de Darome ?

– C'est ce qu'on me dit.

– Alors, pourquoi t'as pas une escorte d'une dizaine de gardes royaux, de gardiens du palais ou je sais quoi d'autre ?

Il mit sur sa tête le chapeau de la Frontière un peu trop grand pour lui. Même si on se ressemblait vraiment, en tout cas assez pour tromper un inconnu, et même s'il avait quelques années de moins que moi, il paraissait déjà… vieux.

– Parce que je ne sais pas travailler en équipe.

– Et la prochaine fois ? insistai-je. Tu pourras pas réutiliser ton tour.

Il ouvrit la porte, et l'écho des festivités de la rue s'engouffra dans la taverne. Puis il se retourna vers moi et un méchant sourire surgit au coin de ses lèvres. On aurait dit un rat qui se glisse par la fenêtre après vous avoir volé votre dîner.

– Eh bien, j'en trouverai un autre.

EMNI URBANA
LA CITÉ DE LA GLOIRE

# La cité de la gloire

*Telle une pièce de monnaie, une ville a toujours deux facettes. Côté face, elle est tout en toits scintillants et splendides tours qui s'élancent vers les cieux, repérables à des kilomètres à la ronde pour attirer les voyageurs avec la promesse de la civilisation et de la compagnie. Côté pile ? Comme avec n'importe quel tour de magie, il vaut mieux ne pas trop chercher à savoir ce que ça cache…*

# 1
# L'arrestation

Il n'y a pas pire odeur que les émanations d'une capitale en été. Les rues sans cesse envahies de nobles et d'artisans ont le plus grand mal à accueillir le surcroît d'innombrables marchands, diplomates, paysans ruinés par une mauvaise récolte, sans parler des voleurs qui s'y glissent en quête de profit ou de refuge. Il faut dire que la devise inscrite sur l'arche d'un blanc éblouissant à l'entrée de ladite cité, capitale de la Darome, arbore cette belle promesse : «*Emni Urbana omna vitaris.*»

«Dans la ville impériale coule la prospérité.»

Mais aussi les égouts.

C'est pareil dans toutes les grandes villes : on y trouve de la nourriture, la sécurité grâce aux soldats qui arpentent les rues, et presque tout ce dont on a besoin, à condition d'avoir de l'argent. En revanche, une cité ne peut évacuer qu'une quantité limitée d'excréments, si bien qu'une odeur atroce s'élève vite de ses pavés.

– Ça pue vraiment ici, feula Rakis au-dessus de ma tête.

Ses membranes duveteuses battirent contre mon épaule à l'instant où il s'y posa. Mon partenaire chacureuil, un voleur doublé d'un tueur redoutable malgré ses tout juste cinquante centimètres de haut, renifla mon visage.

– C'est drôle, pour une fois, c'est pas toi qui pues la mort.

– Pour une fois, tout va bien, répondis-je, car je n'avais aucun désir de reprendre la dispute commencée la veille au soir, juste avant que je parte seul affronter un mage payé pour me tuer.

Là, ce dont j'avais envie, c'était d'un bon bain, d'un peu de calme et de quelques heures de sommeil pendant lesquelles personne n'essaierait d'attenter à ma vie.

Rakis me renifla encore.

– En fait, tu pues encore plus que la mort. Qu'est-ce que tu sens ? Le whisky ?

L'air intrigué, il enfouit la truffe dans mes cheveux.

Depuis un an que nous vivions au palais de la reine, Rakis avait élargi la liste de ses mauvaises habitudes – où figurait, en tête, un goût immodéré pour les biscuits et une liqueur hors de prix appelée *pazione* – aux grands vins de Gitabrie, évidemment les plus onéreux. Sans négliger, bien sûr, la chair humaine.

– Tu m'as rapporté les globes oculaires du mage ? lança-t-il.

– Non, il n'est pas mort.

– C'était pas la question.

Dans ce genre de circonstances, il peut être dangereux d'avoir un chacureuil perché près de l'une de vos oreilles délicates. À condition de le regarder de loin, les yeux plissés, et de préférence après quelques verres, un chacureuil pourrait presque avoir l'air mignon avec son corps de félin un peu dodu, sa grosse queue hirsute, son pelage dont la couleur varie en fonction de son humeur et ses membranes qui lui permettent de planer dans les airs depuis la cime des arbres (« de voler aussi bien qu'une saloperie de faucon », un point auquel Rakis tient tout particulièrement).

Mais en aucun cas il n'est mignon. Un chiot, c'est mignon. Un lapereau, c'est mignon. Même un serpent venimeux du désert berabesq est sans doute mignon pour quelqu'un. Un chacureuil ? Ça n'est jamais, au grand jamais, mignon. C'est un cauchemar sur pattes.

– Rakis..., commençai-je.

Son haleine était étonnamment chaude à un centimètre du lobe de mon oreille.

– Vas-y, crache le morceau.

« Ancêtres », pensai-je en m'apercevant que les traces de l'ombre au noir autour de son œil étaient en train de tourner.

Depuis un an, il avait les mêmes marques que moi à l'œil gauche. Mais, contrairement à moi, l'éventualité de se transformer un jour en démon qui terrorise le continent ne le perturbait pas. Voire, cette perspective l'enchantait.

Je fus sauvé d'une agression peut-être fatale par le vacarme d'une demi-douzaine de paires de bottes militaires dans mon dos, bientôt suivi par le cliquetis d'une arbalète dont on vient de retirer la sécurité.

– Kelen Argos, sur ordre de la lieutenante Libri de la garde royale, vous êtes en état d'arrestation.

Je soupirai.

– Encore ?

Bruit de la détente de l'arbalète contre son caisson en métal.

– Les mains en l'air, tout de suite, frondeur de sort.

Je n'avais même pas remarqué que mes doigts avaient dérivé vers les bourses de poudre à ma taille. Un réflexe, sans doute, puisque, vous l'aurez maintenant compris, je me fais arrêter sur la base d'une fois par semaine.

Je levai les mains et me retournai lentement vers les gardes royaux, avec leurs grands chapeaux et leurs longs manteaux gris, armés de leurs habituelles arbalètes et masses à manche court, toutes pointées sur moi.

– Souhaitez-vous que je lise l'ordre d'arrestation ? me demanda le sergent Faustus Cobb.

Il était petit, maigrichon avec des épaules frêles, et vieux. Il faisait pâle figure à côté de subordonnés plus jeunes et plus vigoureux, mais mon expérience des gardes royaux m'avait appris à me méfier des plus âgés : ça ne diminuait en rien leur dangerosité, bien au contraire. Ils étaient simplement plus cruels si vous leur résistiez.

Et moi ? À dix-huit ans, j'étais bien plus usé que je n'aurais dû. Ma chemise puait encore l'alcool dont je l'avais imprégnée pour me déguiser en ivrogne au salon de voyageurs, et j'étais d'humeur bougonne.

– De quoi on m'accuse, cette fois ?

Cobb lut l'avis avec application :

– « Conspiration en vue d'attenter à la vie d'un émissaire étranger bénéficiant de la protection offerte aux représentants diplomatiques... »

C'était exact : le vieux qui voulait me tuer étant un mage seigneur Jan'Tep, il avait droit à l'immunité diplomatique en Darome. Cobb continua :

– « Abus physiques majeurs... »

« Pas assez majeurs. »

– « Vol... »

« Je savais que je n'aurais pas dû lui prendre son argent. »

– « Acte allant à l'encontre des intérêts vitaux de la couronne de Darome et de son peuple... »

Ce paragraphe figurait dans presque chaque avis d'arrestation. Techniquement, il suffisait de cracher par terre pour « aller à l'encontre des intérêts de la couronne ».

Cobb se tut un instant, puis il reprit :

– Ça se termine par : « frondeur de sort et tricheur énervant qui n'écoute jamais ce qu'on lui dit », mais je ne suis pas sûr que ça soit un crime.

Pourtant, j'étais presque sûr que c'était le seul crime qui importait à Torian.

– C'est amusant que cet ordre d'arrestation ait été lancé avant même que quiconque ait retrouvé le mage, soulignai-je.

Cobb fit une grimace.

– J'imagine que la lieutenante vous connaît bien maintenant, Kelen.

La lieutenante Torian Libri commençait sérieusement à m'agacer. Bien des habitants de la capitale de Darome cherchaient à faire de ma vie un enfer, mais peu avaient sa détermination – sans compter son sens de l'humour déplorable.

– Vous savez que, selon la loi impériale, vous ne pouvez m'arrêter sans que les quatre cinquièmes de la cour aient révoqué mon statut de tuteur royal, n'est-ce pas ?

L'un des jeunes gardes émit un gloussement compatissant. Je l'avais laissé me battre aux cartes la semaine précédente dans l'espoir vain de me mettre au moins l'un d'eux dans la poche.

– Ça n'est pas mentionné dans l'avis. Allez, on y va, ordonna Cobb en me faisant signe de me mettre en route.

Rakis émit un grognement sourd.

– Tu le laisses faire, Kelen ? Encore une fois ? Allez, viens, on tue ces sacs à peau. Tu me dois trois globes oculaires, c'est le moment de régler tes dettes.

– Trois ? Le mage avait combien d'yeux, d'après toi ? m'exclamai-je.

L'une des gardes royales me lança un regard perplexe. Elle devait être nouvelle ; les autres avaient l'habitude de m'entendre me chamailler avec Rakis.

– Comment on peut savoir, avec les humains ? grommela le chacureuil. Vous êtes si moches que chaque fois que je commence à compter, je perds le fil tellement j'ai envie de gerber. Et puis, deux globes oculaires, c'est ce que tu me devais il y a une heure. Le troisième, ça couvre à peine les intérêts.

Génial. En plus d'être un voleur, un maître chanteur et un assassin, Rakis ajoutait maintenant le statut d'usurier à son arsenal criminel.

– Allez, on accélère, me pressa Cobb. Vous savez comment est la lieutenante quand on la fait attendre.

Plusieurs gardes éclatèrent de rire, pourtant, pour rien au monde, ils n'auraient eu envie de la mettre en colère. À contrecœur, j'avançai dans la large rue pavée vers mon treizième emprisonnement depuis que j'étais le maître des cartes de la reine.

– Hé, c'est quoi, ça ? demanda Rakis, le museau pointé vers un objet petit et plat qui glissait vers nous au ras du sol.

Une carte à jouer atterrit à mes pieds.

– Continuez à avancer, me dit Cobb.

Refusant d'obtempérer, j'observai cette carte qui représentait une splendide cité dans sa partie supérieure et, dans sa partie basse, la même ville reflétée dans un lac d'eau noire et agitée.

– C'est vous qui avez perdu ça ? demanda-t-il en remarquant enfin la carte.

– Sergent Cobb, dis-je, avant que ça aille trop loin, je dois clarifier certaines choses.

– Quoi donc ?

– D'abord, je n'ai rien à voir avec la carte qui vient de surgir.

– Qu'est-ce que ça peut faire ? C'est une carte à jouer. C'est pas comme si vous étiez le seul joueur de la capitale.

Mais comme pour contrer cette explication, une deuxième carte surgit pour atterrir à côté de la première. Puis une autre, et encore une autre qui, peu à peu, m'encerclèrent.

– Qu'est-ce que vous trafiquez, frondeur de sort ? demanda Cobb en reculant d'un pas.

J'entendis les sécurités de plusieurs arbalètes sauter.

Bientôt, je me retrouvai au milieu d'un cercle de cartes élégamment peintes dans des tons cuivrés, argentés et dorés, si riches qu'en comparaison la rue et la ville paraissaient ternes. Je me retournai vers la demi-douzaine d'hommes et de femmes chargés de me conduire en prison.

– Gardes, permettez-moi de vous présenter mes excuses les plus sincères.

– Pour quoi ? demanda une garde en relevant son arbalète vers moi.

Les cartes par terre se mirent à scintiller, leur étalage de couleurs aspirant toute la lumière alentour.

– Pour ce sauvetage impromptu, expliquai-je, aveuglé.

Je doute que l'un d'eux m'ait entendu. La rue n'était plus pour moi qu'un endroit terne et sans relief. Les bâtiments, les pavés et même les gardes me donnaient l'impression d'avoir été découpés dans des feuilles de papier de soie. Rakis s'effondra sur mon épaule et se mit à ronfler. Une silhouette se dirigeait vers moi, unique source de cette lumière éclatante enveloppée dans l'or de la magie du sable, le bleuté de celle du souffle et l'écarlate d'un sort de sang.

Ce genre d'apparition grandiose est en général suivie d'un insupportable sermon de ma sœur Shalla – Sha'maat, maintenant, croyais-je savoir –, qui ne se prive pas non plus de commentaires désobligeants sur mes cheveux mal coiffés et les soucis que mes actions ont causés à notre noble famille pourtant admirée de tous. Parfois, c'est mon père qui vient me reprocher le dernier crime que j'ai commis contre les nôtres. Cette éventualité était la raison pour laquelle j'avais les mains plongées dans les bourses de poudre à ma taille.

Depuis que j'avais quitté mon peuple, presque trois ans auparavant, je savais que le jour viendrait où le grand destin de mon père ne pourrait plus tolérer ma misérable existence. Plusieurs amis ou ennemis m'avaient déjà demandé si j'avais un tour ultime pour vaincre le puissant Ke'heops avant qu'il ne me tue.

C'était le cas. Mais je n'étais pas certain qu'il fonctionne.

– Kelen.

La voix n'était ni celle de ma sœur ni celle de mon père. Je ne l'avais pas entendue depuis si longtemps que je ne la reconnus pas tout de suite. Puis, peu à peu, les bandes de magie scintillèrent un peu moins et je pus distinguer l'apparition. Je me retrouvai comme un imbécile avec mes poudres rouge et noire, censées produire une grande explosion, qui me filaient entre les doigts.

– Mère ?
La silhouette désigna le jeu à mes pieds et me dit :
– Choisis une carte, Kelen. Celle que tu veux.
Mais qu'est-ce qu'ils avaient tous, avec leurs tours de cartes ?

# 2
# Le jeu de cartes

Enfant, je croyais sincèrement que Bene'maat était la meilleure mère dont un petit garçon Jan'Tep puisse rêver. Elle avait incarné un îlot de patience et de répit au milieu de la mer démontée des ambitions démesurées de mon père et des colères et caprices de ma sœur. Ses prouesses en tant que mage étaient légendaires dans notre clan, et ses talents d'astronome et de guérisseuse révélaient qu'elle ne s'intéressait pas qu'à la magie, contrairement à Ke'heops et Shalla. Contrairement à moi aussi.

Si le deuxième rôle d'un parent, c'est d'aimer tous ses enfants à égalité, Bene'maat s'était montrée admirable, surtout dans une société qui prisait mille fois plus le réel talent de Shalla pour la magie que mes aptitudes pour les tours et la ruse. Si le premier rôle d'une mère, c'était de protéger ses enfants, Bene'maat avait plutôt bien réussi – jusqu'au jour où elle m'avait drogué pour permettre à mon père de tatouer des contre-sigils sur les bandes autour de mes avant-bras, m'interdisant à jamais tout recours à cette magie qui définissait notre peuple, ce que je n'avais cessé de lui hurler en la suppliant d'empêcher mon père de mener son dessein à terme.

Cette femme que je n'avais pas revue depuis près de trois ans me répéta calmement :

– Choisis une carte, Kelen. Celle que tu veux.

Je songeai à dire à ma chère mère d'aller se faire foutre mais, dans ma famille, on sait être têtu, alors je posai doucement un Rakis endormi par terre et j'observai les treize cartes qui constituaient un cercle magique autour de moi. Je tendis la main vers celle qui représentait la capitale de la Darome où nous nous trouvions et qui s'intitulait : la Cité de la gloire.

– Pas celle-ci, me dit-elle.

– Pourquoi ?

J'entendis la réponse dans mon esprit une fraction de seconde avant que ses lèvres ne la prononcent.

– C'est la clef de voûte. Si tu la choisis, cela brisera le sort et mettra fin à cette entrevue.

J'avais toujours été un enfant pénible, et mon statut de hors-la-loi n'avait pas arrangé ce défaut. Je tendis à nouveau la main vers la Cité de la gloire.

« S'il te plaît », supplia une voix dans ma tête juste avant que l'apparition ne le fasse à son tour.

– Kelen, pardonne cet étrange entretien, mais je suis incapable de reproduire le merveilleux sort de ta sœur pour les communications longue distance. Je dois me contenter d'un enchantement plus simple que ta grand-mère avait créé avant ta naissance.

Pour la troisième fois, elle répéta la même instruction :

– Choisis une carte, Kelen. Celle que tu veux.

« Elle n'est pas vraiment ici, je ne vois que sa représentation », me rendis-je alors compte.

Bene'maat avait sans doute combiné les magies de la soie,

du sable et du souffle pour convoyer ses pensées jusqu'à moi sous la forme d'une série de messages inscrits dans les cartes, un peu comme un paquet de lettres liées par une ficelle. Le sort adaptait les réponses à mes choix.

Les douze cartes restantes se divisaient en quatre enseignes que je n'avais encore jamais vues. Ce qui était en soi étonnant, vu le nombre de jeux de cartes que j'avais eu en main. Dans un jeu argosi, à chaque couleur correspond une civilisation. Dans les jeux plus classiques de divertissement, les enseignes représentent souvent des personnages importants pour les cultures qui les ont inventés. Ainsi, le jeu de cartes daroman témoigne de l'obsession de son peuple pour les emblèmes militaires : char, flèche, trébuchet, épée. Mais les quatre couleurs de ce nouveau jeu m'étaient inconnues : parchemin, plume, luth et masque.

Ma mère l'aurait-elle créé ? Dans ce cas, quelle en était la signification ?

Je pris le sept de luth en partant du principe que personne n'avait jamais été tué par cet instrument.

L'apparition de Bene'maat sourit, et un luth surgit dans ses mains. Elle se mit à jouer une mélodie qui me broya tellement le cœur que je poussai un petit cri.

– Tu adorais cette chanson quand tu étais petit, murmura-t-elle. Tu me demandais de la jouer pendant des heures quand tu étais triste ou inquiet.

Je lâchai la carte comme si c'était une araignée en train de grimper sur ma main. Ma mère hocha la tête d'un air chagriné, mais elle semblait s'attendre à cette réaction.

– Choisis une carte, Kelen. Celle que tu veux.

J'en remarquai alors une figurant un homme en train de

ranger une plume dans un pot. Elle s'intitulait : le Scribe de plume.

L'image de ma mère était maintenant assise à un bureau, en train de rédiger une lettre. « Mon très cher Kelen, cela fait près de trois ans que je n'ai pas touché ton visage. Je n'avais jamais cru qu'une telle chose serait possible. J'avais toujours pensé que tu revien... »

– Mais comment oses-tu ? demandai-je. Tu as oublié ce que tu m'as fait subir, Mère ?

Je remontai mes manches pour exhiber les horribles contre-sigils qui avaient anéanti toute la magie des bandes tatouées sur mes avant-bras.

– Tu as ruiné tous les espoirs que j'avais de devenir un mage comme toi, Père et Shalla.

Je n'attendais pas de réponse, pourtant je sentis ma nuque me démanger et, un instant plus tard, elle dit :

– Je sais que tu nous en veux, Kelen. Et tu en as le droit.

Je commençais à comprendre comment fonctionnait son sort. Je ne communiquais pas directement avec ma mère. Ces messages n'étaient pas comparables à de simples mots gribouillés sur un bout de papier : le sort contenait l'ensemble de ses pensées réparties entre les cartes de façon à s'adapter à mes réponses.

Une larme fantomatique coula sur la joue de ma mère.

– Notre acte m'a brisé le cœur. Nous pensions te protéger en épargnant au monde ce que tu risquais de devenir. Nous n'avions pas idée de mal faire à ce point.

« Tu aurais dû le savoir, songeai-je avec amertume. Une mère est censée protéger son enfant, pas le détruire. »

Je ne dis pas ça tout haut. Même en sachant que Bene'maat

n'était pas réellement face à moi, je n'avais pas la force de lui lancer quelque chose d'aussi méchant à la figure. Alors je me contentai d'un :

– Je te remercie pour ce gentil message. On a fini, maintenant ? J'ai un rendez-vous important avec une cellule de prison. Alors à moins que tu aies un miracle pour...

Bene'maat tendit le bras et désigna une autre carte.

Je reposai le Scribe de plume pour m'emparer d'un neuf. L'image de ma mère se ressaisit. Tout autour d'elle apparurent des croquis, ainsi que des pages et des pages couvertes de formules ésotériques.

– Chaque jour depuis ton départ, j'ai cherché un moyen de te rendre ta magie. J'ai parcouru chaque livre de nos sanctuaires, j'ai consulté tous les maîtres de sort. J'ai déchiffré tous les parchemins que ton père a rapportés de l'abbaye d'Ébène, dans l'espoir d'y trouver un moyen de renouer ton lien avec la haute magie grâce à la science des plans éthériques de l'ombre au noir que possédaient les moines. Un moment, j'ai presque cru...

Elle s'interrompit et serra les poings de frustration. Son image s'agita et disparut.

« Le sort doit requérir une attention absolue pour imprimer le message sur la carte, me dis-je. Chaque fois qu'elle a perdu sa concentration, elle a dû recommencer. »

– Qu'est-ce que tu entends par « presque » ? demandai-je. Tu es en train de me dire qu'il y a une solution ?

Une carte se mit à scintiller plus que les autres. Le Camelot de masque. Je l'attrapai.

– Tant de choses qu'on m'avait dites se sont révélées des mensonges, Kelen. On m'a fait tant de fausses promesses. Des méthodes supposément secrètes pour inscrire de nouveaux sigils ne débouchaient que sur des mirages.

– Dans ce cas, il n'y a plus aucun espoir ?

Je n'aurais pas dû être surpris. De tout ce que j'avais perdu en quittant mon peuple, s'il y avait une chose que j'étais sûr de ne jamais retrouver, c'était bien ma magie. Alors, j'avais appris à vivre sans. Avec ma bande du souffle, mes poudres explosives, mes pièces de *castradazi* et les tours que j'avais appris en chemin. Je me félicitais même parfois de vaincre mes ennemis sans avoir recours à mon sort. Mais je me réveillais souvent en pleine nuit, chaque centimètre de ma peau couvert de sueur, mes doigts en train de créer les dizaines de formes somatiques que j'avais si souvent répétées pour des sorts que je ne pourrais jamais jeter, désespéré de ne pouvoir étancher ma soif de magie.

Comme chaque mage de mon peuple, j'étais drogué à la magie. Mon addiction était inscrite à l'encre métallique autour de mes avant-bras. Or, je ne pourrais jamais satisfaire ce manque. Dont je doutais pourtant qu'il me quitte un jour.

L'apparition de ma mère désigna quelque chose derrière moi. En me tournant, je vis le Voleur de masque s'élever au-dessus des autres cartes. Comme je l'attrapais, la voix de ma mère devint un murmure.

– Il y a peut-être un moyen.

Je me retournai brusquement vers elle. Elle n'avait pas bougé, mais elle paraissait inquiète, comme si elle craignait que quelqu'un surgisse au moment où elle avait conçu ces messages à mon intention.

– Qu'est-ce que tu veux dire ? demandai-je.

Elle avait l'air de lutter pour prononcer ces mots sans perdre la concentration indispensable à l'impression de ses pensées sur la carte.

– Notre peuple s'est... trompé au sujet de la magie. À un point que nous commençons seulement à mesurer. Les forces fondamentales sont bien plus complexes que nous le pensions ; elles peuvent prendre des chemins que nous n'avions pas imaginés. Il y a des traditions magiques aussi anciennes que les nôtres dans toutes les cultures de ce continent. Presque toutes ont été oubliées par leurs peuples, mais j'en ai retrouvé des traces dans quelques chansons et autres histoires.

Pas étonnant qu'elle ait tant de mal à tenir ce sort. À l'idée qu'un mage Jan'Tep admette que notre peuple n'était pas le seul capable de haute magie, même moi, j'avais un goût de sacrilège dans la bouche.

– Il y a un endroit très loin d'ici où je pourrais peut-être découvrir le moyen de réparer le crime que ton père et moi avons commis et de te donner une chance de devenir un véritable mage parmi les Jan'Tep.

L'air décidé que j'avais souvent vu dans ses yeux quand j'étais enfant avait désormais envahi tout son visage.

– Mon fils, je te le jure, je suis prête à payer n'importe quel prix pour te rendre ton avenir.

Je déglutis. Je respirais fort, mon cœur battait plus vite qu'il n'aurait dû à l'idée de ce que ma mère était en train de dire... Mais à force de parcourir les routes de ce continent, j'avais entendu toutes les théories possibles à ce sujet, et j'en avais même beaucoup échafaudé. Tout n'est pas mensonge en ce monde, mais rien de ce qui a de la valeur n'est gratuit.

Je tendis la carte qui représentait deux personnages en train d'échanger quelque chose devant un parchemin. Mon peuple n'en utilise pas, ni pour les sorts ni pour les messages. Ils sont réservés aux contrats.

– Reviens, dit ma mère d'une voix plus suppliante qu'autre chose. Reviens-nous. Ton père est mage souverain. Il a retiré l'avis de recherche magique sur ta tête.

– C'est dommage qu'il n'ait pas pensé à le dire au mage seigneur qui vient juste de chercher à me tuer.

L'apparition de ma mère ne répondit pas. Bien sûr, elle ne pouvait pas être au courant de ce nouvel attentat à ma vie. De plus, le type avait été engagé par des Daroman et non par mon peuple.

– Reviens-moi, répéta Bene'maat. Même si je ne parviens pas à te rendre ta magie, je peux toujours t'offrir un toit.

Un « toit ». Quel mot étrange. Je ne savais même plus vraiment ce que ça signifiait.

– Je t'ai suivi avec mes sorts de divination, même si tu es parfois très difficile à retrouver, dit Bene'maat. Je te promets que ça n'était pas pour t'espionner, mais mon cœur de mère avait besoin de te voir quand il ne parvenait plus à se contenter des récits de ta sœur ou d'autres.

À travers la brume derrière elle, des scènes surgissaient avant de disparaître – des événements de ma vie depuis que j'avais quitté ma terre natale. Des scènes violentes, des poursuites, ma silhouette voûtée après un combat, l'air plus misérable que je ne l'aurais cru.

– Ce courage dont tu fais preuve, cet habit de tricheur que tu as endossé, ce n'est pas toi, Kelen. Tu n'es pas fait pour cette vie. Tu n'es pas heureux.

« Heureux » ? J'avais passé les trois dernières années de ma vie à affronter tout ce que ce continent avait à m'opposer en termes de mages, de mercenaires ou de monstres. Et je m'en étais toujours sorti. Au passage, j'avais sauvé la vie de quelques personnes qui le méritaient. Ça ne suffisait donc pas? Maintenant, il fallait aussi que je sois *heureux*?

Ma mère tendait les mains vers moi d'un air désespéré.

– Reviens-moi, mon fils.

La carte dans ma main me parut tout à coup très lourde. J'avais la paume moite. Je plongeai vers le sol avant qu'une autre carte réclame mon attention et les mélangeai, ce qui brisa le cercle et mit fin au sort. Le jeu était maintenant terne, et le monde autour de moi reprit vie.

« Adieu, Mère. »

– Allez, avancez, frondeur de sort, me dit Cobb.

Je vis les gardes se placer tout autour de moi, le doigt sur la détente de leur arbalète. Ils ne paraissaient pas conscients de la scène qui venait de se jouer avec les cartes que je tenais maintenant à la main. Sans doute qu'une seconde à peine s'était écoulée pour eux. Ces événements n'avaient de réalité que dans mon esprit.

– Hé, grogna Rakis depuis le sol où il était roulé en boule, pourquoi tu m'as posé là?

– Désolé, dis-je à la fois aux gardes et au chacureuil en rangeant dans une poche les étranges cartes de ma mère.

Je le remis sur mon épaule.

– Allez, viens, lui dis-je, Torian Libri veut une fois de plus nous mettre en prison.

Les gardes ricanèrent. On reprit notre marche en direction du palais.

– Tu sais quel est ton problème avec la lieutenante? me demanda Rakis.

– Commence pas, le prévins-je.

Les chacureuils ne voient que trois solutions aux conflits entre humains : tuer, voler, et – c'est là où Rakis adore faire des suggestions nauséeuses – coucher.

– T'aurais dû t'accoupler avec elle le jour où tu l'as rencontrée, affirma-t-il avec grand sérieux.

– S'accoupler, c'est plus facile quand l'autre en face ne te déteste pas, fis-je remarquer.

Deux gardes éclatèrent de rire. Rakis prit leur joie pour un encouragement, ce dont il n'avait pourtant nul besoin.

– Tu vois pas que cette Torian a envie de toi ?

Il tapota son museau velu avec une patte.

– Je l'ai senti le jour où la reine vous a présentés. Je le jure sur les vingt-six dieux des chacureuils, Kelen, elle te veut.

Ça ne pouvait pas être vrai. Tout comme le fait qu'il y ait vingt-six dieux des chacureuils. Mais dans des moments comme ça, il vaut mieux ne pas contredire le petit monstre.

– Alors voilà ce que tu devrais faire, reprit Rakis sans parvenir à réprimer un fou rire. Tu retires ton pantalon devant elle. Les femelles adorent ça. Puis tu te retournes et tu agites ton derrière. Tu te mets à quatre pattes et tu produis ce son…

Je refuse de décrire le bruit qu'il émit. Il me suffit de vous dire que c'était aussi dégoûtant que vous pouvez l'imaginer. Rakis continua pourtant jusqu'au palais.

# 3
# La lieutenante

Je résidais depuis un an au palais impérial de Darome, un endroit bien plus agréable pour y poser son chapeau le soir que les tavernes miteuses de bord de route, les campements infestés de puces et autres étroites cellules de prison qui constituent les demeures habituelles d'un hors-la-loi. Ce qui ne rendait pas le lieu confortable pour autant.

L'opulence des palais, avec leurs couloirs pleins de dorures, d'immenses portraits et de statues majestueuses, en faisait des endroits merveilleux à découvrir. Mais sauf à y être né, quand on habite un palais, on s'y sent tout petit. Minable. On a sans cesse l'impression d'être un intrus dont la présence entache la perfection de ce qui l'entoure.

Ce qui donne à réfléchir sur sa propre place.

– Mais qui a laissé un misérable hors-la-loi, un bon à rien de tricheur aux cartes pénétrer dans un lieu si raffiné ? questionna la lieutenante Torian Libri.

« Ne réplique pas, me suppliai-je. Laisse-la t'emmener en cellule et, d'ici à demain matin, la reine aura ordonné ta libération. Ensuite… » Je reniflai l'une de mes aisselles. « Un très long bain sera indispensable. »

Torian était adossée d'un air négligent, pour ne pas dire irrespectueux, contre une statue d'Hephantus IV, le monarque connu pour son caractère irascible ayant créé la garde royale plus d'un siècle auparavant. Hephantus avait mis un terme aux habits ostentatoires des gardes royaux pour les remplacer par de simples manteaux en cuir gris bien plus pratiques pour dissimuler ces couteaux et cordelettes qu'ils adoraient employer contre des assassins présumés. Jusqu'à ce jour, ce vêtement terne demeurait l'uniforme de tous les gardes royaux de Darome, sauf de Torian Libri, qui avait teint le sien en rouge cramoisi. « Pour qu'on voie moins les taches de sang », prétendait-elle.

– Je te manquais, frondeur de sort ? lança-t-elle avec un clin d'œil.

Là, je devrais mentionner qu'en plus d'être membre des forces de l'ordre, Torian Libri était la plus belle femme que j'avais jamais vue.

Belle à quel point ?

– T'as de beaux yeux, tu sais…, murmura Rakis.

Le chacureuil avait une patte sur mon crâne tandis qu'il dévorait la lieutenante du regard. Je sais ce que vous vous dites : comment un chacureuil qui prétendait que les visages humains étaient si laids qu'il vomissait avant d'arriver à eux pouvait-il être fasciné par cette sac à peau ?

– Les plus beaux yeux que j'ai jamais vus, feula-t-il d'un air alangui.

Imaginez du pur indigo, encore plus pur que l'azurite du désert des Sept Sables. Plus riche que les eaux des côtes de la Gitabrie, celles que les locaux ont appelées la mer de Saphir. Fascinant au point que plus d'un poète amateur parmi les courtisans à la cour s'était extasié sur le bonheur qu'il y aurait à se noyer dans ces yeux-là.

Moi ? En général, j'évite de me noyer.

J'avais découvert que Torian n'était âgée que de quelques années de plus que moi, mais qu'après la traque victorieuse de quelques-uns des plus dangereux ennemis de l'empire daroman, elle avait très vite gravi les échelons. Ce qui ne laissait pas d'énerver ses camarades de promo.

J'avais un jour croisé l'un de ses prisonniers. Juste avant d'être emmené au gibet, le type m'avait juré avoir vu Torian vaincre six tueurs aguerris à mains nues après les avoir poursuivis jusque dans les montagnes de la Frontière. Il pensait qu'elle l'avait gardé en vie uniquement pour que quelqu'un puisse raconter cette histoire.

« J'avais mon arbalète braquée sur elle..., répétait-il sans cesse. Mais ces yeux... Des pépites de la mer et du ciel. Elle m'a décoché un regard, et je n'ai pas pu tirer. »

Il y a quelque chose de particulièrement pathétique chez un homme dans l'attente de son exécution à être encore sous le charme de la lieutenante qui l'envoie à la potence.

Mais quand Torian vous sourit... ses pommettes hautes s'élèvent encore plus haut et ses cheveux noirs comme l'onyx drapent un cou si délicat qu'on pourrait passer la journée à l'admirer – sauf dans les cas où on avait envie de le lui tordre...

Ah, ces yeux...

– De vrais saphirs, roucoula Rakis.

C'est le moment où il est intéressant de rappeler qu'un chacureuil ne roucoule pas.

La lieutenante Libri fit un signe de tête aux six gardes royaux qui m'escortaient, et ils me laissèrent seul avec elle. Sans surveillance, sans menottes. Torian aime souligner qu'elle a plus de réflexes que moi et qu'elle pourrait facilement planter l'un de ces petits couteaux qu'elle adore dans ma gorge avant même que mes mains aient atteint mes poudres.

– On ne peut pas continuer à se voir dans ce genre de circonstances, joueur de cartes, déclara-t-elle en glissant un bras sous le mien afin de m'entraîner dans le couloir comme si j'étais son cavalier au bal royal, et non un prisonnier en route vers une cellule. Sinon les gens vont commencer à croire qu'on est amoureux, ajouta-t-elle en posant la tête sur mon épaule.

Son comportement absurdement affectueux attira l'attention des nobles et des courtisans qui parcouraient le palais comme des cafards, à la recherche du meilleur moyen d'avancer leurs pions et de neutraliser leurs adversaires. Convaincu qu'on l'admirait, Rakis s'ébroua pour faire passer sa fourrure de sa teinte brune naturelle à un argent rayé de bleu presque semblable à celui des yeux de Torian.

– Quant à toi, lui dit-elle en riant, tu fais un bien beau délinquant, dis-moi !

Un nuage rose passa sur la fourrure argentée de Rakis. Non loin, deux seigneurs marchands gitabriens, particulièrement élégants avec leurs chapeaux pourpres, prirent la peine de murmurer des insultes en Jan'Tep à mon égard pour que je n'en perde pas une miette :

– Voyez-vous donc cette bête sauvage dans le palais royal ? lança le premier. Son habit a l'air plein de puces.

L'autre lâcha un gloussement :

– En effet... Il ferait bien d'emprunter le pelage du chacureuil !

Depuis près d'un an que j'habitais au palais, chaque personne à avoir arpenté ces couloirs pensait être la première à faire cette blague. Avec quelques variantes, bien sûr.

« Quelle odeur terrible... Et dire que ce n'est pas le chacureuil qui sent mauvais ! » était l'une des plus populaires. Parfois, ils se moquaient de mon accent aussi : « Mais quels sont ces affreux miaulements ? Ah, je comprends ! Le maître des cartes de Sa Majesté vient d'apprendre un nouveau mot ! »

Mes préférés, c'étaient les débats enflammés pour savoir si c'était moi ou Rakis qui s'accouplait le plus souvent avec des animaux de ferme. Rakis accueillait plutôt bien les regards et les ricanements parce qu'en général, c'était moi la cible des blagues, mais aussi parce qu'elles désignaient aussitôt sa prochaine victime.

– Allez, grogna-t-il en bondissant de mon épaule vers le sol en marbre, je vais choper l'un de ces deux chapeaux pourpres.

– Tu es un chacureuil, lui rappelai-je. Qu'est-ce que tu ferais d'un chapeau ?

Il me lança un regard noir.

– Tu oses prétendre que j'ai pas une tête à chapeau ?

Sans attendre ma réponse, il partit réaliser un nouveau larcin tout en grommelant :

– Tu sais qui a l'air d'un crétin avec un chapeau ? Eh bien, c'est toi. Je ferais un gros caca dedans que tu t'en rendrais même pas compte.

Torian sourit en le regardant s'éloigner. Elle avait un faible pour le chacureuil, sans doute par affinité avec les créatures qui aiment résoudre n'importe quel problème dans un bain de sang.

Elle me tira par le bras, et on continua dans le vaste couloir.

Après un virage à droite, on atteignit un escalier qui menait aux sous-sols, où se trouvaient les cuisines et les réserves.

Et, bien sûr, la prison.

– La reine sera bientôt prévenue, l'informai-je comme on descendait les marches.

– La reine m'adore, déclara Torian.

Ce qui, malheureusement, était vrai. Ginevra avait un penchant pour les jeunes femmes au caractère bien trempé. Or personne n'avait de caractère mieux trempé que Torian Libri. À part peut-être la reine elle-même.

On arriva à une rangée de six cellules réservées aux prisonniers que la couronne veut garder sous la main. Chacune était équipée de rideaux en velours rouge et or pour cacher les barreaux et procurer un peu de chaleur et d'intimité. Un petit secrétaire et une chaise étaient scellés sous une plaque écrite en daroman ancien que je n'avais pas encore réussi à déchiffrer, mais qui disait sans doute : « T'es mal barré, mon gars. »

La couchette était étroite, mais pas inconfortable. On passait d'assez bonnes nuits dans la prison du palais, où j'occupais une cellule bien plus souvent que ne l'aurait dû un tuteur de Sa Majesté.

– Moi aussi, la reine m'adore, rappelai-je à Torian.

C'était en général le moment où elle ouvrait la grille et me poussait dans la geôle. Cette fois, elle se tourna vers moi. Son regard furieux étincelait à la lueur de la lanterne.

– Dommage que ça ne soit pas réciproque, frondeur de sort.

– Qu'est-ce que c'est supposé vouloir dire ?

Torian se mit à me tourner autour en s'interrompant parfois pour enfoncer l'un de ses ongles pointus dans ma chair.

– Si tu aimais vraiment Sa Majesté, tu arrêterais d'énerver ses gardes, qui sont, au cas où tu l'aurais oublié, responsables de sa sécurité. C'est la règle numéro un.

Un coup d'ongle.

« Ne réponds pas, me rappelai-je. Laisse-la t'embêter un peu, puis tu auras droit à une cellule confortable pour la nuit. »

– La règle numéro deux, c'est de ne pas outrepasser ses fonctions qui, pour toi, consistent à jouer aux cartes avec Sa Majesté. À la divertir et à la faire rire. Parfois, à te pavaner dans le palais avec tes cheveux ébouriffés et ton joli minois en proférant des absurdités argosi sur la « voie de l'eau », pour que les nobles concentrent leurs envies de meurtre sur toi plutôt que sur elle.

Elle prit une inspiration avant de lancer :

– Alors, joueur de cartes ? Tu as quelque chose à dire pour ta défense ?

– Tu trouves vraiment que j'ai un joli minois ?

Encore un coup d'ongle.

– Je pourrais m'en accommoder pour le bien de la reine. Mais la règle numéro trois, frondeur de sort, c'est celle que ni mes supérieurs ni moi ne pouvons laisser enfreindre.

Elle voulut me donner un nouveau coup d'ongle, mais ma patience s'épuisait, alors cette fois, je balayai sa main d'un geste.

– Si tu as l'intention de m'enfermer pour la nuit, fais-le, mais arrête de…

– La règle numéro trois, reprit-elle, c'est que si tu entends dire qu'un chasseur de primes Jan'Tep se trouve sur mon territoire, tu viens me confier l'information afin que je puisse faire mon travail.

Elle se retourna comme si elle s'adressait à un public absent.

– Mais au lieu de ça, que fait le frondeur de sort argosi ? Il file hors du palais pour aller régler son compte à un mage seigneur. Il n'emmène même pas sa saloperie de chacureuil, qui a pourtant l'air d'être le cerveau de leur petit duo.

– Tu sembles avoir oublié une chose, Torian.

Elle me fixa à nouveau. Ses yeux indigo me décochaient des flèches. Un coin de ses lèvres se retroussa en un soupçon de sourire. Quand elle s'exprima, les mots s'échappèrent de sa bouche comme si elle était en train de lire un poème d'amour :

– Que tu as vaincu le mage ?

– Ouais, dis-je, même si, à cet instant précis, je ne savais plus à quelle question je répondais.

Si étrange que ça puisse paraître, j'étais presque certain que Sa Majesté la reine Ginevra, première du nom, avait chargé Torian Libri d'être mon officier de liaison – ou, comme préférait le dire Torian, ma baby-sitter – dans l'intention à peine dissimulée de nous voir tomber amoureux : nous étions tous les deux jeunes et sans attaches. La lieutenante avait un nombre incalculable de prétendants qui s'efforçaient en vain d'attirer son attention. De mon côté... On n'avait pas tant de choses en commun que ça, finalement. Malgré tout, la reine semblait bien décidée à nous rapprocher.

« Après, elle se demande pourquoi tant de ses sujets veulent sa mort. »

Torian me tapota la poitrine du bout du doigt. Par pur hasard, son index passa par un trou de ma chemise. Je sentis sa peau contre la mienne.

– Tu l'as vaincu avec l'un de ces tours ingénieux que tu sors toujours de ton chapeau ? demanda-t-elle sans retirer son doigt.

– Maintenant que tu le dis, oui, mon tour était assez ingénieux. J'ai embauché un figurant pour…

– Je. (Un coup d'ongle.) Ne. (Un coup d'ongle.) Veux. (Un coup d'ongle.) Pas…

– Aïe, tu viens de me transpercer la peau !

Elle exhiba une goutte de sang sur son ongle.

– Pauvre petit bébé. Mais dis-moi, joueur de cartes, qu'est-ce qui arrivera à ma reine le jour où tu seras à court de tours ?

C'était la deuxième fois qu'on me posait cette question. Ça aurait dû me faire réfléchir, mais j'en avais assez des coups d'ongle et de cette litanie de doléances que j'avais déjà entendues des dizaines de fois. Malgré mon envie de ne pas aggraver mon cas, je fis quelque chose qu'aucune personne saine d'esprit n'aurait jamais osé faire : j'attrapai la lieutenante Torian Libri – la plus redoutée de toute la garde royale – par les revers de son long manteau et je la repoussai.

Pour ce qui est des réflexes et des techniques de combat, je n'ai jamais rencontré quelqu'un d'aussi dangereux que Furia Perfax, mon mentor. Torian vient juste après. Elle me tordit le bras dans le dos et enfonça mon visage entre les barreaux d'une cellule avant que j'aie le temps de couiner comme un petit garçon. Ce qui arriva juste après.

– Tu as vraiment essayé de lever la main sur moi, joueur de cartes ?

Ses lèvres frôlaient le lobe de mon oreille, et son souffle chaud chatouillait les poils de ma nuque. Il n'y a pas sentiment plus étrange dans cette vie qu'être à la fois terrifié et séduit. Et pourtant, même si mon *arta forteiza* est très moyen, j'ai un excellent *arta valar* ou, comme aime dire Furia, sens de la bravade.

– Tu devrais nettoyer ta blessure, dis-je d'une voix calme comme l'eau dormante malgré la douleur à mon poignet, là où elle comprimait mes os. Je ne voudrais pas qu'elle s'infecte.

– Mais de quoi tu parles… ? dit-elle en s'écartant d'un coup, surprise.

Avec ma main libre, je m'éloignai des barreaux et me retournai. Elle regardait le sang sur son index d'un air perplexe. Je lançai son petit couteau pour le rattraper entre le pouce et le majeur. Sa pointe luisait de rouge.

– Il est bien équilibré, dis-je, puis je le lançai à nouveau pour le lui présenter par le manche. Tu ferais bien de le ranger.

Elle ne le prit pas tout de suite. Elle était encore en train d'essayer de comprendre ce qui venait de se passer.

– Tu as pris le couteau dans mon manteau quand tu m'as repoussée. Tu l'as caché dans ta paume, alors quand je t'ai saisi par le poignet, tu n'as eu qu'à agiter les doigts pour me blesser.

J'acquiesçai.

– C'est adroit, pour quelqu'un qui se prend les pieds dans le tapis dès qu'on l'invite à danser.

« Une fois. C'est arrivé une fois. »

– Maintenant, tu sais, dis-je.

Elle inclina la tête sur le côté.

– Je sais quoi ? demanda-t-elle.

Je choisis mes mots avec soin. Parce que, malgré mon manque de confiance en elle, je ne doutais pas de l'absolue loyauté de Torian pour la reine. Avec un précédent officier malcommode, je n'avais pas su comprendre à quel point cette dévotion peut se révéler dangereuse. Cette erreur avait failli tous nous conduire à la mort.

– Tu m'as demandé ce qui se passerait pour la reine si je tombais à court de tours.

Elle leva son doigt ensanglanté.

– Une petite blessure, c'est ça, ta réponse ?

– Non, ma réponse, c'est que j'ai toujours un tour de plus dans mon sac.

Je pris le risque de m'approcher d'elle.

– Lieutenante Libri, tu as ma parole que, le jour où j'utiliserai mon dernier tour, que je serai à court de ressources pour vaincre mes ennemis et ceux de la reine, je viendrai te voir. Je t'annoncerai que tout est fini, je quitterai le service de Sa Majesté, je franchirai les portes de la ville et je marcherai sans me retourner avant d'avoir passé depuis longtemps les frontières ton pays.

Je lui tendis la main.

Ses incroyables yeux bleus regardèrent ma main tendue avant de revenir sur mon visage. Pour une fois, ils n'exprimaient ni moquerie ni agacement, uniquement de la tristesse, ce qui me surprit.

– Kelen, j'aimerais que ça puisse marcher comme ça.

Torian ne m'appelle presque jamais par mon nom. Avec elle, je n'étais que « joueur de cartes », « escroc », parfois « petit copain du chacureuil ». Le talent argosi de l'éloquence, ou *arta loquit*, nous rappelle pourtant que la manière dont on interpelle quelqu'un, ça a du sens. Le fait qu'elle utilise mon prénom me fit comprendre que, cette fois, j'avais vraiment des problèmes.

Je regardai le petit trou dans ma chemise où elle avait glissé un doigt. Le sang qui perlait de cette blessure insignifiante avait déjà coagulé, et la sensation de piqûre était remplacée par un engourdissement. Je déchirai maladroitement ma chemise de mes doigts engourdis, eux aussi. Sous la peau, autour du sang sec, fleurissait une tache du plus beau bleu azur que j'aie jamais vu.

Ma vision se brouilla. Je cherchai le regard de Torian, mais elle détourna les yeux.

– Tu…

Je ne trouvai pas les mots pour lui demander pourquoi elle prenait la peine de m'empoisonner avant de me mettre en cellule, alors qu'elle savait très bien que j'avais accepté sans rechigner une dizaine de fois.

« Elle ne veut pas m'emprisonner, compris-je bien trop tard. Tout ça n'était qu'une ruse. »

Mes jambes se dérobèrent sous moi et je perdis l'équilibre. J'aurais heurté le sol avec rudesse si elle ne m'avait pas rattrapé. L'écho bien connu de bottes de gardes royaux retentit dans le couloir. Ma tête se laissa aller sur l'épaule de Torian.

– Le problème avec les tours, Kelen, dit-elle, c'est que tu n'es pas le seul à t'en servir.

# 4

# *Arta forteiza*

Quatre hommes me chargèrent sur leurs épaules, ce qui me rappela les quatre cartes de deux que le mage m'avait distribuées dans le salon de voyageurs. Les Daroman appellent cette main le cheval à huit pattes : la bête qui transporte les tricheurs sous terre après leur mort.

Les gardes empruntèrent des passages secrets et un chemin particulièrement compliqué pour s'enfoncer de plus en plus sous le palais. On franchit porte après porte, toutes cadenassées, jusqu'à descendre une volée de marches dont j'ignorais même l'existence, ce qui me surprit, vu le temps que Rakis et moi avions passé à explorer les lieux.

– Où est-ce que... ?

Impossible d'aller plus loin. Ma langue était comme une éponge gorgée d'une eau que j'étais incapable de recracher.

Une main effleura ma joue.

– Ne dis rien, me conseilla Torian, sa voix comme un écho lointain. Et ne fais rien, d'accord ? Contente-toi de... me faire confiance.

Une toux grasse jaillit de ma gorge, sorte de traduction de mon envie de rire. Sans doute que moi aussi, si j'empoisonnais les gens, je leur dirais : « Ne t'inquiète pas, tu crois que je vais t'enterrer vivant, mais ce n'est qu'une impression, alors aie confiance, d'accord ? »

Ça ne peut pas faire de mal d'offrir un brin d'optimisme à un gars avant de l'envoyer *ad patres*.

Malgré le brouillard qui avait envahi mes sens, je ne pus m'empêcher d'admirer le stratagème de Torian. Si elle m'avait invité ou qu'elle avait tenté de me séduire, j'aurais été sur mes gardes. Or elle s'était contentée de me faire arrêter, une fois de plus. Elle m'avait escorté jusque dans les cellules du palais, une fois de plus. Elle s'était moquée de moi, elle m'avait fait les mêmes menaces voilées. Une fois de plus.

C'est pour ça que j'avais laissé filer Rakis. D'ici quelques heures, il se serait glissé jusqu'à ma cellule pour crocheter le cadenas et me libérer, une fois de plus. Si j'avais soupçonné quelque chose, je lui aurais fait signe de nous suivre. À l'instant où j'aurais été victime du poison, il aurait déchiqueté le visage de Torian, beaux yeux ou pas.

Mais la lieutenante avait été maligne et, maintenant, j'étais entre ses mains.

Vous connaissez ces vieilles histoires où le héros s'est immunisé au fil des années contre le poison avec lequel ses ennemis veulent justement le paralyser ?

Eh bien, ça n'existe que dans les histoires.

Vous ne me croyez pas ? Alors, allez-y. Empoisonnez-vous un peu chaque jour avec, disons, quelques feuilles d'herbe de faiblesse ou une pincée d'azalées. Le résultat, c'est... la mort. Le poison pris à petites doses sur une longue période s'accumule dans vos organes jusqu'à vous tuer.

Admettons que vous parveniez quand même à survivre. Chapeau bas. Une fois remis, en considérant que vous n'êtes pas condamné à passer le reste de vos jours infirme et délirant à vous baver dessus, désespéré au point de faire comprendre à vos proches que vous préféreriez de loin être mort, vous reprenez du poison.

Oups. Même résultat.

Il est vrai que les substances et autres fumigations voient leurs effets diminuer au fil du temps mais, dans ce cas, c'était juste pour rire. Un vrai poison ? Des attaques répétées contre votre foie et vos poumons ? Ça fait son chemin jusqu'à ce que vous alliez rejoindre votre tombeau de façon prématurée.

C'est pour ça que… « et ils empoisonnèrent le jeune héros » n'est jamais le premier pas vers une évasion réussie.

Sauf que…

Sauf que, durant nos voyages, j'avais remarqué que Furia Perfax parvenait à se débarrasser des effets du poison bien plus vite que tout le monde.

– C'est pas juste, lui avais-je un jour dit entre deux vomissements qui m'éclaboussaient les jambes.

– Quoi ? avait-elle demandé.

Ses mains tremblaient à peine quand elle sortit un roseau de feu de son gilet en cuir noir. Elle l'enflamma avec une allumette qu'elle conservait dans la manche de sa chemise de voyage, près de son matériel pour faire sauter les serrures.

La fumée réactiva ma nausée.

« Ancêtres, je vous en supplie… »

Furia ne fit preuve d'aucune pitié.

– On réussira jamais à vous faire aimer les bonnes choses, à vous autres sauvages de Jan'Tep, avait-elle dit.

À la seconde bouffée, elle dessina un rond de fumée spectaculaire dans l'air.

– Après tous ces mois sur les routes à subir plus d'attaques qu'on peut s'en souvenir, tu prétends qu'un type qui essaie de nous empoisonner en échange d'une récompense, « c'est pas juste » ?

Je passai les secondes suivantes à reprendre mes esprits et à tenter d'accompagner ma réponse d'un regard passablement menaçant.

– C'est pas ce que je voulais dire, et tu le sais.

– Qu'est-ce qui te gêne, dans ce cas, gamin ?

– Toi ! avais-je lâché, furieux.

Malheureusement, mon explosion de colère fut immédiatement suivie par le rejet des restes d'un ragoût pourtant payé bien plus cher qu'il ne valait – d'autant qu'il était empoisonné.

– T'es pas plus épaisse que moi. T'as mangé la même chose que moi. Comment ça se fait que tu te remettes bien plus vite que moi ?

– Ah..., avait-elle soupiré avec une nouvelle bouffée de fumée, tu parlais de ça.

– Oui. De *ça*.

Furia observa le roseau de feu qu'elle tenait entre le pouce et l'index. Un instant, je me dis que c'était peut-être la réponse : que fumer ces bâtons qui empuantissaient l'air servait aussi à autre chose. Mais quand elle reprit la parole, ce fut d'un ton si bas que je crus qu'elle ne voulait pas que j'entende :

– *Arta forteiza*.

– Le talent argosi pour la résilience ?

La raison pour laquelle je savais ça, c'est parce que quelques mois plus tôt, Rosie, également connue sous le nom du Chemin d'Épines et de Roses, m'avait énuméré les sept talents argosi. Jusque-là, j'ignorais jusqu'à leur existence, puisque mon supposé mentor n'avait jamais pris la peine de les mentionner.

– Les autres aiment peut-être appeler ça résilience, avait répondu Furia. Moi, je vois ça comme de la confiance.

– De la *confiance* ?

Elle s'approcha, droite et en pleine possession de ses moyens, tandis que je tremblais comme un arbre frêle dans la tempête. Puis elle ferma le poing.

– Je t'en supplie, ne me frappe pas.

– Désolée, gamin, c'est le seul moyen.

« Ancêtres, il y a des fois où je déteste ses leçons. »

Elle ne cogna pas fort. En fait, au début, elle déplaça son poing si lentement que je crus pouvoir parer le coup. Puis elle accéléra son geste pour m'atteindre à la mâchoire.

– Aïe ! avais-je crié. Quelle sorte de *maetri* donne un coup de poing à son *teysan* alors qu'il vient de se faire empoisonner ?

*Maetri*, c'est le terme argosi pour « professeur », et *teysan*, ça signifie « élève ». Furia déteste les jolis mots comme ça, raison pour laquelle je les utilise quand elle m'énerve.

Elle haussa un sourcil.

– Tu veux apprendre l'*arta forteiza* ou pas ?

Je me frottai la mâchoire en protestant :

– Tu parles d'une leçon !

Elle me tapota la joue en rétorquant :

– Pauvre petit.

« Attendez... Pauvre petit ? Furia n'employait jamais de mots comme ça. »

« Torian. C'est Torian qui m'a traité de pauvre petit bébé après m'avoir planté un ongle dans la chair. »

Je réussis à entrouvrir les yeux pour découvrir, certes dans le flou, une immense porte métallique au bout d'un étroit passage. Torian posa un doigt sur sa surface et y dessina un cercle. Au bout de quelques secondes, j'entendis ce qui ressemblait à un tintement, comme le lointain écho de cloches ou le son pur qu'on obtient en passant son doigt humide sur un gobelet en cristal. Un instant plus tard, un claquement remplaça le tintement, suivi par un grincement de verrous qu'on tirait.

– Déposez-le et partez, ordonna Torian aux quatre gardes qui me portaient.

Ils m'appuyèrent contre une paroi et elle me rattrapa par les épaules.

– Lieutenante, ne devrions-nous pas… ? commença l'un des gardes.

– Partez sur-le-champ, le coupa-t-elle.

D'une voix glaciale, accompagnée d'autre chose qui ne lui ressemblait pas. De la peur ?

– Croyez-moi, vous n'avez pas envie que les hommes et les femmes présents dans cette pièce craignent que vous les reconnaissiez un jour.

Un bruit sourd de bottes qui s'éloignaient rapidement.

– Qui… ? voulus-je demander, mais Torian me réduisit au silence d'une gifle cinglante.

« Non, attendez. Torian ne gifle pas, elle me pique du bout du doigt. Les gifles, c'était Furia. »

– Sois attentif à la leçon, gamin, m'avait averti mon mentor argosi. Ça pourrait te sauver la vie un jour.

Je voulus échapper à sa main, mais Furia se contenta de sourire.

– Tu vois ?

– Je vois quoi ?

Elle tendit à nouveau la main.

– Arrête ! avais-je crié en la repoussant une seconde fois.

– Et voilà, tu as recommencé. C'est quoi, la leçon, gamin ?

– Trouver une meilleure prof ?

Pour la troisième fois, elle voulut me donner une claque et, pour la troisième fois, je déviai sa main.

– Quelle est la leçon ? avait-elle demandé de nouveau.

Dans des moments comme ça, ce ne sont ni la mauvaise humeur ni l'énervement qui sont utiles avec Furia Perfax. Elle continue à répéter inlassablement la même chose jusqu'à obtenir la réponse qu'elle souhaite. Tout du moins, à faire en sorte qu'on pose la bonne question.

– Savoir pourquoi j'ai esquivé ta main ?

– Qu'est-ce que tu faisais, il y a une minute ?

– Je vomissais mes tripes et j'essayais de tout faire pour ne pas me rouler par terre !

Elle hocha la tête, comme si je venais de lui donner la bonne réponse.

– Alors, quelle est la leçon, gamin ?

Même après ça, je mis un moment à comprendre, mais pour finir, j'y parvins.

– Les vertiges. Je croyais ne pas pouvoir m'en débarrasser, mais dès que je me suis concentré sur autre chose, j'ai réussi à tenir debout.

Elle brisa son roseau de feu et me montra les deux parties.

– L'un de ces deux bouts brûle. À ça, toi et moi, on ne

peut rien. Mais l'autre ne brûlera que si tu crois qu'il peut s'enflammer.

Elle lâcha les deux moitiés par terre et les écrasa.

– Dans la vie, c'est souvent comme ça. Une partie de la réalité vient du corps, l'autre de l'esprit. Contre le corps, on ne peut pas faire grand-chose, mais contre l'esprit… Approche un peu plus, gamin.

– Tu vas encore me frapper.

Elle gloussa.

– Uniquement si tu te dépêches pas.

Je fis un pas en avant.

– Bien, avait-elle dit. Maintenant, ferme les yeux et fais encore un pas.

Je poussai un soupir. J'avais oublié quelle leçon elle tentait de m'enseigner, mais j'obéis quand même. Mon pied glissa sur un caillou. Une seconde plus tard, j'étais par terre et je râlais.

– Pourquoi tu es tombé ? avait-elle demandé.

Je me relevai.

– Parce que tu m'as dit de fermer les yeux !

– Est-ce que j'ai mis ce caillou à cet endroit ?

– Non, mais tu savais…

– Toi aussi, gamin. Tu pouvais voir le sol, tu pouvais voir le caillou. Mais après avoir fermé les yeux, tout ce que tu voyais, c'était le noir. Pourquoi ne pas continuer à te représenter le sol et le caillou ?

– Parce que ça n'est pas comme ça que la vue fonctionne ?

Elle me prit la main puis me plaça une carte rasoir entre mon pouce et mon index.

– Tu la sens ?

– À peine.

Elle désigna l'arbre derrière elle.

– J'imagine que tu peux atteindre le nœud dans ce tronc ?

– Non.

– Pourquoi ? Tu as déjà atteint des cibles bien plus difficiles.

Je n'étais même pas certain que mes muscles fonctionnent encore.

– Parce que le poison circule encore dans mes nerfs. Que je sens à peine la carte dans ma main, que je vois trop flou pour viser et que mon bras est trop faible pour lancer correctement.

Furia poussa un grognement.

– Gamin, cet arbre n'est qu'à quelques mètres. Tu sais le situer, comme tu sais que tu tiens cette carte et que ton bras peut la lancer.

Je fis un pas sur la droite pour qu'elle ne soit pas sur ma trajectoire, puis je regardai fixement l'arbre avant de prendre de l'élan pour lancer la carte. La première fois, elle ne quitta même pas ma main parce que je la serrais trop fort. La fois suivante, elle se contenta de retomber à mes pieds.

– Recommence, m'avait ordonné Furia en me tendant une autre carte.

Je la lui rendis.

– Montre-moi d'abord.

Furia soupira, puis m'arracha la carte des mains et, sans même se tourner pour regarder la cible, la lança de dos. Le bord en métal se planta au centre du nœud du tronc.

– Comment c'est possible ? avais-je demandé.

Elle me montra sa main en se frottant les doigts.

– Je ne sens pas plus mes doigts que toi. Et moi aussi, je

vois flou. J'ai l'impression que mes bras sont des poids morts. À cause du poison dans mon corps.

Elle tapota ma tempe avec son doigt.

– Mais c'est là-dedans que tu crois ne pas pouvoir lancer ta carte parce que tu n'es pas en pleine possession de tes moyens. Tu crois que tu ne peux pas atteindre l'arbre parce que tu vois mal, alors que tu sais que cet arbre est juste devant toi.

– Tu...

– La confiance, m'avait-elle coupé. La résilience, cela revient à faire confiance à ton corps. À tenir debout même quand ton esprit te dit que c'est impossible. À te battre même quand ta peur te dit que la situation est désespérée.

Elle me cacha les yeux d'une main et, de l'autre, plaça une carte dans ma paume.

– Fais confiance à ta mémoire pour visualiser ta cible. À ta main pour reproduire le geste. Et surtout, à ton cœur pour te permettre d'atteindre ton but.

Je sentis sa main se soulever de mes yeux comme elle se déplaçait sur le côté. Je gardai les paupières fermées et, même si je ne sentais pas mon bras, je pris mon élan puis lançai la carte.

– Alors ? m'avait-elle demandé. Tu rouvres les yeux pour voir si tu as atteint la cible ?

Je me contentai d'aller chercher nos sacs pour partir.

– J'imagine qu'il me suffit d'avoir confiance dans le fait que je l'ai touchée, avais-je répondu.

J'entendis le sourire dans sa voix quand elle m'emboîta le pas.

– Fin de la leçon, gamin.

C'est à cet instant que je repris connaissance. Torian Libri me traînait dans une salle où je serais bientôt à la merci de ceux qui m'y attendaient. Je ne cessais de sombrer dans l'inconscience, j'étais prisonnier des souterrains d'un palais où personne ne pourrait me retrouver. Le poison paralysant sur l'ongle de Torian m'avait tellement envahi que j'étais incapable de bouger un muscle, ne serait-ce que pour sentir mon visage. En revanche, j'entendais très bien.

– Pourquoi il sourit ? demanda une voix.

# 5
# Les chuchoteurs

Je repris mes esprits face à une lumière aveuglante et une menace de mort, avant de bénéficier d'un sauvetage des plus inattendus.

– On t'avait pourtant prévenue, petite Tori, lâcha une désagréable voix féminine.

On aurait dit une buse qui décrivait des cercles dans le ciel au-dessus d'une carcasse.

« Petite Tori ». J'avais hâte qu'elle m'arrête à nouveau pour que je puisse l'appeler comme ça.

– Et moi, je vous ai dit, rétorqua la petite Tori sur un ton qui hésitait entre le chant d'oiseau et la lame de rasoir, que si vous laissiez le frondeur de sort s'expliquer, rien de tout ça ne serait nécessaire.

– Ce n'est pas comme ça que fonctionne le conseil, déclara une voix plus grave.

J'imaginai un chameau dressé sur ses pattes arrière au milieu du désert, prêt à débiter un sermon sur la nature noble du sable.

– Des rumeurs troublantes sont parvenues à nos oreilles.

« Quel étrange choix de mots. C'est presque comme s'ils... Oh non, les chuchoteurs ! »

Depuis des mois, j'entendais parler d'un groupe de généraux, d'espions et de gardes royaux qui opéraient en dehors du palais. Tout renseignement sur de potentielles menaces contre l'empire devait être débattu par eux, et finalement, leurs sources éliminées. Ces douze hommes et femmes n'avaient aucune existence officielle, mais j'avais vu passer, dans les comptes du palais, des mentions au « Conseil impérial pour les actions stratégiques ». Autrement dit, le conseil des chuchoteurs.

Chaque fois que j'avais évoqué l'existence de ce conseil auprès de Torian, elle m'avait ri au nez.

– Ce n'est qu'un imbécile, déclarait-elle à présent. Un bouffon tout juste bon à faire quelques tours de cartes et autres blagues. Il ne représente aucune menace pour la reine.

– Les champs d'action de ce conseil vont bien au-delà de la personne de Ginevra, aboya une voix aiguë comme celle d'un suricate en colère surgi de son terrier dans le sable. Nous servons l'empire.

– C'est vrai, reconnut le chameau.

« Mais pourquoi faut-il que ce désert soit si chaud ? » me demandai-je.

Je n'avais qu'une envie, c'était de fuir les six soleils au-dessus de ma tête avant qu'ils creusent des trous dans mon crâne.

« Crétin, il n'y a pas six soleils. Ça doit être des lanternes au bout de chaînes scellées dans le plafond. Sers-toi de ton *arta forteiza* pour chasser le poison comme Furia te l'a appris pour ce genre de situation ! »

« D'accord. C'est quoi, l'*arta forteiza*, déjà ? »

– Ça suffit ! s'exclama la buse. Ça ne sert à rien d'attendre. Si on en croit le témoin ici présent…

Le silence qui s'ensuivit me permit de comprendre qu'elle faisait allusion à une personne présente dans la salle, mais qui n'appartenait pas au conseil.

– Nous n'avons aucune raison de croire son témoignage, siffla le suricate.

– Même si nous acceptions la preuve qu'il nous apporte, ajouta un nouveau – un cobra ou un crocodile –, le danger pour l'empire est trop grand. Nous devons agir avant que la situation ne nous échappe.

La buse reprit la parole :

– Je suis d'accord. Nous savons tous que le frondeur de sort a tendance à prendre des décisions hâtives selon son humeur ou son code moral douteux. De surcroît, il a une trop grande influence sur la reine. Soit on le tue, soit… En fait, je ne vois pas d'alternative.

– Je suis en faveur de l'exécution, déclara le suricate.

– Moi aussi, dit le chameau.

Quelques autres, peut-être deux otaries et une autruche, donnèrent leur accord à leur tour.

« Ils ont tous l'air de bons citoyens disciplinés, me dis-je. Je dois rapidement trouver un moyen de les assassiner. »

Pendant les quelques minutes qui suivirent, je fis à peine attention à leurs échanges. Tour à tour, ils pontifièrent sur la nécessité de m'éliminer. Je me concentrai plutôt sur ce que leurs voix révélaient de la salle où nous nous trouvions. Chaque fois que l'un prenait la parole, sa voix venait d'une direction différente. Ils étaient donc tous autour de moi.

J'étais étendu sur quelque chose de dur, pourtant je me souvenais que Torian m'avait rattrapé avant que je tombe. Et je n'avais pas froid, or les pavés vous refroidissent le corps plus vite qu'un courant d'air. Je devais donc être étendu sur une table en bois placée au centre de la salle.

« Ils sont assis autour de moi comme des convives impatients de savourer un cochon rôti. »

Torian brisa ma concentration en criant assez fort pour faire taire tout le monde dans la salle :

– Le prochain qui me donne un cours sur la nécessité des choix difficiles pour l'empire se réveillera avec une mâchoire brisée. Personne ne tuera cet imbécile, à moins que je m'en charge !

Je fus touché. D'une certaine manière.

– La même requête d'exécution pourrait être placée sur votre tête, lieutenante Libri, si vous menaciez à nouveau ce conseil, l'avertit le chameau.

« Ce n'est pas un chameau, me serinai-je. Mais un être humain. Qui pourrait assez vite avoir besoin d'une bonne petite leçon. »

Mon cerveau fonctionnait à nouveau presque normalement, c'est-à-dire au ralenti, alors je concentrai mon attention sur mon corps. De façon discrète et méthodique, je me mis à contracter mes muscles l'un après l'autre, même si je ne les sentais pas. Engourdir des nerfs, c'est facile, mais si on bloque trop longtemps des muscles, ça mène rapidement à l'asphyxie. Soit Torian m'avait administré une dose fatale de poison, soit je pourrais rapidement bouger.

Pour l'instant, je n'avais qu'un seul geste à faire.

Le palais était protégé contre la magie Jan'Tep, alors, même si j'avais bénéficié de la dextérité nécessaire, mon sort d'explosion avait toutes les chances d'échouer. De même que la précision nécessaire pour faire danser mes pièces de *castradazi*. Si je tentais quelque chose d'aussi compliqué, je ferais tout tomber. Même mes cartes rasoirs exigeaient que je vise, quoi que prétende Furia.

« L'un de ces jours, je vais avoir besoin d'un moyen de tuer les gens sans me servir de mes mains. »

– Six d'entre nous avaient déjà voté en faveur de l'exécution avant que le frondeur de sort imprudent ne mette une fois de plus la couronne et l'empire en danger, déclara la buse qui avait appelé Torian petite Tori.

« Ancêtres, je vous en supplie, laissez-moi vivre au moins le temps de pouvoir l'appeler une fois comme ça. »

La buse continua :

– Que le reste du conseil s'exprime. Il nous faut encore une voix pour obtenir la majorité, alors faites vite, messieurs-dames. D'autres sujets bien plus importants nous attendent.

Sa voix était la plus proche de mon oreille droite. Je commençai à échafauder un plan. Qui n'était pas particulièrement bon, mais les plans ne le sont jamais jusqu'à ce qu'ils réussissent.

Et là, ils deviennent foutrement géniaux.

Imaginez un truc de dingue : rouler sur vous-même tout en sortant une carte rasoir d'un étui en cuir accroché à votre cuisse. Ça n'a pas l'air trop dur, si ? Le problème, c'est que comme vous ne sentez ni vos jambes ni vos bras, vous ne pouvez pas savoir si vous avez correctement exécuté le geste ou si vous vous êtes lamentablement échoué sur le dos comme un poisson hors de l'eau.

Imaginez ensuite vous aider de la table pour vous relever. Il vaut mieux faire vite, sinon quelqu'un aura la possibilité de vous frapper ou de vous poignarder et de mettre rapidement fin à votre audacieuse tentative.

Mais comme vous ne sentez toujours rien, vous ne savez pas si ça a marché.

Autorisons-nous à être optimiste, d'accord ?

Alors, rassemblez vos pieds et repoussez-vous de la table. Mais pas trop, sinon vous allez vous écraser contre un mur dans un geste inélégant. Il faut bondir avec la force nécessaire pour atterrir derrière une chaise dont vous ne faites que supposer l'existence.

En considérant que vous avez vraiment bougé, que tout ça n'était pas uniquement une hallucination due à la paralysie qui a envahi votre cœur, que vous vous êtes réellement retourné et que vous avez atteint votre cible avec la carte rasoir – vous vous souvenez de la carte ? Eh bien, ne la lâchez surtout pas ! Vous appuyez avec soin le bord acéré sur le cou de la femme qui, quelques secondes plus tôt à peine, exigeait votre exécution.

Ça a l'air dur ? C'est parce que ça l'est.

Pourtant, être l'élève d'une Argosi qui vous apprend à vous battre en dansant, à parler en vous taisant, et qui confond la résilience et la confiance, parfois, eh bien, ça paie.

– Ta-da ! m'écriai-je.

J'ouvris les yeux pour voir où j'en étais. C'est là que la situation… se compliqua.

# 6

# Un talent certain pour les ennuis

Malgré ma vision floue, je découvris une douzaine de trônes en bois disposés autour d'une grande table ovale. Six lanternes en cuivre étaient suspendues à des chaînes fixées au plafond. L'une d'elles se balançait plus que les autres, ce qui expliquait ma douleur à la tempe. Quant à ma tentative d'évasion, j'étais debout derrière l'un des trônes, le bord de ma carte rasoir placé sous le double menton de la dame. Je n'avais plus qu'à presser un peu pour sortir de là en un seul morceau.

Je voyais de mieux en mieux. Ma prisonnière était plus âgée que sa voix ne le laissait supposer, avec plus de sel que de poivre dans ses cheveux rassemblés en un chignon lâche. Malgré tout, elle se tenait bien droite et ne paraissait pas particulièrement tendue. Ses muscles, qui dessinaient comme des cordes dans son cou, indiquaient que cette femme savait se battre.

– *Arta eres?* questionna-t-elle sans prendre la peine de lever les yeux vers moi.

– On dit aussi danser, répondis-je. Avec un soupçon d'*arta forteiza*, l'art de la résilience.

Elle soupira en déclarant :

– Je hais les Argosi.

– On me fait souvent cette remarque. Même si je ne crois pas que nous ayons déjà été présentés. Kelen.

– Emelda.

– Joli nom.

J'agitai un peu la carte contre sa gorge.

– Essayez de ne pas me rendre trop nerveux, Emelda, car j'ai mauvais caractère.

– Impressionnant, commenta le chameau.

C'était en réalité un grand homme avec des cheveux blancs et un visage très long. Il tendit un doigt fin et manucuré vers un endroit bombé de la table avant d'ajouter :

– Hélas, l'ami, vous allez découvrir que cette salle est bien protégée.

Il appuya sur l'endroit bombé, et j'entendis un petit bruit juste avant qu'une flèche ne jaillisse du plafond pour s'enfoncer de dix centimètres au centre de la table où, quelques instants plus tôt encore, j'étais allongé.

« Bien fait », reconnus-je en mon for intérieur.

– Laissez-moi deviner, dis-je tout fort, cette salle a été conçue par des ingénieurs gitabriens ? Non, attendez, ne me dites rien. Des ingénieurs gitabriens morts, c'est ça ? Parce que, vous autres chuchoteurs, vous adorez les secrets, n'est-ce pas ?

Le type au visage allongé déplaça son doigt vers un autre endroit bombé.

– Pour quelqu'un d'aussi perspicace, vous êtes très mauvais en statistiques basiques sur votre destin.

Je jouis d'une petite satisfaction à voir à quel point son bluff était minable.

– Puis-je commencer par dire que faire construire une salle avec des flèches secrètes pour tuer vos hôtes, c'est flippant ? Puis ajouter que vous n'avez sans doute pas fait installer de lanceur automatique de flèche *derrière* chacun de vos trônes ?

Je fis un petit signe de tête vers l'autre bout de la table.

– Quant au type qui me vise avec son arme... jolie, au demeurant, il devrait savoir que s'il bouge à peine, je trancherai la gorge de votre collègue si vite que vous tous passerez le reste de ce délicieux après-midi à éponger son sang répandu sur cette splendide table.

Il faut mentionner que je ne voyais pas les autres sur leur trône, encore moins qu'ils pointaient une arme sur moi. Alors comment je savais qu'il y en avait une ? Parce que dans une salle pleine d'espions et d'assassins sans foi ni loi, il y a toujours quelqu'un prêt à vous tuer.

Mon otage gémit.

– Dieux de la Fortune et de l'Échec, jura-t-elle, épargnez-moi cet Argosi, mais surtout son insupportable *arta valar*.

– Je vous comprends, lui dis-je d'un ton compatissant.

J'appuyai le bord tranchant de la carte rasoir juste assez pour qu'Emelda sente sa morsure et repris :

– Maintenant, levez-vous pour que vous et moi puissions quitter ensemble cette antichambre humide et froide. Puis nous ferons une agréable promenade dans le palais jusqu'à la reine, et là, vous pourrez peut-être expliquer à Sa Majesté pourquoi vous vouliez mettre fin aux jours de son maître des cartes préféré.

– Sais-tu à quel point tes propos sont stupides ? lança Emelda.

Je le savais, mais la première règle de l'*arta valar*, c'est que quand on se lance dans la bravade, il faut poursuivre jusqu'au combat.

– Arrêtez cette comédie, cracha le type que j'avais pris pour un crocodile.

Quand il se pencha vers la lumière, je vis qu'il s'agissait en réalité d'une belle femme âgée d'une quarantaine d'années.

– Mon garçon, pose cette lame et nous discuterons de façon raisonnée.

– Ne la lâche pas, m'avertit Torian. Dès que la motion est ouverte, ils peuvent continuer à voter. Le seul moyen d'y mettre fin, c'est de la renverser.

Emelda eut l'air moyennement choquée par la remarque de Torian.

– Tu es désobéissante depuis que tu es petite.

Torian lui fit un clin d'œil.

– Et depuis que je suis petite, tu es une mauvaise mère.

– Ton père et moi voulions t'apprendre à te sortir de toutes les situations, petite Tori. Tu pourrais nous en être davantage reconnaissante.

– Pour m'avoir fait dormir dans un nid de serpents à sonnettes jusqu'à mes huit ans ?

– Nous leur avions arraché leurs crochets ! protesta la dame. Ce n'est pas notre faute si tu as mis tout ce temps à trouver le moyen de charmer quelques reptiles sans danger.

« Est-ce que cela signifie… que Torian est vraiment capable d'hypnotiser ? »

Dans certaines vieilles histoires, les gardes royaux exercent d'anciennes formes de magie de la Frontière, le genre de talents capables de les aider à traquer les criminels. J'avais toujours cru que c'étaient des ragots que la garde royale faisait courir pour accroître la crainte qu'elle inspirait. Mais là, j'avais des soucis plus pressants.

– Je déteste interrompre un moment de tendresse entre mère et fille, commençai-je, mais on m'attend, et je dois organiser la mort de quelques personnes importantes, à commencer par les membres du conseil des chuchoteurs.

– Dans ce cas, autant commencer par moi, déclara Emelda. Parce que je ne t'accompagnerai nulle part.

Il y avait une drôle d'intonation dans sa voix, comme si je l'avais offensée. En plus, bien sûr, du fait que je tenais une carte rasoir contre sa gorge.

Mon évasion ne se déroulait pas tout à fait comme je l'avais espéré. Certes, j'avais au départ très peu de chances de réussite, mais dans mon désir d'échapper à la mort, j'avais omis que les assassins sont souvent stoïques face à l'idée de leur propre fin. Sans doute que commettre des meurtres de façon régulière rend optimiste quant à la vie après la mort.

– Annulez la motion et déclarez l'exécution sans motif, leur ordonna Torian.

– Ce n'était pas au sujet du vote que je m'inquiétais, protestai-je.

– Tu ne comprends pas. Une fois que le conseil a voté une exécution, il n'y a plus aucun moyen de l'annuler. Ils enverront tueur sur tueur à ta poursuite jusqu'à ce que le boulot soit fait.

À nouveau, elle se tourna vers les autres.

– Renversez la motion. Tout de suite !

– Non ! protesta Emelda. Nous te l'avons déjà dit, petite Tori, on ne peut pas faire confiance au frondeur de sort. Nous t'avons laissé plusieurs mois pour le canaliser, et tu as échoué.

– Mère, tu n'as pas réfléchi aux ennuis que je peux vous

attirer. Pousse-moi un peu trop loin dans mes retranchements et je monterai toute la garde royale contre vous tous et...

– Et il n'y aura plus de garde royale, conclut le chameau. Les chuchoteurs protègent l'empire depuis bien avant la création de la garde royale. Nous serons encore là très longtemps après que l'histoire vous aura tous oubliés.

« Ce dont j'ai besoin, là, Furia, me dis-je en regrettant pour la centième fois d'avoir abandonné mon mentor argosi, c'est de l'un de tes si intelligents plans de sauvetage où, passé quelques commentaires ironiques, tout le monde dépose les armes. »

Étrangement, la chance fut avec moi, mais pas de la façon dont je l'avais espéré.

Je fus sauvé par des applaudissements.

Une silhouette quitta son trône pour se dresser dans la lumière des lanternes. Il était grand et bien bâti. Sur ses cheveux noirs épais parfaitement coiffés reposait une couronne en bois sculpté qui ne pouvait pourtant rivaliser avec la découpe élégante de ses mâchoires. Ses traits étaient assez beaux pour rendre jaloux n'importe quel homme, et assez familiers pour me glacer le sang.

– Bonjour, Père, dis-je.

# 7
# Le témoin

– Quelle belle comédie ! s'exclama Ke'heops, mage souverain du peuple Jan'Tep, avec moult applaudissements, comme si mon exécution imminente n'était qu'un spectacle donné à son intention.

– Que le témoin se rasseye et se taise, bon sang ! protesta Emelda.

Elle n'avait toujours pas essayé de se dégager de ma carte rasoir, mais un léger tressautement dans les muscles de son épaule me signala qu'elle allait bientôt tenter quelque chose.

– Ah non, ça suffit ! s'exclama Ke'heops.

Il stabilisa l'index et l'annulaire de sa main droite à peine plus haut que le reste de ses doigts. Ce qu'il n'aurait jamais fait s'il n'avait pas voulu que toute personne présente dans la salle sache qu'il allait jeter un sort.

– Vos intrigues daroman sont certes divertissantes, mais je crains de ne pouvoir vous laisser plus longtemps menacer mon fils.

– Vous pouvez agiter vos doigts tant que vous le voudrez, mage souverain, lança le chameau, cette salle a les protections les plus puissantes de tout le palais contre vos petits tours

Jan'Tep. On aurait pu croire qu'un homme de votre importance le saurait.

– C'est étrange...

Ke'heops regarda ses mains comme si ce n'étaient pas les siennes.

– J'aurais pourtant juré que...

Il agita à peine le bout des doigts en prononçant un sort à syllabe unique. Une cascade d'étincelles rouges dégoulina de ses phalanges, ce qui coupa le sifflet au chameau. Mon père promena son regard sur les individus assis autour de la table.

– Apparemment, le grand et sage conseil des chuchoteurs a mal mesuré l'efficacité de ses dispositifs de sécurité.

– C'est impossible ! s'écria le suricate, qui était en fait un jeune homme maigre d'environ cinq ans de plus que moi. Les protections du palais sont inviolables depuis plus d'un siècle !

– Les temps changent, fit remarquer Ke'heops en refermant sa main d'un coup, éteignant les étincelles qu'il n'aurait pas dû pouvoir déclencher.

Le suricate, le chameau et plusieurs autres se tournèrent vers Emelda, qui répondit par un haussement d'épaules.

– Les Jan'Tep connaissent nos mesures de sécurité depuis très longtemps. Il devait bien y avoir un moment où ils trouveraient un moyen de les contourner.

Ke'heops acquiesça, comme si elle venait de le complimenter sur son génie. Étrangement, alors que tout prouvait que mon père détestait les tours de passe-passe, j'aurais pourtant juré qu'il venait d'en réaliser un.

– Pose ton arme, Ke'helios, me dit-il. Personne ne te fera de mal.

« Ke'helios ».

Quelques mois plus tôt, ma sœur Sha'maat m'avait annoncé mon nom de mage; un cadeau de mon père, avait-elle prétendu. Je ne l'avais pas crue. Ke'heops m'avait toujours considéré comme une source de déception, bien avant qu'il me ligote sur une table avec la complicité de ma mère pour contrecarrer ma magie. Ils m'avaient privé à jamais de toute possibilité de faire étinceler une autre bande que celle du souffle. J'avais donc logiquement considéré qu'on me refuserait mon nom de mage. Alors, entendre mon père s'adresser à moi comme ça...

– Appelle-moi Kelen, dis-je.

Il chassa ce petit acte de rébellion d'un revers de la main.

– C'est un nom d'enfant. Malgré ton comportement actuel, tu es devenu un homme. Un fils de la maisonnée de Ke. Ton nom sera à jamais Ke'helios.

Quand il s'appuya sur la table, les sept pointes de sa couronne scintillèrent à la lueur des lanternes.

– Pose cette stupide carte rasoir, que je puisse en venir à la raison de ma présence ici.

– Ne lâche pas ma mère, m'avertit Torian. Pas avant que le conseil ait rejeté la motion.

Pour une femme qui m'avait piégé, empoisonné et traîné jusqu'ici, elle paraissait vraiment concernée par ma survie.

– Par nos ancêtres, jura Ke'heops.

Une ride d'irritation barra son front. Il observa les membres du conseil autour de la table.

– Veuillez rejeter cet ordre d'exécution pour que nous puissions passer à des sujets plus urgents.

Il leva un doigt et reprit :

– Et avant que l'un d'entre vous me menace du même genre

de bêtises, sachez que tous les princes de clan Jan'Tep sont au courant de ma présence ici. Si je devais perdre la vie dans un mystérieux accident ou souffrir subitement d'une maladie, vous subiriez l'ire de tous les mages seigneurs du continent bien décidés à démanteler votre empire.

Il se rassit et conclut :

– Et puisque ledit empire ne tient qu'à un fil, cela ne faciliterait pas la tâche de ceux chargés d'en assurer la continuité, n'est-ce pas ?

– Plongez-moi dans une barrique de miel et couvrez-moi de fourmis rouges s'il le faut, mais qu'on en finisse ! gronda Emelda avant même les soupirs las de tous les autres.

– Je sais, dis-je. Moi aussi, il me fait cet effet.

– Toi, l'Argosi, n'en rajoute pas. Je devrais te tuer rien que par principe.

Malgré la diversion occasionnée par la démonstration de mon père, je continuais à surveiller Emelda. Mais quand elle passa à l'action, elle fut trop rapide. La pointe d'un ongle plantée dans le dos de ma main entraîna le relâchement instantané de mes doigts, qui se mirent à pendouiller comme des nouilles trop cuites. La carte rasoir m'échappa. Emelda la ramassa.

– Je crois que je vais la garder en souvenir, dit-elle en la glissant dans la poche de son manteau.

Je secouai plusieurs fois la main en essayant de recouvrer l'usage de mes doigts, puis je demandai :

– L'empoisonnement, c'est un truc de famille, non ?

– Un passe-temps. Notre vrai boulot, c'est d'éliminer les menaces qui pèsent sur le trône.

Torian prit de nouveau ma défense :

– Je te l'ai dit, le frondeur de sort n'est pas…

– Ça suffit, petite demoiselle, l'interrompit Emelda.

Elle fit un signe de tête à mon père.

– Le témoin a raison. Nous avons des sujets bien plus urgents que ce joueur de cartes argosi particulièrement pénible. Je propose que nous ajournions l'ordre d'exécution contre Ke'helios et que nous…

– Kelen, la corrigeai-je.

– Peu importe. Le conseil des chuchoteurs renonce à appliquer votre ordre d'exécution.

– Pendant une période d'au moins un an, compléta Torian, puis elle se tourna vers moi pour m'expliquer : Même s'ils ajournent l'ordre, il suffit que l'un d'eux demande un nouveau vote dès qu'ils auront envie de satisfaire leur perversité.

Emelda lança un regard méprisant à sa fille.

– Si ton père était encore là…

– Si tu veux son avis, Mère, tu vas avoir besoin d'une pelle pour l'obtenir.

Ces paroles désinvoltes créèrent un trouble chez Emelda. Il se vit dans son regard, mais elle le dissimula du mieux qu'elle put.

– Je propose que nous ajournions l'ordre d'exécution de Kelen de la maisonnée de Ke pour une période qui ne pourra être inférieure à une année.

Quelques grognements et protestations s'élevèrent, puis se dissipèrent comme de la fumée dans le vent. Les chuchoteurs étaient apparemment aussi prompts à pardonner qu'à condamner.

Quelle attitude étrange…

– Bien, dit mon père en posant les mains sur la table,

comme si nous étions les hôtes de son sanctuaire. Dans ce cas, nous pouvons maintenant nous occuper de...

– Un instant, coupai-je.

Mon père haussa un sourcil. Torian me fit signe de faire profil bas. Elle avait raison. Aucun intérêt à attiser la colère de l'ours qui vient de vous épargner.

– Vous n'êtes qu'un ramassis de menteurs, dis-je. J'ai presque failli croire à votre petit jeu.

Des voix outragées s'élevèrent et des poings s'abattirent sur la table. Des appels à mon exécution immédiate se firent entendre. Seule Emelda, la buse, me regardait avec amusement.

– Tu as quelque chose en tête, l'Argosi ?

C'est la deuxième règle de l'*arta precis*, ou perception. Le théâtre n'est qu'illusion : une performance d'acteurs sur une scène devant un décor. Mais oubliez tout ça, et vous découvrirez la réelle intention du metteur en scène. Je pris un moment pour examiner les étapes qui nous avaient tous conduits là : mon arrestation, la trahison de Torian, la parodie de procès, puis mon père qui faisait mine de me sauver...

– Il a réussi l'épreuve ? demandai-je en désignant mon père.

– L'épreuve ? protesta-t-il.

Il parvenait à garder sa dignité, mais sa fureur était comme un buisson mort prêt à s'enflammer à la première étincelle. Son regard était si méprisant qu'on aurait presque pu oublier qu'il connaissait des dizaines de sorts capables de vous réduire en poussière d'une façon terriblement douloureuse. Son regard alla d'Emelda à moi.

– Mais de quoi parle-t-il ?

Elle l'ignora et gloussa en se tournant vers moi.

– Continue, mon garçon. Si tu es si intelligent, pourquoi

ne répondrais-tu pas toi-même à ta question ? Ton père a-t-il réussi l'épreuve ?

– Pas totalement. Mais il est tout de même parvenu à apaiser certains de vos soupçons.

– Ne parlez pas de moi comme si je n'étais pas là ! protesta Ke'heops.

Un instant, on aurait presque dit Rakis.

– Je ne suis pas un élève qui doit…

– Ils voulaient tester ta réaction, le coupai-je.

Ce qui n'est jamais une bonne idée, mais comme j'avais le vent en poupe… Je levai un bras et remontai ma manche pour exhiber les sigils contrecarrant la magie sur mes bandes tatouées Jan'Tep.

– Les chuchoteurs connaissent notre relation… compliquée. Ils avaient besoin de savoir si ta présence ici n'était qu'un prétexte.

– Un prétexte à quoi ? demanda-t-il.

Je haussai les épaules.

– Un prétexte pour t'approcher suffisamment de moi et me tuer. Ils voulaient aussi déterminer si notre conflit n'était pas qu'une façade te permettant de m'utiliser comme espion à la cour daroman.

Je ne mentionnai pas que ma famille avait réellement tenté de m'utiliser comme espion.

Mon père a une mâchoire en acier, si bien que la regarder se contracter est toujours un peu douloureux.

– Et à quelle conclusion en êtes-vous arrivés ?

À nouveau, Emelda me fit signe de m'exprimer.

– Si tu étais venu m'assassiner, tu te serais contenté de rester sur ton siège et de laisser les chuchoteurs faire le sale boulot à ta place. Si nous avions travaillé main dans la main depuis tout ce temps, tu serais intervenu avec une explication crédible pour qu'ils m'épargnent.

– Au lieu de ça, mage souverain, vous avez attendu, souligna le chameau, la tête inclinée en signe de perplexité.

– Pas de plan secret, pas de préméditation, dit Emelda, qui tourna ensuite la tête vers Torian. Rien que la réaction instinctive d'un parent qui aime son enfant.

Ke'heops et moi, on éclata de rire.

– Il n'y en a pas un pour rattraper l'autre, conclut Emelda en se levant.

Elle avait beau n'être ni grande ni impressionnante, sa présence n'en était pas moins imposante, ses yeux verts tout aussi stupéfiants que les yeux saphir de sa fille.

« Des émeraudes... », aurait roucoulé Rakis.

– Bon, déclara Emelda, trêve de plaisanteries. Puisque tout est réglé, le moment est venu d'entendre le témoin.

Le chameau, le crocodile, le suricate et les otaries (j'allais vite devoir découvrir leurs noms de façon que Rakis et moi puissions leur rendre une petite visite nocturne) se tournèrent vers mon père.

Ke'heops sortit deux bourses des plis de sa toge. Il en mit une de côté et ouvrit l'autre. Du sable pourpre s'étala sur la table, projetant une sorte de brouillard.

– Qu'est-ce que c'est ? demanda le suricate. Une poudre mystique ?

– Du sable, répondit mon père. En provenance de cette ville même.

Il leva une main au-dessus de la table. Ses manches s'illuminèrent comme ses bandes magiques se mettaient à étinceler.

– *Saver'et'aeoch*, prononça-t-il doucement.

Le sable tourbillonna comme emporté par un vent fort. Tout d'abord, il s'éleva et retomba en vagues mais, assez vite, les grains s'organisèrent sur la table. Apparurent bientôt des bâtiments, des rues, des canaux. Et, en leur centre, le palais impérial de Darome.

– Impressionnant, concéda Emelda.

Elle me murmura :

– Magie du sable ?

Je ne savais pas pourquoi elle s'attendait à ce que je lui réponde, mais je ne vis aucune raison de ne pas m'exécuter.

– Soie et fer, selon moi.

– Fer, soie *et* sable, me corrigea Ke'heops. Le temps a son importance, ici.

Les chuchoteurs quittèrent leur siège pour examiner la maquette de plus près. C'était un travail remarquable, presque une œuvre d'art. Chaque bâtiment, chaque rue était non seulement fidèle, mais aussi animé, le moindre grain de sable représentant des personnages qui vaquaient à leurs tâches quotidiennes.

– La Darome, déclara mon père, est une nation riche en ressources et en influence. Elle possède aussi une puissance militaire inégalée. Depuis cinq siècles, l'empire incarne une force politique majeure sur ce continent.

Il promena son regard sur l'assemblée. Tous le dévisageaient.

– Voici la capitale de votre pays. Votre ville. Aujourd'hui.

Il marqua une pause et adopta la gravité théâtrale d'un acteur sur le point de déclamer la dernière réplique de la pièce.

– Et voici la Darome dans six mois.

D'un claquement de doigts, les bâtiments, les rues, le palais lui-même, s'effondrèrent. Seuls demeurèrent des tas de sable sur la table.

# 8

# L'appât et l'hameçon

Un bon escroc s'y prend toujours de la même manière. Il commence par appâter sa cible : ce qu'il a à offrir a l'air délicieux, mais il faut s'en méfier. Mon père venait de proposer un joli spectacle avec sa maquette de la capitale de la Darome, avant de la réduire en tas de sable.

Ensuite ? Comme à la pêche, il faut ferrer. Avec un hameçon.

Le conseil fixait les tas de sable pourpre. Moi ? Je regardais l'hameçon.

– Qu'est-ce que contient la deuxième bourse ? demandai-je à mon père en la désignant.

Il me jeta un coup d'œil à la fois irrité et empreint de quelque chose qui, chez quelqu'un d'autre, aurait pu être de la fierté.

– L'ennemi, répondit-il simplement.

Emelda me regardait quand elle demanda à mon père :

– Et que cela va-t-il nous coûter de découvrir cet ennemi, cher Ke'heops, mage souverain du peuple Jan'Tep ?

Je me demandai pourquoi elle se donnait la peine d'utiliser un titre pourtant non reconnu par le trône de Darome pour s'adresser à lui. La réponse était en fait contenue dans mon interrogation : c'était l'offre d'Emelda.

Ke'heops secoua la tête.

– Les renseignements que je vous apporte ont coûté très cher à mon peuple. Mon émissaire est... mort au cours de sa mission.

– Nous ferons en sorte de verser des larmes de gratitude lors de ses funérailles, déclara Emelda en intimant aux autres chuchoteurs de se taire.

Ke'heops sortit alors un parchemin roulé des plis de sa toge, orné d'un sceau doré brillant. Il le lança à Emelda.

– Qu'est-ce que c'est ? demanda-t-elle en le rattrapant.

– Les relations entre l'empire daroman et l'arcanocratie Jan'Tep devront être... réexaminées. Pour cela, il faudra des garanties, des concessions, afin... permettez-moi ce terme, d'*améliorer* les liens diplomatiques entre nos peuples.

L'indignation de Torian était si palpable qu'on sentait presque la température monter dans la salle.

– Les reconsidérations de cet ordre sont la prérogative de la reine, cracha-t-elle. C'est elle qui règne sur cet empire, au cas où personne ne vous en aurait informé.

Ke'heops l'ignora, ne quittant pas Emelda des yeux.

– Nous jugeons plus pragmatique de négocier avec ceux qui dirigent, et non ceux qui sont là uniquement pour la galerie.

Emelda me paraissait très à l'aise dans ce qui aurait dû être une situation diplomatique tendue. Elle brisa le sceau du parchemin sans se soucier des étincelles qui firent mine de l'enflammer, mais disparurent aussitôt. Le parchemin, d'abord vierge, se couvrit bientôt de lettres d'or. Emelda le roula à nouveau sans prendre la peine de le lire.

– La reine est une fillette raisonnable, déclara-t-elle. Je suis certaine que si vos propositions sont aussi vitales à nos intérêts que vous le prétendez, elle se laissera convaincre d'offrir la considération qu'il mérite au meilleur allié de la Darome.

L'empire daroman et l'arcanocratie Jan'Tep se méprisaient depuis toujours, chaque nation jugeant l'autre barbare. Mais Ke'heops parut se satisfaire de cette vague assurance. Il balaya la table d'une main, et le sable disparut. Quand il renversa le contenu de la seconde bourse, il s'en déversa un sable beige bien moins beau qui me rappela mes pires souvenirs d'égarement et de soif intense.

« Ancêtres, je déteste le désert. »

– *Saver'et'aeoch*, prononça-t-il pour la deuxième fois comme ses mains créaient des formes somatiques au-dessus de la table.

À nouveau, les grains tourbillonnèrent, cette fois pour prendre la forme d'une cité dorée en plein désert.

– Voici l'ennemi qui va détruire l'empire daroman et réduire son peuple en esclavage.

Le type que j'avais pris pour un suricate éclata de rire.

– Les Berabesq ? Vous pensez vraiment que nous allons craindre une bande de vizirs excités ? Ils ne sont même pas capables de savoir lequel de leurs six livres saints est le bon, encore moins de s'unir derrière un dirigeant unique. La seule raison pour laquelle le peuple berabesq n'a pas déjà pendu ses vizirs aux grands arbres, c'est qu'il n'y en a pas dans le désert !

Cela me paraissait une vision naïve et sectaire. Pour commencer, les déserts abritent une flore bien plus diversifiée qu'on le croit, y compris certains très grands arbres. Je le savais pour avoir failli être pendu à plusieurs d'entre eux au cours de mes voyages dans ces contrées par ailleurs si hostiles.

La femme que j'avais prise pour un crocodile lâcha dans un murmure qui ressemblait à une petite brise :

– Les Berabesq sont un peuple très croyant et plus important que tous les autres sur ce continent, et dangereux, aussi. Ceux qu'ils appellent doctrinaires sont bien plus entraînés que n'importe quel guerrier de notre armée.

C'était vrai. J'avais moi-même combattu deux doctrinaires. Les pouvoirs dont ils avaient fait preuve étaient susceptibles de donner du fil à retordre à un mage Jan'Tep.

– Mais c'est une nation désunie, fit remarquer le chameau. Divisée en factions dont chacune revendique son livre saint comme le véritable édit de leur Dieu. Tout vizir qui gagne trop en autorité ou en influence ne tarde pas à y perdre la tête. Au sens propre.

Ni Emelda ni Torian n'avaient parlé depuis un petit moment. Mon père se contentait d'observer, le subtil amusement sur ses traits trahissant sa joie à écouter les redoutés chuchoteurs daroman débattre de sujets triviaux. Les meilleurs escrocs sont très forts pour dissimuler leur hameçon dans l'appât.

Moi ? J'avais vu plein de tours. Au bout d'un certain temps, même les plus intelligents commencent à m'ennuyer.

– Le moment est venu de leur révéler ton petit tour, Père.

En général, il déteste que j'évoque la magie avec une telle désinvolture mais, cette fois, il sourit.

Il prononça dans sa barbe une syllabe ésotérique et écarta les mains. En réaction, le sable doré se réarrangea, la ville en plein désert s'étendant jusqu'à ce que son temple, avec une grande tour en son centre, prenne presque toute la place. Ke'heops se leva et dessina un cercle autour de la structure. Comme il agitait les doigts, quelques grains de sable se transformèrent en personnages qui admiraient la tour. Les petits bonshommes se multiplièrent jusqu'à ce qu'on ait l'impression de regarder depuis les nuages une foule en adoration au pied de la tour. Un rugissement s'éleva des grains de sable tassés comme les personnages levaient leurs bras et agitaient le poing. J'entendais presque leurs slogans.

– Qui adorent-ils ? demanda Torian.

Ke'heops remua à nouveau les doigts près du sommet de la tour où, sur un balcon, apparut une silhouette en toge avec un bébé dans les bras.

– Voici celui qui les unira, répondit-il. Celui pour qui la plus grande armée jamais vue sur ce continent prendra le chemin de la guerre. Celui qui conduira à l'anéantissement de la Darome.

– Un bébé ? s'exclama le chameau. Vous pensez que nous allons craindre un nourrisson ?

– Cette scène s'est produite il y a onze mois, expliqua Ke'heops.

Il tendit une main dont les doigts étaient repliés comme sur une montre de gousset, et fit pivoter son poignet. Le sable changea de forme. La foule acclamait avec encore plus d'enthousiasme un garçonnet qui semblait avoir cinq ans.

– Ça, c'était il y a cinq mois.

Son poignet pivota à nouveau, et le garçon grandit sous nos yeux. Il avait maintenant au moins huit ans. Le chameau demanda d'un air incrédule :

– Mais comment est-ce… ?

Ke'heops fit une dernière fois pivoter son poignet. La foule était à présent si dense qu'on se sentait étouffer rien qu'à la regarder. Dans les rues qui bordaient le temple, de nombreuses silhouettes s'étaient jointes aux autres, les bras tendus en signe d'extase religieuse.

Le garçon au balcon paraissait avoir une douzaine d'années.

– Il fêtera son premier anniversaire dans trente-trois jours, annonça Ke'heops. Et les vizirs ont déjà annoncé quel serait leur cadeau : la tête de la reine Ginevra de Darome, la blasphématrice.

Mes doigts descendirent d'instinct vers les bourses à mes flancs. Un réflexe inutile, vu que ce gamin devait être à plusieurs milliers de kilomètres de là. Je remarquai alors que Torian avait un couteau dans chaque main, elle aussi.

Appuyée à la table, Emelda passa le bout du doigt sur la silhouette en sable qui suscitait l'adoration d'un peuple notoirement divisé.

– Qui est-ce ?

Mon père commença par une hésitation puis, quand il s'exprima, je compris enfin ce qui conduisait le mage souverain des Jan'Tep à chercher l'aide de ceux qu'il avait toujours considérés comme des barbares sans intérêt.

– Dieu.

# 9
# La question

Peu après, les chuchoteurs nous exfiltrèrent de leur salle. Même un nid d'espions expérimentés a besoin de se ressaisir quand il vient d'apprendre qu'un dieu étranger prévoit de détruire sa civilisation.

Mille questions se pressaient dans mon esprit alors que je suivais mon père dans le couloir. Comme il avait des jambes plus grandes que les miennes, je devais trottiner et tendre le cou pour voir son expression.

– Comment tu as réussi à jeter ces sorts dans une salle protégée contre la magie ? lui demandai-je.

Il me lança un regard vaguement amusé.

– Après tout ce qui vient de se passer dans la salle du conseil des chuchoteurs, c'est ça, ta première question ?

– J'aime bien commencer par les petites choses avant d'en venir aux menaces existentielles et autres génocides que font planer sur nous les déités.

Mon père détestait presque autant la désinvolture que les ruses. Je vis de la colère traverser ses traits.

– Vu ton goût pour la ruse et ta tendance à vouloir prouver ton intelligence, Ke'helios, tu peux trouver la réponse par toi-même.

Depuis qu'il avait fait jaillir les étincelles rouges de ses phalanges, je tentais de comprendre. Protéger un espace contre les sorts est plus facile qu'on pourrait le penser et, au fil des deux derniers siècles, la garde royale avait élevé ce savoir-faire au rang d'art.

À condition d'être correctement dosés, certains alliages de cuivre peuvent bloquer la magie, surtout la braise – celle que les gens redoutent le plus à cause de ses effets si manifestement destructeurs. Des fils d'argent tressés autour d'une base en fer neutralisent les sorts de soie, ce qui est pratique quand on ne veut pas qu'un mage lise dans vos pensées ou emplisse votre esprit de visions si terrifiantes que vous finissez par avoir envie de vous arracher les yeux. Le parfum de certaines fleurs hallucinogènes suffit parfois à briser la concentration d'un Jan'Tep, et ainsi à l'empêcher de jeter des sorts. Il existe même des structures comme celle sur laquelle se dressait le trône de Ginevra, qui perturbent la géométrie ésotérique nécessaire à la magie.

Alors, à condition de savoir comment s'y prendre, se protéger contre la magie, ce n'est pas si difficile. C'est la raison pour laquelle des mages comme mon père ne se contentent pas de se déclarer empereurs en asservissant tout le monde à leurs lois. Ce qui signifie qu'il n'y avait pas trente-six moyens pour jeter des sorts dans la salle la plus protégée de toute la Darome.

– Tu avais un complice, annonçai-je.

Ke'heops donna l'impression d'avoir oublié le sujet de la conversation.

– Hein ? fit-il en prenant un couloir qui menait à une nouvelle volée de marches permettant de quitter les sous-sols du palais.

– Je suis sûr que les chuchoteurs testent les protections

chaque fois qu'ils entrent dans la salle, poursuivis-je. Alors l'un d'entre eux les a désactivées après le début de la réunion.

Je repensai à chaque membre du conseil assis à la table.

– Le chameau ? Le suricate ?

Ke'heops s'arrêta avec un petit sourire sur les lèvres.

– L'un d'eux ressemblait vraiment à un suricate, et l'autre avait sans aucun doute une tête de chameau. Ton hypothèse de l'agent double te vient de tes talents argosi, je suppose ? L'*arta precis*, peut-être ?

Cette question me désarçonna. À ma connaissance, mon père ne s'était jamais intéressé plus de cinq secondes aux sept talents des Argosi. Selon lui, ça n'était pas plus utile à un mage que de savoir creuser un trou dans la terre ou tricoter des bonnets. Le fait que mon père ait de toute évidence appris quelques petites choses sur les Argosi au cours des dernières années signifiait qu'il commençait à les prendre au sérieux.

– En l'occurrence, l'*arta loquit*.

Il plissa le front.

– Je pensais que l'*arta loquit* concernait le langage.

– Plus que le langage : il s'agit d'éloquence. L'un de ses tout premiers principes, c'est que chaque parole qu'on prononce a un objectif. Quand quelqu'un parle alors qu'il devrait se taire, par exemple quand le suricate ne cesse de revenir sur des sujets déjà soulevés, il exprime davantage que son opinion.

– Ce que tu dis là semble très hypothétique.

– Pas vraiment. Le discours de ce type était trop uniforme. S'il s'était inquiété que les autres ne partagent pas son opinion, sa voix serait devenue plus aiguë quand il a frappé du poing sur la table. Il cachait quelque chose. J'en suis certain.

Je croisai le regard de Ke'heops avant d'ajouter :

– Comme toi à l'instant.

Il balaya cette accusation d'un rire.

– Et tes petites déductions te disent-elles ce que *je* cache ?

Comme la plupart des hommes qui s'enorgueillissent de leur sens du devoir et de l'honneur, mon père était un intrigant-né, mais aussi un très mauvais joueur de poker.

– C'est la plus longue conversation que nous ayons eue sans que tu me traites de mauviette, de raté ou de traître à notre maisonnée. De quoi as-tu besoin, Père ?

Ke'heops m'observa. Je me demandai s'il était conscient de me regarder comme s'il cherchait à évaluer une menace potentielle.

– Pas ici, dit-il en se dirigeant vers l'escalier.

Je le suivis et m'aperçus trop tard des formes somatiques qu'il créait dans l'ombre. J'entendis la dernière syllabe d'une incantation que je ne connaissais pas en atteignant le sommet des marches et, au lieu de voir le plafond du hall du palais, je découvris un ciel étoilé.

Je sentais de l'air froid sur mes joues, et le sol en pierre sous mes bottes s'était transformé en sable mou. Les lumières d'une ville lointaine attirèrent mon regard. De grandes tours s'élevaient en son cœur comme si elles cherchaient à atteindre les cieux, et la lune projetait leur ombre dans notre direction.

– Makhan Mebab…, soufflai-je. La capitale de la théocratie berabesq.

– Tu as toujours voulu jouer les héros, Ke'helios, dit mon père. Je t'offre là une occasion rêvée. Pour ça, il te suffit de franchir ces murailles puis d'assassiner un dieu avant qu'il détruise tout et tous ceux que tu as jamais aimés.

# 10
# La mission

Ce n'est pas facile de garder son calme quand vos sens vous hurlent que vous êtes à des milliers de kilomètres de là où vous pensiez être. Les muscles de vos jambes se raidissent en préparation de la fuite, mais votre équilibre faiblit. Vous avez les mains tremblantes et, sur la langue, un goût de cuivre. La nausée n'arrange rien.

« Concentre-toi, me dis-je. Ferme les yeux. Ignore le monde extérieur et fais confiance à ce qu'il y a en toi. »

Dans des moments comme ça, Furia Perfax aimait répéter : « Inspire le vide, gamin. »

Je déteste cette formule à tel point que j'aimerais presque qu'elle ne fonctionne pas.

– Jolie illusion, dis-je une fois que les battements dans ma poitrine se furent calmés. Mais tu aurais dû travailler un peu plus la brise.

Ke'heops parut troublé par cette critique.

– Qu'est-ce que tu racontes ? Le sort...

J'agitai ma main d'avant en arrière.

– Dans le vrai désert, l'air est plus sec. Et la pression

atmosphérique devrait aussi être plus forte à ces faibles altitudes qu'en Darome.

– Remarquable, commenta-t-il simplement.

Je suis presque sûr que c'était la première fois qu'il employait ce terme à propos de son fils.

– Mais ton esprit devrait pouvoir passer outre ces petites imperfections.

– Ne t'en veux pas, ton sort est tout de même très bien. Il se trouve que j'ai passé plus de temps que la plupart des gens à affronter des mages de la soie, c'est tout.

Je tendis la main derrière moi. Mon sens du toucher insistait pour me dire qu'il n'y avait rien, mais la tension dans les muscles de ma main et de mon avant-bras m'informa que j'étais contre un mur.

– Qu'est-ce qui se passera si quelqu'un nous frôle dans le vrai hall ?

– La personne va nous éviter sans même se rendre compte de notre présence, répondit-il d'un ton un peu trop fier. Le sort crée une sensation de malaise pour tout individu qui s'approche. Une injonction à faire un détour.

– Malin, dis-je.

Mon père déteste ce mot.

– C'est une trouvaille de ta sœur. Elle est devenue experte en sorts composites. Certes, c'est un peu théâtral, néanmoins la technique est très utile.

Le terme « théâtral » m'interpella. Ke'heops avait donc du mal à accepter que les capacités magiques de sa fille dépassent les siennes.

– Dans ce cas, c'est peut-être Sha'maat que tu devrais envoyer pour faire le sale boulot.

Il agita les doigts de telle manière que je voulus plonger vers le sol. Mais des silhouettes apparurent tout autour de nous, vêtues de la tenue en lin du désert, la tête entièrement dissimulée à part leurs yeux qui luisaient de ferveur religieuse. Ils portaient des épées à la pointe incurvée qu'on appelle des *kazkhan*. D'autres brandissaient des *tiazkhan* au bout de leurs doigts, ces griffes acérées comme des rasoirs qui réveillèrent en moi des souvenirs douloureux de blessures ayant mis longtemps à cicatriser sur mon torse et mon dos.

– Des doctrinaires, soufflai-je.

– De simples fanatiques, lança mon père d'un air de dédain, même s'il ne parvint pas à dissimuler l'inquiétude dans sa voix. Si nous étions vraiment sur leur territoire, ils auraient déjà senti la présence de ma magie. Même là, ils nous traquent.

J'avais déjà croisé des doctrinaires et, sans la ruse et l'intelligence de Furia Perfax, de même que la férocité de Rakis, je n'aurais pas survécu. Il est utile de préciser que le commanditaire de cette attaque était juste à côté de moi.

– Les doctrinaires ont à présent une nouvelle arme dans leur arsenal spirituel, reprit Ke'heops.

Ses doigts s'agitaient à nouveau. Les guerriers vêtus de lin s'agenouillèrent en cercle dans le sable pour prier. Le sang se mit bientôt à couler de leurs yeux et de leurs oreilles.

– Une sorte de... malédiction.

– Une « malédiction » ?

Mon peuple ne croit ni aux dieux, ni à la prière, ni à l'art public, et encore moins aux malédictions.

Les rigoles de sang qui roulaient sur le visage des doctrinaires formèrent des rivières sinueuses dans le sable.

Elles se rejoignirent en une flaque, qui émit bientôt de la vapeur rouge et sifflante avant de se précipiter vers moi.

« Ne bouge pas ! Ce n'est qu'une illusion, ne bouge pas ! »

Je bougeai.

– On appelle ça la malédiction, dit Ke'heops. Rien ne peut en protéger ses cibles. Elle provoque chez la victime une maladie douloureuse et incurable.

« Voilà pourquoi il ne veut pas confier cette mission à sa fille bien-aimée. »

Ke'heops sembla deviner mes pensées.

– Tu as un avantage qu'aucun mage de notre clan ne possède, Ke'helios. Les doctrinaires ne peuvent traquer ceux dont la magie est trop faible pour attirer leur attention.

Il désigna d'un geste négligent le chapeau de la Frontière sur ma tête.

– Les glyphes argentés sur ce couvre-chef ridicule ont déjà prouvé leur efficacité contre ceux qui t'ont recherché par d'autres moyens.

Cela expliquait donc pourquoi ma mère disait avoir eu tant de mal à me retrouver. Même Nephenia, une ensorceleuse plutôt talentueuse, ne comprenait pas le fonctionnement des glyphes de mon chapeau.

D'un geste, Ke'heops fit disparaître le spectacle des doctrinaires, nous laissant seuls dans le désert.

– Allons droit au but, dis-je en désignant le mirage de la cité lumineuse au loin. Tu attends de moi que je parcoure plusieurs milliers de kilomètres jusqu'à Makhan Mebab en échappant aux armées berabesq, aux vizirs et aux doctrinaires, puis que je m'introduise dans le temple le mieux gardé au monde et que j'assassine un dieu ?

– Oui.

– Dans ce cas, je pense que tu n'as pas bien saisi la nature de notre relation, Père.

Je fouillai dans la poche de mon manteau et lui tendis les cartes que ma mère m'avait fait parvenir.

– Quand tu reverras Bene'maat, assure-toi de lui rendre ça. Je n'en ai pas l'utilité.

Il est rare de prendre mon père au dépourvu. Il contempla les cartes, aussi immobile que l'eau qui dort, mais la colère dans ses yeux incita mes mains à se rapprocher de mes bourses de poudre. Shalla m'avait pourtant prévenu qu'un jour, ma langue fourchue le pousserait trop loin dans ses retranchements.

« Ancêtres, faites que ça ne soit pas aujourd'hui. Je ne suis pas prêt. »

J'étais sur le point de saisir mes poudres quand il me bouscula si fort que je manquai de tomber. Je heurtai le mur, mais j'eus l'impression que c'était l'air du désert qui me bloquait. Je ne parvenais pas à me rappeler la dernière fois que mon père m'avait frappé. Quand on a des dizaines de sorts à sa disposition pour sanctionner un enfant désobéissant, une réponse physique paraît... vulgaire.

Je retrouvai vite mes réflexes et fis appel à mon *arta valar*. Je souris au mage souverain du peuple Jan'Tep.

– Est-ce aujourd'hui le jour où nous dansons, Père ?

« Pas mal, me dis-je. Tu avais presque l'air sûr de toi. »

À nouveau, il me surprit, cette fois avec des mots qui me firent plus mal que je ne pouvais même l'imaginer :

– As-tu la moindre idée de l'amour que Bene'maat te porte ? Elle t'a mis au monde, elle t'a élevé, elle a perdu de sa magie chaque fois qu'elle a tenté de te guérir de l'ombre au noir.

– Puis elle a...

– Elle a commis une erreur ! s'écria-t-il. Moi aussi, j'ai commis une erreur ! Aucun parent ne devrait avoir à supporter la vue de l'ombre au noir qui grandit sur le visage de son enfant en sachant que chaque jour qui passe le rapproche un peu plus de la folie qui s'est emparée de ta grand-mère et l'a rendue si dangereuse que j'ai dû la tuer de mes propres mains !

Ses lèvres étaient si crispées que je compris qu'il se retenait de me frapper encore. Pourtant, il se radoucit un peu.

– On a tous les deux commis une terrible erreur. Chaque jour depuis, Bene'maat cherche le moyen de te rendre tes bandes magiques, alors même que le conseil de notre clan l'interdit. Et toi, tu la traites avec ce mépris ?

Au bout de trois ans d'une existence de hors-la-loi où j'avais été poursuivi par des mages chasseurs de primes et des traqueurs de sort, dont certains envoyés par mon père pour me tuer, je n'imaginais pas qu'il puisse encore éveiller de la culpabilité en moi.

Il faut croire que je me trompais.

– Garde ces cartes, dit-il en me les rendant. C'est un cadeau. La façon dont ta mère essaie de te parler... dans ta propre langue. Tu devrais les chérir.

Ses épaules s'affaissèrent, un geste que je ne lui connaissais pas. Ses pommettes fières et ses mâchoires semblaient peser sous le coup d'un épuisement sincère. Un cœur plus tendre que le mien aurait éprouvé un élan de sympathie à son égard. Mais je refusai de laisser transparaître la moindre faiblesse : ma famille m'avait trop souvent manipulé pour servir ses propres intérêts.

– Je n'assassinerai pas un enfant pour toi, Père.

– Tu ne le feras pas pour moi. Tu le feras pour elle.

D'un nouveau mouvement des doigts, il fit apparaître une Ginevra agenouillée par terre avec, dans ses yeux terrifiés, le reflet d'une silhouette de guerrier berabesq brandissant son *kazkhan*.

– Les vizirs vont mener leurs armées jusqu'en Darome, et la première chose qu'ils feront après avoir enfoncé les portes du palais, ce sera de décapiter cette fillette que tu sembles aimer davantage que ta propre famille. Puis ils offriront sa tête à leur dieu.

Je sentis un frisson me parcourir, mais je refusai que les paroles et les idées de mon père me perturbent.

– Eh bien, je trouverai un moyen de la protéger. La reine ne me demandera jamais de tuer un enfant pour elle. Et puis, au cas où tu ne l'aurais pas remarqué, les gardes royaux et les chuchoteurs n'ont pas très envie que ça soit moi qui fasse le boulot. Selon toi, pourquoi ont-il ordonné à Torian de me droguer pour me faire comparaître à cette parodie de procès, sachant que j'essaierais de fuir... ?

La fin de ma phrase mourut sur mes lèvres comme l'incongruité de mes mots me frappait de plein fouet.

« Le salaud. »

Ke'heops gloussa en faisant disparaître l'image de Ginevra.

– Pour un joueur de cartes, tu dissimules mal tes émotions. Tu devrais peut-être m'apprendre ce jeu qui fascine tant les gens. Comment ça s'appelle, déjà ? Le poker ?

J'ignorai son commentaire, trop occupé à me remémorer chaque instant passé dans la salle du conseil des chuchoteurs.

– Ils savaient déjà, au sujet du dieu berabesq.

C'était évident. Bien sûr que les chuchoteurs ne pouvaient qu'être au courant – en tout cas, soupçonner que quelque chose couvait en terres berabesq : ils avaient des espions partout sur le continent. Même si les vizirs surveillaient les étrangers, quelques rumeurs avaient bien dû s'échapper de Makhan Mebab, ce qui ne faisait que donner encore plus de poids à la preuve apportée par mon père.

– Ce n'était pas toi qui devais réussir l'épreuve, dis-je, c'était moi. S'introduire chez les Berabesq et assassiner un dieu, cela nécessite quelqu'un qui s'y connaît en magie, mais qui ne peut être repéré par les doctrinaires. Quelqu'un avec un grand talent pour le subterfuge et la ruse. Quelqu'un de loyal à la reine, mais qui ne soit pas daroman. Un criminel qu'on peut facilement désavouer s'il venait à être capturé parce que, qu'il réussisse ou qu'il échoue, les doctrinaires ne le laisseront jamais quitter vivant leurs territoires.

Mon père me regarda avec quelque chose qui s'apparentait à de l'empathie.

– Ke'helios, tu as choisi la vie d'un exilé. Le chemin d'un hors-la-loi. Tu devais te douter que certains voudraient tirer parti de toi.

« Ma famille, surtout. »

– La reine ne cautionnera jamais le meurtre d'un enfant, insistai-je.

– Même pour sauver son empire ? Les Berabesq sont trois fois plus nombreux que les Daroman, les Jan'Tep et les Gitabriens réunis. Seules leurs divisions au sujet de leurs croyances religieuses les ont jusqu'à présent empêchés de dominer tout le continent. Ce dieu, qu'il le soit ou pas, va les unir pour constituer une armée telle que le monde n'en a jamais vu.

Selon les vizirs berabesq, nous ne sommes que des païens et des blasphémateurs. Ils nous anéantiront tous sur leur passage.

– Mais pourquoi moi ? me lamentai-je, sentant que je commençais à me rendre à ses arguments. Le monde est plein d'espions et d'assassins. Pourquoi devrais-je être celui qui… ?

– Parce que tu es bien plus dangereux que n'importe quel espion ou assassin, Ke'helios. Parce que tu es imprévisible. Tes ennemis viennent à toi armés d'épées et de sorts, et tu les combats avec des cartes à jouer et des tours. Les chasseurs de primes, les traqueurs de sort, les mages seigneurs… Pas un n'a pu triompher de toi. Dans un monde rempli de dangers, tu trouves toujours un moyen de t'en sortir, tu apprends de tous tes duels, tu es chaque fois plus malin, tout ça avec une simple évocation du souffle et des poudres explosives.

Il me prit par l'épaule, mais son regard était étrangement doux.

– Ce n'était peut-être pas ton intention, mon fils, mais tu es devenu l'individu le plus dangereux de tout le continent.

Tristement, c'était le plus beau compliment que mon père m'ait jamais fait.

Ke'heops créa une forme somatique et le désert disparut, nous ramenant dans le grand hall du palais où nobles et courtisans allaient et venaient sans avoir conscience des événements qui, bientôt, mettraient fin à leur existence.

Mon père se tourna pour partir, ne s'arrêtant que le temps de dire :

– Qui à part un illusionniste peut espérer venir à bout d'un dieu ?

# 11
# Le devoir

Le rang de tuteur royal s'accompagne de certains privilèges, qui sont surtout des titres ronflants. *Liberas Mandat,* par exemple, signifie en daroman « mandat de règne libre » et implique qu'un tuteur royal ne peut être poursuivi pour un crime sans le consentement des quatre cinquièmes de la cour royale. Sa raison d'être : éviter qu'un monarque fasse emprisonner ses tuteurs au prétexte qu'ils lui donneraient trop de devoirs, car ça renverrait une mauvaise image de l'empire. Pourtant, il n'a jamais empêché la garde royale de m'interpeller (comme Torian Libri aime le souligner, c'est différent d'arrêter) chaque fois qu'elle en avait envie.

De la même manière, le *Consovi Mandat* accorde, sur simple demande, une audience avec la reine à tout tuteur royal, mais n'empêche techniquement pas une bonne dizaine de gardes de bloquer ledit tuteur à la porte de la salle du trône, en lui faisant clairement comprendre qu'ils vont le battre comme plâtre s'il insiste pour recourir à un tel privilège.

Je comprenais, bien sûr. Ce qui préoccupait les chuchoteurs, pour ne pas parler de mon père, c'était un crime diplomatique de proportion mondiale. Si la reine n'entendait jamais parler du projet d'assassinat de ce dieu berabesq, il serait plus facile pour l'empire de nier toute implication. C'est pour cette raison qu'une heure plus tard, j'arpentais la galerie de ce qui était connu comme l'aile des tuteurs, en direction de ma chambre. Le seul et unique privilège de ma position qui ne soit pas un vain mot.

Au dernier recensement, la reine disposait de sept tuteurs. En mathématiques, philosophie, sciences naturelles, politique, histoire, littérature et, bien sûr, cartes. On aurait facilement pu se passer des six premiers, car les talents nécessaires au poker impliquent presque chacune des matières précédentes.

Sauf quand vos ennemis sont bien plus forts que vous.

– Si ce n'est pas ce minable petit…

– Tu radotes, informai-je Torian Libri.

Elle était appuyée à la balustrade qui surplombait les étages avec un petit sourire signifiant qu'elle ne comptait pas s'excuser pour m'avoir empoisonné.

– Tu ne m'as pas laissée finir. J'avais plusieurs choses à ajouter à cette liste.

– Et si tu les écrivais sur un papier, plutôt ? lui suggérai-je en passant à grands pas près d'elle. Et ensuite, brûle-le, si tu veux bien.

Là, il se passa plusieurs choses malencontreuses ayant à voir avec les réflexes. Torian m'attrapa par le bras en disant :

– Attends une seconde, bordel !

Ces derniers temps, beaucoup trop de gens posaient la main sur moi. Si on ajoutait ça à ma récente promiscuité avec la mort et trop peu d'heures de sommeil, on pouvait comprendre que je réagisse plus par instinct que par prudence. Je me plaçai face à elle, levai la main vers son avant-bras et plongeai les doigts dans le creux de son coude. Il y a là quelques nerfs qui font un mal de chien quand on appuie correctement dessus. Torian grimaça.

– Oh zut, dis-je. Je suis désolé, je ne voulais pas...

Le problème avec les réflexes, c'est que les autres en ont aussi. Sans même un regard, Torian me balança un crochet du gauche qui m'aurait mis KO si je n'avais pas esquivé à temps. En me redressant, je tentai de la repousser. Mais elle était trop rapide pour moi et pivota d'un quart de tour, si bien que mes mains ne rencontrèrent que le vide. Puis elle se retourna et m'enveloppa de ses deux bras, bloquant les miens le long de mes flancs. Enfin, avec l'un des plus mauvais sourires que j'aie jamais vus, elle recula et son front plongea vers mon nez.

Il se trouve que j'aime bien mon nez. Je m'étends rarement là-dessus, mais il est droit, bien proportionné par rapport à mon visage et, par miracle, il n'a jamais été cassé.

Je projetai ma tête vers la droite, si bien que le front de Torian s'écrasa contre ma clavicule. Avant qu'elle puisse recommencer, je lui bloquai les bras dans le dos. On lutta pour faire balancier, et je craignis qu'on passe pour un couple de mauvais danseurs ivres qui essaient de suivre la musique.

– Vous autres les humains, vous pouvez faire ça tout habillés ? demanda une voix ironique derrière moi.

– On se bat, répondis-je, mon désir de ne pas me faire terrasser dépassant ma gêne que Rakis nous voie comme ça.

– Oh, si on se battait vraiment, tu le saurais, joueur de cartes, grogna Torian dans mon épaule.

Elle tentait de me donner des coups de genou dans les cuisses. Les pros ne visent pas l'entrejambe, que les hommes et les femmes protègent de façon instinctive. En revanche, il y a un endroit à l'intérieur de la cuisse qui peut provoquer la même douleur tout en paralysant la jambe.

– Pause? suggérai-je après avoir tout juste esquivé sa troisième tentative.

Les muscles de Torian se tendirent une seconde. Je crus qu'elle allait essayer autre chose, mais elle finit par se détendre et déclara :

– Pause.

On se détacha l'un de l'autre et je plongeai, au cas où elle aurait prévu un dernier coup de poing. Certes, j'eus sans doute l'air stupide, mais je n'étais pas d'humeur à faire confiance.

– C'est déjà fini, votre accouplement? demanda poliment Rakis.

– Ce n'est pas à ça que ressemble un accouplement.

Torian me fit un clin d'œil en rétorquant :

– Peut-être que tu ne sais pas comment faire?

On pourrait croire qu'après la journée que j'avais eue, la dernière chose dont je serais capable, ça serait de rougir comme un commis de ferme qui se roule pour la première fois dans le foin, et pourtant.

Torian parut étrangement charmée par mon embarras.

– Tu sais ce que j'aime bien chez toi, frondeur de sort? Pour un joueur de cartes irresponsable et incroyablement maladroit, tu as un très mignon chacureuil.

Elle tendit la main pour me pincer doucement la joue, puis fit tourner mon menton. Assis sur son arrière-train, Rakis portait un chapeau en velours pourpre de marchand gitabrien deux fois trop grand pour sa tête.

– Tu as l'air d'un imbécile comme ça, lui lançai-je.

Torian passa près de moi en déclarant :

– Ne l'écoutez pas, maître chacureuil.

Elle se pencha vers lui avec une expression pleine d'admiration. C'était l'une des rares personnes au palais avec la reine à reconnaître l'intelligence de Rakis, au lieu de croire que j'étais assez fou pour parler à un animal.

– Noble chacureuil, reprit Torian en agitant un doigt devant son museau, vous avez fière allure. Vous devriez mettre cette coiffe plus souvent. Surtout quand le joueur de cartes et vous allez rendre visite à la reine.

– T'as de beaux yeux, tu sais…, dit Rakis en inclinant la tête sur le côté, sous le charme.

Il plongea une patte dans sa gueule et en retira quelque chose qui brillait de mille feux malgré la faible lueur de la galerie.

– Qu'est-ce que tu as donc là, petite créature ? le questionna Torian.

Elle tendit la main vers l'objet. En dépit de mon énervement, il me restait un peu de pitié pour elle.

– Non ! m'écriai-je pour éviter qu'elle y laisse les doigts.

Sans même un regard, elle chassa ma main et tendit la paume vers le chacureuil. Trompant l'instinct de son espèce, Rakis y déposa la pierre précieuse bleue.

– Un saphir ? s'étonna-t-elle en le levant vers la lumière.

– Ça lui plaît ? fit Rakis. Demande-lui si ça lui plaît.

– Tu es une andouille, lui dis-je.

Torian sourit.

– Jaloux ?

C'était vrai.

– Bien sûr que non, répliquai-je. Il me rapporte tout le temps ce genre de choses.

Ce n'était pas vrai.

Torian tendit l'autre main et gratta Rakis sous le menton. Ce qu'il déteste.

– Oh oui…, roucoula-t-il.

Et aussi, les chacureuils ne roucoulent pas.

– Tu nous mets dans une position délicate, l'informai-je.

– Elle est gentille, en fait, dit-il en relevant le menton pour qu'elle continue à le gratter. Tu sais ce que je ferais à ta place ?

– Tu retirerais ton pantalon pour danser avec elle ? demandai-je.

Torian eut l'air tellement choquée qu'un instant, je jure que je la vis rougir. Elle se redressa et me fit face en portant le saphir à son œil.

– Qu'en penses-tu ? Ça pourrait remplacer mon œil, au cas où je le perdrais ?

C'est drôle de voir à quel point un beau sourire peut être désarmant. Alors même qu'il n'y a aucun rapport entre la beauté et la gentillesse. J'avais même plutôt noté une corrélation inverse, ces derniers temps. Et pourtant, quelque chose nous attire vers la beauté, un fil qui, en des occasions comme celle-ci, paraît aussi tangible que l'ombre au noir.

– Non, dis-je.

– Non quoi ? demanda-t-elle.

– Je n'ai pas oublié ce que ta mère a dit dans la salle du conseil. Enfant, tu as dû apprendre à charmer des serpents. Un entraînement pour les humains plus tard, n'est-ce pas ?

Elle haussa les épaules. Même ce geste était agréable.

– J'en sais rien. Ça marche ?

– J'espère bien que non. Les deux dernières personnes à m'avoir charmé ont fini par mourir.

Elle fit un petit pas dans ma direction, les lèvres à peine ouvertes en disant dans un souffle :

– Alors je vais devoir compter sur ma magie de garde royale.

Sans la quitter des yeux, je répondis :

– Torian, range ce couteau dans ton manteau.

Avait-elle vraiment une arme en main ? Je n'en savais rien. J'avais quant à moi une carte rasoir dans la manche de ma chemise et la pièce de *castradazi* que j'aime bien appeler la guêpe.

Son sourire s'élargit comme elle reculait sans exhiber le couteau que, j'en étais maintenant sûr, elle dissimulait.

Je compris alors en quoi notre relation était déséquilibrée. Torian adorait les menaces, le danger, la bagarre. Moi aussi, j'aurais sans doute aimé ça si j'avais mené une autre vie. Mais, un an auparavant, j'avais tué la première femme avec qui j'aie fait l'amour après qu'un salopard vicieux d'entraveur blanc eut pris le contrôle sur moi et manqué de...

– Hé, dit doucement Torian, un surprenant regard inquiet dans les yeux. Je suis désolée. Je ne voulais pas...

Je ne supportai pas la pitié dans son regard.

– Retourne voir tes petits chefs, Torian. Dis-leur que je n'ai pas envie d'assassiner un pauvre gosse qui n'est sans doute pas plus Dieu que moi.

Sa voix était tranchante quand elle répondit :

– Ce ne sont pas mes chefs. Je sers la reine Ginevra, comme toi. Je lui suis loyale, comme toi.

– C'est pour ça que tes gardes m'empêchent de la voir ?

Elle gémit.

– Bien sûr, idiot ! Je n'arrête pas de te dire que c'est mon boulot de la protéger !

– Dans ce cas, c'est toi qui devrais assassiner ce dieu étranger pour elle.

Elle me prit à nouveau le bras, ce qui prouvait qu'elle ne répugnait pas à une autre altercation.

– Tu crois que je ne me suis pas proposée ? Tu crois que je n'ai pas supplié les chuchoteurs de m'y envoyer ?

La sincérité de sa voix me fit réfléchir tandis que je me dégageais de son emprise.

– Tu es la plus célèbre garde royale de Darome, dis-je pour finir. Les Berabesq te repéreraient tout de suite.

Elle acquiesça.

– C'est un boulot pour un hors-la-loi, continuai-je.

Elle acquiesça à nouveau.

Je me détournai d'elle pour lui cacher les larmes en train de se former au coin de mes yeux. Je pleure toujours après un combat, quand la balance entre la vie et la mort s'éloigne. Ce qui s'était passé avec le mage seigneur dans le salon de voyageurs aurait suffi à me faire sangloter toute une journée dans mon lit. Mais ensuite, j'avais dû affronter une assemblée de généraux et d'espions qui menaçait de m'exécuter. Si j'étais honnête, cependant, ce n'étaient pas ces événements qui me faisaient monter les larmes aux yeux.

– Elle sait ? demandai-je. Est-ce qu'elle accepte le… projet ?

Torian me fit le plaisir de ne pas feindre l'ignorance.

– Kelen, c'est la reine.

– Ce n'est pas une réponse.

Le doux écho des pas de Torian la suivit dans le couloir comme elle disait :

– Je pense que si.

# 12

# La messagère

– Et maintenant ? demanda Rakis en sautillant près de moi.

« Sans doute une bonne crise de larmes accompagnée de lamentations sur mon sort », pensai-je sans le dire tout fort.

Mais les chacureuils ne sont pas connus pour leur empathie.

– Un très long bain, répondis-je. Puis une descente dans les stocks royaux de biscuits, puis découvrir si la reine que nous avons accepté de servir est ou n'est pas celle que nous pensions.

Il fit des allers-retours le long de mon corps avant de finir par s'installer sur mon épaule.

– Tu veux dire parce qu'elle n'a pas envie d'attendre que cette bande de crétins de fanatiques religieux vienne lui couper la tête ? Pourquoi tu crois qu'elle t'a engagé ? Pour jouer aux cartes avec elle et boire le thé à raison d'une fois par semaine ?

Il fallait croire qu'il avait basculé dans le camp de Torian.

C'est vrai, depuis que j'étais au service de la reine, ma vie était bien plus calme que lorsque j'étais un hors-la-loi. Bien sûr, il y avait eu ce coup d'État puis, les semaines suivantes, un défilé de conspirateurs en direction de la potence ou de la prison (seuls quelques-uns avaient obtenu grâce), mais, depuis, je menais une existence assez routinière.

Je jouais aux cartes une fois par semaine avec Ginevra. Parfois nous ne faisions vraiment que jouer, parfois elle abordait des sujets politiques ou militaires. Dans ce cas, on prenait un jeu de cartes argosi, on assignait des rôles ou des situations à certaines figures, on les disposait de différentes manières et on étudiait les schémas qui en ressortaient.

Quand je ne jouais pas mon rôle de maître des cartes, j'espionnais par-ci par-là. Des diplomates étrangers tentaient souvent de me corrompre dans l'espoir de faire passer une requête auprès de la reine. J'utilisais ces conversations peu subtiles pour mettre au jour leurs intentions réelles. Ensuite, parfois, Rakis et moi, on leur rendait une petite visite en pleine nuit pour les convaincre de reconsidérer leurs projets.

Et sinon ? Je tendais l'oreille dans l'espoir d'entendre parler de Furia. J'espérais qu'elle passerait par la Darome et y sèmerait le trouble, ce qui me donnerait des indications. Elle me manquait terriblement.

« Personne ne manque à un Argosi, m'aurait-elle dit avec son énervant accent de la Frontière. Tu peux pas avancer si tu regardes tout le temps par-dessus ton épaule. »

Pourtant, c'est ce que je faisais : je passais mon temps à me retourner. Je revoyais ce sourire ironique quand elle attrapait un roseau de feu dans son gilet. J'entendais sa voix quand elle me balançait une nouvelle parabole argosi qui, sur le moment, n'avait aucun sens, mais finissait par me sauver la vie.

Le plus souvent, ce qui me manquait, c'était la façon dont elle m'aidait à voir le monde différemment.

« Qu'est-ce que tu me dirais dans cette situation, Furia ? J'ai juré de protéger la reine. Le plus simple serait d'aller tuer ce soi-disant dieu ou roi que les Berabesq viennent de sortir de leur chapeau. Histoire d'empêcher leurs sectes de s'unir pour déclencher une guerre qui a toutes les chances de détruire la moitié du continent. Si ça n'est pas la voie de l'orage, ça... »

Dans chaque situation, les Argosi réfléchissent aux quatre voies possibles : couler comme l'eau autour du conflit ; laisser le vent vous guider là où vous devez aller ; se durcir comme la pierre, camper sur ses positions ; ou frapper comme l'orage : sans hésitation et sans remords.

Furia n'aimait pas la voie de l'orage.

Je m'approchai des doubles portes qui donnaient sur les bains de l'aile des tuteurs. Les tuteurs royaux ont un statut important en Darome, surtout quand le monarque n'a que douze ans. Chacune de nos chambres disposait de bains privés, mais Rakis préférait ceux-ci, avec leurs différents bassins et leurs assiettes de biscuits bien croquants.

– Tu peux te laver tout seul ou je dois demander à un serviteur de venir te frotter le dos ?

En général, Rakis déteste les humains : peu ont réussi à le toucher sans y laisser un doigt, voire un globe oculaire. Mais il était en train de développer un goût très appuyé pour les soins à sa petite personne.

– Alors ? insistai-je. Qu'est-ce que tu choisis ?

Là, je remarquai le léger mais bien réel ronflement en provenance de mon épaule.

– Rakis ?

Je le pris dans mes bras. Il ouvrit les yeux un instant, eut un regard vitreux et replongea dans le sommeil.

Zut.

Rakis est un petit dur, mais il est aussi très vulnérable à la magie de la soie. Les Jan'Tep qui ont connaissance de cette faille commencent toujours par le mettre hors d'état de nuire avec un sort de sommeil. C'est pour cette raison que je ne l'avais pas emmené au salon de voyageurs où j'avais réglé son compte au mage seigneur : ce type en savait trop à notre sujet. Les glyphes argentés sur mon chapeau de la Frontière me protégeaient, mais Rakis aurait tout de suite été mis KO et je ne voulais pas le mettre en danger.

Je le posai doucement par terre devant les portes des bains. Ensuite, j'ouvris les couvercles métalliques de mes bourses de poudre à ma ceinture et y plongeai mes doigts pour attraper une pincée de poudre rouge et de poudre noire.

– Autant te montrer tout de suite, lançai-je. Ça fait plusieurs heures que je n'ai tué personne, et pourtant, plein de gens m'en ont donné envie.

Pas de réponse. Les bains n'étaient qu'à quelques mètres de ma chambre, où quelqu'un m'attendait en toute probabilité. Mon sanctuaire était équipé de protections comme la plupart des pièces du palais. Certains sorts peuvent les franchir, mais pas les formes les plus agressives.

Je revins sur la pointe des pieds dans le couloir vers ma chambre. Les poudres commençaient déjà à me démanger.

– Dernière chance, annonçai-je. Shalla, si c'est toi...

Je vis un sort d'obscurcissement miroiter juste devant ma porte. Je reconnus sa signature.

– Tu m'avais promis de ne plus faire ça. Peut-être que pour toi, c'est juste un nekhek, mais Rakis est mon partenaire et tu n'as pas le droit de...

Je me tus quand le sort d'obscurcissement disparut et que Sha'maat de la maisonnée de Ke, ambassadrice Jan'Tep à la cour de Darome, surgit devant moi. Je me demandais souvent combien d'heures ma petite sœur passait devant son miroir avant une rencontre afin d'arranger avec soin ses boucles blondes et de choisir la tenue appropriée à l'endroit où elle apparaîtrait et à la lumière de la journée.

Cette fois, elle était blottie devant la porte de ma chambre, vêtue d'une toge noire sans fioritures, ses cheveux dorés non coiffés sur son visage en larmes. Je ne voyais pas ses yeux, mais ses sanglots étaient audibles alors que les dernières traces de son sort se dissipaient.

– Shalla ?

Elle tourna la tête vers moi. Le désespoir avait tellement altéré ses traits qu'un instant, je ne fus même pas sûr que ça soit elle.

Je m'accroupis à la recherche de blessures ou de traces d'agression, magique ou pas.

– Shalla, qu'est-ce qu'il y a ? Qu'est-ce qui t'arrive ?

Ses mots sortirent dans un cri brisé et douloureux, et je dus les lui faire répéter avant de comprendre.

– Maman est morte.

# 13
# L'émissaire

Quand vous tombez dans une embuscade, votre corps fait de son mieux pour se protéger. Les muscles de votre ventre se tendent en préparation des coups à venir, vos épaules se soulèvent pour protéger votre cou. Votre esprit chasse toute pensée, contemplation ou hypothèse pour ne vous laisser que deux choix : vous battre ou fuir. C'est l'instinct de survie. Le problème, c'est quand vous n'êtes pas tombé dans une embuscade.

Alors que vous en avez l'impression.

– Qu'est-ce que tu as dit ? demandai-je pour ce qui devait bien être la troisième fois.

Shalla était toujours accroupie contre la porte de ma chambre. Malgré ses larmes, je voyais bien qu'elle craignait que j'aie perdu la tête.

– Bene'maat n'est plus. Notre mère n'est plus.

Je ne parvenais pas à apaiser ma respiration. Mes mains, d'habitude stables à force d'entraînement, tremblaient tellement que je dus m'y reprendre à trois fois pour sortir les treize cartes de ma poche.

– Mais c'est impossible ! Elle m'a offert ça aujourd'hui même ! Elle…

Shalla tenta de saisir ma main, mais j'avais les réflexes de quelqu'un qui se fait trop souvent attaquer. Comme je dégageais mon bras, les cartes s'envolèrent, déclenchant allez savoir quel sort de Bene'maat. Elles se positionnèrent en cercle, par terre autour de moi.

– Elle t'a envoyé ça il y a des semaines, protesta Shalla. Avant de...

– Je t'en prie, arrête, la suppliai-je.

J'avais l'impression que ma tête allait exploser. Des questions se formaient dans mon esprit, des tonnes de questions qui apparaissaient si rapidement que je n'avais pas le temps de répondre à la première avant que la suivante surgisse. Je n'étais même pas capable de les transformer en mots. C'était comme des images ou des symboles devant mes yeux, chacune signifiant un trou dans mes connaissances. Une brusque démangeaison dans mon œil gauche me fit cligner des paupières, puis quelque chose parut se resserrer tout autour comme si on me pinçait la peau. Je savais que les marques de mon ombre au noir étaient en train de pivoter pour s'ouvrir comme les roues d'un cadenas à code.

– Mon frère, qu'est-ce qui t'arrive ?

La voix de Shalla était lointaine, un écho étouffé qui oscillait comme le rugissement du vent dans un canyon.

Mon énigmatisme, comprit la part encore saine en moi, s'était réveillé.

Quelque temps auparavant, j'avais débarqué à l'abbaye d'Ébène dans l'espoir d'y découvrir un moyen de me débarrasser de l'ombre au noir. J'y avais rencontré des dizaines de personnes atteintes de ce mal, et j'avais compris qu'il pouvait prendre des formes diverses, dont certains individus tiraient même de la magie. Mais mon ombre au noir était différente en ce qu'elle n'était pas naturelle : elle me venait de la bande de l'ombre que ma grand-mère m'avait tatouée quand j'étais enfant. La conséquence, c'était mon énigmatisme. Le problème, c'est qu'il ne fonctionnait que quand je posais la bonne question, ce qui est bien plus difficile que ça en a l'air.

Malgré l'afflux d'interrogations qui bourdonnaient dans ma tête, quelque chose me chatouillait la nuque. Des souvenirs. Des échos.

Le premier fut les récentes paroles de ma mère : « Kelen, pardonne cet étrange entretien, mais je suis incapable de reproduire le merveilleux sort de ta sœur pour les communications longue distance. »

Mais pourquoi ? Bene'maat était l'une des mages les plus accomplies de notre clan. Même si elle ne parvenait pas à reproduire ce sort, pourquoi prendre la peine d'inscrire des messages dans des cartes au lieu de communiquer par un autre moyen, voire de se déplacer en Darome ?

Je sentis le premier cadran de ma marque de l'ombre au noir se déverrouiller.

Un autre souvenir apparut, cette fois de Ke'heops dans la salle du conseil des chuchoteurs. « Les renseignements que je vous apporte ont coûté très cher à mon peuple. Mon émissaire est… mort au cours de sa mission. »

Cette hésitation dans le choix des termes. Mon père ne butait jamais sur les mots.

*Clic.*

– L'émissaire, c'était Bene'maat, dis-je tout haut. C'est elle qui a tout découvert au sujet de ce dieu berabesq.

La voix de Shalla était comme un souffle lointain, ce qui atténua ses paroles pressantes.

– Mon frère, quoi que tu fasses là, arrête ! Ton œil est en train de devenir entièrement noir !

Mais à nouveau, j'entendis les paroles de mon père quelques heures plus tôt dans l'illusion de désert.

« Les doctrinaires ont à présent une nouvelle arme dans leur arsenal spirituel. Une sorte de… malédiction. »

*Clic.*

La dernière marque circulaire autour de mon œil se mit en place, ce qui déverrouilla mon énigmatisme et me fit basculer dans l'ombre.

Les couloirs du palais disparurent. Ses contours familiers, ses bruits, ses odeurs. Ainsi que Shalla. Ils furent remplacés par un royaume des ombres dont le ciel était découpé dans l'ébène et le sol sculpté dans l'onyx. Tout y était noir, et pourtant j'y distinguais clairement chaque détail.

Ce que je regrettai très vite.

*Bene'maat galope dans un désert d'ombre. Son cheval souffre des blessures infligées par les* kazkhan *et les* tiazkhan *des doctrinaires qui la poursuivent. Il trébuche et tombe. Ma mère se met à courir en boitant vers la Frontière. Des gens lui viennent en aide, mais je ne vois pas qui. Pourquoi ? Pourquoi demeurent-ils dans l'ombre ?*

*– C'est parce que tu n'as pas posé la bonne question, me dit une autre voix. Qui m'est familière, même si je ne la reconnais pas.*

*Ma vision se modifie. Les doctrinaires berabesq ont cessé leur traque. Ils sont pris dans une tempête de sable, qui les empêche de continuer. Alors ils se rassemblent et…*

*L'un d'eux retire ses vêtements en lin puis dénoue les bandages autour de son corps jusqu'à être entièrement nu. Il se couche par terre dans le cercle formé par ses camarades. Ceux munis de* tiazkhan *gravent des mots sur son torse, ses bras, ses jambes et son visage. Ses gémissements de douleur sont assourdis par les prières des autres. Le sang jaillit des mots inscrits dans sa chair, mais les doctrinaires continuent à en écrire d'autres jusqu'à ce que son corps ne soit plus qu'un parchemin cramoisi.*

*Quelque part, ma mère crie.*

*« On appelle ça la malédiction, avait dit Ke'heops. Rien ne peut en protéger ses cibles. Elle provoque chez la victime une maladie douloureuse et incurable. »*

*Le temps fait un bond en avant. De plusieurs jours, semaines ou mois, je ne sais pas. La scène change, je suis dans un endroit que je reconnais mais que je n'ai pas revu depuis plus de deux ans, ce qui me procure une douleur que je n'aurais pas soupçonnée. Je suis chez moi.*

*Bene'maat s'avance dans la maison. Elle est belle, comme toujours ; sa grâce est unique. Pourtant, quelque chose ne va pas. Sa démarche est raide, comme si elle se déplaçait avec peine, qu'elle se forçait à avancer à petits pas. Un vase posé sur une table tombe et se brise. Ses pieds nus se blessent sur les bris de verre. Elle grimace, et là, une dizaine de blessures presque invisibles apparaissent.*

*Elle se foule le poignet en attrapant un livre sur une étagère ; une coupure infectée sur sa clavicule refuse de guérir, quels que soient les sorts qu'elle jette ; quand elle passe près d'un feu, les flammes jaillissent et une brûlure ambre colore le dos de sa main.*

*Elle est victime d'une succession interminable d'accidents, d'une vague de malheurs qui la détruisent à petit feu. Elle a du mal à faire étinceler sa bande de la soie, et sa bande du fer s'est éteinte. Elle se meurt peu à peu.*

– Mon frère, je t'en supplie, me dit à nouveau la voix de Shalla.

*Les marques autour de mon œil se referment, mais avant ça, j'ai un dernier aperçu de la malédiction.*

*Ma mère est face à un miroir, elle passe un onguent sur la blessure de sa clavicule. Elle défait le haut de sa robe. Sur sa peau apparaît un mot en langue berabesq. La cicatrice semble ancienne alors que, la veille, il n'y avait rien à cet endroit.*

*Un soleil noir se lève et se couche, se lève et se couche. Chaque fois, Bene'maat constate devant le miroir qu'un nouveau mot s'est inscrit sur son corps, en lien avec un nouvel accident qui la rapproche inexorablement de sa fin.*

*« Une malédiction », avait dit mon père.*

*Je tente de fermer les yeux pour échapper au spectacle de ma mère affaiblie, mais les dernières traces de mon énigmatisme me révèlent le texte inscrit sur elle. Je parle mal berabesq, mais je le lis suffisamment bien pour comprendre que les traces qui s'inscrivent peu à peu sur le corps de Bene'maat sont des mots de piété. Il s'agit d'une prière.*

Le royaume des ombres s'effaça, et je revins dans le palais daroman, devant ma chambre, avec ma sœur qui me tenait pour éviter que je tombe.

– Il l'a tuée, dis-je tout haut. Les doctrinaires ont jeté une malédiction, mais en son nom. Ils ont fait ça pour lui.

– Qui ça ? demanda Shalla.

– Dieu.

OATAS JAN'XAN
LA CITÉ DES MERVEILLES

# La cité des merveilles

*Chez soi, ça n'est qu'une notion abstraite. Le souvenir d'un lit douillet. Vos parents qui vous appellent pour le petit déjeuner. Chez soi, ce n'est pas un toit et quatre murs. Ce n'est pas un lieu. Peut-être que c'est pour ça qu'il est si difficile de rentrer chez soi quand on en est parti depuis longtemps.*

# 14
# Coup de colère

La caravane de chariots et de diligences s'étirait sur plus d'un kilomètre. Des centaines de soldats à cheval, de serviteurs et de diplomates progressaient sur la route impériale de l'ouest avec l'élégance d'un ver métallique qui rampe par terre. Chaque pas de ma monture me rappelait que je me rapprochais de l'endroit que j'avais fui il y avait si longtemps et où j'avais juré de ne jamais remettre les pieds.

Il faut dix-neuf jours de cheval depuis Emni Urbana, la capitale de la Darome, pour rejoindre Oatas Jan'Xan, ma ville natale. Ce qui n'est pas si long, sauf quand le premier anniversaire de Dieu approche et que les festivités prévues incluent une déclaration de guerre. Alors pourquoi la reine, sans parler des chuchoteurs, prenait-elle le temps de se rendre aux funérailles d'une personne qu'aucun d'eux n'avait connue ?

– C'est aimable de leur part, non ? lança Shalla en ralentissant son cheval pour se mettre à ma hauteur.

J'avais pris l'habitude de fermer la marche pour éviter les coups d'œil furieux et menaçants des mages de l'escorte de mon père. La reine était sans cesse en entretien dans sa confortable diligence, et sa suite qui, ces temps derniers, comptait au moins l'un des chuchoteurs m'empêchait tout accès à elle.

– Aimable ? répétai-je.

Shalla désigna l'interminable file de chevaux et de chariots.

– Que l'empire daroman honore notre mère avec une délégation de cette importance.

Je me demandai comment elle pouvait croire à ses propos. Ma sœur est extraordinairement clairvoyante quand il est question d'intrigues politiques mais, dès qu'il s'agit de notre famille, elle devient aveugle. Peut-être que c'était pour cette raison qu'elle ne voyait pas l'évidence : on ne s'encombre pas de toute une armée pour saluer la mémoire de l'épouse d'un souverain étranger mineur. On le fait uniquement parce que c'est le moyen de déplacer plusieurs régiments de vos troupes d'élite près de la frontière berabesq sans attirer les soupçons.

C'était la première des raisons pour lesquelles la couronne de Darome consacrait autant de temps à ma mère alors que l'anniversaire du petit dieu berabesq approchait. La deuxième ? Pure arithmétique : Oatas Jan'Xan n'est qu'à onze jours de cheval – à condition qu'il soit rapide – de Makhan Mebab, capitale de la théocratie berabesq. Dès que nous aurions fini d'accompagner ma mère jusqu'à sa dernière demeure, je devrais partir pour commettre mon premier assassinat politique, ou bien m'attendre à voir bientôt le continent tout entier à feu et à sang.

– Mon frère ? lança Shalla.

Je désignai Rakis roulé en boule devant ma selle. Dans une minute ou deux, il ronflerait bruyamment, ce qu'il niait obstinément, ou il bien lâcherait un pet, ce dont il tirait une fierté démesurée.

– Chaque fois que tu t'approches, tu endors mon partenaire. Il déteste ça, reprochai-je à ma sœur.

Elle leva les yeux au ciel.

– Tu crois que je gaspillerais de la magie de la soie pour un nekhek ?

– Ils préfèrent qu'on les appelle chacureuils, l'informai-je. Comment ça se fait qu'il se transforme en loir chaque fois que tu surgis ?

– La réponse est un peu... compliquée.

Shalla a tendance à oublier que, dans nos années d'initiés, j'avais été un élève au moins aussi appliqué qu'elle en magie. Je maîtrisais toutes les incantations, j'avais acquis une connaissance étendue de la géométrie ésotérique et personne n'était capable de créer avec autant de précision que moi les formes somatiques les plus complexes. J'étais aussi doué en jeté de sorts que les mages seigneurs de notre clan. À part, vous le savez, pour le côté magique de la chose.

Elle surprit mon regard et soupira.

– Tous ces sorts que tu m'as suppliée de lancer pour garder le nekhek en vie quand il était blessé dans le désert et toi prisonnier de l'abbaye d'Ébène, tu te souviens ? Certains étaient à base de magie du fer et du sang que... je n'ai pas réussi à rompre totalement.

– Donc, quand tu t'approches de lui...

Shalla baissa les yeux vers le chacureuil endormi.

– Je crois que c'est une forme d'hibernation mystique.

Elle tendit l'avant-bras pour me montrer sa bande du sang qui étincelait.

– Ça me prend une partie de mes forces chaque fois que ce petit monstre reprend des siennes.

Mes oreilles perçurent la note détonnante d'affection dans l'expression « petit monstre ».

– Ma sœur… serait-il possible que tu sois en train de t'attacher à une saloperie de nekhek ?

Ses joues s'empourprèrent.

– Ne dis pas n'importe quoi. Son espèce est vile. Dégoûtante. Mauvaise. Vicieuse.

Elle interrompit sa litanie et approcha son cheval encore plus près du mien. Puis tendit une main hésitante vers sa fourrure.

– Mais je suis contente que tu l'aies rencontré, mon frère. Je n'aime pas te savoir seul.

Cette compassion soudaine souffla comme une brise tiède entre nous. Je comptai les secondes jusqu'à ce que Shalla détruise tout.

– Ce qui est la raison pour laquelle… (Au cas où vous voudriez savoir : quatre secondes)… quand cette terrible affaire avec les Berabesq sera résolue, tu devras rentrer à la maison. Arrêter de jouer au hors-la-loi amer et prendre la place qui te revient comme protecteur de notre maisonnée.

Je me vante d'avoir toujours une réplique ironique sous le coude dès que Shalla évoque mon retour dans notre clan mais, cette fois, elle me prit au dépourvu.

– Mon frère, je ne plaisante pas. Je négocie avec Père et le conseil des mages seigneurs depuis des mois. Ils t'offrent l'absolution de tous tes crimes.

– Ma sœur, c'est généreux de leur part, mais je n'ai pas encore décidé si j'étais prêt à leur pardonner les leurs. Alors, quelle importance ?

L'expression dans les yeux de Shalla me fit comprendre que je l'avais interrompue.

– L'importance, c'est que tu n'es pas le seul exilé à qui ils sont prêts à accorder le pardon.

Là, je fus réellement surpris.

– Nephenia ? demandai-je.

– Neph'aria, me corrigea-t-elle. Oui, mon frère, la souris peut rentrer, elle aussi. L'avis de recherche pour l'assassinat de son père a été levé.

C'était la première concession que Shalla faisait à ce sujet. Elle méprisait Nephenia pour des raisons que je n'avais jamais comprises. Ce sentiment était d'ailleurs réciproque.

Je n'avais pas vu Neph depuis plus d'un an, quand elle était venue à mon secours à l'abbaye d'Ébène et m'avait ramené Rakis. La joie que j'avais ressentie lors de ces retrouvailles s'était noyée dans la confusion de son départ.

« Parce que, Kelen, je pense que je t'aime, mais que je n'en serai pas certaine avant de rencontrer l'homme que tu vas devenir une fois que tu auras renoncé à être le garçon que tu as été... »

Comment quelque chose de si douloureux pouvait-il paraître si prometteur en même temps ?

Shalla interpréta mal mon air hésitant.

– Mon frère, je t'offre une vie. Une vraie vie. Pas cette parodie d'existence marginale que tu fais mine d'affectionner.

Je désignai de la tête la diligence de la reine qui progressait sur la route impériale. Elle y discutait de sujets importants avec à peu près tout le monde sauf moi.

– Merci, mais j'ai déjà une vie.

Shalla me lança alors l'un de ces regards réprobateurs dont seules les petites sœurs sont capables.

– Tes talents, car oui, tu as des talents, mon frère, doivent être consacrés à ta famille. Pas gaspillés à protéger une petite reine barbare qui ne te garde dans son entourage que parce que ça l'amuse.

Là, Shalla fit un geste qui me glaça le sang : elle passa un doigt autour de son œil gauche.

– À moins qu'il y ait une autre raison pour expliquer ta loyauté à cette reine étrangère ? ajouta-t-elle.

« Qu'est-ce qu'elle veut dire par là ? »

Je cherchai frénétiquement la raison de ces paroles moqueuses. « L'*arta loquit,* me dis-je. Où est donc passé mon satané *arta loquit* quand j'en ai besoin ? »

Il y avait deux interprétations possibles. La première, c'est qu'elle voulait me signifier que la cour daroman, malgré son armée de savants et de médecins, ne serait jamais capable de trouver un remède à mon ombre au noir. La deuxième était bien pire : et si Shalla, et donc mon père, savait que la reine Ginevra était atteinte du même mal que moi ?

Le jour où la reine atteindrait ses treize ans, elle devrait apparaître nue devant son peuple ainsi que tous les dignitaires étrangers du continent – une bien étrange coutume daroman, si vous voulez mon avis. À moins qu'elle trouve un traitement ou un moyen de dissimuler ce mal – une manœuvre qui avait toutes les chances d'échouer si mon père était au courant –, cela marquerait la fin de son règne. Pour garder son secret, Ke'heops pouvait la faire chanter à sa guise.

Peut-être que c'était déjà le cas.

Était-ce pour cette raison qu'elle me tenait à distance ?

– Mon frère ? demanda Shalla. Ça va ?

À nouveau, j'analysai ses paroles à la recherche de sarcasme mais je n'en trouvai pas. Peut-être qu'elle ne savait pas. Peut-être que c'était juste un autre de ses petits jeux.

– Shalla, je suis désolé, dis-je. Je refuse d'être un pion qui...

– Sha'maat, me corrigea-t-elle, d'un ton tout à coup plus autoritaire, voire furieux.

Elle insista :

– Notre mère s'appelait Bene'maat. Notre père s'appelle Ke'heops, et toi Ke'helios. Pourquoi tu t'entêtes à me rabaisser avec mon nom d'enfant ? Ça te fait plaisir d'imaginer que je ne suis pas vraiment leur fille, et toi leur fils ?

– Je n'en sais rien, reconnus-je. Je sais juste que tu seras toujours ma sœur Shalla.

Cela sonnait bien dans mon esprit. Malheureusement, ça toucha la mauvaise corde chez elle.

– Dans ce cas, ne m'oblige pas à choisir entre Père et toi !

Des têtes se tournèrent vers nous. Les gens nous regardaient. Je ne pense pas que j'aurais pu trouver phrase plus gênante pour ma sœur devant tous ces soldats, gardes et autres serviteurs étrangers.

Shalla ne s'emporte jamais. Elle considère que les gros mots sont un signe d'immaturité, tout comme mon insistance à utiliser nos noms de naissance. Alors, ça signifia vraiment quelque chose quand elle talonna son cheval en me lançant :

– Putain, Kelen, arrête de te comporter comme un gamin !

# 15
# Les funérailles

Il paraît que lorsqu'on revient après bien longtemps sur les lieux de sa naissance, tout vous paraît étriqué. Que quand on a arpenté des empires lointains, déambulé dans les avenues de splendides capitales, traversé de magnifiques paysages et fréquenté des cultures si différentes de la vôtre, « chez soi » est une expression désuète qui peut désigner pas mal de choses, mais surtout la nostalgie de l'enfance.

Je me demande bien quels idiots propagent ce genre d'inepties.

Oatas Jan'Xan, la ville où j'avais passé les seize premières années de ma vie jusqu'à ce que je la quitte en pleine nuit avec un chacureuil et rien à perdre, ne m'apparut nullement étriquée. La vue des sept colonnes de marbre disposées autour de l'oasis ne m'emplit d'aucune envie de renouer avec mes jeunes années. Le sable argenté parfaitement immobile et le petit bassin en pierre empli de magie pure et miroitante que mes ancêtres avaient nommée « Jan » se jetèrent à l'assaut de mon esprit avec la force d'une dizaine de chevaux emballés.

Vous n'entendrez jamais un membre de mon peuple l'admettre, mais la magie, c'est une drogue.

– Tu la sens ? m'avait demandé ma sœur quand on était arrivés en ville.

Son sourire triomphant, le bonheur qui écarquillait ses yeux me firent comprendre que je n'étais pas le seul à être drogué. Pas étonnant que l'exil soit considéré par les Jan'Tep comme un châtiment presque aussi terrible que la mort.

Plusieurs heures plus tard, alors que se déroulaient les rites funéraires en l'honneur de Bene'maat, ma peau me picotait toujours du simple fait de ma proximité avec l'oasis et mes bottes vibraient presque du pouvoir envoûtant des veines de minerai sous mes pieds. De ces métaux purs provenaient les encres utilisées pour le tatouage des six formes fondamentales de la magie sur les avant-bras des membres de mon peuple, par lequel les initiés Jan'Tep apprennent à jeter les sorts qui sont notre raison d'être.

Sauf, bien sûr, ceux qui ont vu leur magie contrecarrée par leurs parents.

– Le devoir envers son peuple, voilà la leçon que Bene'maat cherchait à nous enseigner à tous, déclamait Ke'heops.

Il se dressait au-dessus du corps parfaitement préservé de ma mère, recouvert avec goût de bandes d'une soie pourpre et diaphane qui garantissaient le minimum d'intimité. L'un des avantages de la magie du sang et du fer, c'est que la chair du mage ne se décompose pas aussi vite que celle d'un individu normal. Au contraire, sa peau se durcit pour former une enveloppe chatoyante qui prend l'apparence du marbre. Le fait que le corps de Bene'maat soit si bien conservé un mois après sa mort témoignait de sa puissance en tant que mage, ainsi que de l'arrogance de mon père, qui voulait s'assurer que tout le monde la voie ainsi.

Je fus distrait par Rakis qui reniflait l'air pour la cinquième fois au moins depuis notre arrivée.

– Qu'est-ce que tu trafiques ? lui demandai-je tout doucement.

– Je ne sens aucun autre chacureuil.

– Et ça t'étonne ?

Ses omoplates velues se levèrent et s'abaissèrent dans ce qui correspondait chez lui à un haussement d'épaules.

– Je pensais qu'ils auraient pris possession de cette ville pourrie pour assassiner ton peuple dans son sommeil et se venger du jour où ces sacs à peau ont brûlé vive toute ma tribu avec leurs sorts de braise.

Il redressa le museau et renifla à nouveau en concluant :

– On n'a pas tort de dire qu'on manque de discipline.

– Tu ne trouves pas qu'un massacre est une solution un peu excessive ?

– Je pense que c'est notre foutu devoir.

– Le devoir envers sa famille, pérorait Ke'heops. Le devoir envers notre peuple.

Il ouvrit grand les bras en créant les mêmes formes somatiques qu'il avait utilisées avec moi au palais daroman. Le ciel qui, quelques instants plus tôt, était bleu et baigné du soleil de l'après-midi s'assombrit pour s'emplir d'étoiles.

– En fin de compte, reprit-il dans un murmure que pourtant tout le monde entendit, le devoir envers l'univers tout entier.

Au-dessus de nos têtes, les étoiles se mirent à illustrer les aventures de Bene'maat en terres berabesq, où elle avait découvert l'existence de ce nouveau dieu et des terribles projets des vizirs, avant de rapporter au prix de sa vie ces nouvelles à son peuple.

– Plutôt cool, comme effet, feula Rakis en inclinant la tête pour observer le ciel depuis le perchoir que constituait mon épaule, ayant apparemment oublié tout idée d'exterminer mon clan. Tu devrais apprendre ce sort. Comme ça, tu pourrais donner des spectacles en mon honneur.

– Fais taire ce nekhek, traître, souffla une voix derrière moi, ou je brûle cette créature.

Avant de me retourner, je plaquai un grand sourire sur mon visage.

– Ne serait-ce pas la voix de mon bon vieux camarade Tennat ?

– Je suis Ra'ennat, maintenant, dit-il, ses yeux jetant des éclairs. Un mage Jan'Tep.

Quand nous étions initiés, Tennat était une petite brute cruelle et méprisable comme je n'en avais encore jamais vu. Il se tenait à présent entre Ra'fan et Ra'dir, ses deux frères, aussi mauvais que lui. Logique, puisqu'ils étaient les fils de Ra'meth, le type qui avait essayé de tuer ma famille en mettant ça sur le dos des Sha'Tep. Rien de bien anormal chez eux.

– Bien, bien, dis-je en bloquant Rakis avec ma main droite pour l'empêcher de bondir sur Tennat.

Le petit monstre grondait comme l'orage. Personne d'autre ne nous prêtait attention, heureusement, parce que j'allais faire un geste stupide. Je tendis la main à Tennat.

– Ke'helios, annonçai-je.

Tennat – Ra'ennat, devrais-je sans doute dire – cracha dedans.

– T'es pas un mage. T'es juste un frondeur de sort en exil avec quelques tours dans la poche.

J'essuyai son crachat sur la jambe de mon pantalon.

– C'est vrai, mais… onze, quand même.

– Onze ? répéta Ra'fan. Onze quoi ?

– Onze mages seigneurs, répondis-je. J'en ai vaincu onze, que j'ai laissés pour morts à travers tout le continent.

Je m'approchai pour ajouter dans un murmure :

– Alors, sauf si l'un de vous trois souhaite être le douzième, je vous suggère de déguerpir.

Rakis gloussa sur mon épaule. Rien ne l'apaise autant qu'une bonne petite menace de mort.

– Bien envoyé. Réserve-moi ses globes oculaires quand t'en auras fini avec lui.

Mais c'était une menace en l'air. Un duel un jour de funérailles ? Devant des centaines de dignitaires étrangers venus rendre hommage à l'épouse du mage souverain ? Cela revenait à une condamnation à mort. Pourtant, Tennat parut y réfléchir.

Moi aussi.

Peut-être est-ce dangereux de renouer avec ses ennemis d'enfance après avoir passé tant de temps à apprendre à combattre des mages comme je l'avais fait. Le désir de frapper vos anciens persécuteurs en devient presque aussi prégnant que le goût de la magie.

– Ça suffit, vous deux, gronda une voix.

Celle-là aussi, je la reconnus.

Panahsi avait été mon ami d'enfance. Petit garçon, il était assez gros, souvent moqué, et il me suivait partout comme si j'en valais la peine. Là, il avait minci ; il possédait une mâchoire ferme et le regard sévère d'un mage guerrier. Il était devenu Pan'erath, mais je l'avais surtout connu comme le mage rouge qui avait failli avoir ma peau plus de deux ans auparavant.

J'aurais pu passer sur ce détail, mais pas sur le fait qu'il s'était presque laissé convaincre par sa famille d'épouser Nephenia. La toge en soie écarlate qu'il portait déjà lors de notre dernière rencontre moulait des muscles qu'il n'avait pas dans l'enfance, et bien plus impressionnants que les miens.

– Salut, Pan, lançai-je.

Ses yeux me décochèrent des flèches, mais je n'avais pas peur. Panahsi obéit toujours aux règles. Il se tourna vers Ra'ennat et les autres et leur lança :

– Allez vous trouver une autre place. Je refuse que cette cérémonie soit gâchée par l'un de vous.

Était-ce étrange de ressentir une sorte de fierté à voir les rejetons de la maisonnée de Ra qui, à l'époque où nous étions tous initiés, se moquaient sans cesse de Panahsi battre en retraite face à lui ?

– Merci, lui dis-je.

Devant nous, plusieurs délégués du conseil des mages seigneurs défilaient pour chanter les louanges de ma mère. Pas de façon littérale, bien entendu : mon peuple ne pense que du mal de l'art. Quant à Panahsi, il porta sur moi un regard capable de percer une porte en acier.

– On raconte que c'est toi qui as été choisi pour terrasser ce dieu berabesq, commença-t-il.

– C'est ce qu'on me dit, à moi aussi.

– Tu vas le faire ? Tu vas remplir ta mission ?

Nul besoin d'être un expert de l'*arta precis* pour déceler l'espoir dans les yeux de Pan. Il voulait que je dise oui, que je lui fasse le même discours sur le devoir et la loyauté que mon père. Il voulait croire que j'avais changé, que j'étais devenu le Kelen qu'il pensait que je deviendrais quand nous étions petits et que nous nous racontions inlassablement les histoires des mages héroïques du passé. Il voulait qu'on redevienne amis.

Jusqu'à cet instant, je n'avais jamais mesuré à quel point il me manquait.

– Je ne sais pas, Pan, répondis-je tout bas.

– Ils ont tué ta mère.

– Est-ce que ça la ramènera à la vie si je tue leur dieu ?

Son regard se durcit. Mon peuple n'aime pas qu'on plaisante sur ce genre de sujet.

– Ce n'est pas ça, le devoir.

Tout à coup, le sort que mon père avait utilisé pour transformer le ciel en sa toile personnelle disparut et le soleil de l'après-midi revint – sa lumière tout à coup bien trop vive. Mon père jeta un nouveau sort tandis que l'expression de Panahsi se durcissait encore et qu'il tournait les talons en lançant :

– Pourquoi dois-tu toujours trahir les tiens, Kelen ?

# 16

# Éloges funèbres

La cérémonie officielle se termina par un discours patriotique de mon père avec pour thèmes la fidélité et le courage. Tous les mages présents dans le public dressèrent le poing en faisant étinceler leurs bandes tatouées. Cette éruption de magie pure créa une lumière vive, et il ne manquait plus qu'une fanfare zhuban pour donner l'impression d'un rassemblement militaire. Tout ça collait parfaitement aux coutumes funéraires Jan'Tep, et pourtant sonnait faux à mes oreilles, comme si cette démonstration de fierté nationale ne faisait que souligner la petitesse de notre peuple.

Une fois les rites accomplis, les dignitaires étrangers furent conviés sur l'estrade pour réciter leur propre oraison funèbre. Le meilleur fut à mon avis celui de la reine Ginevra, entre acceptation de la perte et optimisme prudent pour l'avenir. L'expression « nos deux peuples » y revint à plusieurs reprises. Les délégués gitabriens évoquèrent quant à eux la paix, tout en faisant plusieurs mentions à peine voilées au matériel militaire sophistiqué qu'ils pouvaient fournir dans l'intérêt de la résolution rapide d'un conflit. Moyennant finances, bien entendu. Ce discours s'adressait évidemment en priorité à la reine : mon peuple ne s'embarrasse pas d'armes quand il s'agit de tuer des gens.

Les délégués zhuban réussirent à imputer la mort de ma mère à l'échec de notre nation à suivre la philosophie qui s'imposait pourtant à tous selon les phénomènes astronomiques, et sous-entendirent qu'il était vraiment dommage que nous autres soyons si stupides. D'autres dignitaires prirent la parole, représentants de petites nations autoproclamées aux extrémités nord et sud du continent. Mais ce fut la dernière à s'exprimer qui provoqua en moi la plus grande surprise : une jeune femme très à l'aise missionnée par les Sept Sables. Elle avait mon âge, des cheveux blond clair et une cicatrice autour de l'œil droit si discrète que je doutais que quelqu'un d'autre que moi l'ait remarquée.

– Seneira ! m'exclamai-je.

– Qui ça ? demanda Rakis à moitié endormi sur mon épaule.

– La fille qu'on a rencontrée aux Sept Sables, soufflai-je. Celle qu'on croyait atteinte de l'ombre au noir alors qu'un ver d'obsidienne était implanté dans son œil.

Il observa la jeune femme qui parlait sur l'estrade.

– Ça me dit rien.

Les souvenirs que les chacureuils ont des humains s'effacent vite une fois qu'ils ne sont plus en contact avec eux.

– Son père s'appelle Beren Thrane, c'est le fondateur de l'Académie des Sept Sables, insistai-je.

Rakis avait une meilleure mémoire des endroits et des événements que des gens. Je tentai :

– La grande tour. Dexan Videris, ce fumier de frondeur de sort. La conspiration pour infecter tous les étudiants puis les obliger à assassiner leur propre famille. On a failli mourir, tu te souviens ?

– Je me souviens d'un crocodile, admit-il, puis il tendit une patte en direction de l'estrade. Mais elle, c'est qui ?

Je soupirai. Il n'y avait pas trente-six moyens de parvenir à mes fins.

– Tu as pris ton premier bain dans sa maison, où elle t'a offert des biscuits.

C'était aussi la deuxième fille que j'avais jamais embrassée, mais ça, je le gardai pour moi.

– Ah oui…, dit-il, tout à coup bien réveillé. Ensuite, j'ai tué le crocodile et sauvé le monde des vers d'obsidienne, et Beren Thrane nous a proposé un boulot en nous servant ce délicieux breuvage ambré, poursuivit-il en reniflant partout autour de lui. Tu crois que quelqu'un en a apporté ? Je boirais bien un petit coup, moi.

Il était peu probable que quelqu'un ait sur soi une flasque de *pazione* à des funérailles, et la dernière chose dont j'avais besoin, c'était d'un nekhek ivre prêt à aller défier des mages seigneurs d'un pas chancelant.

– Peut-être plus tard.

Il tourna son museau vers moi.

– Un bain d'abord. Tu pues.

– Ça fait plus de deux semaines qu'on est sur les routes, alors de quoi tu t'étonnes ?

D'ailleurs, il puait encore plus que moi.

L'éloge de Seneira fut bref, pourtant la plupart des Jan'Tep s'en allèrent pendant son discours. Les Sept Sables ne sont considérés comme un pays par aucune des nations qui l'entourent. Les Jan'Tep, les Berabesq et les Daroman voient ce territoire comme un no man's land dont la fonction essentielle est de faire tampon entre eux et, parfois, de servir de champ de bataille. Pourtant, Seneira s'exprima de cette façon claire, presque hautaine, qui était déjà la sienne deux ans plus tôt.

– Nous avons connu bien des guerres aux Sept Sables, dit-elle pour conclure. C'est sur nos terres que les grandes puissances ont toujours choisi de s'affronter. C'est dans notre sol que les os de centaines de milliers de combattants reposent auprès de ceux de notre peuple, qui n'a pas voulu ces guerres. En tant que témoins de tout ce sang versé, nous avons un dicton : *Le dernier mort d'une bataille est toujours le plus glorieux*. Quel plus grand honneur pourrions-nous faire à Bene'maat, si elle devait être la seule perte de cette guerre ?

Comme tous les éloges funèbres, celui de Seneira était plein de gentillesse et d'admiration, mais elle en profitait pour délivrer un message dans l'intérêt de son peuple. Dans son cas : « Si vous devez vous battre, ne faites pas ça chez nous. Nous en avons assez de ramasser vos cadavres. »

Debout près de l'estrade, Ke'heops semblait écouter avec attention, pourtant il avait les yeux braqués sur moi.

Le regard de mon père disait très clairement : « Bene'maat ne sera pas la seule perte de ce conflit. Il faut un autre cadavre pour empêcher un bain de sang, et c'est à toi que revient cette mission. »

# 17

# Un bain bien mérité

Sept rayons de lumière pâle s'élevaient du palais situé au centre de la ville. Le massif édifice hexagonal, avec ses murs inclinés vers un toit plus étroit que ses fondations, avait toujours donné l'impression d'être bien plus adapté à l'emprisonnement qu'à la résidence d'un monarque. Peut-être était-ce pour cette raison que mon père avait cédé sa place à la reine Ginevra et à sa cour pendant notre séjour.

– Quel trou à rats, dit Rakis comme on parcourait les couloirs avec des serviettes volées dans les bras.

Je dois souligner que la résidence traditionnelle du prince de clan était malgré tout bien plus luxueuse que de simples mortels pouvaient même le concevoir. Mais le chacureuil avait connu l'opulence du palais royal de Darome. Pas tant par son mobilier que par le nombre de ses serviteurs.

– Si tu crois que je vais sécher ma fourrure moi-même, tu te trompes, me prévint-il.

N'ayant encore jamais pénétré dans la demeure d'un prince de clan, il me fallut un petit moment pour trouver les bains.

– Peut-être qu'il y en a d'autres encore mieux ? dit Rakis.

Le lieu était, à mes yeux, pourtant parfaitement adapté à nos besoins. Il y avait là sept bassins (au cas où je ne l'aurais pas encore mentionné, mon peuple adore le chiffre sept) décorés de mosaïques qui illustraient de grandes victoires Jan'Tep sur un ennemi humain ou surnaturel. Chaque matin, les bassins étaient enchantés par des ensorceleurs de façon à s'assurer que l'eau y soit toujours propre et à la bonne température, qui allait de tiède à brûlant. Car Rakis a beau faire le dur, il insiste pour que son bain soit à une température bien précise, laquelle semble varier d'un jour à l'autre. Je dus attendre qu'il trempe sa queue dans chaque baignoire pour réduire le choix à deux options.

– Lequel ? demanda-t-il.

Je choisis celui dont j'avais le moins envie. Il exigea logiquement qu'on prenne l'autre, et attendit que j'aille chercher un petit banc en bois pour le poser dans le bain à son intention.

– Biscuits ? demanda-t-il en s'installant.

– Tu les as tous dévorés en chemin, lui rappelai-je.

– Et ceux que tu gardes dans la sacoche en cuir attachée à ta selle ?

– Tu les as déjà trouvés.

Le grognement de Rakis contenait la promesse de mille blessures mortelles, de mutilations et d'une mort certaine. Les marques noires sur la fourrure autour de son œil gauche se mirent à tourbillonner. Ses griffes accrochèrent l'air, ses crocs claquèrent quand il mima d'instinct les représailles qu'il envisageait envers un monde osant le priver de ses douceurs préférées. Tout ça aurait été un peu plus effrayant s'il n'avait pas été en train de faire la planche. Il peut parfois être un peu pénible.

Je tendis une main en direction d'une serviette où j'avais dissimulé un paquet de six biscuits. J'avais dû payer un serviteur méfiant pour le rapporter de Darome. Je me débattis pour défaire les ficelles, puis je sortis un biscuit sec et le lançai à Rakis. Sans que j'aie besoin de le prévenir, le chacureuil l'attrapa d'une patte avide. Il s'apprêtait à le dévorer, s'arrêtant juste le temps de dire : « Bon, d'accord, t'auras la vie sauve », puis se mit plein de miettes autour du museau. Les mâchoires des chacureuils sont faites pour déchirer la viande, pas pour grignoter des biscuits.

On passa quelques instants dans un silence agréable jusqu'à ce qu'il dise :

– Kelen ?

– Ouais ?

– Désolé pour ta mère.

– Merci.

– Tu…

Il hésita. Il avait l'air d'être sur le point de vomir dans le bain.

– T'as envie d'en parler ?

Les chacureuils n'évoquent jamais leurs morts. Pour eux, ça ne sert à rien. La mort de l'un des leurs doit être suivie d'une preste et impitoyable vengeance, puis oubliée. Je me sentis étrangement touché que Rakis propose de m'écouter gémir et pleurnicher sur ma mère.

– Merci, répétai-je. Je crois que je suis encore en train de comprendre ce que je ressens. C'est comme s'il y avait un vide en moi, si froid que je…

– *Argh*, grogna-t-il.

Au bout de quelques secondes, il me regarda à nouveau.

– Ça va aller. Je peux le supporter. Parle-moi de tes… sentiments.

C'est ce qui se passe quand une créature par essence égoïste et totalement incapable d'empathie tente de modifier sa vraie nature.

– Toi, tu… ? commençai-je avant de me raviser.

– Quoi ? demanda-t-il.

– Ta mère te manque, des fois ?

C'est Chitra qui nous avait liés, Rakis et moi. « Tu devras te montrer prudent pour deux, et lui, il sera courageux pour deux. Tu lui apprendras à fuir, il t'apprendra à te battre », m'avait-elle dit la nuit où elle était morte près de moi.

Je n'imaginais pas, alors qu'un mage fou brûlait vive toute sa tribu, que Chitra me faisait le plus beau cadeau de ma vie. Rakis était bien plus qu'un ami, il était mon partenaire. Certes, il avait tendance à me mordre et à me dépouiller quotidiennement, mais…

Il se mit à gronder. Il me fallut une seconde pour comprendre que ce n'était pas à cause de moi. Avant de savoir qui était là, j'avais bondi hors du bain et roulé par terre pour attraper mon jeu de cartes rasoirs. J'en lançai deux.

« Je vous en supplie, faites que ça ne soit pas un serviteur discret trop zélé qui a ouvert la porte sans que Rakis ou moi… Non, c'est forcément un assassin. »

La femme aux cheveux gris qui s'appelait Emelda mais que je voyais toujours comme une buse fit un bouclier d'une boîte en bois d'un mètre de haut sur cinquante centimètres de large. Les deux cartes en métal se plantèrent dedans.

– Je savais que je faisais bien d'apporter ça, dit-elle.

« J'aurais dû me douter qu'un chuchoteur s'en prendrait à moi tôt ou tard », me dis-je en préparant mon attaque suivante.

J'avais mes pièces de *castradazi* dans une main et une serviette dans l'autre. C'est impossible d'utiliser mes poudres avec les doigts mouillés, alors je devais faire diversion avec les pièces tout en me séchant les mains, avant d'attraper mes bourses pour faire exploser Emelda.

– Tu es toujours aussi vindicatif, même nu ? demanda-t-elle en abaissant son bouclier.

Je ne sais pas pourquoi j'inclinai la tête vers mon corps. Ce n'était pas mon intention.

– Pas étonnant que tu plaises à ma fille, dit Emelda en retirant les cartes rasoirs du bois. Elle les aime fougueux, je le sais.

J'attrapai une serviette plus grande. Ainsi que mes bourses de poudre. Ce n'est pas parce que quelqu'un se moque de votre nudité qu'il n'a pas l'intention de vous tuer.

– Que puis-je faire pour vous, m'dame ? demandai-je.

Elle s'approcha, apparemment pas plus dérangée par les grognements de Rakis que par mon anatomie ou mes poudres explosives. Quand le chacureuil voulut foncer sur elle, elle le regarda droit dans les yeux et produisit une sorte de sifflement.

– Pas de magie daroman avec nous, la prévins-je. Rakis et moi, on…

Je jetai un coup d'œil désespéré au chacureuil qui venait de passer d'un air menaçant à la position assise sur son arrière-train avec des regards énamourés.

– T'as de beaux yeux, tu sais… On dirait des émeraudes, feula-t-il en bavant des miettes de biscuit sur son poitrail velu.

– Tu es irrécupérable, lui lançai-je.

Emelda gloussa en posant sa boîte sur un tabouret et entreprit de l'ouvrir lentement.

– Pas de gestes brusques, lui dis-je.

– Même si je le voulais, je ne pourrais pas te tuer, fils. La petite Tori a contraint le conseil à te laisser tranquille pendant un an au moins.

– Vous me pardonnez de ne pas en croire un mot ?

Elle recula.

– Vas-y, ouvre-la toi-même, si tu veux.

Je me rendis bien compte que je m'étais peut-être piégé tout seul mais, ne voulant pas passer pour un crétin, je m'agenouillai et ouvris la boîte avec prudence. J'ai de l'intuition en ce qui concerne les ressorts et les objets piégés, or mes doigts ne détectèrent rien. Une fois le couvercle soulevé, je découvris une sorte de corde composée de vieilles lanières entortillées. À une extrémité, une poignée en cuir qui semblait tout aussi usée.

– Vous m'avez apporté un fouet ?

– En réalité, ça s'appelle un fléau, dit-elle. Mais c'est vrai, c'est une sorte de fouet.

– Et qu'est-ce que je suis censé faire avec ?

Emelda attrapa le fléau. Un objet ensorcelé paraît soit chaud, soit froid, mais là, c'était différent. Ce n'était pas tant une vibration dans l'air qu'une étonnante immobilité qui en émanait.

– Tu t'y connais en magie daroman, gamin ?

– Je sais que ça n'existe pas, c'est tout.

Elle éclata de rire.

– Eh bien, c'est sans doute vrai. Nous n'avons jamais eu besoin de magie, nous comptons sur notre puissance militaire et notre nature civilisée. Mais nous avons toujours été doués pour récupérer des objets.

Pour les voler, plutôt. Les musées de Darome étaient remplis d'artefacts en provenance de nations qu'ils avaient conquises.

– Nous n'avons jamais vraiment été portés sur les sorts et les choses comme ça, mais nos explorateurs sont capables de reconnaître des objets intéressants quand ils en voient.

Elle me tendit le fléau.

– Ça, c'est peut-être le plus puissant des artefacts de tout le continent.

Elle attendait que je lui pose des questions, mais je n'ai jamais aimé obéir, alors je me contentai d'examiner attentivement le fouet. Dire qu'il était vieux, c'était gentil. Il semblait tressé de longues bandes d'écorce séchée. Je doutais qu'il puisse faire vraiment mal. D'un autre côté, j'étais certain qu'Emelda n'agissait jamais à la légère.

– Cette écorce, dis-je en désignant les lanières. Elle vient d'un baojara, non ? Les arbres qui poussent parfois dans le désert berabesq ?

– En effet. Tu pourrais être un peu plus précis ?

« Qu'y a-t-il de plus précis que l'espèce d'un arbre ? me demandai-je. Sa sous-espèce ? Les coordonnées d'un spécimen ? Non, me dis-je. Elle parle d'autre chose. »

– Les Berabesq ont six livres saints différents, tentai-je en surveillant ses yeux pour voir si j'étais sur la bonne piste.

Son regard resta neutre, mais ça aussi, c'était un indice.

– Six textes sacrés, chacun prétendant que sa propre face de Dieu est la bonne.

– Si tu dois me donner une leçon de théologie, fils, je préférerais que tu commences par enfiler ton pantalon.

J'ignorai ses railleries.

– Six versions différentes de l'histoire berabesq, qui

toutes ont un point commun : le Fléau du baojara. Le fouet confectionné avec l'écorce du premier arbre que Dieu a fait pousser dans le désert le plus désolé sur terre.

Rakis vint le renifler.

– Ça pue comme un sac à peau mort, dit-il en retournant manger des biscuits.

Il n'avait pas tort. D'après les textes berabesq, les gens du désert craignaient autrefois le pouvoir de leur dieu, alors ils avaient eu l'idée d'une arme capable de le blesser. En secret, pendant le sommeil du dieu, ils avaient arraché l'écorce du premier baojara pour fabriquer ce fléau.

On pourrait croire qu'une déité toute-puissante les aurait châtiés, mais demander à la religion d'être logique, c'est comme exiger d'un chacureuil de ne pas vous voler dans votre sommeil.

– Vous croyez vraiment que c'est celui-là ? demandai-je. L'artefact capable de faire plier un dieu ?

Emelda haussa les épaules.

– Je ne peux pas en être sûre, mais tous les experts que nous avons pu consulter jurent qu'il est sacré. Nous l'avons même fait examiner par des mages Jan'Tep. Ils sont partis en courant au premier coup d'œil. Et ça...

Elle tendit la main vers la boîte pour en sortir quelque chose que je n'avais pas vu. Un petit sac en vieux feutre rouge, qu'elle me lança. Je le rattrapai et l'ouvris.

– Des dés ?

– Faits à partir du même arbre, d'après mes sources. Je me suis dit qu'ils conviendraient à ta profession.

– Vous voulez que je fasse jouer le dieu berabesq aux dés jusqu'à ce que mort s'ensuive ?

Elle ricana.

– Les dés, c'est divertissant, non ? On ne sait jamais quel chiffre ils vont produire. Leur existence prouve que l'univers est fait de hasard. Tu connais le contraire du hasard, n'est-ce pas ?

– Le destin ?

– Dieu.

Elle tendit un doigt et plaça un dé dans ma main.

– Dans certains passages des textes sacrés berabesq, il est écrit que si tu lances ces dés en présence de Dieu, sa domination sur le monde sera suspendue le temps qu'ils s'immobilisent.

– Sérieusement ?

– On ne sait pas s'il faut le prendre au premier degré. La prose religieuse est parfois fleurie. Mais ça pourra au moins faire rire le dieu avant qu'il consume ton âme.

Elle me tendit le fléau.

– C'est pour ça que tu devras lui passer ces lanières autour du cou le plus vite possible.

Comme je ne le saisissais pas, elle le replaça avec soin dans sa boîte, qu'elle referma.

– Je ne t'en veux pas de vouloir échapper à ton destin, dit-elle. Mais écoute les paroles d'une vieille bique qui a vu plus que sa part de laideur en ce monde. Quand il s'agit de protéger ceux qu'on aime, on doit faire ce qu'il faut. Même lorsque ça implique des actes insupportables pour notre âme.

Quelque chose dans la façon dont elle dit ça, le mélange de lassitude et de détermination dans ses traits taillés à la serpe, me rappela quelqu'un. Quelqu'un que j'avais rencontré dès mon arrivée en Darome. Quelqu'un qui, comme Emelda, ne m'avait d'instinct pas fait confiance. Quelqu'un que j'avais finalement tué.

« Ancêtres... Dites-moi que je me trompe. »

La reine avait fait en sorte que personne ne connaisse l'identité de l'assassin, car un garde royal ou un autre m'aurait sans aucun doute tué s'il avait appris la vérité. Mais je pense qu'elle se trompait, puisque Emelda n'avait pas encore mis fin à mes jours.

– Torian sait ? demandai-je.

– Quoi ?

Je déteste que les gens intelligents fassent mine de ne pas comprendre. C'est le signe qu'ils ne respectent pas votre propre intelligence.

– Que j'ai tué son père.

Jed Colfax était une légende parmi les gardes royaux. Déjà vieux quand j'avais fait sa connaissance, et pourtant encore capable de traquer les hors-la-loi les plus aguerris du continent. Il avait la réputation de poursuivre les fugitifs sans se soucier du temps que ça lui prendrait pour les traduire en justice. Je me sentis stupide de ne pas avoir compris que Torian était sa fille. Elle ne portait pas son nom, certes, mais c'était sans doute un secret de polichinelle.

Je devais reconnaître ça à Emelda : elle ne broncha pas quand je mentionnai l'assassinat de son mari. Elle ne cligna même pas des yeux. On aurait tout aussi bien pu parler du temps qu'il faisait. Elle se dirigea vers la porte, mais pas avant d'avoir dit :

– Ma fille croit ce que tous les autres Daroman croient : Adrius Martius et sa bande d'apprentis dictateurs ont tué son père. C'est pourquoi ils sont tous morts, tandis que toi, tu es là debout comme un idiot avec ta serviette, à te demander si tu vas faire la seule chose qui puisse sauver ce monde d'un bain de sang et d'un déluge de feu. Pourtant, c'est selon moi la vraie raison de te garder en vie.

Je regardai la vieille boîte en bois longtemps après son départ. Pour finir, Rakis feula :

– Tu sais ce qu'on devrait faire ?

– Quoi ?

– Brûler ce fouet, puis déposer ses cendres devant la porte de la vieille pie. Là, elle fera moins la maligne.

Jamais je n'avais été à ce point tenté de suivre un conseil de chacureuil. Le problème, c'est que ça nous garantissait de passer notre vie avec la garde royale à nos trousses dans toutes les parties du monde n'étant pas déjà infestées par des fanatiques berabesq chasseurs de frondeurs de sort blasphémateurs.

– On va où ?

– Voir la reine. Il est temps qu'elle nous donne quelques explications.

Rakis resta assis sur son arrière-train.

– Euh… Kelen ?

– Oui ?

Il tapota d'un air misérable la fourrure de son poitrail.

– Il faut que tu me brosses avant. Il y avait plein de miettes de biscuit dans ce bassin. Quelqu'un a dû en laisser avant nous.

Je soupirai.

– D'accord, dis-je en attrapant une brosse dans un panier. Mais à une condition.

Les chacureuils, s'ils sont incapables de comprendre certains concepts humains, ont en revanche parfaitement acquis le sens de la négociation.

– En fait, je ne suis pas sûr que j'aie besoin à ce point

d'être brossé. C'est juste quelques miettes, personne ne s'en apercevra et... C'est quoi, ta condition ?

Je désignai le chapeau de marchand gitabrien sur le sol humide près de Rakis, qu'il insistait pour porter dès que je mettais mon chapeau de la Frontière.

– Tu promets de ne pas mettre ça devant la reine.

– Marché conclu ! feula-t-il d'un air victorieux. De toute façon, j'en avais marre de ce truc.

Il me lança l'équivalent en chacureuil d'un sourire diabolique et déclara :

– Tu t'es bien fait avoir.

# 18
# La lettre

Même pour un tuteur royal disposant du *Consovi Mandat*, ce n'est pas si simple d'obtenir une audience privée avec la reine de Darome. Il se trouve que les monarques ont des choses plus importantes à faire que d'écouter les complaintes de leur maître des cartes.

– Je peux t'obtenir un rendez-vous la semaine prochaine, m'annonça Arex, posté à l'entrée du sanctuaire.

Un palais Jan'Tep n'a pas de vraie salle du trône, mais ça n'avait pas empêché l'entourage de la reine de sauvegarder les apparences. Dès l'instant où mon père lui avait cédé le palais, des dizaines de serviteurs et autres courtisans avaient déchargé le mobilier que nous avions emporté pour s'assurer que ses appartements, même temporaires, possèdent tous les attributs du pouvoir impérial. Y compris les moulures dorées et les sceptres incrustés de pierres précieuses, y compris le trône daroman qui pèse près d'une tonne. Les accessoires royaux incluaient aussi Arex Nerren, l'homme qui, à cet instant, m'empêchait de voir la reine.

Techniquement parlant, Arex était son secrétaire particulier, un titre qui s'accompagnait d'une longue série de privilèges extravagants, en premier lieu de se mettre en travers de ma route dès qu'il en ressentait l'envie. Parfois même dès que *quelqu'un d'autre* en ressentait l'envie.

– Laissez-moi deviner, dis-je. Torian est venue vous importuner, elle aussi.

Il me fit un petit sourire en coin.

– La lieutenante a de l'influence. Je croyais que tu aurais compris comment tout ça fonctionne, maintenant, gamin.

Juché sur mon épaule, Rakis grogna à l'intention d'Arex d'une façon qui aurait suffi à effrayer même un chêne. Pas pour me défendre, cela dit. Il n'aimait pas le type, c'est tout.

Arex est l'une des rares personnes au monde, en plus de Furia, qui se permette de m'appeler gamin. En plus de son titre assez obséquieux, il mesure plus d'un mètre quatre-vingt-quinze, il serait capable de terrasser un ours et il adore tabasser ceux qui essaient de passer outre son barrage.

Mais un an plus tôt, pendant la tentative de coup d'État, il avait reçu plusieurs coups de couteau et failli mourir exsangue sur le sol du palais royal de Darome. Je connaissais l'emplacement de chacune des blessures, donc là où je pouvais frapper au cas où nous en viendrions aux mains.

J'aime bien Arex Nerren. Il est drôle, malin et honnête. Son dévouement pour la reine est indéniable, et je lui voue une confiance absolue. Malheureusement, je suis très mauvais juge de caractères alors, à cette époque, je rééquilibrais ma nature confiante en recherchant minutieusement les meilleurs moyens d'assassiner chaque membre de la cour de Darome, juste au cas où.

Oui, j'ai aussi un plan pour assassiner Torian Libri.

Peut-être que mon père avait raison à mon sujet. Ma

boussole morale n'avait pas l'air très bien réglée, ces derniers temps. D'un autre côté, Ke'heops, en accord avec le conseil stratégique de la reine, souhaitait que je tue un garçon plus jeune que moi ; j'avais des doutes sur leur propre boussole morale.

« Furia, où es-tu ? Le monde n'a plus de sens. »

Ce qui aurait dû me faire ricaner. Parce que Furia Perfax n'avait pas plus de sens pour moi que le monde.

– Ça va, gamin ? me demanda Arex.

– Oui. C'est juste que...

Je soupirai. J'avais vraiment besoin de voir la reine, mais je n'étais pas prêt à me battre, surtout contre quelqu'un que je respectais. Heureusement, mes ruses n'impliquent pas toujours l'homicide.

– Tu veux que je lui laboure le visage ? me proposa Rakis. Ça pourrait le rendre plus arrangeant.

– Oublie, lui dis-je en faisant demi-tour pour quitter l'entrée du sanctuaire.

Puis je m'arrêtai, comme si je venais de me rappeler quelque chose.

– Arex, pourriez-vous informer la reine que je ne lui donnerai pas sa leçon de poker la semaine prochaine ?

Le secrétaire répondit d'un ton troublé et soupçonneux :

– Sans doute. Mais elle voudra savoir pourquoi tu annules ce qui est en fait ton seul devoir.

« Bien vu. »

Je sortis de mon manteau une enveloppe cachetée et la lui tendis.

– Qu'est-ce que c'est ? demanda-t-il en examinant le pli.

– Ma démission du poste de maître des cartes de la reine.

Il me lança un regard de travers.

– Sérieusement ?

– Vous pouvez la lire si vous voulez. Je l'ai fait certifier par un magistrat, elle est en règle.

Je fis six pas à peine avant qu'il me rappelle :

– Par les dieux de la Mer et du Ciel, d'accord, tu peux la voir tout de suite. Elle ne fait rien de très important, elle est juste en train d'étudier un traité de sept cents pages qu'elle est supposée signer demain matin devant un millier de tes concitoyens Jan'Tep. Si une guerre se déclare, ça sera ta faute, c'est tout.

Je tendis la main vers l'enveloppe.

– C'est agréable de faire affaire avec vous, Arex.

Une seconde, il retint l'enveloppe.

– Depuis combien de temps tu as cette lettre de démission dans la poche pour me faire chanter ?

– Depuis le lendemain du jour où j'ai accepté ce boulot.

Il gloussa et me la rendit. Je la remis dans la poche de mon manteau. Comme je passais près de lui, il me retint par l'épaule.

– Tu sais que ce tour ne peut marcher qu'une fois, non ?

En réalité, je n'étais même pas certain qu'il puisse fonctionner tout court.

– Aucun tour ne marche plus d'une fois, lui répondis-je en pénétrant dans le sanctuaire et en me préparant à voir la reine. C'est pour ça que j'en ai plein.

# 19
# Le sanctuaire

Il faut franchir trois antichambres avant de pénétrer dans le sanctuaire du palais du prince de clan, chacune fermée par une double porte à des fins ésotériques et méditatives. Mais ce calme nécessaire était mis à mal par un détachement de gardes royaux qui le polluaient avec leurs masses, leurs arbalètes et leur envie de les utiliser. La sécurité du monarque était autrefois le domaine du premier régiment de l'armée impériale, mais bon nombre de ses soldats avaient été exécutés pour avoir participé à une tentative de coup d'État contre la reine Ginevra un an plus tôt.

Les gardes sont plus irritables que ne l'étaient les soldats. Les chasseurs de criminels ne sont pas faits pour rester immobiles quatre heures durant. Pourtant, en matière de mauvais caractère, ils n'arrivaient pas à la cheville du vieux schnoque qui tenait le poste de héraut royal.

– Tuteur Kelen, dit-il en réussissant à transformer ces deux mots en insultes.

– Cerreck. Il y avait longtemps.

– Ah bon ? Je n'avais pas remarqué, soupira-t-il avec une lassitude visible envers ma présence, voire mon existence.

Je désignai le double battant qui donnait sur le sanctuaire.

– Voulez-vous bien m'annoncer ? Mais si vous êtes trop fatigué, bien sûr, je serai heureux de...

Il me lança un regard méprisant que j'avais bien mérité puis, dans un geste de défaite sublime, ouvrit la double porte.

Les sanctuaires Jan'Tep sont éclairés par des boules en verre rougeoyant qui ne projettent de la lumière qu'en proportion de la puissance magique de leurs occupants. Je tentai ma chance, mais je n'obtins qu'une vague lueur. Des âmes pragmatiques avaient posé des lanternes sur chacune des sept colonnes, qui brisaient à peine la pénombre de cette salle immense, donnant l'impression que le trône placé au centre était tout petit. Sur chaque accoudoir, une haute pile de papiers et, entre les deux, la monarque de l'empire daroman qui, à l'âge de douze ans, paraissait déjà au bout de sa vie.

– Oui ? demanda-t-elle sans lever les yeux.

– Hum, toussota Cerreck. Son Excellence le maître des cartes de la reine, Kelen Argos.

Pensant sa tâche terminée, le héraut entreprit de battre en retraite jusqu'à ce que Rakis lui décoche ce regard qui avait valu un arrêt cardiaque à plus d'un lapin.

– Je vous conseille de vous exécuter, dis-je calmement au vieil homme.

Un air de détresse s'afficha sur son visage.

– Vraiment ?

– Vous le connaissez. Vous voulez courir le risque ?

Cerreck prit une profonde inspiration.

– Accompagné du dangereux seigneur et vainqueur de tant de mages, tueur de crocodiles, destructeur de dragons, y compris ces imbécillités en métal, le plus vénéré des seize dieux des chacureuils...

– Vingt-neuf, le corrigea Rakis.

Je traduisis.

– Ah bon ? s'enquit le héraut. J'aurais juré qu'il y en avait seize la semaine dernière.

– Faites comme si de rien n'était, lui conseillai-je.

Cerreck poussa un soupir.

– Le plus vénéré des *vingt-neuf* dieux des chacureuils, et porteur de... des plus belles et originales marques de l'ombre au noir jamais vues, Rakis le Terrible !

Pour la première fois, la reine leva les yeux de ses papiers et sourit. C'était une jolie jeune fille, même si elle ne correspondait pas aux canons des peintres daroman. Elle avait la figure plus plate que la majorité de ses sujets, plus proche de celle des Zhuban du Nord que des gens à la peau claire qui peuplaient la Darome. Ses cheveux sombres retombaient en frisottis de chaque côté d'un visage rond enclin au rire mais qui, trop souvent, était tiré en raison des charges dues à son rang.

– Maître chacureuil, dit-elle avec un petit signe de tête, je sais que notre importante rencontre a été par trop repoussée, mais j'ignorais que vous seriez accompagné de votre assistant.

Rakis gloussa. C'était le genre de blague qu'ils adoraient, surtout parce que ce n'était pas mon cas.

– Votre Majesté, intervins-je.

Elle poursuivit, l'air de rien :

– Je suis particulièrement étonnée de voir le maître des cartes royal présent ce soir, car je croyais qu'il avait donné sa démission il y a quelques minutes.

« Ancêtres, jurai-je en silence. Comment peut-elle être déjà au courant ? »

– Votre Majesté, sommes-nous seuls ? demandai-je.

Elle me regarda en haussant un sourcil : on n'est jamais vraiment seul avec la reine de Darome. Selon la loi, c'est un crime de la laisser sans protection. Celle, en l'occurrence, de personnes *in teretro* – « liées » au monarque. N'importe lequel des six membres chargés de la *custudia regita corpora* (« garde du corps royal ») pouvait être pendu pour désertion s'il était surpris à plus de douze pas d'elle.

La plupart du temps, dans sa chambre ou bien l'étude où elle travaillait avec ses tuteurs, les gardes pouvaient se tenir devant la porte tout en respectant cette règle des douze pas. Mais le sanctuaire du prince de clan était immense, alors, même si la reine avait enfreint ses propres lois pour exiger un peu d'intimité, deux gardes au moins devaient rester dans l'ombre, allez savoir où. Bien sûr, toute personne qui veille sur elle est tenue au secret absolu et ne doit jamais même sous la torture révéler ce qu'elle a vu ou entendu dans la salle du trône.

– Nous sommes aussi seuls que nous avons besoin de l'être, me répondit la reine.

Ce qui signifiait que je connaissais au moins l'une des deux personnes qui nous observaient.

Un an plus tôt, la reine avait, malgré mes protestations, retiré sa robe pour me révéler les marques de l'ombre au noir qu'elle cachait à tout le monde. À l'époque, je l'ignorais, mais il y avait deux gardes dans la salle. L'un était Torian Libri, l'autre un homme qui croyait en toute bonne foi que cette révélation rendait la reine impropre à conserver le trône. Il avait tenté de persuader Torian d'en informer leurs supérieurs.

Il paraît qu'on trouve encore des bouts de son cadavre aux quatre coins du pays.

Qui était donc la seconde personne tapie dans l'alcôve au fond du sanctuaire ? La reine savait sans doute pourquoi je lui rendais visite. Elle n'aurait laissé personne nous observer sans avoir une confiance absolue en lui ou elle.

Je me demandai tout de même comment elle avait appris le bluff de ma démission.

– Je suis un peu occupée, dit-elle en passant un doigt sur une pile de papiers, et il y a peu de chances que je puisse dormir cette nuit. Alors, si vous êtes venu me reprocher mes défauts en tant que monarque, maître des cartes, je vous serais reconnaissante de me laisser un peu de temps pour différer mes réponses.

C'est... Il est possible que je n'aie pas toujours usé de la courtoisie attendue de la part d'un serviteur de la couronne.

– Ah ça, il va vous faire des reproches, feula Rakis en sautant sur ses genoux.

– Je n'en attendais pas moins, répondit-elle.

La reine est la seule personne à part moi qui comprenne le chacureuil quand il parle. Soit parce que son corps abrite vraiment un esprit de deux mille ans, soit parce qu'on est tous les deux cinglés. Je n'ai jamais pu trancher.

– En fait, j'ai une question très simple, Votre Majesté.

– Allez-y, dit-elle d'une voix prudente.

– M'ordonnez-vous d'assassiner le garçon du temple berabesq ?

– Ai-je proféré un tel ordre ?

– Vos chuchoteurs comptent clairement m'obliger à le faire et, apparemment, ils sont en mesure d'exiger de moi tout ce qu'ils veulent. Mais j'ai du mal à croire qu'ils puissent agir sans votre consentement.

Elle m'adressa un regard condescendant.

– Vous seriez surpris d'apprendre tout ce que mes sujets font sans mon consentement, maître des cartes. Par exemple, il y a quelques semaines à peine, l'un d'eux a failli perdre la vie face à un mage seigneur dans une taverne.

J'en avais assez qu'on me jette ça à la figure.

– Je vois. Eh bien, merci pour votre temps, Votre Majesté. Je vous laisse à vos devoirs.

Je tournai les talons et partis en direction de la porte. Or, tourner le dos au monarque est un crime en Darome, même s'il n'est pas passible de mort.

– Incline-toi avant de partir, tonitrua Torian Libri.

« Évidemment. »

– Du calme, lieutenante, lui demanda la reine. Mon maître des cartes ne voulait en rien m'offenser.

– Vous êtes sûre, Votre Majesté ? demanda la garde en surgissant de l'ombre.

– Il tentait simplement de provoquer les personnes ici présentes afin qu'elles se trahissent. N'est-ce pas, maître des cartes ?

Je me retournai face à la reine.

– J'ai été assez souvent piégé dans ma vie – encore très récemment par l'un des plus loyaux de vos serviteurs, Votre Majesté – pour rester sur mes gardes aujourd'hui. Par ailleurs, on m'a ordonné de commettre un meurtre dans des territoires où je serais la personne la plus simple à désavouer si ma mission devait mal tourner. Mais également où j'ai le plus de chances de m'introduire, tant je suis faible et insignifiant. Sans oublier que ma mère vient de mourir, vous l'aurez peut-être compris aux funérailles ? Il se trouve qu'elle avait contracté une malédiction lors d'une mission assignée par mon père sur lesdits territoires afin d'espionner un dieu. Alors, veuillez excuser mes manières, mais je me sens un peu énervé ce soir !

La reine Ginevra retira délicatement Rakis de ses genoux pour le poser sur une pile de papiers avant de quitter son trône, mais sans s'approcher de moi. Elle se contenta de m'observer avec suffisamment de chagrin et de compassion pour que je m'en veuille aussitôt.

– Kelen, je suis désolée, dit-elle. Je ne souhaitais pas que cette entrevue prenne cette tournure. Mais je suis... Les sujets qui vous troublent me troublent tout autant que vous, et quand vous êtes entré de cette démarche pleine de colère...

Une toux se fit entendre dans la seconde alcôve. Une expression furieuse traversa les traits juvéniles de la reine.

– J'y viens.

– Pas assez vite, dit une voix de femme.

Une voix de *femme*, mais pas *féminine* pour autant.

Les sanctuaires Jan'Tep possèdent des propriétés acoustiques visant à accroître les fréquences harmoniques de l'écho. C'est particulièrement utile quand on formule des incantations complexes, mais ça a aussi pour effet de donner une qualité presque surnaturelle à l'écho. Peut-être que c'est pour cette raison que, les deux premières secondes, je me demandai si mes oreilles ne me jouaient pas des tours.

« Je vous en supplie, ancêtres. Faites que ça soit elle. »

Le bruit d'une allumette qu'on gratte. Le scintillement d'une flamme. Cette si chère fumée bleutée... C'est à cet instant que je compris combien elle m'avait manqué.

Je courais vers elle avant même qu'elle ait quitté l'alcôve.

Furia Perfax.

# 20
# Ce que reine veut

Une honte inexplicable se mêla douloureusement à ma joie de retrouver Furia. J'avais dix-huit ans. J'étais un adulte. J'avais tué des gens, j'en avais sauvé, j'avais vu et fait des choses auxquelles la plupart des humains échappent de leur vivant. On aurait pu croire que je m'étais endurci, mais j'étais toujours un cœur tendre. Un petit garçon.

– C'est bon, c'est bon, gamin, murmura Furia en me retenant pour que je ne tombe pas.

« Je croyais ne jamais plus te revoir », avais-je envie de dire, mais ça aurait débouché sur des torrents de larmes, ce que je voulais à tout prix éviter. Je n'avais pas pleuré la mort de ma mère, et je craignais que ma culpabilité couplée à mon trouble rendent presque criminels mes pleurs de joie face à mon mentor.

– Qu'est-ce que tu fabriques ici ? demandai-je plutôt.

– Oh, j'ai suivi le Chemin de la Pâquerette Sauvage, c'est tout.

Furia posa les mains sur mes épaules pour me tenir à bout de bras.

– T'as l'air en forme, gamin. Vraiment.

Je me sentis tout à coup mal à l'aise et bien trop prétentieux dans ma stupide chemise de cour argentée et mon pantalon bleu nuit en cuir confectionnés sur mesure par le tailleur royal.

– T'as mis un peu de viande sur tes os, aussi, continua Furia sans tenir compte de ma gêne.

– Kelen s'est bien accoutumé à la vie de la cour, dit la reine d'un ton un peu trop fier à mon goût.

Elle ne pouvait savoir à quel point ces mots résonnèrent désagréablement à mes oreilles. Je n'aurais pas su expliquer pourquoi, pourtant c'était le cas.

Furia me dévisagea.

– Nan, dit-elle pour finir.

– « Nan » ? répéta la reine.

– Il s'est pas du tout accoutumé, dit Furia.

Elle tapota ma poitrine.

– Pas là.

Ses doigts allèrent ensuite tapoter le centre de mon front.

– Ni là.

Elle se pencha pour scruter mon regard.

– Ça saute aux yeux.

– Pardon ? demanda la reine.

– Je ne vois là que le Chemin d'Étoiles sans Fin.

Parfois, même si c'est incroyablement rare et imprévisible, Furia dit exactement ce qu'il faut pour sauver votre âme. Elle me sourit comme si elle savait ce que je ressentais. Peut-être que c'était le cas. Peut-être pas.

– On me demande de tuer un jeune garçon, déduisis-je. On me dit que c'est le seul moyen de protéger la reine et d'empêcher les Berabesq de nous déclarer la guerre.

Furia acquiesça sans un mot.

– C'est pour ça que tu es là ? Pour m'empêcher de faire ça ? demandai-je.

– Tu veux que je t'en empêche ?

Je réfléchis un instant.

– Oui, de tout mon cœur.

– Mais bien sûr, tu sais que je ne peux pas...

J'aurais juré qu'elle allait dire quelque chose comme : « Car ce n'est pas la voie des Argosi, car on n'empiète pas sur le chemin des autres », ou une autre bêtise du genre.

– Nous devons en parler, dit la reine en quittant le centre des sept colonnes pour s'approcher d'une longue table placée sous la galerie à droite. Nous tous, insista-t-elle, et Torian Libri sortit enfin de l'alcôve où elle montait la garde.

Une fois assise, la reine ne perdit pas de temps en bavardages.

– Même si je condamne les méthodes récemment employées par les chuchoteurs (Elle me lança un regard assez coupable pour effacer un peu de ma colère), et il y aura d'ailleurs sans aucun doute des... ajustements quant à leur champ d'action, il n'empêche que la menace est réelle.

– Quelle menace ? demanda Furia.

Torian Libri s'offensa de la question.

– Les Berabesq ont une population trois fois plus nombreuse que le reste du continent, avec des centaines de milices bien entraînées et disciplinées. Si jamais elles s'unissaient, cela donnerait une armée d'une puissance inédite. Qui balaierait la Darome comme...

– Une telle armée ne va pas se déliter uniquement à cause de la mort d'un gosse.

– C'est pour cette raison que nous ne pouvons la laisser se former, répondit calmement la reine Ginevra.

L'incertitude se lisait sur ses traits, ce qui la faisait paraître trop jeune pour régler un problème de cette ampleur.

– Et même si j'apprécie l'ironie de la situation, nous ne pouvons considérer la cible comme un gosse. Pour ce que nous en savons, il est plus ou moins leur dieu. Que nous le voulions ou non, c'est leur foi qui va les unir et les pousser à la guerre.

Furia secoua la tête, puis écrasa son roseau de feu sur la table. Torian Libri n'eut pas l'air d'apprécier ce manque de respect.

– Tu peux me toiser autant que tu voudras, ma fille, lui lança Furia, ton côté charmeuse de serpent ne te conduira nulle part avec moi. Ni avec le gamin, ajouta-t-elle en ricanant. C'est juste un petit tour pour les créatures un peu simples d'esprit, dit-elle en désignant l'endroit où Rakis était sur son arrière-train à dévorer Torian des yeux.

– Argosi, je vais te bouffer ta saleté de langue, murmura-t-il d'un ton rêveur, car toujours sous le charme de la lieutenante.

Furia et Torian n'en avaient apparemment pas fini l'une avec l'autre. Mon mentor se pencha pour dire :

– La réponse à la question que je vois inscrite sur vos visages à tous, c'est non.

– Non quoi ? s'enquit Torian.

– Non, vous ne m'embarquerez pas là-dedans. Vous n'auriez pas pu embarquer le gamin non plus si vous n'aviez pas abusé de sa confiance.

Comment savait-elle ça ?

Furia m'adressa un petit sourire, car elle se doutait que je me poserais la question.

– Gamin, les gardes royaux adorent se vanter. Surtout au sujet de leur victoire sur un hors-la-loi en combat à la loyale.

– Ce n'était pas un…

Elle se retourna vers Torian.

– Maintenant, écoute-moi, ma fille. Soit tu ranges ce petit couteau dans son étui, soit je te tabasse jusqu'à ce que tu saches chanter l'hymne argosi sans rater une seule note.

– Il y a un hymne argosi ? demandai-je.

– Je l'écrirai pour l'occasion.

Avant que Torian puisse répondre, la reine se leva.

– Ça suffit, toutes les deux. Cette réunion était de toute évidence une erreur. Lieutenante Libri et dame Furia, veuillez nous laisser.

– Je suis pas une…

Furia s'interrompit et jura dans une langue que je ne connaissais pas.

– Vous l'avez fait exprès, lança-t-elle.

La reine retint un sourire, mais sans grande conviction.

– Ce que votre *arta loquit* vous aurait soufflé si vous n'étiez pas aussi prompte à dégainer. C'est précisément la raison pour laquelle je souhaite à présent m'entretenir en privé avec Kelen.

– Votre Majesté, commença Torian, les lois interdisent…

– Il y a des rafraîchissements dans l'antichambre au fond du sanctuaire. Je vous appellerai quand j'aurai à nouveau besoin de vous, si jamais l'une de vous deux est encore en vie.

Ni l'une ni l'autre ne parut particulièrement heureuse de cette requête, néanmoins elles s'exécutèrent.

Une fois la reine et moi seuls, en tout cas, plus seuls que nous pourrions jamais l'être, elle prit mes mains entre les siennes.

– Kelen, je suis désolée pour votre mère.

Je me raidis.

– C'est très aimable à vous, Votre Majesté.

– Quelque chose ne va pas ?

– Rien, dis-je. Pourrions-nous… En fait, il me semble que nous avons des sujets bien plus pressants à examiner.

Elle soutint un instant mon regard et finit par acquiescer. L'une des choses que j'ai toujours appréciées chez la reine, c'est qu'elle ne se dérobe jamais à son devoir, même quand il est affreusement désagréable.

– Kelen Argos, ma personne royale exige que vous vous rendiez en terres berabesq, que vous infiltriez la capitale puis que vous utilisiez toutes les ruses dont vous disposez pour pénétrer dans leur temple sacré. C'est là que vous trouverez ce dieu qui est le leur.

– Et que dois-je lui faire ?

À l'époque où une petite bande de nobles avait tenté de lui voler le trône, en plein chaos et bain de sang, et où un individu particulièrement désagréable qu'on appelle un entraveur blanc me contrôlait par le biais de l'ombre au noir, la reine Ginevra avait trouvé le moyen de libérer mon âme. Elle m'avait ensuite déclaré qu'elle ne voudrait jamais que je tue en son nom.

Elle serra très fort mes mains.

– Faites le nécessaire, Kelen. Rien que le nécessaire.

– Qu'est-ce que c'est supposé vouloir dire ?

– Exactement ce que j'ai dit.

Elle soutint mon regard un peu trop longtemps.

– Vous comprenez ?

L'*arta loquit*, ce n'est pas seulement le talent de l'éloquence, c'est aussi l'art de l'écoute. C'est en ça qu'il se rapproche de l'*arta precis*, le talent argosi de la perception. « Vous comprenez ? » avait demandé la reine, et cette question contenait bien plus que deux mots. Je dis tout bas :

– Si je refuse d'y aller, ou si vous échouez à me convaincre d'y aller, les chuchoteurs enverront quelqu'un d'autre faire le sale boulot.

Elle acquiesça. Je regardai en direction de l'antichambre.

– Torian.

– C'est un choix évident. Elle est sans aucun doute plus encline à suivre leurs ordres.

– Mais ils aimeraient que ce soit moi, parce que je serai bien plus simple à désavouer qu'un membre de la garde royale. Je ne suis même pas daroman, juste un hors-la-loi.

Là, j'eus une pensée plus sombre.

– De plus, cet assassinat paraîtra logique à tout le monde, puisque les Berabesq ont tué ma mère.

– Je n'utiliserais jamais ce...

– Ce n'est pas la raison pour laquelle vous voulez que ça soit moi, Votre Majesté. Mais parce que nous savons tous deux que je suis... imprévisible.

– Totalement imprévisible, insista-t-elle avec un petit sourire qui brisa son air sévère. Mais vous avez aussi d'autres qualités.

– Torian dit que j'ai une belle gueule. C'est à ça que vous pensez ?

– Ne me faites pas rire ! siffla-t-elle. Vous savez que je ne parlais pas de ça, alors arrêtez de vous moquer de moi !

En réalité, je savais très bien ce qu'elle voulait dire. Elle m'attribuait cette mission parce qu'elle était convaincue que j'étais le seul qui chercherait à découvrir la vérité avant de commettre un meurtre, et qui peut-être même trouverait une issue n'impliquant pas d'assassinat.

Pendant tout ce temps, la reine serrait si fort mes mains que je n'en revenais pas de la puissance de ses doigts. Des larmes s'étaient formées au coin de ses yeux. Je mis quelques instants à comprendre pourquoi.

Les Argosi disent que personne ne voit jamais tous les chemins qui s'offrent à soi. Qu'il en existe toujours un de plus. Or, toutes les routes semblaient m'éloigner de la reine. Si je refusais la mission, je devrais la quitter : les chuchoteurs ne me permettraient jamais de rester à son service. Si je me rendais à Makhan Mebab – même s'il y avait de bonnes chances pour que je sois arrêté avant même de passer la frontière – et si je réussissais à m'introduire dans ce temple puis, allez savoir comment, à assassiner leur dieu, je deviendrais l'homme le plus honni de la théocratie berabesq. Je ne pourrais plus jamais mettre un pied en Darome au risque de provoquer une autre guerre. Bien sûr, la plus grande probabilité, c'était que je meure dans l'aventure.

Et si je parvenais à survivre ?

– Je ne pourrai jamais revenir, dis-je pour finir. Quoi qu'il se passe, les gens nous traqueront, Rakis et moi, à travers tout le continent. Je ne pourrai plus jamais vivre en Darome.

La reine ne dit rien, mais elle ne put empêcher les larmes de couler sur ses joues.

– Et Torian ? Elle et vous…

– Douze ans, c'est un peu trop jeune pour faire la marieuse, Votre Majesté.

Ma tentative pour détendre l'atmosphère eut l'effet inverse de celui recherché.

– Votre légère avance vous offre-t-elle vraiment plus de sagesse en matière d'amour, Kelen ? Vous êtes incapable d'oublier cette fille de votre clan. Comme il sera commode, maître des cartes, quand l'affaire berabesq sera enfin résolue, de partir à la recherche de cette Nephenia qui tient votre cœur entre ses mains alors que, de toute évidence, elle a d'autres projets que de faire sa vie avec vous !

C'était, de ce que j'avais jamais vu chez la reine, ce qui se rapprochait le plus d'un caprice. Elle me rappelait presque Shalla, ce qui avait du sens, puisque ma sœur ne me parlait de cette façon que lorsqu'elle craignait de me perdre.

– Votre Majesté, toute ma vie, je me suis senti minable. Moins fort et moins intelligent que ma sœur, moins sage et moins droit que ma mère. Petit garçon déjà, je savais que je ne deviendrais jamais la moitié de l'homme qu'est mon père.

Je portai la main de Ginevra à mes lèvres et repris :

– Jusqu'à ce que j'entre à votre service et que, un temps, je me dise que mon reflet dans la glace chaque matin n'était pas si abominable, en fin de compte.

– Dans ce cas, revenez-moi ! s'écria-t-elle en m'attirant à elle. Quoi qu'il se passe là-bas, je vous protégerai. Je suis reine, n'est-ce pas ?

Je ne répondis rien ; je me contentai de serrer contre moi cette fillette de douze ans à l'esprit de deux mille ans et au cœur fraîchement brisé. L'une des choses que Furia m'avait apprises, c'est que lutter contre le chagrin, c'est comme boxer contre son ombre : on a beau y aller de toutes ses forces, ça ne fait qu'empirer la douleur. Je jetai un coup d'œil en direction de l'antichambre. J'aperçus Torian Libri qui nous surveillait du coin de l'œil. Malgré son regard désapprobateur, je compris que la reine avait sans doute raison au sujet de Torian et moi. Si j'étais resté à son service, nous aurions fini par nous unir, même s'il y avait peu de chances que nous tombions un jour amoureux. Tout comme il était probable que j'aurais vécu toute ma vie dans le palais de Ginevra sans jamais avoir l'impression d'être chez moi.

Je pense que la révélation, c'était ça.

Délicatement, je me dégageai de l'étreinte de la reine, puis je fis un petit signe à Rakis pour lui indiquer qu'on partait. Il galopa vers moi et s'immobilisa un instant aux pieds de Ginevra, la laissant caresser sa fourrure avant que je l'attrape pour le mettre sur mon épaule.

Je plongeai la main dans la poche de mon manteau et j'en sortis l'enveloppe que j'avais si cavalièrement tendue à Arex un peu plus tôt. Je la déposai sur la table et, puisque j'avais déjà brisé toutes les règles du protocole, je me penchai pour déposer un baiser sur le crâne de la reine avec un :

– Adieu, Votre Majesté.

# 21
# La convocation

Je quittai la salle du trône troublé, sans savoir à quoi je renonçais et presque honteux de ma joie d'avoir retrouvé Furia Perfax.

– Les Argosi ne transportent que de la poussière et des cicatrices, dit-elle en m'observant de près.

Il était tard, et les couloirs du palais s'étaient vidés de la marée de nobles et autres courtisans partis se consacrer à allez savoir quelle intrigue nocturne. Le petit pincement dans la voix de Furia attira mon attention sur la boiterie qu'elle tentait de dissimuler.

– Pas de question, gamin, lança-t-elle.

– Qu'est-ce qui t'est arrivé ?

– Une petite mésaventure, c'est tout.

Elle plongea la main dans son gilet à la recherche d'un roseau de feu qui, apparemment, ne s'y trouvait pas.

– Dis-moi, gamin, je suppose que tu ne connais personne dans cette belle ville qui…

– Les Jan'Tep ne fument pas.

Elle jeta un coup d'œil au couloir vide avec une expression désolée et pourtant pleine d'espoir.

– Et l'un de ces beaux courtisans qui accompagnent la reine ?

– Je crains que seule la pipe soit à la mode à la cour daroman en ce moment.

Furia soupira.

– Des barbares… Partout où je vais, gamin, il n'y a que des barbares.

Ce ton moqueur me rappela à quel point sa présence dans cette ville était périlleuse. Quelques années plus tôt, Furia avait tabassé Tennat et ses frères, pour ne rien dire de l'embarras dans lequel elle avait mis leur père. La maisonnée de Ra lui chercherait des noises à la seconde où elle apprendrait son retour.

– Qu'est-ce que tu fais en territoire Jan'Tep, Furia ?

Sa réponse fut un peu trop rapide :

– Oh, tu sais… Je suis la voie du vent, comme toujours. Je me suis dit que j'allais venir rendre hommage à ta maman.

Curieux de la réaction de Furia, je sortis alors de ma poche les cartes que Bene'maat m'avait envoyées, mais un bruit de pas nous prévint de l'arrivée d'un Sha'Tep. Je ne le connaissais pas, alors qu'il portait les glyphes de ma maisonnée sur son manteau de serviteur. En soi, ça n'avait rien d'étonnant. Après la rébellion fomentée par mon oncle des années plus tôt, mon père avait sans doute remplacé bon nombre de ses employés.

Sans même prendre la peine de s'incliner, le Sha'Tep m'annonça :

– Vous êtes demandé par le mage souverain.

Il me tendit un papier plié qui exprimait exactement ce qu'il venait de dire.

Rakis grogna. Le chacureuil n'a aucune sympathie pour

les serviteurs. Déjà parce qu'il ne fait pas la différence entre serviteurs et esclaves, et ensuite parce que, selon lui, c'est un devoir moral d'assassiner toute personne qui se déclare être votre maître.

Mon peuple n'a pas pour habitude de faire délivrer des messages. Vu le nombre de sorts qu'on peut utiliser pour communiquer dans une ville comme la nôtre, envoyer quelqu'un chercher son destinataire avec un bout de papier est une perte de temps. Cependant, jeter des sorts dans la maison d'un hôte est mal vu. Mon père témoignait ainsi son respect à la reine Ginevra. C'est là que je compris qu'il était bien plus désireux de cette alliance qu'il ne voulait bien le dire.

Furia adressa un grand sourire au serviteur.

– Vous parlez de mon vieux pote Ke'heops ?

Elle fit exprès de regarder partout autour d'elle.

– Il est où ? Lui et moi, on a des tonnes de trucs à se raconter !

Je me demandai si c'était le signe que les Sha'Tep étaient à présent traités avec plus de respect, en tout cas le serviteur décocha un regard méprisant à Furia et lui lança :

– Vous, l'Argosi, vous n'êtes pas invitée. Cela ne concerne que Ke'helios.

– Ke quoi ? demanda-t-elle en se tournant vers moi.

– C'est une longue histoire, répondis-je, puis je remarquai un frémissement dans le sourire de Furia. Apparemment, tu es déjà au courant.

Elle gloussa.

– Ne me regarde pas comme ça, gamin. On s'amuse comme on peut.

– Le mage souverain attend, nous rappela le Sha'Tep.

Même si je ne partage pas le mépris de Rakis envers ceux

qui sont obligés de servir pour des raisons économiques ou sociales, je n'appréciais pas pour autant la façon dont ce type traitait Furia.

– Dites à Ke'heops que je serai là dans une heure environ.

– Votre présence n'est pas requise dans une heure, mais maintenant.

Je lui tapotai l'épaule.

– Ne vous inquiétiez pas. Mon père a l'habitude que je le déçoive.

Le serviteur tourna les talons et réussit à taper des pieds sur toute la longueur du couloir avec un aplomb remarquable.

– Pourquoi, selon toi, ton papa a envie de te voir si tard ? me demanda Furia.

– La tradition, expliquai-je. Après des funérailles Jan'Tep, la famille se rassemble pour pleurer le mort en privé et prendre connaissance de ses dernières volontés.

– Ça a l'air assez innocent. Presque gentil.

– Ouais.

– Dans ce cas, ça signifie que c'est un piège ?

– Ouaip, sans doute.

# 22
# L'athénée

Non loin de la résidence ancestrale de ma famille se trouve une taverne qui accepte de servir les étrangers. J'y conduisis Furia et Rakis. Elle ne comprend pas le chacureuil, mais devine assez facilement ce qu'il dit. Quant à Rakis, il adore les jeux d'argent, or l'une de ses aspirations dans la vie, après avoir exterminé les Jan'Tep, débarrassé le monde des crocodiles et être devenu un démon géant dévoreur de sacs à peau, c'est de battre Furia aux cartes.

– Tricheuse ! l'accusa-t-il avec un feulement furieux.

Il a beau être très doué avec ses pattes, elles ne sont pas faites pour tenir des cartes. Sous le coup de la colère, il perdit celles qu'il tenait. Dans la taverne, les clients lui lancèrent des coups d'œil inquiets. Le spectacle d'une Argosi et d'un chacureuil qui jouent aux cartes devient tout de suite moins drôle quand la bestiole se met à grogner d'une façon qui rappelle à tout Jan'Tep que les nekheks sont les serviteurs du diable.

– Il vient de m'accuser de tricher ? demanda Furia.

– À ton avis ?

Je fis signe au serveur nerveux d'apporter les plats que j'avais commandés pour eux. Rakis s'empara aussitôt du plus beau morceau d'agneau et se mit à mâcher bruyamment en lançant des regards assassins à Furia.

Elle fit mine d'être offusquée.

– Je tiens à vous dire, monsieur, qu'il n'y a pas plus honnête que moi. La fourberie, ce n'est pas la voie des Argosi !

Elle lui fit un clin d'œil très appuyé.

– T'as vu ça ? lança Rakis en lâchant le morceau de viande qu'il avait entre les crocs. Elle vient de faire un clin d'œil ! L'Argosi ment !

– Il pense que tu as fait un clin d'œil, informai-je Furia.

– Moi ? Mais pas du tout !

Elle recommença de façon encore plus flagrante.

– Là ! insista Rakis. Elle l'a refait ! Elle triche depuis le début, Kelen !

Je traduisis l'accusation, quoique ça ne soit pas du tout nécessaire.

– Bon, dit Furia en se penchant vers lui pour murmurer en conspiratrice, le moment est peut-être venu que je te dévoile comment font les pros, chacureuil.

Un instant, Rakis se contenta de la regarder, ravi à cette idée. Puis un mauvais sourire apparut sur son museau.

– Ah ouais ?

D'un coup, il tourna la tête en direction de la fenêtre à l'autre bout de la taverne et renifla. Il faisait souvent ça depuis qu'on était de retour dans ma ville natale.

– Qu'est-ce qu'il y a ? demandai-je.

– Rien.

– C'est à peu près la dix-huitième fois que tu réagis comme si tu venais de sentir quelque chose d'important.

– Je croyais avoir senti l'odeur d'un autre… Mais non.

Il se remit à observer ses cartes d'un air concentré. Sa façon de me dire de laisser tomber.

– Bon, j'y vais, déclarai-je en me dirigeant vers la porte. Ma chère famille m'attend.

Furia jeta un coup d'œil à Rakis en disant :

– D'après toi, dans combien de temps on vole à son secours ?

Le chacureuil gloussa, heureux de cette blague qui les unissait contre moi.

J'allais faire une remarque acerbe, mais je me dis qu'il y avait de bonnes chances pour que ce soit vrai, alors je les laissai à leurs cartes et à leurs tricheries.

– Dans une heure, peut-être ? lançai-je.

Furia se mit à battre les cartes.

– D'accord, gamin, rendez-vous dans une demi-heure, alors.

– Tu es en retard, me dit Shalla en m'accueillant sous le porche en forme d'arche de notre demeure.

Elle portait une robe de deuil en satin rouge, une tradition daroman peu répandue dans notre peuple, qui est convaincu que les coutumes des étrangers sont par nature barbares. Peut-être qu'avoir passé un an comme cheffe de la diplomatie de l'arcanocratie Jan'Tep à la cour royale de Darome avait permis à ma sœur de s'ouvrir un peu à d'autres cultures.

– J'avais informé le serviteur de Père que je ne serais là que dans une heure, dis-je.

– Tu es quand même en retard.

Les doigts fins de sa main droite trituraient les pierres précieuses qui bordaient le col de sa robe. Les robes de deuil sont censées être sobres pour exprimer le chagrin et la solennité, et non pas dotées de décolletés plongeants qui mettent en valeur les formes. Le tissu scandaleusement luxueux que Shalla avait choisi chatoyait sous les boules en verre rougeoyant. Une lumière douce projetait un halo sur ses cheveux blonds disposés autour de son visage dans un arrangement complexe de boucles et autres frisottis destiné à mettre ses pommettes en valeur.

« La vie en Darome ne t'a pas changée, n'est-ce pas, ma sœur ? »

Shalla, la fille qui considérait tous les étrangers comme des imbéciles, était devenue Sha'maat, la femme qui se servait maintenant d'eux comme de marionnettes pour ses petits complots politiques.

Plus souvent qu'à mon tour, c'était moi, la marionnette.

– Vas-y, mon frère, dit-elle avec un soupir en remarquant mon regard. Fais tes commentaires narquois sur mon apparence si ça te permet de mieux supporter la tienne, qui est déplorable.

Cette dernière moquerie était cruelle, même si je l'avais bien cherchée en prenant le temps d'enfiler ma tenue habituelle après l'audience avec la reine. Je portais pourtant ma meilleure chemise, celle qui n'avait qu'un seul trou, dans la manche droite. Et j'avais recousu les genoux de mon pantalon. J'avais même brossé mon chapeau.

– Shalla, je sais combien tu aimes masquer la nullité d'un tableau avec un cadre sophistiqué, crachai-je, mais tu viens de m'ôter toute envie de plaisanter, alors je devrais peut-être juste te demander pourquoi, en cette veillée en l'honneur de notre regrettée mère, tu es habillée comme une artisane de confort dans un salon de voyageurs.

– Parce que nous ne sommes pas réunis en l'honneur de notre mère, répondit-elle. Bon, tu entres ou tu vas passer toute la soirée sur le seuil ?

Je lui fis signe de me précéder. Elle roula des yeux et me montra le chemin.

Je marquai un temps d'arrêt sous l'arche afin de vérifier mes bourses de poudre, mes cartes rasoirs et mes pièces de *castradazi*. La raison de mon retard supplémentaire, c'était que j'avais passé une demi-heure caché dans l'ombre de l'autre côté de la rue. Je m'étais convaincu qu'il était plus prudent de surveiller les environs par crainte d'une embuscade, mais j'étais bien sûr en plein déni. Quel que soit le piège qui m'attendait, il serait plus probablement familial qu'extérieur. En vérité, malgré mes fréquents séjours dans différentes prisons et autres donjons à travers le continent, rien ne m'effrayait davantage que la perspective de revenir sur les lieux de mon enfance.

Quand j'étais petit, je pensais que notre maison était belle, mais pas ostentatoire. Il ne m'avait pas fallu passer beaucoup de temps sur les routes pour découvrir les conditions de vie de la plupart des gens, et ainsi modifier mon échelle de valeurs.

Le seul défaut de cette demeure, c'est qu'elle était un peu trop petite pour servir de palais, même si son entretien nécessitait pas moins d'une douzaine de serviteurs. Elle comportait non pas une, mais deux bibliothèques remplies jusqu'au plafond de livres onéreux et de vitrines pleines de parchemins rares. Sans oublier, bien sûr, la salle dédiée à la généalogie de nos ancêtres.

Mes parents avaient chacun leur sanctuaire en marbre dédié à la méditation en plus de leurs études personnelles où ils s'adonnaient à l'astronomie et à la guérison pour elle, à la stratégie militaire pour lui.

Quant à l'extérieur de cette demeure... Pourquoi se contenter d'un jardin quand on peut en avoir deux ? Il faut bien mettre les statues de ses ancêtres moins illustres quelque part.

– Ça va, mon frère ? demanda Shalla en me jetant un coup d'œil alors qu'on traversait le vaste hall du rez-de-chaussée.

– Oui. Pourquoi ?

– Tu as les mains qui tremblent.

Je crois que je n'ai pas encore mentionné la salle du dernier étage avec ses murs couverts de cuivre et d'argent, où mon père s'adonne à la lecture de livres rares, et où j'avais été attaché pendant des jours afin que mes parents tatouent des contre-sigils sur les bandes magiques de mes avant-bras. Les brûlures avaient été la partie la moins douloureuse de toute l'opération.

« Inspire le vide », me conseillai-je.

Shalla me conduisit jusqu'à l'athénée. Cette salle circulaire de taille modeste, autrement dit pas tellement plus grande qu'un taudis Sha'Tep, était entourée de statues en grès d'ancêtres trop nobles pour qu'on puisse les conserver dehors. Au centre se trouvait une grande table en marbre avec un petit lutrin à chaque coin destiné à la lecture des ouvrages les plus fragiles. De toute mon enfance, je n'avais jamais eu le droit de pénétrer en ce lieu.

– Te voilà donc, dit Ke'heops, penché au-dessus du lutrin.

Il tournait les pages jaunies d'un ouvrage relié de toile. Contrairement à Shalla, il portait cette toge d'un gris austère que les mages enfilent pour méditer, qui me parut incroyablement sobre dans cet environnement ostentatoire. Et pourtant, il avait un maintien royal, comme si sa destinée rayonnait même sous sa peau.

Peut-être que certaines personnes sont vraiment faites pour régner.

– Je t'accorde un quart d'heure, dis-je.

Il ne prit pas la peine de lever la tête.

– Tu vas rester toute la soirée. Nous devons au moins ce respect à ta mère.

– Je crains que nous ayons une vision différente des dettes que je peux avoir envers cette famille, Père.

Je m'attendais à ce qu'il déverse sa colère sur moi, mais c'est Shalla qui dut supporter ce torrent de haine à ma place.

– Tu me comprends mieux, maintenant, ma fille ? dit-il en la fusillant du regard. Tu veux sans cesse me réconcilier avec lui, comme ta mère avant toi. « Le devoir d'un père », vous n'arrêtez pas de me répéter ça.

Il pointa un index sur moi avec une telle force que mes mains descendirent d'instinct vers les couvercles de mes bourses de poudre. Puis il reprit :

– Et son devoir à lui ? Ke'helios n'a jamais montré le moindre intérêt du monde pour notre maisonnée.

– Ce n'est pas tout à fait vrai, dis-je calmement. J'ai fait tous les efforts possibles pour la détruire, Père.

Les trois bandes sur chacun de ses avant-bras étincelèrent.

– Parce que je t'ai permis de le faire. Bene'maat insistait pour que je te laisse vivre tes expériences en ce monde, que je te permette de croire que tu étais un Argosi, un hors-la-loi ou tout autre stupide personnage que tu as choisi d'incarner. À partir de ce soir, c'est terminé.

J'ouvris mes bourses de poudre.

« Eh bien, il n'aura pas fallu longtemps pour que ça se gâte. »

– Père, je t'en prie..., dit Shalla.

Elle commençait souvent cette phrase, mais j'avais remarqué qu'elle ne la terminait jamais. Elle me lança un regard pour me supplier de me calmer. Peut-être qu'elle avait raison. J'ai appris au cours de mes voyages que le monde n'est jamais assez vaste pour que l'on soit trop loin de sa famille. Ce qui ne signifie pas qu'il ne faut pas la fuir si nécessaire.

Je m'inclinai très bas devant mon père, puis ma sœur.

– Eh bien, cela a été un plaisir. Ke'heops, Sha'maat, je vous souhaite à présent bonne nuit.

Je tournai les talons mais, quand je voulus saisir la poignée de la porte, je la manquai. Je recommençai. Encore raté. Quel que soit l'angle de ma main, le fruit de mes efforts me permettait à peine d'effleurer la poignée du bout des doigts. Mon père préfère en général les sorts d'entrave à base de magie du fer; son utilisation inédite de la magie de la soie était clairement destinée à me faire perdre mon calme.

– Arrête ce sort de confusion, Père.

J'entendis le murmure bien connu d'un sort de bouclier derrière moi. Ke'heops jetait certes un sort de confusion, mais il s'était aussi entouré d'un cocon protecteur à partir de la magie de la braise. Il n'y a pas un mage sur cent capable de faire ça. C'était sa façon de me dire que peu importaient les tours que j'avais appris au cours de mes voyages et à quel point je me trouvais rusé, il me dominait, et qu'il en serait toujours ainsi.

« Il attend que tu essaies de le faire exploser avec tes poudres, m'avertit la part froide et calculatrice en moi. Pour lui, tu n'es qu'un enfant qui fait un caprice. »

Mais mon père m'avait mal jugé. Choisir l'athénée de nos ancêtres pour cette réunion était une erreur. À l'instant où je lancerais mes poudres rouge et noire et créerais les formes somatiques adéquates, ce n'était pas lui que je viserais, mais les vitrines qui abritaient des textes précieux pour notre famille. Un homme obsédé par ses ancêtres ne supporterait pas de voir leurs traces réduites à néant. Il n'aurait d'autre choix que d'étendre son bouclier de braise à la moitié de la salle, ce qui l'obligerait à abandonner son sort de confusion.

– Non, mon frère ! cria Shalla, qui avait deviné que, quel que soit le tour que je concoctais, il avait peu de chances d'améliorer nos relations. Notre peuple est en danger ! Nous devons réfléchir en tant que famille !

– Merci, mais je préfère la mienne, dis-je, profitant de cette interruption pour passer une main sur l'ourlet de ma chemise et préparer mes pièces de *castradazi*. Vous vous rappelez peut-être l'Argosi un peu excentrique qui adore tabasser les abrutis de Jan'Tep, ainsi que de la boule de poils de cinquante centimètres qui aime dévorer leurs globes oculaires ? C'est sans doute mieux pour tout le monde si je pars avant qu'ils viennent me chercher.

Je me retournai, mais le sort de confusion était plus fort que jamais.

– Tu veux donc danser, Père ? demandai-je.

« Un, tu fais mine d'utiliser tes poudres, pensai-je. Deux, tu jettes une demi-douzaine de cartes en acier. Vise les yeux. Il les protégera avec son bouclier, mais ça te laissera le temps de sortir tes pièces. Il ne t'a jamais vu les utiliser. Aveugle-le avec la luminaire, puis lie la fugitive au reste de tes cartes, lance-les, et sers-toi du chaos pour… »

– Tu vois cet air avec lequel il me regarde ? lança Ke'heops à ma sœur. Comment pourrais-je lui confier le destin de notre peuple alors que sa seule envie, c'est de prouver qu'il peut me vaincre ?

– Dis-lui ! cria Shalla.

Je ne savais pas à qui elle s'adressait jusqu'à ce qu'elle saisisse le bras de mon père. Un geste insensé, vu la tension entre nous.

– Arrête de vouloir dominer ton fils et explique-lui ce qui nous arrive !

« Elle me donne un avantage, pensai-je. Il est surpris. Si je vise bien, je peux l'avoir. »

J'hésitai, ce qui équivaut à un suicide pour un frondeur de sort face à un mage seigneur. Mais Shalla n'en avait pas encore terminé.

– Maintenant, Père, dit-elle avec un rare air de défi, dis la vérité à ton fils, ou je te jure que moi aussi, je pars.

Était-elle consciente que les bandes tatouées sur ses avant-bras étincelaient à tel point que Ke'heops et moi étions éblouis par un arc-en-ciel lumineux ? Une telle quantité de magie pure était en train de briser le bouclier, pour ne rien dire des migraines qui menaçaient de nous faire bientôt tous deux saigner du nez et des oreilles.

« Mais jusqu'où va ta puissance, ma sœur ? »

– Ça suffit, dit finalement Ke'heops en levant les mains, mettant un terme à ses propres sorts.

Il attendit que Shalla interrompe elle aussi sa magie avant de croiser mon regard.

– Eh bien, laissons-le découvrir la vérité, et on verra si ton frère a l'intention de sauver son peuple ou si son mépris sera bientôt la cause de notre anéantissement.

# 23
# L'énigme

Mon père est grand en taille et en puissance. La rigidité de sa posture fait qu'en sa présence, on se sent toujours tout petit. Et pourtant, cette posture s'affaissa, il baissa les yeux et, pour la première fois, il eut l'air d'un humain.

– Je… Je ne sais pas trop par où commencer, dit-il.

La voix de baryton qui faisait trembler les vitres de ma chambre quand, enfant, je lui avais désobéi n'était presque plus qu'un murmure. Il ajouta :

– Peut-être que c'est plus simple de te montrer.

Il s'approcha de la table et sortit de sa toge une petite bourse en cuir comme celle qu'il avait dans la salle du conseil des chuchoteurs.

– J'ai déjà vu ce tour, Père, lui rappelai-je.

– Ce n'est ni une illusion ni un sort de confusion, je te le promets.

Il déversa du sable bleu sur la table. Les grains s'étalèrent sur le marbre blanc, me donnant l'impression de contempler le ciel par une journée nuageuse.

La magie du sable, qui n'implique qu'occasionnellement l'usage du vrai sable, est celle qui permet de manipuler le temps. Son emploi est très complexe, mais même un initié de première année sait que les présages, augures et autres prophéties ne sont que superstitions.

– Tu dois vraiment avoir une piètre opinion de mes connaissances magiques pour tenter de me faire croire que l'on peut deviner l'avenir, Père.

Les bandes de ses avant-bras se mirent à scintiller, puis à étinceler. Ses mains se promenèrent au-dessus de la table tandis que ses doigts créaient des formes somatiques inédites.

– Le sort de divination prédit des événements qui, par définition, ne se sont pas encore produits. Il opère par l'intermédiaire de l'esprit du mage en utilisant sa connaissance du passé et du présent pour en déduire le futur. Il se sert de l'ensemble de ses pensées pour calculer les probabilités et imaginer les conséquences inévitables, à moins que les forces historiques qui les provoquent changent de direction.

J'aurais pu lui répondre que rien de tout ça ne me semblait plus utile que d'étriper un mouton pour lire l'avenir dans ses entrailles, mais mon père venait de décrire très précisément le fonctionnement d'un jeu de cartes argosi : en peignant des cartes qui reflètent les luttes de pouvoir et jeux d'influence au sein d'une civilisation, les Argosis tentent d'en déduire les conséquences les plus probables sur la vie de ses citoyens.

Des gouttes de sueur apparurent sur le front de Ke'heops alors qu'il prononçait son incantation. J'avais l'impression de regarder quelqu'un qui tente de traverser un torrent de boue en crue. Pour finir, les grains de sable se déplacèrent jusqu'à former des cités sur la table. Les sept cités des sept clans Jan'Tep.

– Imagine un paradoxe, commença Ke'heops. Un secret que tout le monde garde mais que tout le monde ignore.

– Tu t'es mis aux devinettes, Père ? Ça n'est pourtant pas ton genre.

Il n'avait jamais eu le moindre attrait pour les cartes, les comédiens, son fils ou les énigmes. C'était plutôt le genre d'attitude que j'attendais de Furia : elle évoquait quelque chose qui paraissait stupide jusqu'à ce qu'on se rende compte que…

– Attends, repris-je avant que Ke'heops puisse s'expliquer. Un secret que tout le monde garde. Quelque chose que seuls les mages seigneurs connaissent, c'est ça ?

Mon père secoua la tête à mesure que d'autres formes apparaissaient : des hommes et des femmes vêtus des riches toges des princes de clan.

– Même pas. Uniquement les sept princes et leurs conseillers les plus proches.

Même dans un bon jour, mon *arta precis* n'est jamais des meilleurs, mais je m'étais récemment entraîné.

– Une découverte faite par chaque prince, mais comme il ne la partage pas avec ses pairs, aucun d'eux ne peut avoir de vision globale. Un secret que tout le monde garde et que pourtant tout le monde ignore.

– C'est exact.

– C'est donc quelque chose qui leur fait honte ou qui les affaiblit, continuai-je en observant les petits princes qui se tournaient tous le dos sur la table. Qu'ils ne peuvent partager de peur que cette information soit utilisée par leurs rivaux contre eux.

Mon père fit un sourire las.

– Est-ce que je te montre la suite, ou as-tu l'intention de tout déduire tout seul ?

– Montre-moi.

Il claqua des doigts, et les personnages disparurent. Puis il murmura quelques incantations, et les grains de sable prirent une nouvelle forme. Une oasis, cette source de magie pure, se dressait maintenant au centre de la table, entourée par les sept colonnes qui symbolisent le fer, la braise, le souffle, le sang, la soie, le sable et l'ombre.

Ke'heops leva encore plus haut les mains à la manière d'un marionnettiste qui tire des ficelles invisibles. Des milliers de grains de sable se soulevèrent et se rassemblèrent pour représenter un homme, les bras en croix, avec des bandes de magie pure autour de ses avant-bras.

– Les capacités d'un mage dépendent de trois éléments, dit Ke'heops : des années d'exposition à l'oasis, un minutieux entraînement et son talent, qui ne s'enseigne pas, mais se transmet par le sang.

– Ce qui fait toute la différence entre les Jan'Tep et les Sha'Tep, dis-je. Entre ceux qui commandent et ceux qui servent.

L'agacement de mon père traversa ses traits, comme à son habitude.

– Entre ceux qui servent notre peuple par leur magie et ceux qui le servent par leur travail, corrigea-t-il. Nous servons tous, Ke'helios. Chacun de nous.

– Mais nous ne sommes plus assez nombreux, mon frère, dit Shalla qui, comme toujours, cherchait à apaiser les tensions entre notre père et moi. La société Jan'Tep repose non sur la force militaire mais sur sa magie. C'est ce qui fait de nous des êtres uniques. À part.

– Puissants, la reprit Ke'heops. C'est par la vertu de nos sorts que les autres nations y réfléchissent à deux fois avant de venir nous piller.

Je ne rappelai pas que les oasis appartenaient à l'origine aux Mahdek, que nos ancêtres avaient massacrés. Mon peuple n'est pas très réceptif à ce sujet.

Mon père baissa une main puis la releva, et un autre mage en sable apparut : une femme qui se tenait près de l'homme. Leurs mains se joignirent.

– L'association des lignées magiques, dit Ke'heops. L'essence même de la société Jan'Tep. Pendant trois siècles, nous avons cru que la survie de notre peuple dépendait de ces unions.

Il frappa dans ses mains, et le couple en sable disparut.

– Eh bien, c'était une erreur.

J'avais une boule dans la gorge. Cette déclaration venait contredire toute l'éducation de nos parents.

– Une *erreur* ? répétai-je, moi-même surpris par l'insistance dans ma voix.

Toute ma vie, j'avais cru que ma faiblesse magique était ma faute.

– Quel genre d'erreur ?

Mon père écarta à nouveau les mains et la table se couvrit de centaines de petites figures en sable. Des hommes, des femmes, des personnages indéterminés.

– Le talent pour la magie dépend du sang, dit-il, comme quelques figures étincelaient tandis que la majorité restait terne. Mais la transmission est apparemment… aléatoire.

Il fit tourner sa main dans le sens des aiguilles d'une montre comme s'il tenait une clef. Les figures en sable se mirent à tourbillonner et à s'appairer. Quand un personnage doué de magie s'approchait d'un personnage terne, une fois sur deux, leur progéniture étincelait. Mais lorsque les deux membres d'un couple étincelaient, leur combinaison pouvait aussi être plus terne : la magie s'affaiblissait.

– Tu es en train de me dire que l'alliance de deux mages altère la magie de leur descendance, murmurai-je.

L'incrédulité avait chassé tout l'air de mes poumons.

– Il y a bien sûr des exceptions, dit Ke'heops en désignant Shalla d'un signe de tête. C'est une question de probabilité, donc rien n'est automatique. Quand je suis devenu mage souverain, j'ai exigé qu'on me remette les arbres généalogiques de chaque maisonnée afin d'organiser au mieux l'avenir de notre peuple.

Que mon père pense pouvoir décider des mariages pour le bien des Jan'Tep n'était pas vraiment une surprise. Je jetai un coup d'œil au livre à la simple couverture en toile qu'il était en train de consulter quand Shalla m'avait introduit dans l'athénée.

– Tu as calculé le nombre de bandes pour chaque individu de chaque génération ?

Il acquiesça.

– L'affaiblissement par le sang est lent, bien entendu. La tendance ne devient manifeste qu'au bout de plusieurs générations. Voilà pourquoi personne n'a compris ce qui se passait jusqu'à ce qu'il soit trop tard.

« Unir les forts avec les forts, les faibles avec les faibles. » C'était tellement ancré dans le mode de vie Jan'Tep qu'à l'époque où j'approchais de mes épreuves de mage et que ma magie devenait de plus en plus faible, je me consolais en regardant Nephenia se débattre avec la sienne. Une part mesquine de moi pensait que moins elle s'en sortirait, plus grandes seraient mes chances de la convaincre de m'épouser un jour.

Ouais, je sais, j'étais méprisable. Mais au cas où vous ne l'auriez pas encore remarqué, je viens d'un peuple méprisable.

– Dans ce cas, il faut changer les mentalités, dis-je, cette idée m'embrasant comme un sort. Quand les mages ont débarqué sur ce continent à la recherche d'une nouvelle source de magie, ils provenaient de différentes civilisations. Les Jan'Tep n'ont jamais constitué une ethnie ; ce qu'ils partagent, c'est une culture. Il faut ouvrir nos écoles aux étrangers ! Aller chercher ceux qui, en Darome, en Gitabrie, en territoires zhuban et partout ailleurs, ont des aptitudes à la magie !

Cela me paraissait si évident, si juste, qu'on aurait presque pu croire que je m'intéressais à l'avenir de mon peuple.

– C'est impossible, déclara Shalla. Les étrangers ne...

– Pour l'amour de nos ancêtres, jurai-je, laisse tes préjugés de côté pour une fois, et...

– Arrête ! cria-t-elle, les poings serrés, des éclairs de magie traversant ses manches. Tu es stupide, ou quoi ? Tu ne crois pas que Père y a déjà pensé ? Tu t'imagines qu'une solution aussi évidente échappe à tout le monde sauf à toi ?

– Alors pourquoi pas ? demandai-je.

Ce fut mon père qui me répondit du ton abattu d'un soldat qui capitule sur le champ de bataille :

– Parce que la guerre est imminente. J'ai dû signer un traité avec la Darome pour allier leur armée à nos mages afin d'éviter que les Berabesq ne nous anéantissent. Quand la bataille sera terminée...

Il agita ses doigts en l'air. Une par une, les petites silhouettes se firent moins étincelantes, leur magie disparaissant alors qu'elles redevenaient de simples grains de sable, dont le bleu ternissait.

– ... nous serons trop peu pour tenir nos frontières.

Shalla reprit :

– Ceux qui sont doués de magie comme moi seront contraints d'épouser les fils et filles de puissances étrangères pour que leur descendance produise des mages loyaux à leur nation. Les Jan'Tep se dilueront peu à peu dans ces sociétés. La magie continuera d'exister, mais la culture Jan'Tep, notre mode de vie, disparaîtra.

Mon père avait jusque-là évité mon regard, mais nos yeux se rencontrèrent enfin par-dessus la table. Il ne prononçait pas un mot, et pourtant, c'est là que je compris pourquoi Shalla m'avait fait venir. Et aussi à quel point j'étais en train de me faire rouler dans la farine.

– Tout ça, dis-je en balayant de la main la surface de la table couverte de sable en direction de leurs yeux, pour m'obliger à me rendre en terres berabesq afin d'assassiner un enfant ?

– Pour sauver notre peuple, corrigea-t-il, mais c'est à Shalla qu'il s'adressa. Ma fille, regarde ses yeux. Dis-moi si tu y vois autre chose que du mépris et du défi. Il n'y a pas une once de sens du devoir en lui, ni un tant soit peu d'amour pour son peuple.

Il s'écarta. Mes mains dérivèrent vers mes bourses de poudre.

– Tu ne le vois donc pas ? insista Ke'heops. Même maintenant, il n'a que le meurtre du père en tête. Chercherait-il à faire couler le sang de nos ennemis ? Jamais ! Il ne veut que la mort de son géniteur.

Il s'approcha, et je dus reculer pour maintenir la distance nécessaire à l'emploi de mes poudres. Ses mains pendaient le long de son corps, prêtes à un déluge de sorts que j'étais même incapable d'imaginer. Frapper vite et fort était mon seul espoir.

– Quel crime avons-nous commis, s'écria-t-il d'un ton plein de haine, qui justifie ces représailles sans fin ? Oui, nous avons contrecarré sa magie car nous voulions éliminer la menace de l'ombre au noir qui lui aurait un jour dévoré l'âme. À cause de ça, il est prêt à sacrifier l'avenir du peuple Jan'Tep.

Je pris une pincée de chaque poudre sans quitter des yeux les mains de Ke'heops. Au moment où elles s'agiteraient, je déclencherais mon sort.

– Non, Kelen, m'avertit Shalla.

Les bandes autour de ses avant-bras étincelaient, elles aussi.

– Ke'helios, la corrigea mon père, apparemment plus soucieux de mon nom que du fait que j'allais le faire exploser. Je l'ai appelé Ke'helios. Il est fils de la maisonnée de Ke et, par le sang et la magie de mes ancêtres, voilà comment il se comporte !

Je reculai à nouveau jusqu'à parvenir au seuil de l'athénée.

– Je m'en vais, Père. Je ne pense pas que Mère aurait voulu que je t'assassine le jour de ses funérailles.

Il ricana.

– Tu n'as aucune idée de ce que ta mère désirait, espèce de lâche. Si je te le disais, tu n'en croirais pas tes oreilles.

– Père, arrête, dit Shalla. Dis-lui. Il n'est pas trop tard pour…

Mais ça l'était déjà et elle le savait, parce que les lèvres de mon père avaient commencé à prononcer les syllabes d'un sort destiné à m'anéantir. Or, je ne comptais pas le laisser faire. Mes poudres étaient déjà en l'air et mes mains créaient les formes somatiques de mon sort.

Mais il ne se produisit rien.

À la périphérie de mon champ de vision, je vis ma sœur murmurer des syllabes qui résonnèrent dans l'athénée et emplirent l'air comme un océan. Le sort sur les doigts de mon père se figea à la manière d'une flamme prise dans la glace.

Paralysé, je la regardai effectuer des gestes subtils pour affaiblir un peu son sort. Je réussis à parler, mais pas à bouger.

– Shalla, arrête.

– Sha'maat, dit-elle d'un ton triste. Combien de fois je te l'ai dit ? Je m'appelle Sha'maat, maintenant.

Elle agita de nouveau les doigts, et mon père fut libéré de son sort.

– Pas un mot, l'avertit-il avant de quitter la pièce. On en revient à ce que j'ai décidé.

– Ma sœur, dis-je, la peur montant du creux de mon estomac comme un ver se frayant un chemin dans mes poumons en direction de ma gorge.

– Calme-toi, mon frère. C'est… pour ton bien, je te le promets.

Il n'était jamais rien sorti de bon de cette phrase.

Mon père réapparut avec un grand plateau en bois couvert de braseros sur lesquels des métaux liquides bouillonnaient dans de petits bols en céramique. Une série d'aiguilles était disposée près d'eux. Tout mon *arta valar,* cette confiance acquise à force de vaincre des mages et autres chasseurs de primes, disparut à la vue de ces instruments.

– Non, dis-je, mais je doute que quiconque m'ait entendu.

– Il ne me pardonnera jamais d'avoir contrecarré sa magie, dit mon père à Sha'maat en approchant le plateau. Par vengeance et par dépit, il représentera à jamais une menace. Je ne peux tolérer ça.

– Je t'en prie, lui dit Shalla en voyant la terreur dans mes yeux. Explique-lui ce que…

– Non ! hurla mon père, et son cri se répercuta sur les murs de l'athénée. Je suis Ke'heops, chef de la maisonnée de Ke, mage souverain du peuple Jan'Tep ! J'en ai assez de me justifier devant mes enfants !

Ma sœur me lança un regard contrit qui prouvait de nouveau que, même si elle nous aimait tous deux, elle obéirait toujours à notre père.

Je hurlai un millier de supplications dont je savais qu'elles ne feraient pas fléchir Ke'heops, à tel point que Shalla eut l'air peinée quand elle passa une main sur mon visage pour m'endormir.

Ma dernière pensée fut une question à laquelle je semblais à jamais incapable de répondre : « Pourquoi est-ce que je continue à faire confiance à ma sœur ? »

# 24

# Le tatouage

Dans mon rêve, j'étais dans une salle avec une dizaine de visages penchés sur moi. J'avais l'impression d'être sur le point d'entrer en scène, mais j'avais oublié mon texte.

Je me sentais oppressé. En réalité, c'était à cause d'un poids chaud et velu sur mon torse, qui se révéla être Rakis. Il poussa un long et sourd grognement à l'intention des gens tout autour. Furia était près de mon épaule gauche, Shalla de l'autre côté, qui jetait des regards furieux à mon mentor argosi. La reine Ginevra me dévisageait d'un air anxieux. Elle était protégée par une rangée de gardes et autres soldats, dont Torian Libri, qui donnait l'impression d'être venue là dans l'espoir de tuer quelqu'un et semblait vivre une terrible frustration. Le bleu hypnotique de ses yeux, voilà ce qui me fit comprendre que je ne rêvais pas.

J'étais allongé sur la table au centre de l'athénée. Adossé à l'une des colonnes, mon père, plus pâle que d'habitude. Une grosse ride barrait son front, le faisant paraître plus vieux que je ne l'avais jamais vu.

– Tout va bien, Kelen, dit la reine, dont le regard allait de mon père à moi. Nous sommes là pour vous.

– Mon frère va être désorienté un petit moment encore, annonça Shalla, tentant de reprendre le contrôle de la situation. Le fait que vous soyez rassemblés autour de lui ne va pas aider.

Au moins, ça, c'était vrai. J'avais l'esprit tellement embrumé que j'avais du mal ne serait-ce qu'à faire la différence entre mes étranges visions et des vautours qui entourent un cerf blessé.

– Tiens-toi tranquille, d'accord, partenaire ? demandai-je à Rakis.

– OK, grogna-t-il en se déplaçant sur mon torse. Mais si je tue pas quelqu'un avant que tout ça se termine, je vais vraiment être d'une humeur de chien.

– Repose-toi, mon frère, me dit Shalla. Il va encore te falloir quelques heures pour être capable de réfléchir.

Un gloussement familier derrière mon épaule gauche, comme les notes d'un air joyeux ou le chant matinal d'un coq agaçant, me rappela la présence de Furia.

– Montre-leur qui on est, gamin, dit-elle. Montre-leur ce qu'on est. *Précisément.*

Parfois, j'aime le son de cette voix. La façon dont elle avait dit ce mot, presque comme s'il se prononçait « préci-sément », déclencha quelque chose dans mon cerveau.

« Ça résonne un peu comme "précis", pensai-je. L'*arta precis.* »

La perception.

Je me redressai sur mes coudes et j'attendis que l'étourdissement se dissipe.

– Furia et Rakis sont venus à mon secours, commençai-je. Mais…

– À ton secours ? répéta ma sœur d'un ton furieux. Pourquoi faudrait-il te secourir de ta propre famille ?

Même si, en général, Shalla est bien plus intelligente que moi, elle n'a aucun recul sur notre famille, surtout quand il est question d'emprisonner son frère avec la magie de la soie pour ensuite se voir reprocher d'avoir mal agi.

– Comme Furia et Rakis n'ont pas réussi à faire tomber les protections de la maison, ils sont allés voir la reine… Non, attendez, dis-je en désignant Torian d'un signe de tête. C'est elle, n'est-ce pas ? Furia n'aurait jamais réussi à atteindre la reine en pleine nuit.

– Je pense que, si je le voulais vraiment, je pourrais, dit-elle, l'air un peu vexé.

– Ouais, mais ça aurait pris du temps. Torian ne t'aime pas, mais tu savais qu'elle s'en voulait de ce simulacre de procès au conseil des chuchoteurs.

– Le quoi ? demanda Shalla.

– Et il se demande pourquoi on ne confie pas les secrets d'État à un joueur de cartes, commenta Torian.

Mais je vis dans ses yeux que j'avais raison.

« C'est bon de savoir que, quelque part en vous, il y a un semblant d'humanité, lieutenante. »

– Votre Majesté, vous êtes accompagnée d'un détachement de soldats, dis-je en désignant les hommes et les femmes tout autour d'elle, mais vous en savez assez sur la magie pour qu'à mon avis, vous ayez avec vous au moins un mage déguisé.

Les têtes se tournèrent vers l'entourage de la reine pour essayer de deviner qui était le mage parmi eux.

– Je vous en supplie, que quelqu'un le fasse taire, jura Torian.

Furia ricana.

– À quoi bon ce petit jeu, Argosi ? demanda Shalla.

C'était une question légitime, mais Furia l'ignora.

– Vas-y, continue, gamin, me dit-elle. C'est très bien.

– Tu t'es dit qu'il fallait faire venir la reine, dis-je. Tu savais que mon père n'oserait pas refuser l'accès à un monarque étranger recherchant l'un de ses tuteurs royaux. Car ça aurait abouti à une crise diplomatique majeure.

Je jetai un coup d'œil à Torian, qui s'était détournée.

– La lieutenante a d'abord refusé. Elle ne voulait pas que la reine se mette dans une situation aussi périlleuse. Donc, elle a ordonné à ses gardes de t'encercler.

Je les examinai attentivement, ma vue s'éclaircit, et je vis alors sur leurs visages et leurs mains des coupures qui ressemblaient beaucoup à celles de cartes rasoirs.

Un grognement sur ma poitrine me signala que Rakis en avait marre de ne pas être cité.

– Alors tu as retenu l'attention des gardes pendant que Rakis filait chercher la reine.

– Enfin, pesta le chacureuil. Je t'ai sauvé la vie, tu sais.

– N'importe quoi, déclara ma sœur.

Dont le regard ne cessait d'aller de mon père à moi.

« Elle ne veut pas le mettre dans l'embarras en public », me dis-je.

– Ke'heops a autorisé la reine à entrer ici, mais sans doute uniquement parce qu'il avait déjà fait ce qu'il voulait faire.

– À quoi bon tout ça ? demanda Shalla. S'il veut savoir pourquoi...

– C'est pas lui qui a besoin de savoir, ma fille, dit Furia. C'est toi. C'est tout le monde.

La reine Ginevra s'avança.

– Le Chemin de la Pâquerette Sauvage, pardonnez-moi, mais moi aussi, je suis un peu perdue dans cette... démonstration.

Par réflexe, Furia voulut attraper un roseau de feu dans la poche de son gilet, mais sa main réapparut vide. Elle eut l'air déçue.

– Autant être coincé dans le désert sans une goutte d'eau, marmonna-t-elle.

Elle se tourna vers l'assemblée.

– Vous voulez tous envoyer le gamin faire votre sale boulot chez les Berabesq, où vos pires craintes sont en train de devenir réalité. Mais vous l'utilisez comme s'il était une flèche qu'on lance en attendant de voir quels dégâts elle causera. Ce n'est pas la voie des Argosi. Et ce n'est pas la voie de Kelen.

– Génial, murmura Torian. C'est reparti pour un tour.

Rakis éclata de rire. Furia les ignora tous les deux.

– Le gamin n'est pas comme vous. Ni comme moi. Mais il va falloir que vous lui fassiez malgré tout confiance. Dites-vous que ça pourrait vous aider qu'il ne soit pas aussi bête que vous le croyez, et même qu'il soit deux fois plus intelligent que vous.

Je tentais de comprendre si elle venait de m'insulter, de me complimenter, d'insulter tout le monde ou si, en fait, ses propos s'annulaient. Il y a certaines énigmes que même l'*arta precis* ne peut résoudre.

Je voulus me gratter le bras droit et me rendis compte qu'il me faisait horriblement mal. Quand mes parents avaient contrecarré ma magie, Rakis m'avait secouru avant qu'ils puissent détruire ma bande du souffle. C'était mon ultime lien à la magie de mon peuple, et maintenant…

Furia posa une main sur mon épaule pour m'empêcher de voir ce qu'on m'avait fait.

– On ne décide pas de son destin, dit-elle calmement. On décide uniquement du sens qu'on lui donne.

C'était un avertissement. Mais j'avais une autre opinion. Malgré tout ce que Furia m'avait appris, la magie m'importait toujours. Je levai mon bras droit et le fis pivoter pour identifier la source de la douleur.

Ma bande du souffle était intacte. Il n'y avait pas le moindre contre-sigil m'empêchant d'accéder à la magie de l'air, de la communication et du guidage des forces. Les Jan'Tep considèrent que le souffle est la magie la plus faible et la moins utile, mais j'avais fini par l'aimer. Seule, elle ne servait pas à grand-chose, mais combinée à d'autres, elle se révélait très utile. Étonnante. C'était ma magie de la ruse.

« Ancêtres, merci. »

J'étais en train de soupirer de soulagement quand je remarquai quelque chose d'inhabituel sur mon avant-bras, sous la bande du souffle : une figure complexe faite de cuivre tatouée sur l'un des affreux contre-sigils ayant détruit ma bande de la braise. De façon étrange, ces nouveaux filaments cuivrés semblaient interagir avec les contre-sigils et le tatouage originel. Je tentai de comprendre ce dessin mais, plus je l'observais, plus j'étais troublé.

– Ne regarde pas trop, me dit Ke'heops, cela peut être dangereux pour l'esprit.

Mais pourquoi avait-il eu besoin d'inscrire de nouveaux tatouages sur les contre-sigils ? À moins que...

– Tu n'as pas contrecarré ma magie ? demandai-je.

Comme mon père ne répondait pas, je m'obligeai à faire taire mes espoirs. L'espoir, tout comme le désespoir, ne fait que polluer la volonté, et là, j'avais au contraire besoin d'une bonne dose de détermination.

J'envoyai quelques requêtes hésitantes à ma bande de la braise. Par le passé, quand j'essayais, j'étais envahi par la nausée. Plus j'insistais, plus ça augmentait, jusqu'à ce que je me mette à saigner du nez et que je perde connaissance sous le coup de la douleur.

Mais là, quelque chose avait changé. Je ressentis bien une nausée, mais plus faible… comme impuissante à me dominer. Je projetai encore plus de force dans ma bande de la braise.

– Attention, m'avertit Shalla, tes capacités magiques n'ont jamais été…

– Silence, ma fille, dit Ke'heops en me scrutant depuis le bout de la table.

Des gouttes de sueur coulèrent dans mes yeux et m'aveuglèrent. Je n'y prêtai aucune attention, j'ignorai les gens qui m'observaient, j'ignorai tout à part les sigils cuivrés sur ma bande de la braise.

Peu à peu, je sentis un picotement quand l'encre métallique devint tour à tour glacée puis brûlante. Une minuscule lumière orangée scintilla dans le nouveau sigil que mon père m'avait tatoué.

Je créai de ma main droite la forme somatique du plus simple sort de braise, un sort de débutant. Avec un peu de chance surgirait une petite flamme au bout de mon doigt.

– *Ure'feres*, prononçai-je.

– Je n'ai pu rétablir qu'un seul sigil, dit mon père en faisant un pas vers moi. Il va falloir beaucoup de temps pour te rendre tous les autres, mais c'est un début.

Il me regarda avec un sourire à la fois las et fier que je ne lui avais jamais connu, et ajouta :

– Un bon début.

Et là, il s'effondra sur moi.

# 25
# Le prix à payer

Si étrange que ça puisse paraître, je pris conscience que je n'avais jamais été aussi proche de mon père depuis mon départ de chez moi, y compris quand il m'avait transpercé avec des aiguilles dégoulinantes d'encre métallique en fusion ou jeté des sorts. Cette fois, je sentais la chaleur de son corps.

Je me demandai s'il était mort.

– Tout le monde dehors ! hurla Sha'maat.

– Nous pourrions faire venir les médecins de la cour, proposa un garde de la reine.

De la magie pure tourbillonnait autour de ma sœur d'une façon qui terrifia l'assemblée, même moi. La reine, toujours encline à protéger ses sujets mais pas elle, fit un pas en avant.

– Arrêtez ceci tout de suite, Sha'maat de la maisonnée de Ke.

Les yeux de ma sœur étincelaient avec un agacement palpable face à cette fille, monarque ou pas. Une part d'elle savait qu'elle aurait pu tuer toutes les personnes présentes dans la pièce d'une seule pensée. Je suis presque sûr qu'elle en avait d'ailleurs envie.

– Non, me dit calmement Furia, une main sur mon épaule, alors que les miennes avaient dérivé vers les bourses de poudre à ma ceinture. Un jour, il va falloir que tu finisses par lui faire confiance, gamin.

C'était une parole étrange. Bien sûr que j'avais confiance en ma sœur, à condition que je puisse tout de même avoir mon mot à dire.

La magie de Sha'maat s'apaisa, les couleurs se firent moins vives puis réintégrèrent les six bandes tatouées autour de ses avant-bras, avec la promesse d'un déferlement de violence si elles devaient à nouveau être éveillées.

– Nous allons vous laisser, dit la reine en faisant signe à ses sujets d'évacuer l'athénée. Si vous avez besoin d'assistance…

– Ça ne sera pas le cas, déclara Sha'maat.

La reine acquiesça et partit en disant :

– Bien…

Furia me serra une dernière fois le bras, puis attrapa Rakis et le plaça sur son épaule. Je me demandais pourquoi le chacureuil n'avait pas bougé pendant la colère mystique de Shalla. Puis, en voyant sa fourrure hirsute comme s'il avait été touché par un éclair, je compris.

– Ces cinglés de sacs à peau Jan'Tep, marmonna-t-il. La seule fois où il aurait fallu qu'elle m'endorme, elle trouve le moyen de…

La salle se vida et il ne resta bientôt plus que mon père, Sha'maat et moi.

– Aide-moi à le conduire à sa chambre, m'ordonna-t-elle.

J'étais encore faible; il me fallut donc toute mon énergie rien que pour dégager mon père de mes jambes. Puis je dus m'asseoir avant que Shalla et moi, on puisse le porter dans une chambre voisine. Il était grand et musclé comme un soldat, si bien qu'il pesait aussi lourd qu'une dalle de pierre.

– Pourquoi ne pas utiliser la magie du fer pour le faire flotter ? demandai-je à ma sœur.

– Tu ne comprendras donc jamais rien.

C'était devenu une rengaine chez elle. Mais les petits plis au coin de ses yeux et le léger tremblement de ses mâchoires quand elle me sermonna étaient en soi une réponse.

« Elle n'est pas assez concentrée pour jeter correctement un sort », me rendis-je compte.

Le spectacle de magie qu'elle avait produit devant les autres était de l'intimidation, la réaction d'un animal aux abois. Elle était capable de toute la magie qu'elle voulait, sauf dans un moment de panique, où elle ne pouvait plus jeter le plus simple des sorts.

« C'est bon à savoir. »

Une pensée mesquine ? Peut-être, mais des gens avaient essayé de me tuer pour des raisons tout aussi mesquines.

– Il faut le mettre sur le lit, dit-elle.

On l'installa et, bientôt, Sha'maat fut apte à murmurer des incantations plus longues et plus complexes que toutes celles que j'avais entendues au cours de mes années d'initié. Les bandes du sang et de la soie sur ses avant-bras étincelaient de façon sporadique en crachant des étincelles rouges et noires.

– Qu'est-ce que tu fais ? demandai-je.

Elle ne répondit pas et poursuivit son évocation inhabituellement longue, les doigts de sa main droite créant des dizaines de formes somatiques que je ne connaissais pas.

Les couleurs commencèrent à revenir aux joues de notre père, et ses traits se détendirent.

– Il faut lui laisser le temps de se remettre, dit-elle en m'obligeant à quitter la chambre avec elle.

– Qu'est-ce qui lui est arrivé ? demandai-je de retour dans le grand hall. Est-ce une... malédiction, comme Mère ?

Shalla lâcha un petit rire amer.

– Oui, sans doute... Une malédiction bien connue.

Son regard me terrifia. Elle ajouta :

– As-tu la moindre idée de la quantité de magie nécessaire pour imprimer de nouveaux traits dans un sigil contre-tatoué ? La complexité folle de la géométrique ésotérique qu'il faut visualiser pour ça ?

Non. Et pour ce que j'en savais, je n'étais pas le seul.

Tout initié Jan'Tep apprend qu'on ne peut inverser une magie contrecarrée. Aucun maître de sort n'a jamais trouvé de solution à ce problème, et croyez-moi, j'ai enquêté. Durant les trois ans ou presque que j'avais passés loin de chez moi, entre deux quêtes d'un remède contre l'ombre au noir, j'avais aussi cherché tous les moyens de restaurer mon accès aux forces de la magie du fer, de la braise, de la soie, du sable et du sang.

Je levai mon avant-bras et j'observai le sigil sur ma bande de la braise.

– Comment il a fait ?

– C'est Mère, répondit Sha'maat en retenant difficilement ses larmes.

– Mère ?

Elle acquiesça.

– Depuis le jour de ton départ, elle a souhaité te rendre ta magie pour te donner une bonne raison de rentrer. Père aussi. Tout en menant ses propres combats contre ceux qui voulaient l'empêcher de devenir mage souverain, il a travaillé sans relâche avec Mère sur les moyens de te restituer tes bandes.

J'avais du mal à imaginer mon père et ma mère dans leurs études, occupés à échafauder des théories, à gribouiller des formules et à créer de nouveaux sigils, tout ça pour ramener le faible et déloyal fils aîné dans leur foyer aimant.

– Ils se sont battus, Kelen, dit ma sœur en lisant la perplexité dans mon regard. Pas seulement contre leurs ennemis et contre le problème que leur posait ta magie, mais aussi l'un contre l'autre. Ils se disputaient jour et nuit, parfois pendant des semaines d'affilée. Le ressentiment a grandi entre eux ; ils rejetaient chacun la faute sur l'autre de ne pas réussir à trouver de solution. Ils voulaient que tu sois à nouveau complet.

« À nouveau complet ». Moi aussi, j'éprouvais du ressentiment. Et j'avais envie de dire à ma sœur que j'étais très bien comme ça. Que j'étais Kelen Argos, le Chemin d'Étoiles sans Fin. Un hors-la-loi qui avait triomphé de dizaines d'adversaires. Le frondeur de sort de la reine. Que je n'avais ni besoin ni désir de redevenir un Jan'Tep.

Sauf que… si.

Mes yeux balayèrent les bandes de magie sur mes avant-bras déformées par les contre-sigils, jusqu'à celle du souffle et ce splendide sigil de la braise. Tout ce temps, une partie de moi avait continué à vouloir devenir mage. Comme ma mère. Comme mon père.

– Et maintenant ? demandai-je.

Ma sœur acquiesça comme si on venait enfin de tomber d'accord.

– Le processus sera long et difficile. Chaque contre-sigil nécessite du temps et de la puissance pour être neutralisé.

Elle m'attrapa par le poignet.

– Il a fallu presque deux ans pour mettre celui-ci au point.

Deux ans. La bande de la braise contient neuf sigils, celle de la soie, seize. Celle du sang, vingt-sept. Je serais un vieillard décati avant de devenir un vrai mage.

– Le premier, c'était le plus dur, dit-elle en devinant mon découragement. On doutait même que ça marche vraiment.

Elle me lâcha et passa un bras autour de moi.

– Mais maintenant qu'on sait que la méthode fonctionne, mon frère, on s'y mettra dès que tu auras éliminé la menace berabesq et que tu seras de retour chez toi.

« Chez toi ».

Elle dut pressentir quelque chose : Shalla me connaissait mieux que personne. Pourtant, elle ne m'avait jamais vraiment compris. Elle ouvrit la bouche, sans doute pour un nouveau discours sur la famille et le devoir, puis s'interrompit. La lassitude sembla la gagner, et elle agita la tête comme une vieille femme.

– Je ne sais pas, Kelen, dit-elle.

– Tu ne sais pas quoi ?

Elle hésita de nouveau.

– Je… Je ne sais pas quoi faire à ton sujet. Je n'arrête pas de penser qu'il doit exister quelque chose, un cadeau qui puisse te ramener à nous. Qui ferait que tu cesses de nous haïr.

D'une certaine façon, ces paroles me touchèrent plus que des reproches.

– Ma sœur, je ne te hais pas, je t'aime, dis-je en lui tendant une main.

Son regard croisa le mien, et un petit sourire chagriné apparut au coin de ses lèvres.

– Tu m'aimes et tu me hais en même temps. Parfois, je suis

ta sœur chérie, d'autres fois l'objet de ta colère. Tu passes si souvent de l'un à l'autre que, certains jours, je me demande si, même toi, tu sais ce que tu éprouves.

D'un geste de la main, elle ouvrit la porte, me signifiant de prendre congé. Comme je me tournais, j'entendis un sanglot et Sha'maat qui disait :

– Je ne sais pas combien de temps je vais réussir à supporter ça, mon frère.

# 26

# L'énigmatisme

Furia m'attendait devant la maison. Allez savoir comment, dans une ville où on ignorait jusqu'à leur existence, elle avait réussi à trouver des roseaux de feu. Et semblait très fière d'elle.

– Où est Rakis ? m'enquis-je.

Elle tendit son roseau, dont le bout incandescent constituait un petit point rouge dans la nuit.

– Il ne sait pas apprécier les bonnes choses. Il a dit qu'il avait quelque chose à chercher même si, à mon avis, c'est plus des pâtisseries et de l'alcool que des lapins.

On se mit en marche. La route était longue jusqu'au palais, si bien que Furia ne pouvait plus me cacher le problème.

– Ta jambe te fait bien plus mal que tu le dis, annonçai-je.

– Quoi ? Ça ? demanda-t-elle en frappant sa jambe sans parvenir, malgré ses efforts, à dissimuler une grimace. Tu vas quand même pas me dire que tu t'es jamais pris un carreau d'arbalète ?

Vous remarquerez qu'elle n'avait pas dit avoir reçu un carreau d'arbalète.

– Et toi ? reprit-elle en pointant son roseau de feu vers le sigil de la braise sur mon avant-bras. Ça a dû faire sacrément mal. Quoique, sans doute pas autant que l'engueulade par papa, ajouta-t-elle d'un ton sarcastique. Tu as fait la paix avec ta sœur avant de partir ?

– Furia…

– La famille, c'est important pour toi, gamin, peu importe à quel point tu essaies de…

Je posai une main sur son bras pour l'arrêter.

– Tu sais que ça marche plus avec moi, ce petit jeu ?

Elle regarda ma main. Furia n'aime pas trop qu'on la touche.

– Quoi, gamin ?

– Changer de sujet pour m'empêcher de poser des questions auxquelles tu ne veux pas répondre. Qu'est-ce qui t'est arrivé à la jambe, Furia ?

– Je t'ai dit de pas t'inquiéter pour…

– Je ne t'ai jamais vue sans un flacon d'*oleus regia*, qui guérit une blessure dans la chair. Même en considérant que tu étais à court, j'imagine qu'à l'instant où la reine t'a vue, elle a appelé un médecin pour te procurer de l'*aquae sulfex*, ce qui est encore plus puissant. Je ne serais pas étonné d'apprendre qu'elle a convoqué tous les guérisseurs Jan'Tep pour te remettre sur pied.

– Elle leur a même demandé de chercher dans tout le pays, dit Furia avec un sourire ironique. Mais je lui ai dit de pas s'en faire. Y a pas un mage qui puisse faire la moitié de ce dont est capable une bonne bouteille de whisky.

Je dévisageai mon ancien mentor à la recherche d'une maladie, quelque chose que l'*oleus regia* ou l'*aquae sulfex* ne puissent guérir. Si puissantes que soient ces concoctions, elles ne pouvaient rien contre un mal en évolution. Si Rakis avait été là, il aurait reniflé la jambe de Furia. Je n'ai pas l'odorat d'un chacureuil, mais je me penchai quand même : l'odeur de la putréfaction est assez facilement décelable.

– Je suis pas en train de pourrir sur place, si c'est ce que tu te demandes, dit-elle en me repoussant.

– Alors qu'est-ce que tu as ?

Elle croisa les bras.

– J'ai passé tous ces mois à t'enseigner l'*arta precis* et, le mieux que tu puisses tenter, c'est de m'arracher une réponse ?

Je lui en voulus, parce qu'une petite sensation désagréable dans ma nuque me signala qu'elle avait raison.

Le talent argosi de la perception est subtil. Oh, il y a bien quelques trucs pour faire des liens entre des informations apparemment disparates. La façon dont les Argosi mêlent les cartes, les mélangent et les étalent à de nombreuses reprises pour mettre au jour des schémas qui, sinon, passeraient inaperçus, c'était un bon exemple d'*arta precis*. Mais ce dont Furia parlait, c'était d'identifier une vérité située sous notre nez, mais que nos peurs nous empêchent de voir.

« Une petite mésaventure », avait-elle dit.

Je sentis ma gorge se serrer.

– Tu étais en terres berabesq récemment, n'est-ce pas ?

– Poser des questions dont tu connais déjà la réponse, c'est la forme la moins élaborée d'*arta loquit*, gamin.

Cette moquerie éveilla en moi une colère sourde.

– Et qu'est-ce que tu appelles une malédiction, dans ce cas, quand on sait que ce qui a tué ma… ?

– Ça n'a pas grand-chose à voir avec…

– Ne me mens pas ! m'écriai-je.

Elle leva les mains.

– D'accord, gamin, je ne mentirai pas. Mais dans ce cas, pose-moi la bonne question.

J'en étais incapable, parce que les mots ne me venaient pas. Ils tambourinaient dans mon crâne, ils luttaient pour sortir. Des dizaines et des dizaines de petits liens se firent peu à peu. Furia mentionnant une mésaventure. Les treize cartes dans la poche de mon pantalon, cette tour immense dans un pays lointain ; des hommes et des femmes dans le désert qui interrompaient leur traque pour scarifier le corps de l'un des leurs. Une femme qui hurlait...

– Gamin, dit Furia, il se passe quelque chose avec cette ombre au noir que tu as.

La peau autour de mon œil gauche me pinçait comme si quelqu'un faisait tourner mes marques noires.

– Gamin, arrête, dit Furia, qui paraissait très loin.

Je la voyais comme derrière un voile sombre, qui observait d'un air impuissant les marques sur mon visage se mettre en place tels les cadrans d'un cadenas.

*Clic.*

De nouvelles formes apparurent, cet étrange matériau de l'ombre quand mon énigmatisme se déverrouillait.

Des guerriers qui agitaient leurs épées à la pointe incurvée, bras et jambes enveloppés dans le lin beige des doctrinaires berabesq. Du sang qui dégoulinait de leurs avant-bras alors qu'ils n'étaient pas blessés : il s'agissait d'incisions faites avec leurs propres griffes acérées pour libérer cette magie qu'ils disaient issue de Dieu. L'un des leurs qui gisait sur le sable, le torse couvert de coupures ensanglantées, tandis que les autres pourchassaient une femme dans le désert.

Je connaissais ce tableau.

*Clic.*

Une autre scène, comme observée de plus loin.

Je découvris une deuxième femme à une dizaine de pas de la première, qui tenait leurs poursuivants à distance. Je la reconnus à son chapeau de la Frontière et à la façon dont elle se battait en dansant.

« Furia. Elle était avec Bene'maat ! »

– Kelen !

L'autre Furia, celle qui se tenait dans la rue avec moi, me secouait par les épaules.

C'est drôle que les gens n'utilisent mon prénom que quand ils croient que je vais mourir.

Dans la brume de l'ombre au noir, je vis mon mentor lancer des cartes rasoirs vers ses ennemis avant de courir en direction de la femme à terre pour la tirer par les épaules.

– Tu étais vraiment en terres berabesq, dis-je tout fort.

– On en parlera plus tard, gamin. Pour l'instant, tu...

– À suivre la voie du vent, repris-je, répétant ses propres paroles. Attirée par la rumeur de ce dieu vivant, surtout, non ?

Elle répondit quelque chose que je n'entendis pas. Au lieu de ça, je regardai, horrifié, Furia tituber, à peine capable de tenir debout dans le sable, tout en portant l'autre femme. Les doctrinaires les avaient presque rejointes. Elle était affaiblie, elle se battait pour sa vie dans les pires conditions.

– Mais comment tu t'en es sortie ?

Des lignes d'onyx fracturées emplirent mon champ de vision et des éclairs déchirèrent l'atmosphère. D'instinct, je levai les mains pour protéger mes oreilles en attendant le tonnerre. Puis, à une dizaine de mètres, apparut une femme en long manteau qui brandissait une boîte en métal : la source de cette tempête. Il y avait un animal près d'elle. Un chien ? Non, une hyène.

– Nephenia était là, elle aussi ! C'est elle qui t'a sauvée.

– Ouais, reconnut Furia, même si ça n'avait pas vraiment l'air de lui faire plaisir.

Si Furia Perfax avait une faiblesse, c'était bien de ne pas supporter d'avoir besoin de quelqu'un. Sa seule crainte, c'était qu'un être cher à son cœur se sacrifie pour elle.

Dans le royaume de l'ombre, les doctrinaires berabesq reculèrent face à l'éclair encagé de Nephenia. Elle lâcha son charme et plongea la main dans la poche de son manteau pour jeter ce qui ressemblait à une dizaine de petites araignées en métal. Elle prononça un mot et les bestioles filèrent dans le désert en direction des guerriers.

– Je m'étais foutue dans un sacré pétrin, admit Furia.

Là, je compris autre chose.

« En effet, sauf que ce n'est jamais toi qui t'attires des ennuis. Tu es à la fois insaisissable et une tacticienne hors pair. Alors pourquoi Furia Perfax, le Chemin de la Pâquerette Sauvage, s'est-elle retrouvée dans cette situation ? »

*Clic.*

Je sentis la dernière de mes marques de l'ombre au noir se mettre en place, et le cadran révéla ce secret qu'on m'avait caché. Nephenia et Furia soulevaient toutes deux une Bene'maat sans connaissance et la portaient dans le désert tandis que les doctrinaires tentaient d'échapper aux éclairs et aux araignées ensorcelées.

Les femmes étaient en train de fuir au loin. Un instant, je crus qu'elles allaient s'en sortir, puis le chef des doctrinaires désigna d'un cri l'un d'eux, qui retira ses vêtements et s'allongea sur le sable afin de commencer le rituel.

Le second cri vint de Furia quand le doctrinaire, qui en appela à l'amour de ce dieu à peine né, inocula une maladie inaliénable en elle.

« La malédiction. »

Furia Perfax avait voulu sauver la vie de ma mère et, en échange de sa bonté, un dieu l'avait condamnée à mort.

# 27
# La malédiction

Tout à coup, mon énigmatisme s'évanouit et je me retrouvai devant Furia Perfax, que je n'avais encore jamais vue pleurer. J'assistai, impuissant, au spectacle des larmes qui roulaient sur ses joues.

– Kelen, je suis désolée.

J'étais encore étourdi par les visions, et je ne compris pas ce qu'elle voulait dire.

– Désolée de quoi ?

Furia s'essuya les yeux avec sa manche en lin.

– J'ai tenté de sauver ta mère, gamin. J'ai fait tout mon possible, mais…

– Mais… comment savais-tu que ma mère se trouvait en terres berabesq ? Et pourquoi c'est toi qui devais la sauver ? Mon père devait bien avoir des mages dans les parages. Ils auraient dû…

La colère traversa ses traits.

– Je t'ai déjà demandé de ne pas chercher un sens à la folie des hommes, non ?

Elle leva une main pour m'empêcher de poser une autre question et prit une longue inspiration avant de parler :

– Je me rendais à Makhan Mebab parce que j'avais récupéré une carte de discordance de la part d'une fille dont je t'ai peut-être déjà parlé. Elle se fait appeler le Chemin des Saules qui Murmurent. Un nom stupide, si tu veux mon avis. Bref, elle avait fait un joli dessin de ce nouveau dieu en plein soleil, mais avec une silhouette dans l'ombre derrière lui. J'ai suivi ce chemin pour voir où ça me mènerait.

Je ne comprenais pas où elle voulait en venir. Le sang dans mes veines se glaça, ce qui se produit quand je panique. Mais il y avait aussi la pensée de ce que les doctrinaires avaient infligé à Furia.

– Qu'est-ce que tu as découvert là-bas? demandai-je.

– Je ne suis jamais arrivée jusque-là. J'ai eu vent d'une rumeur disant qu'une mage avait été capturée par les vizirs, qui pensaient vaincre l'arcanocratie Jan'Tep à travers elle. Ils appelaient les inquisiteurs de tout le pays et avaient l'intention de lui faire fabriquer, sous la torture, un sort qui permette de tuer le mage souverain. Tu sais combien je m'intéresse peu à la magie, mais ce n'était pas difficile de deviner que l'otage était une proche de ton papa. J'ai d'abord cru qu'il s'agissait de ta sœur, ce petit monstre précoce. Mais en fait, c'était ta mère.

– Et tu l'as secourue? Alors que ça signifiait te détourner de la voie des Argosi?

Furia haussa les épaules.

– La dame avait été gentille avec moi, en tout cas pour une Jan'Tep. Et elle t'aimait tellement. J'ai considéré que ça suffisait, comme raison.

Elle prit mes mains entre les siennes.

– La malédiction qu'ils lui ont infligée, je n'ai rien pu faire contre. Je suis désolée, Kelen.

Je hochai la tête, perdu à la fois dans mon chagrin et dans mon trouble.

– Nephenia et toi, vous êtes aussi victimes de la malédiction, c'est ça ?

– L'ensorceleuse va bien, dit Furia. Elle a pu contrer ce machin avec un charme qu'elle avait. Elle a voulu m'en donner un il y a quelque temps, mais je lui ai dit que ça n'était pas mon truc.

– Mais pourquoi tu fais toujours ça ? crachai-je. Tu dis que la magie, ce n'est que de la superstition, un petit jeu auquel on joue, nous autres. Mais la magie, c'est réel, Furia ! Ça tue des gens ! Ça a tué ma mère. Et c'est en train de te...

Elle tendit une main et, avec son pouce, essuya une larme que je n'avais même pas sentie sur ma joue.

– La vieille Furia se laisse pas facilement abattre, gamin. Tu le sais. Surtout par de la superstition, ajouta-t-elle avec un sourire.

– On doit trouver un remède, dis-je en faisant demi-tour vers la maison. Mon père peut demander aux guérisseurs de...

Furia me retint.

– Tu ne crois pas que, si ce truc pouvait être guéri par la magie, ton père aurait rassemblé tous ses petits mages pour sauver ta mère ?

Elle me libéra et sourit en repoussant les cheveux de mes yeux.

– J'ai un autre plan, gamin.

– Quel plan ? Comment tu comptes faire cesser cette malédiction ?

– Voilà comment elle fonctionne : chaque fois que tu règles un problème, un autre apparaît. Tu te fais une entorse au poignet ? Tu répares ça et, le lendemain, tu te brises un orteil. Tu te bandes l'orteil ? Juste après, tu te brûles un doigt. Tu le trempes dans l'*oleus regia* ? Le lendemain matin, tu te réveilles avec la pire grippe de ta vie. Au fil du temps, la malédiction épuise ton corps jusqu'à ce qu'il n'ait plus de ressources pour lutter.

C'est ce qui était arrivé à ma mère. L'une des plus puissantes guérisseuses de tous les temps n'avait pu trouver de remède contre ce mal.

– Alors j'ai eu une idée, continua mon mentor. Je me suis dit : « Furia, qu'est-ce qui se passe si tu ne règles pas un problème ? »

– Tu veux dire souffrir d'une blessure sans chercher à la soigner ?

Elle écarta les bras en signe de reddition.

– La vie, c'est un concentré de souffrances, non ? Eh bien, petite saloperie, maintenant, tu es coincée ici. C'est vrai, tu me fais boiter. Tu me fais mal nuit et jour mais, en attendant, la vieille Furia te tient, non ?

– Je ne pense pas que la malédiction ait une conscience, dis-je.

– Ah, parce que tu es expert en malédictions, maintenant ? Pour moi, cette chose a un esprit, un peu comme la *sasutzei* qui t'accompagnait. Elle est encore là, d'ailleurs ?

– Ça fait des mois qu'elle m'a quitté.

Furia soupira.

– Dommage. Je me disais qu'elle aurait pu chasser ce machin.

J'eus une idée.

– Peut-être qu'une sorcière saurait comment en venir à

bout. On pourrait aller voir Mama Murmure aux Sept Sables, et...

– J'ai essayé, gamin. Je m'en suis trouvé une sur la route du nord. Elle m'a dit que la seule façon de me débarrasser de ce truc, c'était de tarir sa source. Mais je ne pense pas que ce dieu berabesq ait l'intention de s'affaiblir tout de suite. Et en attendant, j'ai un continent à sauver, moi.

Elle partit dans la rue en boitant. Je la rattrapai.

– Qu'est-ce qui se passe, gamin ? Tu n'as pas confiance en mon *arta forteiza* pour supporter un peu de douleur ? Je t'ai donc rien appris ?

– Ce que tu m'as appris, dis-je en mettant son bras sur mes épaules, c'est que ça ne fait jamais de mal de se reposer sur un ami de temps en temps.

Furia sourit.

Ce que je ne lui dis pas, c'est que mon chemin était enfin clair, tout comme chacun de mes futurs pas. Mes doutes, les manipulations de mon père, les machinations des chuchoteurs, l'appel au devoir de Torian et même mon envie désespérée de protéger la reine, tout ça vola en éclats face à la profonde conviction que je devais emprunter la voie de la pierre.

J'avais longtemps craint de ne jamais revoir Furia. Cette femme qui avait pris sous son aile un petit égoïste désemparé pour lui permettre de devenir... je ne savais pas quoi, mais quelque chose de mieux que ce que son destin lui réservait. Là, elle était devant moi, à faire des blagues sur le fait de ruser avec la malédiction qui avait tué ma mère et qui était en train de la tuer, elle. Mais quelle que soit la quantité d'*arta valar* qu'on possède, il ne peut briser seul la malédiction d'un dieu vivant.

Ça, c'était mon boulot.

Depuis le début, Shalla avait raison. Au final, le devoir, ce n'est pas une question de dynastie ni d'éthique. Le devoir, c'est une question de famille.

J'allais me rendre en terres berabesq.

Pour y tuer Dieu.

L'ARMÉE DES PÉNITENTS
LA CITÉ DES SOLDATS

# La cité des soldats

*Pour quoi les soldats se battent-ils, sinon une nation, une ville, un chez-soi ? Mais pour défendre toutes ces choses, ils doivent souvent y renoncer, parfois à jamais. Il leur faut donc enfouir tout ça dans leur cœur, au risque de s'apercevoir un jour qu'ils ont tout perdu.*

# 28
# Une porte de sortie

Le soir même, on se mit en route pour Makhan Mebab. Sans un adieu ni même un au revoir, comme la fois précédente. À califourchon sur l'encolure de notre cheval, Rakis n'arrêtait pas de se retourner comme s'il craignait d'être suivi. Étrangement, chaque fois, il paraissait déçu de trouver la route déserte.

Près de trois ans plus tôt, jour pour jour, ma sœur se tenait, hautaine, à la sortie de la ville, armée d'ultimatums et de larmes. Cette fois, c'était une autre fille tout aussi blonde qui m'attendait.

– Seneira ?

L'héritière de la célèbre Académie des Sept Sables portait toujours son habit de diplomate, mais elle avait enfilé par-dessus un long manteau en cuir de cavalière pour se protéger de la fraîcheur nocturne.

– La dernière fois aussi, tu es parti sans dire au revoir, me lança-t-elle.

Je mis pied à terre et j'acceptai de sa part une étreinte bien plus affectueuse que je n'aurais pu le rêver. Deux ans plus tôt, Seneira et moi avions réussi à déjouer un complot fomenté par de bien sombres conspirateurs. Ils avaient engagé un frondeur de sort particulièrement peu scrupuleux du nom de Dexan Videris, qui utilisait des vers d'obsidienne. Seneira avait manqué de perdre son âme à cause de l'un d'eux, Rakis d'être dévoré par un crocodile. Moi ? J'avais récupéré un beau chapeau au passage.

– Qu'est-ce que tu fais ici en pleine nuit ? demandai-je quand Seneira me libéra enfin.

Elle s'éloigna sans répondre à ma question.

– Dame Furia, dit-elle avec une petite révérence.

– Gamine, je suis pas une...

Mais là, elle vit le sourire de Seneira et poussa un grognement.

– Faut pas contrarier ses aînés, tu sais.

– Pardonnez mon impertinence, le Chemin de la Pâquerette Sauvage. Mais peut-être m'autoriserez-vous à suivre la voie de l'eau en vous offrant quelque chose en guise d'excuse ?

Seneira plongea la main dans son manteau et en sortit un petit rouleau en cuir. Furia le prit à deux mains comme s'il s'agissait d'un trésor, le porta à son nez et inspira profondément avant de pousser un soupir de bonheur.

– Des feuilles de tabac de Teleidos...

– Elles permettent de fabriquer les meilleurs roseaux de feu des Sept Sables. Je comptais les confier à Kelen, mais je suis heureuse de vous offrir en personne ce cadeau pour vous remercier.

Furia délaissa en un instant son langage habituellement relâché pour un style plus formel et s'inclina très bas :

– C'est un présent précieux que vous me faites là, chère demoiselle des Sept Sables. À chaque bouffée de ces roseaux, je me rappellerai la beauté sans pareille de votre terre natale et de son peuple.

Seneira fut stupéfiée par cette déclaration cérémonieuse.

– Et moi ? grogna une boule de poils ventrue qui s'approcha d'un pas lourd.

Il avait toujours détesté ne pas avoir de cadeaux quand d'autres en recevaient.

– C'est moi qui ai fait tout le sale boulot ! J'ai failli me faire trouer la peau par cette saloperie de crocodile !

Seneira ne pouvait pas comprendre ce qu'il disait, et pourtant elle sourit et plongea la main dans sa poche, d'où elle sortit un coffret recouvert d'une peau épaisse de couleur verdâtre – de la peau de crocodile.

– Tu as peut-être oublié la bête qui nous a attaqués dans le repaire de Dexan Videris mais, aux Sept Sables, rien ne se perd, alors j'ai fait fabriquer ça en souvenir de ce combat si héroïque.

Elle me tendit le coffret, un objet de toute beauté. Quand je soulevai le couvercle, Rakis faillit devenir fou et voulut à tout prix récupérer son contenu.

– Ce sont des biscuits confectionnés par mon père, précisa Seneira. Quand je lui ai annoncé que je venais présenter mes hommages au mage souverain, il a insisté pour que j'en apporte quelques-uns, au cas où.

Je refermai le couvercle pour empêcher Rakis de tout dévorer d'un coup. Il poussa un gémissement obscène en mâchant le gâteau qu'il avait réussi à attraper, puis bondit de mon épaule à celle de Seneira et frotta son museau couvert de miettes dans ses cheveux.

– J'ai toujours bien aimé cette fille, ronronna-t-il.

Je ne pris pas la peine de lui rappeler qu'un peu plus tôt, il avait totalement oublié qui elle était.

Seneira lui sourit avant de dire :

– Courageux et beau seigneur des cimes, pourrais-je avoir une minute en privé avec votre… acolyte ?

Rakis rit aux éclats en répétant ce mot avant d'exiger un autre biscuit pour s'éloigner.

Seneira et moi, on fit quelques pas sur la route.

– Je crains que ce cadeau ne te soit pas non plus destiné, car il se pourrait qu'on te le vole, dit-elle en me tendant une flasque bleue, mais c'est de la part de mon père. Elle provient de sa réserve personnelle de *pazione*.

Je l'acceptai avec gratitude.

– Avoir un moyen d'endormir Rakis la prochaine fois qu'il sera de mauvaise humeur, c'est très précieux.

– Mais j'ai aussi quelque chose pour toi, cette fois, dit-elle en ouvrant la main droite.

Je découvris dans sa paume un petit pendentif monté sur une chaîne en argent. Il avait la forme d'une tour que je reconnus : l'Académie des Sept Sables, dont la surface en mosaïque reprenait les différentes teintes de sable de cette région.

– Ce pendentif est la clef d'accès des étudiants à l'Académie, m'expliqua-t-elle. Par la suite, beaucoup continuent à le porter en souvenir.

Elle me tendit le bijou en le tenant par la chaîne. Je m'inclinai pour qu'elle puisse le passer à mon cou.

– Merci, dis-je. C'est un magnifique objet.

– Le cadeau, ce n'est pas le pendentif, Kelen.

Elle hésita un instant avant de reprendre :

– Je t'ai observé aux funérailles de ta mère. Avant même que ces jeunes mages viennent t'ennuyer, tu avais l'air… Je ne sais pas comment dire.

– Déplacé ? proposai-je.

Elle secoua la tête.

– J'avais envie de dire détaché, même si je ne suis pas sûre du sens que je veux y mettre.

Pourtant, cela décrivait parfaitement ce que je ressentais. Je le lui dis. Seneira prit mes mains entre les siennes.

– C'est mon cadeau, Kelen. Aussi loin que tu ailles, sache qu'il y aura toujours une place pour toi aux Sept Sables. L'Académie propose des dizaines de disciplines à ses étudiants. Si tu en as assez de la violence, viens étudier la médecine chez nous. Si tu en as assez de briser des objets, deviens ingénieur. Tu te souviens de Cressia, la fille de Gitabrie ? Nous sommes devenues très proches au cours des deux dernières années. Elle dit que tu pourrais faire un bon philosophe.

Je tendis la main vers le pendentif. Les frais de scolarité de l'Académie étaient exorbitants et l'endroit très sélectif, si bien que ce cadeau n'avait pas de prix. Avant que je puisse la remercier, Seneira se dressa sur la pointe des pieds pour déposer un baiser sur ma joue.

– N'oublie jamais ça, Kelen : tu as des amis, et notre amour est bien supérieur à la méchanceté de tes ennemis.

Malgré mes efforts, je ne trouvai rien à répondre à cette splendide déclaration. Mes talents de rhétoricien se limitaient à des remarques sarcastiques et, pour une fois, j'eus l'intelligence de me taire.

Elle embrassa mon autre joue avant de repartir sur la route, m'abandonnant, malgré tout reconnaissant, à la contemplation des rêves de mille futurs que je ne connaîtrais jamais.

# 29

# La route

Il y a un rythme propre à la route. Les sabots des chevaux qui claquent sur les pavés ou s'enfoncent dans la terre des chemins produisent une cadence hypnotique qui fait s'écouler le temps sans qu'on s'en aperçoive. Les jours et les nuits se confondent. Les gestes se répètent pour monter le camp le soir, déballer les affaires, décider du repas en fonction de ce qu'on a pu acheter ou chasser, ramasser du bois pour le feu, déplier sa paillasse, puis la ranger avant le lever du soleil et se remettre en route. Au bout d'un certain temps, le paysage s'efface de vos pensées et le seul moyen d'avoir conscience du temps qui file, c'est de ressasser vos souvenirs.

Je n'arrêtais pas de regarder le nouveau sigil de la braise sur mon avant-bras. Il ne servait pas à grand-chose, à part à me rappeler que je n'avais même pas salué mon père avant mon départ. Il interpréterait ça comme une nouvelle preuve de ma déloyauté envers notre famille. Sha'maat lui mentirait en lui racontant que j'étais parti chargé de remords et de chagrin. Je n'avais pas non plus dit au revoir à Torian, mais à quoi bon? Elle m'avait empoisonné pour me livrer aux chuchoteurs, on ne pouvait pas dire qu'elle non plus s'embarrassait tellement de l'étiquette.

Rien de tout ça ne me dérangeait. Mon problème, c'étaient plutôt les sacoches accrochées à ma selle.

– Y a plus de biscuits? se plaignit Rakis en inspectant le contenu de la deuxième.

Il avait déjà foutu le bordel dans la première.

– Tu veux bien arrêter? protestai-je. Je te l'ai déjà dit, tu as mangé tous ceux que Seneira nous a offerts.

Il se mit à proférer des paroles si vulgaires que je me demandai où il avait entendu ça. Apparemment, le temps passé à la cour de Darome avait enrichi son vocabulaire.

En réalité, il restait quelques biscuits enveloppés dans un linge au fond de la poche de mon manteau, réservés aux occasions particulières. J'avais fait cette petite provision le soir où il avait exigé de boire une gorgée de *pazione* pour aussitôt s'enfuir avec la flasque. Il était revenu le lendemain matin avec la gueule de bois, la flasque vide et une histoire improbable de complot fomenté par des lapins ailés.

Quant aux sacoches, à part le fléau et les dés qu'Emelda m'avait donnés, elles ne contenaient que ce que je possédais déjà à mon arrivée au palais daroman un an plus tôt. Pendant tout ce temps passé à la cour, à part quelques babioles pour Rakis, je n'avais rien accumulé. Je n'avais jamais vraiment défait mes bagages, si bien que je n'avais eu qu'à y glisser deux chemises, deux pantalons, quelques sous-vêtements, et à franchir la porte.

– Je te l'avais dit, gamin, me répliqua Furia quand je lui fis part de mon sentiment de ne plus pouvoir me raccrocher à rien. Les Argosi ne transportent que de la poussière et des cicatrices.

Pas de doute, j'avais sur moi l'un et l'autre. À même pas dix-neuf ans, mon corps était déjà un patchwork de vieilles blessures, de brûlures et des étranges traces décolorées que la magie laisse sur la peau.

– Comment va ta jambe ? demandai-je pour me rappeler que son sort était pire que le mien, et qu'elle ne se plaignait pourtant jamais.

– Oh, ce matin, plutôt bien, dit-elle, l'air un peu surpris.

Elle se frappa la cuisse à coups de poing et ricana :

– Peut-être que, finalement, cette saloperie de malédiction en a eu marre de moi et qu'elle est passée à autre chose.

– Peut-être qu'elle n'aime pas le paysage, suggérai-je. Même si je doute que les malédictions soient sensibles à ce genre de choses.

Il y avait plusieurs routes possibles pour gagner les terres berabesq depuis ma ville natale. Celle du sud est particulièrement agréable car pavée et jalonnée de bornes. On y trouve parfois même un salon de voyageurs. Mais Furia avait choisi de passer par les petites routes qui sillonnent les parties désertiques des territoires Jan'Tep, où il n'y avait que du sable et des buissons. Le pire, c'était le vent qui soufflait en rafales. Son sable marron piquait les yeux et finissait par irriter les poumons.

Furia toussota.

– Je pense que tu avais raison pour…

Elle toussa une deuxième fois. Une tension dans sa voix me fit sursauter. Son sourire avait disparu. Les rides de son visage, d'habitude si peu marquées qu'on ne pouvait pas lui donner d'âge, semblaient tout à coup plus prononcées. Elle plissait le front comme si elle essayait de se rappeler une blague dont elle avait oublié la chute. Je suivis son regard en direction du filet de sang qui apparut sur sa chemise blanche, là où la tête d'une flèche avait traversé son buste.

– T'avais sans doute raison pour les malédictions, gamin, dit-elle avant de tomber de cheval.

# 30
# La blessure

– Rakis, file ! lançai-je.

Le chacureuil bondit de notre monture. Sa fourrure changea aussitôt de couleur pour prendre celle du sable marron. En un instant, il était devenu presque invisible, si bien que je perdis rapidement sa trace.

Je tombai de cheval, non parce qu'il m'avait mis à terre, mais parce que c'est le moyen le plus rapide pour toucher le sol. Puis je transformai ma chute en roulade du mieux que je pus et me servis de mon élan pour rejoindre Furia.

– Où est l'*oleus regia* ? lui demandai-je en fouillant dans ses sacoches comme Rakis l'avait fait dans les miennes.

– Laisse tomber, gamin. File avant de te prendre une flèche, toi aussi.

J'ignorai ses propos, car elle n'était plus lucide. Un archer avec une arbalète bien lestée peut tirer une quinzaine de carreaux à la minute avec une précision moyenne. Autrement dit, une flèche toutes les quatre secondes. On pouvait donc en conclure que celui qui avait touché du premier coup Furia sur un cheval en mouvement dans une tempête de sable était bon.

Dans ce cas, pourquoi n'avais-je pas moi aussi déjà reçu une flèche ?

J'inspectai machinalement les sacoches de Furia en observant les environs, mais je ne voyais que le sentier tortueux et quelques rares buissons et rochers.

« Ils pourraient être derrière, pensai-je tandis que mes doigts tâtaient chaque poche. En tout cas, ils sont bien plus forts pour se cacher que moi pour les trouver. »

Je sentis enfin un petit flacon sous mes doigts. Je vérifiai son contenu. *Oleus regia*. Ça ne valait pas son poids en or, mais presque. Je revins à quatre pattes vers Furia.

Un grondement se fit entendre malgré le vent.

– Rakis ? appelai-je.

« Crétin. N'attire pas l'attention sur lui. »

Le chacureuil répondit quand même :

– Kelen, je suis prisonnier d'une saloperie de piège d'abruti de sac à peau.

Comment avait-il pu tomber dans un piège ?

Parce qu'il n'y avait qu'une cachette possible dans les environs, me rendis-je compte. Notre assaillant savait par où on allait passer. Pourtant, vu le nombre de routes qui partent de la capitale Jan'Tep vers les terres berabesq, c'était impossible de deviner quel chemin on prendrait. Le type devait donc nous suivre depuis des jours. Puis nous avoir dépassés pour préparer son embuscade.

– Ouais, dit Furia en me regardant, c'est quelqu'un qui nous connaît.

– Ne parle pas, dis-je.

– Tu sais que ça fait pas mourir plus vite, n'est-ce pas ?

– Si, parce que ça me déconcentre.

Premier problème : extraire la flèche. Furia avait réussi à tomber sur le côté, si bien que sa chute n'avait pas provoqué davantage de dégâts. La flèche était plantée haut dans son dos, un peu à droite de la colonne. Elle n'avait pas touché le cœur, en revanche elle avait très bien pu transpercer un poumon.

Furia tendit la main vers la flèche.

– Donne-moi juste… un instant pour… sortir ce machin de là.

– Arrête, dis-je en repoussant sa main.

Je devais couper la pointe du carreau pour l'extraire. L'*oleus regia* empêcherait ensuite l'hémorragie et maintiendrait mon mentor en vie. Un couteau pouvait faire l'affaire, malheureusement je n'avais pas affûté le mien et ne trouvais pas celui de Furia. J'ouvris mes bourses et prélevai une minuscule pincée de chaque poudre.

– Je vais essayer de bien viser, promis-je.

– Ça serait aimable de ta part. On t'a donc appris les bonnes manières dans ce palais ?

– Un peu, répondis-je tout en scrutant une fois de plus les alentours pour repérer notre attaquant, même si j'étais presque sûr qu'il n'y avait déjà plus personne.

« Furia est blessée, moi occupé à la sauver, Rakis prisonnier d'un piège. Tout ça pour qu'on ne puisse pas poursuivre nos adversaires. »

Je profitai d'une accalmie dans la tempête, déplaçai le bras de Furia pour être sûr de bien viser et jetai mes poudres rouge et noire en l'air, puis créai les formes somatiques avec mes mains. L'index et le majeur vers la cible, le petit doigt et l'annulaire pressés contre ma paume pour le contrôle et les pouces vers le ciel, en signe de… « Ancêtres, je vous en supplie, faites que je ne tue pas mon amie. »

– *Carath*, prononçai-je.

Les poudres étincelèrent quand elles entrèrent en contact, et l'explosion fut canalisée par le sort comme de l'eau qui se précipite dans un tube. Le souffle rouge et noir brisa proprement la pointe de la flèche à ras.

– Bien joué, gamin. J'ai presque rien senti.

J'aurais aimé que ça continue à être vrai. Quand on extrait une tige en bois du corps d'un être cher, on aimerait faire aussi vite que possible pour que la douleur soit la plus brève. Ce qui est une erreur, je l'avais appris un an plus tôt quand un bandit de grand chemin m'avait planté un carreau d'arbalète dans la cuisse. Le risque, c'est d'endommager un organe vital. Dans le cas de Furia, il y en avait plusieurs à préserver.

– Doucement et régulièrement, dit-elle avec un sourire crispé.

Je ne sais pas pourquoi elle fait ça. Sourire, je veux dire. Je ne pense pas que ça l'aide. Sans doute parce qu'elle prend très au sérieux cette histoire de Chemin de la Pâquerette Sauvage. « La joie brille plus dans le noir », m'avait-elle dit un jour. Encore l'un de ses dictons absurdes.

– Quand tu veux, gamin.

Je jetai un dernier coup d'œil pour être sûr que personne ne rampait vers nous. Quand j'aurais commencé, je devrais aller jusqu'au bout.

– Désolé, dis-je et, lentement, méthodiquement, douloureusement, je retirai la flèche.

Puis je la jetai loin. Elle luisait de son sang.

– Bordel, même avec l'habitude, ça fait toujours aussi mal, lâcha-t-elle.

J'attrapai le petit flacon d'*oleus regia*.

– Et ça va pas s'arranger, je le crains, dis-je.

Après avoir étalé une petite fortune d'onguent sur les deux trous percés par le carreau, j'allai libérer Rakis.

Puis j'allumai un petit feu et passai la nuit à veiller Furia, convaincu que chaque souffle soulevant ses côtes serait le dernier. Quand ses yeux finirent par s'ouvrir et qu'un sourire las apparut sur ses lèvres, je m'autorisai enfin à respirer.

– Gamin..., dit-elle.

– Oui, Furia ?

Je lui proposai de l'eau, mais elle secoua la tête.

– Je t'aime vraiment beaucoup, mais tu portes quand même sacrément la poisse, tu sais ?

Je fis ce qu'on pourrait qualifier de ricanement charitable, mais qui ressemblait surtout à un sanglot.

– Ne laisse pas la culpabilité te transformer en idiot. Tu sais ce qui s'est passé, non ?

Oui, je le savais.

Quelqu'un qui prend la peine de vous attendre pendant des heures pour vous décocher une flèche, ça signifie qu'il connaissait votre itinéraire. Seule Furia avait été visée, ce n'était donc pas l'œuvre de brigands. Même pas une tentative de meurtre.

C'était un message.

Quelqu'un ne voulait pas que Furia Perfax s'aventure en terres berabesq.

# 31
# Le serment

La chose la plus intelligente à faire juste après que votre mentor a échappé de peu à une blessure mortelle et que vous disposez d'un peu de temps, c'est de concocter un plan pour être encore plus malin que vos adversaires.

Furia, Rakis et moi, on avait repris la route dès le matin. Ça ne serait pas simple de se glisser en terres berabesq, mais ça serait encore pire une fois entamés les préparatifs de l'anniversaire du dieu, lorsque les armées du pays le plus peuplé du continent s'uniraient pour exterminer tous les païens en travers de leur chemin.

Et quand on est aussi malchanceux que moi, on commence par se demander si les extrémistes religieux sont vraiment aussi fous qu'on le croit.

– Tu es sûre que ça va ? demandai-je à Furia.

Elle continua à faire trotter son cheval sans répondre. Elle avait toujours été pâle mais, depuis des jours, sa peau était grisâtre.

– Cent vingt et un, annonça-t-elle.

– Cent vingt-deux, feula Rakis depuis son perchoir sur l'encolure de notre cheval avant de s'allonger et de se rendormir.

– Qu'est-ce qu'il a dit ? s'enquit-elle.

– Que je t'avais déjà demandé ça seulement deux ou trois fois. Tu es sûre que… ?

– Cent vingt…

Rakis se remit à ronfler.

– Tu sais, gamin, dit Furia en tirant sur ses rênes, pour quelqu'un qui tient tant à connaître la vérité, tu donnes vraiment envie de te mentir.

J'arrêtai à mon tour mon cheval. On était à une journée de route de la frontière. Le sable marron était en train de prendre une teinte dorée. On atteindrait bientôt des régions plus peuplées, et là, les vrais ennuis commenceraient.

– Je voulais juste…

– Gamin, je suis en train de mourir. Tu le sais. Je le sais. Alors arrête de poser la question.

Elle toussa en mettant sur sa bouche une main qui revint tachée de sang.

– Cette saloperie s'est encore déplacée. Maintenant, elle s'en prend à mes poumons.

« Là où l'*oleus regia* ne peut rien », pensai-je.

Guérir le trou laissé par la flèche dans sa poitrine avait aussi apaisé la douleur de sa jambe. Mais depuis, chaque jour ou presque, la malédiction menait une nouvelle attaque contre son corps. Furia était la personne la plus solide et la plus têtue que je connaissais, mais même elle n'en pouvait plus de cette saloperie qui jouait avec elle comme un chat avec un oiseau blessé, ne le laissant agiter ses ailes que pour mieux le rattraper.

Depuis qu'on avait quitté les territoires Jan'Tep, j'avais passé chaque heure éveillé à tenter de comprendre cette malédiction et son fonctionnement. Une maladie classique attaque soit un organe, par exemple le foie, soit un réseau, comme le sang. Mais là, c'était très différent. La malédiction s'en prenait à sa victime de mille façons, souvent par malchance. Une étrange éruption pouvait un jour apparaître sur la peau de Furia puis, le lendemain, elle se foulait la cheville en glissant, sans que ça guérisse jamais. Ou alors, elle se faisait une coupure qui s'infectait aussitôt. Dès qu'on essayait de trouver une solution à un problème, un autre surgissait.

Chaque jour, je l'observais dans l'espoir de trouver le sens de cette malédiction. Mais je n'aboutissais jamais qu'à deux explications possibles : c'était soit une sorte d'esprit – une force surnaturelle qui s'était emparée de Furia –, soit une maladie qui affectait à la fois l'esprit et le corps, si bien que Furia se blessait en essayant justement de se protéger.

Comment y mettre un terme ?

Si c'était un esprit, il avait échappé à mes bien piètres talents en magie du murmure. Il faut dire que je n'avais jamais réussi à communiquer qu'avec l'esprit du vent, ou *sasutzei*, ayant pendant un temps élu domicile dans mon œil droit, mais Suzy, comme j'aimais bien l'appeler, m'avait quitté depuis longtemps.

Et si la malédiction était une maladie mystique et que la victime déclenchait elle-même ses symptômes ? Furia avait la volonté la plus impitoyable qui soit, pourtant elle perdait la bataille.

Ce qui ne laissait qu'une solution.

– Tu dois tenir le coup, lui dis-je. On trouvera un moyen de résoudre ça dans la capitale berabesq.

– Quand on l'aura atteinte, dit-elle en remettant son cheval en marche, on devra trouver le moyen d'empêcher une guerre, pas de soigner une petite toux.

Elle mettait toujours fin à cette conversation de la même manière : en me rappelant que le monde avait des soucis bien plus importants que la survie d'une joueuse de cartes itinérante – que la voie des Argosi, ce n'était pas s'occuper des petits problèmes d'un individu en laissant le monde sombrer en enfer.

– Je suis désolé, dis-je en chevauchant près d'elle.

– C'est pas grave, gamin, je sais que tu cherches à bien faire.

– Non, ce que je veux dire, c'est que je suis désolé parce que je sais, malgré tout ce que tu racontes sur le fait de suivre le Chemin de la Pâquerette Sauvage et de prendre à la légère ce qui t'arrive, que tu aimerais vraiment une belle mort.

– Depuis quand…

Je l'interrompis :

– Mais ça n'arrivera pas, Furia. Je ne laisserai pas ça arriver.

Elle haussa un sourcil.

– Qui tu es pour dire ça, Kelen de la maisonnée de Ke ?

Elle m'appelait toujours comme ça quand je l'énervais.

– Personne, répondis-je. Même pas un vrai mage, et pas non plus un vrai Argosi. Comme tu l'as toujours dit, je suis un gamin.

Je mis mon cheval au trot avant d'ajouter :

– Un gamin qui va trouver le moyen d'entrer dans un pays étranger pour empêcher un dieu de déclencher la guerre de toutes les guerres. Et qui, au passage, le tabassera jusqu'à ce qu'il annule cette malédiction. Voilà qui je suis.

De son perchoir sur l'encolure du cheval, les yeux toujours fermés, Rakis lâcha :

– Bien dit.

# 32

# La frontière

– On va tous mourir, feula Rakis.

On était tous les trois accroupis sur la crête qui dominait une vaste plaine inondable. J'avais toujours cru que les terres berabesq étaient désertiques, mais ça n'était pas totalement vrai : deux grands fleuves les traversaient, dont l'un mesurait plus d'un kilomètre de large. Son eau enrichie de limon offrait de splendides récoltes de blé et d'orge, qui nourrissaient à sa faim le peuple berabesq.

– Ils sont trop nombreux, gémit le chacureuil.

Je ne l'avais jamais vu aussi pessimiste. Il faut dire que c'était la première fois qu'on affrontait une véritable armée : des colonnes et des colonnes de soldats munis de plastrons dorés, de sabres et de javelots soigneusement disposés par terre, étaient agenouillés dans la plaine. Des lanières en cuir recouvraient leurs avant-bras pour les protéger des blessures tout en leur laissant la possibilité de se mouvoir avec fluidité et grâce. Ils agitaient les mains en l'air à l'unisson, presque comme s'ils jetaient un sort, tout en psalmodiant d'une façon presque musicale.

– Qu'est-ce qu'ils font ? demandai-je.

– Leurs prières, répondit Furia.

J'étais déjà allé en terres berabesq. Deux fois, même, et, si j'avais vu prier des gens de ce peuple, je ne me rappelais pas ça. Quand je le fis remarquer à Furia, elle répondit :

– Tu t'es déjà demandé pourquoi les Berabesq se réfèrent à leur déité en l'appelant tout simplement Dieu, alors que tout le monde à part eux l'appelle le dieu à six faces ?

En fait, je n'avais jamais prêté attention à cette distinction. Jusqu'à récemment, j'avais toujours considéré que, de toute façon, l'idée de Dieu n'était qu'absurdités et superstition.

– La religion des Berabesq est monothéiste : ils croient qu'il n'y a qu'un seul dieu. Le problème, c'est qu'ils ont six livres saints.

Elle abaissa le rebord de son chapeau pour se protéger de la morsure du soleil levant.

– Selon le livre que tu as en main, Dieu est soit un guerrier impitoyable, soit un jardinier méticuleux, soit un ermite silencieux, soit un aimable guérisseur, soit un horloger obsessionnel, soit un prisonnier pénitent qui garde le soleil près de ses fidèles pour leur éviter de mourir de froid.

– Et comment ils se sont retrouvés avec six livres saints ?

– Personne ne le sait. Il n'y en avait qu'un, au début.

Les coins de la bouche de Furia se retroussèrent en un sourire un peu ironique.

– Mais il y a environ deux siècles, cinq autres manuscrits ont été mis au jour…

– Furia, est-ce possible que les Argosi aient créé des versions différentes du premier livre saint berabesq de façon à diviser ce peuple en sectes religieuses incapables de s'unir ?

– Le plus probable, c'est que ces histoires existaient déjà et que certains citoyens raisonnables se sont arrangés pour les coucher sur le papier afin qu'elles ne se perdent pas.

Elle me fit un clin d'œil.

– Un *teysan* pourrait se demander pourquoi les Argosi se sont donné toute cette peine.

– Parce que cela permettrait aux Berabesq de vivre en paix sans se lancer dans une croisade sacrée contre le reste du continent.

– Tout ça grâce à quelques vieux textes ? Cela donnerait l'impression que les Argosi sont diablement intelligents, non ? Et même admirables, je dirais.

« Admirable » n'était pas le premier terme qui me venait à l'esprit.

– Furia...

Je ne savais pas comment aborder le sujet.

– Combien de fois est-ce que les Argosi ont interféré avec la voie que prenaient certaines nations ?

– Le nombre de fois nécessaire pour les empêcher de s'exterminer, répondit-elle.

Elle plongea la main dans le sable, qu'elle laissa ensuite filer entre ses doigts.

– Cet endroit n'est à personne, gamin. Les gens sont venus ici à la recherche de nouveaux espaces, de magie, de pouvoir. Il ne faut pas des millénaires pour comprendre comment ça marche. Ils se sont vite mis à conquérir tout ce qu'ils pouvaient.

– Et les Argosi...

– Tentent de maintenir la paix, dans la mesure du possible.

– Et quand ça n'est pas possible ? Par exemple quand un pays croit que son dieu est arrivé sur terre, ce qui risque de provoquer une guerre sur tout le continent ?

Elle ignora ma question. Au lieu de ça, elle désigna les milliers d'hommes et de femmes qui priaient à nos pieds.

– Il va falloir trouver un moyen de passer.

– Suffit de contourner les gens, proposa Rakis.

Je traduisis pour Furia. Qui secoua la tête.

– Cette armée est trop importante, même si elle ne représente que le sixième d'une éventuelle armée berabesq unie. Elle s'étale sur plusieurs kilomètres, sans parler des mages à sa solde pour traquer les espions.

– Alors qu'est-ce qu'on fait ? questionnai-je.

Mon regard était constamment attiré par leurs gestes fluides, et mes oreilles par les chants mélodieux de leurs prières. Je demandai :

– Quelle face de leur dieu ils sont en train d'invoquer, là ?

– Le pénitent.

– C'est une bonne chose ?

Furia se frotta la mâchoire.

– Ça se pourrait. En tout cas, ce sont pas les pires adeptes.

– Lesquels sont les pires ? Ceux qui vénèrent le dieu guerrier ?

– Non. Le guérisseur.

– Le guérisseur ? Pourquoi ? J'aurais cru...

– Tu te souviens de ces doctrinaires qu'on avait croisés il y a quelques années ?

C'étaient les pires adversaires que j'avais jamais eu à combattre : des fanatiques bien décidés à noyer le désert dans le sang des blasphémateurs.

– Vous allez papoter comme ça toute la matinée ? fit Rakis d'un ton nerveux.

– Mais qu'est-ce qui te prend ? demandai-je.

– J'aime pas les armées. J'aime pas les cinglés de religieux. J'aime pas les armées de cinglés de religieux.

Une logique imparable.

Furia donna l'impression de s'étouffer : elle tentait d'apaiser une violente quinte de toux. Je lui tendis un mouchoir. D'habitude, elle refusait mais, cette fois, elle le prit. Il se tacha de sang et de bile.

– On doit franchir cette armée et trouver un apothicaire pour concocter un remède capable d'apaiser ces symptômes, dis-je.

Elle s'essuya à nouveau les lèvres avec le mouchoir.

– Aucun apothicaire pourra faire ça, gamin. Autant demander à ce dieu à six faces…

– Furia ?

Malgré son teint de cendre, le petit sourire qui surgit sur son visage lui rendit quelques couleurs. Elle déclara :

– Je crois que je sais comment passer.

La façon dont elle dit ça m'inquiéta.

– Et comment ?

Elle me tapota l'épaule et se releva pour révéler sa présence.

– Gamin, quand est-ce que tu t'es fait tabasser pour la dernière fois ?

# 33
# Les pénitents

La question « Quand est-ce que tu t'es fait tabasser pour la dernière fois ? » n'est jamais de bon augure. Cette fois, Furia insista en disant que c'était une indispensable leçon d'*arta siva*.

J'avais toujours rêvé qu'on m'enseigne le talent argosi de la persuasion. Qui ne voudrait pas passer maître dans l'art de charmer ? Mais les Argosi ont des notions particulières de cet art, et il se trouve que l'une d'elles, c'est le charme inimitable de se faire tabasser.

– Relève-toi, gamin. Tu peux pas esquiver quand t'es...

– T'es par terre sur le dos, complétai-je à sa place. Je sais. Tu m'as appris ça il y a deux ans, quand je me faisais botter le cul par ce gamin aux Sept Sables.

Un coup de poing dans le nez me ramena à la bagarre. Ou plutôt, au tabassage en règle.

– Faut croire que t'as pas bien retenu la leçon, observa Furia.

Laissez-moi vous décrire la scène : trois soldats berabesq me frappaient chacun à leur tour à coups de poing, de pied et parfois de genou en différents endroits sensibles de mon corps. Le tout accompagné d'une bonne dose d'insultes allant de mises en doute de ma virilité à… d'autres mises en doute de ma virilité. C'était à peine moins embarrassant quand on sait que ces trois soldats étaient en réalité des soldates. Qui, entre leurs accès de violence physique et d'attaques verbales, me crachaient dessus. Je me tortillais par terre quand l'une d'elles mit fin à cet échange de façon surprenante : elle entreprit de baisser son pantalon pour m'uriner dessus.

– Tu vas supporter ça sans rien faire ? me lança un Rakis dégoûté.

C'est un point crucial pour les chacureuils : selon eux, uriner sur un adversaire est l'argument ultime pour ne pas tuer ledit adversaire. Même un chacureuil ne mangerait pas quelque chose couvert de pisse.

« Vais-je vraiment supporter ça sans rien faire ? » me demandai-je.

Selon Furia, le meilleur moyen de nous assurer un passage vers la capitale malgré la présence de l'armée, c'était de nous prétendre pénitents. On devait raconter qu'elle cherchait l'absolution de Dieu pour guérir sa maladie, et que j'étais le bras armé de Dieu pour combattre ses ennemis et, plus généralement, attirer la gloire sur lui. Vous trouvez ça très prétentieux ? C'était le but.

– Espèce de misérable souriceau ! cracha la soldate qui avait baissé son pantalon.

– Comment peux-tu croire que Dieu voudrait de toi comme bras armé ?

L'une d'elles gloussa en repoussant sa camarade.

– Y a plus de chances qu'il s'en serve comme urinoir, oui !

Le plan, si vous acceptez ce terme pour définir un projet aussi mal ficelé, c'était que ma volonté de me faire tabasser par quiconque mettait en doute « la dévotion d'un étranger pour la volonté souveraine de Dieu » me rendrait sympathique aux yeux du chef, puis – c'étaient les mots que Furia avait employés –, « digne d'adoration ». Le problème, bien sûr, c'est qu'il fallait commencer par avoir l'air pathétique avant de devenir un objet d'adoration. Et, si j'avais déjà supporté bon nombre de situations indignes, même moi, je devais bien mettre des limites à mon humiliation.

Au moment où la soldate allait m'uriner dessus, je roulai sur mon flanc gauche et balançai mon pied droit plus haut que sa hanche. Puis je crochetai ma jambe dans son dos et tirai de toutes mes forces. Cela eut pour effet de changer l'angle de son jet d'urine – un jet assez impressionnant, il faut bien le dire – qui, au lieu de m'atteindre, aspergea sa camarade.

– Espèce de sale vache ! hurla l'autre.

Je crois qu'elle avait dit « vache ». Je confonds toujours « vache » et « chameau » en berabesq.

La scène déclencha un fou rire chez leur troisième camarade, qui lui tapa sur l'épaule.

– Alors, c'est qui l'urinoir de Dieu, maintenant ?

La deuxième soldate pesta et attrapa par les épaules la première pour la pousser vers moi, mais j'avais eu le temps de rouler sur le dos. Toujours accroupi, je les contournai rapidement, si bien que la première dut se tourner pour me suivre des yeux. Elle s'écroula sur ses camarades en continuant à déverser son jet sur elles alors qu'elles lui criaient des obscénités.

– Ça suffit ! rugit une grosse voix.

Deux des trois soldates se figèrent. Heureusement, la première remonta son pantalon.

Moi ? Je pris une longue et lente inspiration en prévision de la suite.

– Tu veux que je m'en charge, gamin ? me proposa calmement Furia.

– Non, non, j'ai la situation en main.

Un chef – je n'avais aucune idée de la hiérarchie dans les armées berabesq, je n'y avais jamais rien compris – avançait à grands pas vers nous. La foule rassemblée là s'ouvrit pour lui ménager un passage. Son torse gros comme une barrique était recouvert d'un plastron en bronze ciselé. Les soldats berabesq passent leur temps libre à sculpter leur plastron. On appelle cet art méticuleux le *hamitshani*. Ils utilisent de petits marteaux et des poinçons pour ciseler dans le métal des scènes à tendance religieuse, issues des livres saints qui les ont particulièrement marqués.

En l'occurrence, le plastron du chef représentait un pécheur ligoté, ses quatre membres étirés au point de se rompre, à qui un ange arrachait les entrailles pour les exhiber dans un rayon de soleil en provenance du ciel.

– Quelle est cette hérésie ? demanda-t-il aux trois soldates.

– Des espions, quadan, expliqua l'une d'elles.

Si ma mémoire était correcte, « quadan » signifiait « la main qui guide », autrement dit un chef haut placé dans la hiérarchie.

L'officier lui décocha un regard sceptique mais s'avança vers moi en tripotant négligemment le fouet roulé à son flanc. Puis il me demanda :

– À qui appartiennent tes yeux ?

Il me fallut une seconde pour comprendre cette étrange tournure de phrase.

« Il me demande pour qui j'espionne. »

Je désignai le ciel.

L'idée que j'espionne pour le compte de Dieu déclencha des rires chez plusieurs soldats, mais pas chez le chef. Qui entreprit de dérouler son fouet.

– Avec ça, je peux mettre la peau du dos d'un homme à vif en moins d'une minute, dit-il en me montrant les nœuds sur sa lanière. Et en encore moins de temps si je n'aime pas le gars. Or il se trouve que je déteste tout particulièrement les espions.

– Je ne suis pas un espion, dis-je en désignant Furia. Ma tante et moi sommes des pénitents venus honorer le dieu vivant.

– Ce n'est pas votre dieu, protesta la soldate qui avait essayé de me pisser dessus.

Je répliquai avec un mauvais ricanement :

– Le vizir Ossodif n'a-t-il pas écrit : « Dieu est le dieu de tous sinon de personne » ?

Le chef me lança un regard méfiant.

– Je ne connais pas cet Ossodif.

« Moi non plus, à vrai dire. »

Je haussai les épaules.

– Tout comme il a également dit : « La vérité de Dieu n'a pas besoin de signature, ses mots se lisent dans le cœur de chaque croyant. »

Le chef réfléchit à ces paroles.

– Il y a de la sagesse dans ce proverbe, mais comme l'a sagement écrit le vizir Calipho : « La foi réside dans les actes, pas dans les mots. »

Je n'avais jamais entendu parler du vizir en question, mais il faut dire que je n'y connaissais pas grand-chose en théologie berabesq. Quand on a grandi dans une culture pour qui l'idée d'un dieu est absurde et pure superstition, on ne s'attarde pas là-dessus. J'étais en train de me demander si ce Calipho existait vraiment ou si le chef se foutait de moi. Je décidai de placer ma foi en ce vizir peut-être imaginaire.

– Ma foi s'observe dans mes actes, déclarai-je.

– Et quels sont ces actes ? demanda le chef.

Au moins, la conversation en était arrivée là où je le voulais : le moment de faire une bonne blague.

D'après Furia, l'*arta loquit*, le talent argosi de l'éloquence, exige de l'humour. Bien sûr, c'était peut-être juste une mauvaise plaisanterie de sa part. Et pourtant, cette blague était la clef de voûte de mon plan, et il me fallait pour ça remercier mon urinatrice.

– Les actes d'un puissant guerrier, répondis-je d'un air très sérieux.

Les trois soldates ricanèrent de concert.

– Un puissant guerrier ? Il n'a pas porté un seul coup !

– En effet, dis-je, comme si j'allais dans leur sens.

Le chef, qui commençait à trouver la scène de plus en plus drôle, désigna les bleus et autres blessures sur mon visage et déclara :

– Dans ce cas, ô puissant soldat, explique-toi.

– C'est très simple, noble quadan. Qui à part un puissant guerrier pourrait, par la seule vertu de sa présence intimidante – et là, je désignai le trio de femmes qui m'avaient tabassé –, faire en sorte que des soldates se pissent dessus ?

Il y eut quelques instants de silence pendant lesquels la foule attendit de voir qui allait me réduire en bouillie en premier. Puis un coup de tonnerre : un rire tonitruant qui me donna l'impression que la terre tremblait sous mes pieds.

– C'est très malin ! s'exclama le quadan en posant une lourde main sur mon épaule.

Je me demandai combien de fois j'allais pouvoir supporter ce geste avant de finir enfoncé dans la terre comme un piquet de tente.

La foule l'imita, et les colonnes éclatèrent de rire en écho à mesure que la blague se répandait. Même les trois qui m'avaient tabassé gloussèrent. Elles me trouvaient sans doute « gentil ».

« Bon sang, je pensais vraiment que, cette fois, Furia aurait tort. »

Je remarquai alors que le chef s'était calmé et que son regard cherchait à me percer à jour. Il posa à nouveau la main sur mon épaule, qu'il broya comme dans un étau.

– Maintenant, ô puissant guerrier, dit-il en se penchant vers moi, tu as cinq secondes pour me dévoiler ton véritable dessein, avant que je cherche à savoir si tu es aussi drôle à l'intérieur.

Je hochai la tête. Ça aussi, c'était prévu. Le but de mon humiliation publique, ce n'était pas de convaincre le chef avec un mensonge, mais de faire en sorte qu'il nous apprécie assez pour accepter un peu de vérité.

– Mon professeur, dis-je en désignant Furia, a une maladie qu'aucun guérisseur de notre peuple ne peut soigner. Nous avons entendu dire que votre dieu berabesq réside à la capitale, où il accomplit des miracles. J'espérais...

La suite du plan était dangereuse parce que, honnêtement, ce n'est pas quelque chose de facile à faire pour moi. Je posai le regard sur Furia. Mon mentor. Mon amie. La personne qui m'avait sauvé la vie au moins une centaine de fois et avait accepté d'éduquer un garçon insupportable et imbu de lui-même qui ne jurait que par la magie. Elle m'avait ouvert les yeux sur ce qui comptait vraiment en ce monde. Je me souvenais très bien du jour où j'avais fait sa connaissance, de ces yeux verts rieurs, de ce sourire agaçant et de la gentillesse sur son visage quand elle avait fait de nouveau pénétrer l'air dans mes poumons et remis mon cœur en route.

Cette fois, elle se mourait lentement, douloureusement, inexorablement.

– S'il est vraiment Dieu, j'obtiendrai de lui qu'il la sauve.

Ce n'était pas comme ça qu'il fallait le dire. Personne n'a envie qu'on utilise son dieu pour sauver quelqu'un. Mais c'était la vérité et, de temps à autre, quelque chose qui paraît aussi futile peut se révéler impérieux.

La mâchoire du chef se contracta, puis son visage se radoucit.

– En temps normal, je battrais quelqu'un à mort pour avoir proféré un tel blasphème, déclara-t-il.

Il recula sa main comme s'il allait me frapper, mais j'avais été battu trop souvent pour deviner quand ça n'était qu'une feinte. Alors je ne bronchai pas quand il approcha la paume de ma joue et l'y laissa.

– Le vizir Calipho dit que le vrai courage vient de Dieu.

Il retira sa main et enroula son fouet.

– Vous avez gagné votre laissez-passer pour la capitale.

# 34
# Le quadan

Le chef s'appelait Keliesh, en fait un dérivé de mon prénom en berabesq. Quelque part dans les temps antiques, une langue commune a donné racine à la fois à Keliesh, qui signifie « enfant brillant et enthousiaste » en berabesq, et à Kelen, qui, selon les recherches soi-disant scientifiques de ma sœur Shalla quand nous étions petits, signifie « garçon maladroit, stupide et borné qui se croit intelligent alors qu'il est juste rusé ».

Il est possible qu'elle ait fait un contresens. Ça arrive même aux meilleurs.

– Tu as le sens du jeu, me dit le quadan Keliesh en souriant et en s'emparant de l'un de ses petits hastaires en bois pour renverser mon vizir. Mais c'est l'œuvre d'une vie que de maîtriser les règles du shujan.

Le shujan était une variante – même si Keliesh aurait dit l'origine – d'un jeu de stratégie militaire que j'avais pratiqué dans plusieurs pays du continent, à commencer par la Gitabrie et la Darome. Le plus notable ajout berabesq était d'utiliser un plateau à six côtés au lieu de quatre.

– Ça permet les attaques de biais, m'expliqua Keliesh. Comme ça, il n'y a jamais vraiment deux armées qui se jettent l'une contre l'autre.

Je demandai tout haut si les six côtés étaient en rapport avec le dieu à six faces. Ce qui me valut une calotte qui, même si c'était un geste énervant et assez douloureux, me protégea sans doute de bien pire, vu la façon dont les soldats me lançaient des regards noirs pour avoir osé blasphémer.

– Dieu n'a qu'une face, qui est celle qu'il a donnée à chacun de ses enfants, dit Keliesh.

– Mais nous avons tous des faces différentes, argumentai-je.

Cela aurait pu être une parole dangereuse vu sa ferveur religieuse, mais j'avais remarqué que le quadan aimait bien se montrer supérieur à moi pour mieux m'éduquer.

– Tu n'as donc jamais vu de représentation de Dieu ?

– Je croyais qu'il était interdit de le représenter.

Il plissa le front.

– Interdit de le représenter ? Pourquoi Dieu craindrait-il sa propre image ? La seule interdiction, c'est de réaliser de fausses représentations.

Il tendit la main vers son paquetage et m'expliqua :

– En fait, tout soldat garde une image de Dieu sur lui au cas où il oublierait qui est son vrai chef.

Keliesh me tendit un boîtier ovale en bronze qui ressemblait à un camée daroman, mais plus petit et plus simple. Je vis un clapet et l'ouvris. Je découvris alors un visage jeune, allongé et buriné par le soleil et le vent, l'air un peu étonné.

– Un miroir, dis-je.

Le quadan me donna une autre calotte.

– Vous voyez à quel point ces étrangers sont bêtes ? lança-t-il à ses soldats. Ils ne reconnaissent même pas Dieu quand ils voient son vrai visage !

Ce qui déclencha son lot de rires, suivi d'un interminable sermon de Keliesh sur le fait que nous avons tous le visage de Dieu, et que c'est par vanité que nous nous croyons différents les uns des autres.

– Notre religion est une religion d'unité.

– Avec six livres saints ?

Je n'aurais pas dû me risquer aussi loin, mais j'étais vraiment curieux de comprendre leur foi et ce dieu que j'avais une bonne chance d'assassiner, au final. Il faut dire que, malgré leurs avertissements sur le blasphème, une fois qu'ils sont lancés, les Berabesq adorent discuter religion.

– Il n'y a qu'un seul véritable livre saint, comme il n'y a qu'un seul dieu, annonça Keliesh d'un air sévère en arrangeant les deux séries de six pièces sur chacun des six bords du plateau de shujan.

– Et comment savez-vous que votre dieu, le pénitent, est le bon ? demandai-je en réfléchissant déjà à mon ouverture avec un doctrinaire.

Les doctrinaires sont des pièces capables d'attaquer dans n'importe quelle direction quand elles sont placées à au moins deux cases d'un vizir. Plus près, elles ne peuvent pas bouger mais ne peuvent pas non plus être tuées, ce qui est la raison pour laquelle la stratégie classique des Berabesq consiste à les laisser toutes proches. Moi, je les utilisais de façon plus imprudente, peut-être parce que j'avais un jour failli me faire tuer par un escadron de doctrinaires et que, du coup, j'aimais bien les regarder mourir.

– Le nôtre est le vrai dieu parce que tous les signes l'indiquent, dit le quadan en déplaçant l'un de ses hastaires.

– Mais vous êtes des soldats. Pourquoi ne pas croire que Dieu est un guerrier ? Vous, Keliesh, vous commandez des milliers de soldats, vous décidez de chaque mouvement de vos troupes avec la précision d'un horloger. Pourquoi ne pas croire que Dieu est comme ça ?

Il se désigna, puis pointa du doigt les soldats en train de nettoyer leur armure ou de rapiécer leurs vêtements.

– Regarde comment nous vivons, mon garçon. Loin du confort de notre maison, sous le soleil brûlant du désert. Nous menons une existence dure et dangereuse. Qui à part un pénitent accepterait ça ?

« Des tueurs assoiffés de sang ? » songeai-je à proposer, mais Keliesh n'avait pas fini.

Il désigna le sud, la direction de la capitale.

– À cinq cents kilomètres d'ici, Dieu attend dans son temple. Il ne quitte jamais sa tour, alors que le monde entier est à lui. À quoi ça te fait penser ?

Il commençait à se faire tard, j'avais envie de rejoindre ma couche, alors je lui concédai ce point :

– À un pénitent dans la prison qu'il a lui-même construite ?

Le quadan sourit et leva les mains, paumes vers le ciel.

– Tu vois, Seigneur ? Même le païen le plus éloigné de la foi peut être converti !

De ça, je doutais, mais je n'avais pas envie de continuer à débattre pendant des heures. Malheureusement, Keliesh m'attrapa par l'épaule avant que je puisse me lever.

– Tu vois la vérité, Kelen, même si tu tentes de fermer les yeux. Sais-tu pourquoi ?

– Parce que même le païen le plus éloigné de la foi…

– Parce que tu es toi-même un pénitent, dit-il d'une voix apaisée.

Il désigna d'un signe de tête l'autre bout du camp, où j'avais laissé Furia dormir à poings fermés dans une tente qu'on nous avait prêtée.

– C'est ta culpabilité qui te guide, dit-il.

– Je n'ai aucune…

Il m'interrompit encore :

– La culture païenne dont tu es originaire voit la culpabilité comme un défaut, une faiblesse. Mais toi et moi, nous connaissons la vérité. La culpabilité, c'est la conscience. La pénitence, ce n'est pas simplement le moyen de racheter nos péchés, mais aussi celui de voir les erreurs de ce monde.

Il y avait une étonnante douceur dans cette grande brute qui, sans une bonne blague, aurait pu nous faire exécuter pour espionnage. Peut-être que cette bonté à mon égard – jouer au shujan avec moi, m'autoriser à questionner sa foi – faisait partie de sa pénitence personnelle. Je me demandai ce qu'il ressentirait quand il apprendrait que le prix de ma propre rédemption serait la mort de son dieu.

– Va te coucher, Kelen, dit-il. Même un pénitent doit se reposer.

Malgré ma tentative d'être discret en regagnant notre tente, Furia se réveilla aussitôt. Je remarquai que ses doigts tremblaient quand elle tenta d'attraper les deux cartes rasoirs qu'elle gardait sous son oreiller.

– Gamin, c'est toi ? demanda-t-elle.

Elle avait le regard vitreux et la peau si pâle que j'avais l'impression de voir les os de son crâne.

– Rendors-toi, dis-je. Sauf si... tu as besoin de quelque chose ?

Elle agita la tête.

– Je somnolais, c'est tout. Où est le chacureuil ?

– Parti chasser, j'imagine.

Furia gloussa.

– Si tu veux mon avis, piller, oui.

En réalité, il était perché dans un arbre devant notre tente pour s'assurer que, si quelqu'un osait approcher, il y aurait un prix à payer pour avoir troublé le repos de Furia. Mais je ne le lui dis pas. Elle déteste qu'on la protège.

– C'est amusant qu'il soit resté si longtemps avec toi, tu ne trouves pas ? lança-t-elle.

Cette question me prit au dépourvu.

– Qu'est-ce que tu veux dire ? On est parten...

Elle agita la main.

– Vous êtes partenaires, je sais. Mais c'est un chacureuil. Tu ne crois pas qu'un jour, il va avoir envie de...

Elle me regarda avec des yeux chassieux. Quelque chose dans mon expression la fit hésiter.

– Quoi ?

– Euh, rien. Je suis fatiguée, c'est tout.

Elle tendit un doigt pour tapoter le dos de ma main.

– Alors comme ça, tu as encore passé la soirée avec ce cinglé de quadan ?

– Il est bien plus gentil qu'on pourrait le croire.

– C'est un taré de religieux. Ça n'empêche pas la gentillesse.

– J'en sais rien, dis-je en déroulant mes couvertures. Il y a une sorte de logique à sa foi. Peut-être même quelque chose de noble là-dedans.

Furia rit, et seule une quinte de toux l'arrêta. Elle cracha par terre. Le sang de sa salive coula ensuite vers elle, comme s'il voulait réintégrer son corps. Furia tendit la main et me releva le menton pour que je regarde ailleurs.

– Donc, ce Keliesh n'est pas un si mauvais bougre ?

Je savais qu'elle tentait de faire diversion, mais j'acceptai de répondre :

– Je pense quand même qu'il essaie de me convertir.

– Apparemment, il s'y prend bien.

– Ce n'est pas ça. C'est que… ces gens ont plus d'arguments que je le pensais, c'est tout.

Elle éclata à nouveau de rire.

– C'est ça que j'adore chez toi, gamin. Où qu'on aille, peu importe à quel point les gens sont étranges, si je te laissais assez longtemps avec eux, tu adopterais leur point de vue.

– J'imagine que ça fait de moi quelqu'un de crédule.

Elle secoua la tête, tout à coup sérieuse.

– Non, gamin, ça fait de toi un Argosi.

Furia me faisait rarement des compliments et, même si ça arrivait, c'était en général ironique, si bien que ce n'était pas facile de savoir quand elle était sincère. Mais parfois, elle disait quelque chose de simple, sans artifice et, à ce moment-là, j'étais obligé de retenir mes larmes.

Ses yeux étaient fermés et sa respiration si discrète que je n'étais même pas sûr qu'elle soit encore en vie.

– Furia ? dis-je.

– Ouais, gamin, siffla-t-elle.

– Je vais trouver une solution. Je sais que tu n'aimes pas

qu'on s'occupe de toi mais, je suis désolé, je ne laisserai pas cette stupide malédiction t'emporter. Quelque part dans ces terres berabesq, que ce soit ce dieu ou un vizir, quelqu'un connaît un traitement. Je vais l'obliger à te le donner. Je me moque du prix à payer ou de ce que je devrai faire pour ça, c'est ce qui va se passer.

– Je sais, gamin, dit-elle, les yeux toujours fermés en essayant d'attraper ma main, en vain, cette fois. C'est tout Kelen, ça.

## 35

# La capitale

L'un des avantages à voyager avec une armée consiste à parcourir sans problème des endroits qui autrement vous seraient difficilement accessibles, par exemple une ville si peuplée que, en comparaison, la pourtant très dense capitale de Darome serait passée pour une ville fantôme.

– Sous l'œil bienveillant de Dieu, proféra le quadan Keliesh en contemplant la cité.

La langue berabesq manque parfois de mots pour qualifier le profane. Il ajouta :

– Je ne sais pas si je dois trouver ça inquiétant ou magnifique.

– Vous n'étiez jamais venu ?

Il secoua la tête avec vigueur.

– Comme le vizir Pheybas nous l'enseigne : « Le confort d'un foyer est comme des barreaux qui enferment l'âme des vrais pénitents. »

Makhan Mebab était en réalité formée de deux villes, l'une encerclant l'autre. Makhan, qui signifiait « glorieuse », était petite et composée de tours scintillantes qui dominaient plusieurs temples et palais protégés par des murailles. Tout autour, c'était Mebab, qui signifiait à la fois « pleine de vénération » et « agenouillée », selon la traduction, dont les rues de pierre blanche renvoyaient le soleil et dont l'architecture semblait tellement géométrique qu'on se demandait si l'endroit n'avait pas réellement été conçu par un dieu. En tout cas, il n'avait pas été conçu pour des humains.

– Ça pue ici, grogna Rakis, la gueule ouverte pour éviter de respirer par le nez.

Mebab avait beau être grande, elle avait été construite pour accueillir trente mille âmes mais en abritait un million. Des religieux en toge blanc et doré menaient leurs troupes en haillons boitillantes et titubantes – des pénitents en quête d'un miracle. De riches marchands et artisans employaient des escadrons de gardes pour tenir les mendiants et autres parasites à distance de leurs établissements. Les moins nantis devaient monter la garde eux-mêmes, ou alors compter sur leur famille. Je vis plus d'une fille ou d'un garçon de dix ans à peine postés devant un étalage avec un gourdin à la main et un regard nerveux.

Et pourtant, malgré la puanteur de ces trop nombreux corps, il y avait une excitation joyeuse dans l'air et presque de la légèreté dans ces hordes de soldats et de pèlerins propulsés par leur conviction qu'ils allaient voir ce que personne avant eux n'avait jamais vu : Dieu.

Keliesh partageait cette joie et cette légèreté, même si je remarquai qu'il avait pris une escorte d'une dizaine de soldats. Le reste de ses troupes était cantonné à l'extérieur de la ville avec les autres armées. En découvrant sa cape rouge de quadan, les marchands et citoyens aisés l'interpellaient en lui demandant pourquoi la ville était à ce point envahie de visiteurs.

– Le vizir Calipho l'avait bien dit, commenta le chef tandis que nous marchions. « Certains aspirent à voir Dieu, et pourtant ne voient que leur propre visage. C'est ainsi qu'ils s'emplissent de misère au lieu d'extase. »

– Avez-vous lu la vizire Sipha ? demanda Furia.

Keliesh, d'habitude avide de toute nouvelle théorie religieuse, fronça les sourcils.

– Les élucubrations d'une femme qui n'a pas été reconnue par les grands conseils n'ont aucune valeur selon les canons de notre foi.

– Seules les paroles des hommes contiennent donc de la sagesse ? insista Furia.

Le quadan acquiesça avec un sourire ironique en joignant ses paumes, pour ensuite les faire pivoter : sa façon de montrer qu'il refusait de mener ce débat.

– Je veux bien entendre les paroles de sagesse de Sipha, annonça-t-il.

– Elle a écrit : « En toutes choses, il faut faire preuve de modération, car si chaque âme croyante sur terre criait le nom de Dieu, nous serions tous sourds. »

Malgré ses préjugés, Keliesh adorait les bons proverbes, et il réfléchit à celui-ci avant de demander :

– Que faut-il retenir de cette observation ?

Furia désigna les rues bondées – tous ces corps pressés les uns contre les autres partout où on posait le regard.

– Un endroit comme celui-ci n'est pas fait pour accueillir autant de gens. Des maladies vont bientôt se répandre à travers ces rues comme un feu de forêt. Et peu après, le sang se mettra à couler.

Une clameur attira alors notre attention : une bagarre avait éclaté un peu plus loin. Un contingent de deux douzaines d'hommes casqués, vêtus d'armures en cuir et équipés de petits poignards, se frayèrent un chemin en direction *inverse* des cris.

– Des gardes cléricaux, expliqua Furia. Ils sont pas censés faire régner l'ordre dans la ville au lieu de fuir les troubles ? demanda-t-elle à Keliesh.

Il ne répondit pas, mais fit un pas pour bloquer le passage à leur chef.

– Il me semble que vous vous trompez de direction, messieurs, leur dit-il.

Avec une surprenante fluidité et témérité, deux douzaines de poignards se pointèrent aussitôt vers le ventre du quadan. Dont les hommes restèrent immobiles.

– Ils attendent mes ordres, expliqua Keliesh au chef des gardes cléricaux.

– Car aucun soldat d'une armée profane ne peut brandir son arme dans la ville sainte, dit l'autre. Si l'un d'eux le faisait, il serait excommunié, lui et sa famille traqués jusqu'à la mort réservée aux blasphémateurs.

Keliesh ne montra aucun signe d'inquiétude.

– Cela me semble un peu... extrême, comme châtiment.

Il se tourna vers Furia pour dire :

– Je devrais peut-être me plonger dans l'œuvre de la vizire Sipha. J'entends toujours des cris là-bas, lança-t-il ensuite au chef de la garde cléricale. Si vous ne voulez pas vous en charger, écartez-vous, je le ferai.

– La situation est sous contrôle, décréta son vis-à-vis. Allez-vous-en, pénitent.

Ses yeux s'étaient arrêtés sur la scène religieuse qui ornait le plastron de Keliesh.

– La plupart des gardes cléricaux croient au livre saint de l'horloger, m'expliqua tranquillement Furia. Ils n'accordent donc pas beaucoup d'importance à ceux qui pensent que Dieu est un pénitent.

« Ancêtres, pensai-je, comment une théocratie peut-elle fonctionner si chacun a sa propre interprétation de Dieu ? »

On entendit de nouveaux bruits de violence. Des gens tentaient de fuir la scène.

– Rakis, va voir ce qui se passe.

Le chacureuil renifla.

– Mais ces deux crétins vont s'entre-tuer. J'ai pas envie de rater l'occasion de...

Je désignai la foule devant nous.

– Va voir, il y a des chances pour qu'il se passe quelque chose de plus intéressant là-bas.

– C'est pas faux.

Le chacureuil bondit de mon épaule pour atterrir sur l'auvent d'une échoppe avant de grimper sur un toit. De là, il décolla, ses membranes duveteuses déployées pour flotter dans les airs. Il aurait bientôt rejoint la source du vacarme.

Le chef des gardes cléricaux remarqua Rakis et dit :

– Maintenant, notre ville est même infestée de bêtes sauvages. Organisez une battue, lança-t-il à l'un de ses subordonnés. Je refuse de voir les temples sacrés couverts des déjections d'animaux dégoûtants.

Je détestais déjà ce type même si, il faut bien le dire, il ne faisait rien pour se faire aimer.

Il devait avoir surpris mon regard parce que, pour la première fois, il s'intéressa à Furia et moi et demanda à Keliesh :

– Pourquoi amenez-vous ces étrangers en ville ?

– Ce sont des pèlerins, ils ont le droit de venir à Makhan Mebab, eux aussi. Le vizir Calipho ne dit-il pas, avec sa sagesse légendaire : « Le plus pauvre des pèlerins qui surgit en titubant d'une contrée étrangère est le véritable hôte de la cité de Dieu » ?

Le chef des gardes cléricaux prit ça comme une claque.

– Vous osez réciter les élucubrations d'un prêcheur pénitent devant moi ?

Keliesh fit mine de me murmurer quelque chose, mais parla assez fort pour que tout le monde entende :

– Calipho déclare aussi que, pour un fou, les paroles de sagesse s'apparentent au bêlement d'un mouton.

« Mais pourquoi il tient tellement à se battre ? » me demandai-je.

– Je n'ai aucune raison d'arrêter des soldats berabesq, déclara le chef de la garde cléricale en faisant signe à deux de ses hommes, qui s'approchèrent, poignards pointés vers nous. Mais les étrangers vont nous suivre pour interrogatoire. Pas question de laisser des espions se promener dans ma ville.

– Dans ce cas, il y a un problème, rétorqua Keliesh. Parce que ces étrangers venus contempler la gloire de Dieu sont mes invités, et... (Il désigna Furia, qui devait s'appuyer sur moi, car debout depuis longtemps)... il leur faut au contraire franchir les murs de la ville sacrée pour trouver la guérison en la présence du Tout-Puissant.

– Ils n'ont pas à venir chercher secours à Makhan, dit l'autre. Et si vous citez encore une fois les absurdités du livre du pénitent, je vous fais arrêter pour trouble à l'ordre public.

Là, il sourit avant d'expliquer :

– Le conseil des vizirs est en plein conclave, quadan. L'arrivée de Dieu nécessite de faire la différence entre le véritable texte sacré et ses pâles copies. Il est temps de purger la foi des ânes.

Keliesh lui sourit à son tour. Je remarquai que ses doigts s'agitaient un peu. S'ensuivit un léger mouvement dans son escorte.

– Je ne peux qu'être d'accord avec vous, garde, annonça Keliesh en se tournant vers moi. Le grand temple se trouve au cœur de la ville, me dit-il. Emmenez-y votre compagne et implorez la grâce de Dieu à l'extérieur de ses murs.

– Arrêtez les étrangers ! ordonna le chef. Ainsi que ce traître qui les a amenés ici !

– Vas-y, me glissa Keliesh.

Avant même de se retourner vers les gardes cléricaux, il avait dégainé son épée, qu'il pointa bientôt sur la gorge de son adversaire.

– Allez, viens, gamin, me dit Furia en tirant sur mon bras. Ce type nous fait un cadeau. On serait bêtes de pas en profiter.

Je ressentais une étrange culpabilité en aidant Furia à progresser dans les rues bondées. Keliesh était un militaire et un religieux, ce qu'a priori je détestais le plus, en partie à cause de mon éducation. Pourtant, il avait passé chaque soirée depuis notre rencontre à jouer au shujan avec moi, m'avait enseigné les principes de sa foi et avait même accepté que je les mette en doute. Ensemble, nous avions débattu, argumenté et, presque aussi souvent, ri. Là, il mettait sa vie et celle de son escorte en danger parce que, au centre de ses croyances, il y avait cette conviction : un pèlerin pénitent doit se voir offrir une chance de rédemption devant Dieu.

L'ironie, c'était qu'en faisant ça, il m'offrait la possibilité de tuer ledit Dieu.

– Un bien sale boulot, commenta Furia en remarquant mon expression.

Elle ne croyait pas si bien dire.

# 36

# Une drôle d'entrée en matière

Le repérage, c'est tout un art, disait toujours Furia. Rakis était d'accord. Or ça nécessite les deux talents argosi pour lesquels j'ai le moins d'aptitudes : l'*arta precis*, la perception, et l'*arta tuco*, la subtilité.

– Qu'est-ce que tu vois, gamin ? demanda Furia.

– Six portes, répondis-je, alors qu'on poursuivait notre étrange promenade sur l'esplanade tout autour du temple, au centre de la minuscule ville sacrée de Makhan.

Il s'agissait d'une immense tour dressée au-dessus des maisons de prière et des palais occupés par les grands vizirs. Chacun des six côtés de sa structure hexagonale était orné d'une sentence en berabesq ancien, dont Furia dit qu'il s'agissait d'un message de bienvenue pour ceux qui vénéraient cette face-là de Dieu, ou plus exactement ce livre saint.

J'avais bien tenté de la convaincre de se reposer mais, dans une ville qui grouille de pèlerins, on peut s'estimer heureux de trouver un bout de trottoir où dormir, alors autant oublier l'espoir d'une chambre dans une auberge.

– « Entre fièrement, toi qui as le courage dans le cœur et

de l'acier entre les mains », lut-elle en plissant les yeux pour traduire l'inscription sur l'entrée voûtée de la troisième face du temple.

– ... et attends-toi à te faire couper la tête, ajoutai-je en remarquant la présence de gardes devant l'entrée des guerriers, tout comme devant celles de l'horloger et du jardinier.

Makhan était d'habitude ouverte aux vizirs en pèlerinage qui y conduisaient leurs ouailles non seulement pour prier, mais aussi pour converser et débattre avec ceux des autres sectes. Cet optimisme m'interpellait : l'endroit était tellement prestigieux et imposant que l'on pouvait y exposer sa vision de Dieu sans pour autant risquer de représailles.

Mais là ?

Je levai les yeux bien plus haut que les murs hexagonaux à la base du temple vers le sommet de la tour, elle-même plus grande que celle de l'Académie des Sept Sables – jusque-là le bâtiment le plus élevé que j'avais jamais vu. Quelque part près de son sommet, peut-être en train de nous observer depuis l'une des étroites meurtrières, se trouvait désormais le dieu berabesq. Je ne cessais de me demander quand l'éclair allait me frapper.

Une bagarre éclata entre deux groupes de pèlerins. Le berabesq est une langue étrange. Je comprends à peu près ce que les gens disent mais, quand ils s'énervent, ils parlent si vite que je me noie.

Furia et moi, on fit un détour de quelques mètres pour les éviter et continuer notre tour de la minuscule cité protégée par des murailles.

– Six portes, déclarai-je. Toutes trop épaisses pour que je les fasse exploser et barrées de l'intérieur, donc aucun intérêt à trafiquer la serrure. Des fenêtres trop hautes pour être atteintes, des murs trop raides pour être escaladés.

Normalement, rien de tout ça ne serait un problème. Ma technique pour m'introduire quelque part, c'est d'envoyer Rakis par une fenêtre, voire une cheminée, ce qui provoque mon hilarité quand il ressort couvert de suie, jusqu'à ce qu'il déverrouille la porte de l'intérieur puis me morde pour m'être moqué de lui. Le problème, ici, c'était que les barres de fer des portes nécessitaient deux soldats pour être ôtées.

– Je pourrais *peut-être* en soulever une, dit le chacureuil perché sur mon épaule.

Un vizir avait été introduit par la porte de l'horloger, ce qui nous avait donné un aperçu de l'intérieur.

Cent chacureuils s'unissant pour regrouper leurs forces – ce que, pour ce que j'en savais, était impossible – n'auraient pas suffi à déplacer ces barres. Je ne pris pas la peine de le lui faire remarquer.

– Il vaut mieux trouver un autre moyen, dis-je.

– Six portes, dit Furia. C'est tout ce que tu vois ?

Pendant qu'on faisait notre petite visite, elle ne prenait même pas la peine de regarder autour d'elle. J'eus donc du mal à accepter l'idée qu'elle ait découvert une entrée qui m'ait échappé.

– Tu en vois une autre ? demandai-je.

Elle secoua la tête en répondant :

– Nan.

– Dans ce cas...

– Quelle est la troisième leçon d'*arta precis* que je t'ai enseignée, gamin ?

– « Va me chercher une autre bière » ? Parce que, autant que je me souvienne, ça, c'étaient les leçons numéro quatre, cinq, six et sept d'*arta precis*.

Comme toujours avec Furia, si extravagante et agaçante soit-elle, il y avait une bonne raison à ça : à ce moment-là, elle avait voulu que je remarque que le serveur remplissait de plus en plus nos verres. Tout ça parce que j'avais eu le malheur de lui montrer une grosse pièce d'argent. Il espérait nous saouler afin que ses gros bras nous tombent dessus à la sortie. La dernière fois qu'il m'avait servi, je l'avais vu mettre une substance noire et visqueuse dans le breuvage.

– La troisième leçon d'*arta precis*, dit Furia en s'appuyant sur moi pour se stabiliser, c'est de regarder autre chose que ce que tout le monde voit.

– Même quand tu essaies de repérer les entrées d'un temple impénétrable ?

– Surtout dans ce cas-là.

J'observai les alentours bondés de la tour.

– Et toi, tu regardais quoi ?

Furia désigna dans l'une des rues qui partaient du temple un homme vêtu d'une splendide toge de vizir, accompagné d'un type plus petit qui semblait être son assistant et de quatre gardes en armures luisantes et aux capes ornées de ses armoiries.

– Parle-moi de lui, me demanda Furia.

Il était déjà assez loin, mais j'en avais assez vu pour me faire une impression.

– Riche. Et il veut que ça se voie. Il n'a même pas jeté un regard aux pèlerins. Toute cette souffrance autour de lui n'a pas l'air de le gêner.

– Je ne t'ai pas demandé de le juger. D'après toi, il va où ?

– Aucune idée. En ville, je suppose.

– Sans doute. Dans ce cas, d'où vient-il ?

– Comment pourrais-je... ?

Et là, bien sûr, je compris qu'il sortait du temple. Mais quelque chose me gênait.

– Par quelle porte est-il passé ? demanda Furia.

Chaque fois qu'un vizir franchissait une porte, puis le mur d'enceinte de Makhan, des pèlerins se précipitaient sur lui dans l'espoir d'obtenir une bénédiction, un miracle ou des réponses sur le dieu du temple. Même accompagné de gardes, une fois que le vizir réussissait à se dégager de la foule, il donnait l'impression d'avoir échappé à un lynchage.

– Sa toge n'était même pas froissée.

– C'est-à-dire ?

– Il n'a pas été assailli par les pèlerins. Il est détendu. Calme. Tout le contraire de quelqu'un qui doit se frayer un chemin dans la foule.

– Et d'où venait-il ?

Je me retournai vers le grand temple. Qui comprenait six entrées. Au cours de mes voyages, j'avais découvert des endroits très étranges, vu toutes sortes d'architectures bizarres, y compris des portes sans poignée ni gonds. Ce bâtiment n'en avait que six. Ça, j'en étais sûr.

– Magie ? demanda Rakis.

Il se mit à renifler l'air. Il prétend sentir la magie, omettant le fait qu'on se soit si souvent fait surprendre par des mages.

– Pourquoi tu regardes cette horrible tour, gamin ? me demanda Furia.

– Parce que c'est là qu'on veut aller. Parce que c'est ce que tout le monde regarde.

– Troisième leçon d'*arta precis* : ne jamais regarder ce que les autres regardent.

Mes yeux dérivèrent vers le grès sous nos pieds à la recherche d'un signe que, bien sûr, je ne trouvai pas.

– Et là, tu regardes quoi, gamin ?

J'observai à nouveau l'endroit où le vizir, cet homme à la toge impeccable et au pas tranquille, avait disparu avec sa suite.

– Il y a un tunnel quelque part, dis-je. Un tunnel sous nos pieds qui permet aux vizirs les plus puissants d'entrer et de sortir du temple sans être vus.

Furia me tapa sur l'épaule.

– Tu vois, gamin ?

Son sourire resta figé sur son visage comme la dernière goutte de sang quittait sa peau et qu'elle s'effondrait dans mes bras.

# 37
# La mauvaise direction

Des hommes, des femmes et des enfants nous entraînaient comme des courants océaniques, trop puissants et trop capricieux pour le petit navire que je constituais avec Furia Perfax dans mes bras. La vie au palais royal de Darome m'avait offert des repas réguliers et du repos, si bien que j'avais pris du muscle, malgré tout mes bras étaient déjà épuisés, alors que j'avais à peine parcouru deux rues depuis que Furia avait perdu connaissance.

– Poussez-vous, bon sang ! criai-je aux gens.

J'étais tellement affolé que je me rendis compte que je m'exprimais en Jan'Tep au lieu d'utiliser une langue qu'ils pouvaient au moins comprendre. Ça n'avait pas d'importance. De toute façon, quand ils croisaient mon regard, ils s'écartaient.

– On va où ? demanda Rakis.

– Il faut trouver un salon de voyageurs.

Qui, en terres berabesq, s'appelait un répit du pèlerin, quoique ces endroits soient les mêmes partout sur le continent. Les Argosi et autres personnes averties s'y rejoignaient en secret pour échanger des informations, dégoter les produits les plus exotiques et reprendre un peu de forces dans le calme et la sérénité. On n'y trouverait pas de remède contre la malédiction mais, au moins, Furia y serait à l'abri tandis que je chercherais le moyen de soudoyer un dieu pour la sauver.

Le seul problème ? Localiser ce genre d'endroit.

– Furia ? dis-je alors que je m'adossais au mur d'une échoppe pour me reposer un instant. Furia, réveille-toi. Il faut que tu me dises où il y a un salon de voyageurs.

J'étais vraiment nul. J'aurais dû l'obliger à nous y conduire à la seconde où nous étions entrés dans Makhan Mebab, mais elle avait insisté pour qu'on aille d'abord repérer les alentours du temple.

– Furia ?

– Elle est évanouie, dit Rakis en tendant le cou depuis mon épaule pour la renifler. Profondément.

– Furia, réveille-toi, répétai-je d'un ton paniqué. Il faut que tu me dises…

Ses paupières papillonnèrent, mais se refermèrent aussitôt.

– Furia, je t'en supplie !

Ses lèvres s'entrouvrirent, à peine. Elle murmura quelque chose que je n'entendis pas à cause du bruit environnant. Je me penchai.

– Répète, Furia. Dis-moi où trouver un salon de voyageurs.

Comme le dernier souffle d'un vent mourant, elle dit :

– *Arta precis*, gamin. *Arta precis*.

– Elle est à nouveau dans les pommes, annonça Rakis.

– Non ! m'écriai-je face à sa figure sans réaction. Non, pas encore l'un de ces tests idiots ! Pas maintenant !

Mais ça ne servait à rien de protester. Furia respirait, rien de plus. Je devrais trouver un salon de voyageurs par mes propres moyens.

L'*Arta precis*.

Ancêtres, l'art de la perception m'épuisait encore plus que Furia dans mes bras tremblants. Pourquoi un Argosi ne pouvait-il jamais répondre simplement à une question simple ? Pourquoi faisait-il mystère de tout ? Était-ce vraiment si dur d'aider quelqu'un dans le besoin ?

Sauf que...

L'*arta precis*. Regarder ce que les autres ne voient pas. Poser les questions que personne ne pose.

On était dans la ville où Dieu attendait au sommet de sa tour que son premier anniversaire déclenche une guerre qui se poursuivrait pendant des générations. Les Argosi n'aimaient pas la guerre. S'ils avaient un dessein en ce monde, c'était bien de l'empêcher.

La question à laquelle il fallait réfléchir était par conséquent : « Quelle est la probabilité pour que Furia soit la seule Argosi à Makhan Mebab ? »

Je plaquai mon épaule contre le mur pour me redresser et repartis en sens inverse.

– On va où ? demanda Rakis. Pourquoi on y retourne ?

Ce n'était pas facile de parler en portant Furia à contre-courant de la foule.

– Parce qu'on n'était pas les seuls à surveiller ce temple.

# 38

# Le criminel

Il devait bien y avoir cinquante mille personnes sur l'esplanade autour de Makhan. La foule s'entassait aussi dans les rues alentour et sur les toits de Mebab de façon à mieux voir la tour.

Dans le court laps de temps où j'avais tenté d'en extraire Furia, la foule était devenue deux fois plus dense. Le temple n'était pas équipé de cloches, en revanche les pèlerins possédaient leurs propres clochettes, qu'ils agitaient avec fébrilité. Les autres se contentaient de frapper deux tasses en métal l'une contre l'autre.

– Qu'est-ce qui se passe? demandai-je à un homme au visage couvert de pustules près de moi.

– Dieu! répondit-il.

L'extase religieuse dégoulinait de lui comme le pus de ses blessures.

– On a entendu dire qu'il va réaliser un autre miracle devant nous!

Génial. De tous les moments possibles pour faire une apparition, pourquoi fallait-il que ce soit maintenant, alors que j'avais besoin de localiser urgemment un salon de voyageurs pour y conduire Furia?

– Elle est morte ? demanda le type en tendant la main comme un vautour à la recherche de viande.

– Si tu la touches encore, tu vas vraiment avoir besoin d'un miracle de la part de ton fichu dieu, grognai-je.

Blasphème mis à part, ma réaction suffit à le faire fuir. Il disparut dans la masse des fidèles.

– Hé, dit Rakis après avoir répété ma menace pour mieux la mémoriser, elle est bonne, celle-là.

Je dus m'accroupir et poser Furia sur mes genoux pour reprendre des forces. Comment repérer un Argosi parmi ces hordes de fous furieux ? Elle ne m'avait jamais appris le signal de détresse pour attirer l'attention de ses semblables. C'était toujours « Trouve un salon de voyageurs », ou bien « Peins une nouvelle carte », ou quelque chose d'aussi peu efficace. Pas étonnant qu'ils soient si peu nombreux : ils étaient presque tous morts à force de ne jamais pouvoir compter les uns sur les autres.

– Rakis, tu peux survoler la foule à la recherche d'un Argosi ?

Il lâcha un ricanement nerveux.

– Dans un coin comme ça, avec tous ces gardiens du temple ? Il y en aura forcément un pour m'abattre avec son arbalète. Et puis, comment je pourrais distinguer un Argosi d'un autre sac à peau ?

Il n'avait pas tort. Ce n'était pas comme s'il y avait un uniforme.

Différents points de vue. Différents chemins. La plupart du temps, ils n'utilisaient pas les mêmes termes pour décrire la voie des Argosi. Ils étaient tellement… solitaires.

Un rugissement s'éleva de la foule et atteignit son paroxysme comme tous ces corps se pressaient vers la base du temple. Je dus me relever pour éviter d'être piétiné.

– Mon Dieu ! cria une femme près de moi avec une ferveur désespérée. Dieu, me vois-tu, Dieu ? C'est moi, Ahame. Je t'en supplie, tourne ton regard vers moi !

Sur un petit balcon presque au sommet de la tour, une double porte s'ouvrit lentement et une silhouette vêtue d'une toge blanche apparut. C'était un garçon de douze ou treize ans qui, avec son crâne rasé et sa stature très fine, faisait encore plus jeune.

– C'est ça, la version sac à peau d'un dieu ? lança Rakis.

Il y avait tellement de gens autour de nous qu'il ne s'embêtait même plus à rester sur mon épaule, il leur marchait sur la tête pour mieux voir.

– Les dieux des chacureuils sont des géants, ils ont des crocs aussi longs que cette tour. Et des griffes tellement acérées que…

– Pas maintenant, lui dis-je.

Autour de nous, des hommes, des femmes et des enfants hurlaient en direction de la tour, donnant chacun sa propre version de la supplication d'Ahame : ils réclamaient avec une insistance désespérée que Dieu les regarde.

« C'est la seule chose qu'on puisse espérer des dieux ? Qu'ils nous remarquent ? Qu'ils veillent sur nous ? Pas sur l'humanité, mais sur nous, personnellement ? »

J'avais l'impression que moi, la dernière chose dont j'aurais besoin, c'était de vivre sous un regard divin. J'avais déjà assez de problèmes comme ça avec ma culpabilité.

Sans parler de mon épuisement.

Je ne pouvais pas lâcher Furia de peur qu'elle soit écrasée, pourtant mes bras étaient sur le point de céder. Elle n'était pas très grosse, mais bien plus lourde qu'elle en avait l'air. Ou alors, c'était moi qui étais plus faible que je ne le pensais. En tout cas, mon corps tremblait sous l'effort.

– Ton amie est venue chercher la bénédiction de Dieu ? me demanda une autre femme près de moi, avec un accent berabesq si prononcé que je la comprenais à peine.

J'acquiesçai.

– Je vais partager ton fardeau, proposa-t-elle.

Elle était couverte de la tête aux pieds d'un vêtement en lin beige presque aussi fin que de la gaze, y compris le visage. Certaines maladies l'exigeaient. J'avais vu des gens dont la peau et les muscles, voire les os, fondaient sous le coup d'une maladie qui les dévorait de l'intérieur. Rien que cette idée me dégoûtait.

Malgré ça, j'acceptai et la remerciai quand elle prit les jambes de Furia et m'aida à la protéger de la foule. Je faillis pousser un cri de soulagement quand le poids s'allégea dans mes bras.

– Merci, dis-je.

La femme inclina la tête. D'abord, je crus que c'était juste un petit salut, puis je me rendis compte qu'elle examinait Furia.

– Ton amie est très malade. Prions pour que Dieu l'entende, quand bien même ses prières sont silencieuses.

Je regardai à nouveau en direction du balcon. Le jeune garçon n'avait pas bougé. Il observait ses fidèles comme des poissons dans une nasse. La chaleur devenait insupportable, de la sueur dégoulinait sur mon visage et, quand elle tombait sur la peau de ma clavicule, j'avais l'impression qu'elle était bouillante.

J'entendis un gémissement derrière moi et, en me retournant, je vis un vieil homme s'effondrer. Quelqu'un s'agenouilla pour l'aider, mais se fit aussitôt piétiner par d'autres qui virent là l'occasion de se rapprocher du temple.

« Quel genre de dieu laisse son peuple souffrir uniquement pour le regarder ? » me demandai-je.

Là, je vis le garçon écarter les bras. Il plaça ses paumes vers le bas en agitant les doigts. Ce que je pensais être des gouttes de sueur sur mon visage se révélèrent bientôt être une petite pluie fraîche.

– *Dabhra, dabhra !* entonna la foule (Merci, merci !).

Aussitôt après, les adeptes se remirent à crier au garçon de les regarder, de les écouter, de guérir tous les maux de leur vie. Une cacophonie assourdissante de requêtes satura l'air. Ils suppliaient qu'on les soulage de leur douleur, qu'on leur procure la richesse, voire l'amour.

– Mon Dieu, je suis si seule ! s'écriait une femme âgée devant moi. Envoie-moi quelqu'un ! Homme ou femme, ça m'est égal ! Mais ne me laisse pas finir mes jours dans la solitude !

La plupart des gens ne réclamaient pas une aide surnaturelle, mais des choses simples que les humains étaient censés se procurer les uns les autres – le partage des richesses, de la nourriture, un toit, des remèdes pour soigner un mal, un compagnonnage pour apaiser sa solitude.

« Quels étranges souhaits », me dis-je.

« Et toi, quel miracle es-tu venu chercher, Kelen de la maisonnée de Ke ? Kelen Argos, le Chemin d'Étoiles sans Fin ? Frondeur de sort. Hors-la-loi. Et futur assassin de Dieu. »

Je me retournai pour voir qui avait parlé. Ce n'était pas la femme qui m'aidait à porter Furia, et sinon, personne ne me regardait. La voix était pourtant très proche, comme si on me murmurait à l'oreille ou que ça venait de…

Je levai les yeux par-dessus les têtes vers la tour. Même si tous ceux qui se trouvaient là durent avoir l'impression que cet enfant-dieu les regardait, je sus qu'ils se trompaient.

C'était moi qu'il regardait.

« Alors, Kelen ? demanda Dieu de sa jeune voix qui résonna comme une cloche dans ma tête. Vas-tu me tuer, oui ou non ? »

# 39
# La voix de Dieu

La pluie tombait non plus en fines gouttes mais en un rideau qui détrempa la foule rassemblée autour du temple. Les terres berabesq ne sont pas vraiment arides, même ses déserts, mais de telles précipitations, ça n'arrive jamais. C'était quelque chose d'impossible – un miracle.

« Mais un simple sort de braise peut ressembler à un miracle pour quelqu'un qui ne connaît pas la magie. »

« Tu doutes de moi ? » me demanda Dieu.

Il n'avait pas l'air particulièrement en colère, mais pas ravi non plus.

Les hommes, femmes et enfants amassés dans les rues se mirent à danser sous la pluie ; ils tourbillonnaient joyeusement en trébuchant les uns sur les autres, les bras levés vers le ciel, en pleine extase religieuse.

– Apparemment, tu as déjà assez d'admirateurs comme ça, dis-je tranquillement.

On pouvait supposer que, s'il était vraiment Dieu, il n'avait pas besoin que je crie.

« Ce sont mes fidèles. Depuis leur naissance ou presque, ils passent leur vie en prière. Les premiers mots qu'ils apprennent à déchiffrer sont ceux du livre saint. Quand un bébé fait ses premiers pas, ses parents s'écrient : "Dieu lui a donné la force !" jusqu'à ce que tous les voisins psalmodient avec eux. »

– Chez moi, on n'appelle pas ça des fidèles, dis-je, mais des crétins.

– À qui tu parles ? demanda Rakis.

Sa fourrure était trempée et il commençait à sentir le chien mouillé. Une façon de me ramener à des choses plus triviales que la voix d'une déité dans ma tête.

« Je voulais dire que la dévotion est très répandue parmi mon peuple. »

– Ainsi que la croyance dans les miracles.

« Ainsi que cette croyance. » Silence. « Mais la foi est une notion qui t'est étrangère, n'est-ce pas ? »

– Un choix de mots judicieux. Mon peuple ne croit pas en Dieu.

« Pourtant, ton peuple partage la conviction profonde que la magie le définit. Une maisonnée Jan'Tep revient à la somme des pouvoirs de sa lignée. Un homme n'est jaugé qu'à l'aune des sorts qu'il est capable de jeter. Crois-tu à cela, Kelen de la maisonnée de Ke ? »

La femme vêtue de lin ignorait la liesse et les danses autour de nous, trop occupée à me dévisager. Dieu merci, si j'osais dire, elle continuait à porter Furia.

– Les dieux ne sont-ils pas supposés avoir mieux à faire que s'inquiéter du fait qu'un étranger croit en eux ou pas ? demandai-je.

Nouveau silence, plus long, cette fois.

« Qu'est-ce que Dieu, s'il n'est vénéré que par son peuple ? »

Bonne question, à condition de s'intéresser aux schismes théologiques.

« Es-tu venu me tuer, Kelen ? » répéta-t-il.

Je contractai mes muscles fatigués.

– Sauve mon amie, dis-je doucement. Sauve-la, et je partirai ce soir. Je te laisserai la…

« Et ta mission ? Et si tous les gens que tes commanditaires cherchent à protéger meurent dans cette guerre, parce que tu m'auras laissé la vie sauve ? »

– Ce n'est pas mon problème ! m'écriai-je, car ce fut plus fort que moi.

Je jetai un coup d'œil à Furia, si pâle sous la pluie qui inondait son visage. On aurait dit un cadavre qu'on venait de sortir d'une rivière.

– La magie berabesq vient de la vénération, de la foi que ces gens ont en toi. Cela signifie que cette saloperie de sort, de malédiction, vient de toi !

« Dans ce cas, tu acceptes que je sois Dieu ? »

– Espèce de salopard de fumier ! Tu crois que ça m'intéresse que tu sois vraiment… Que tu…

Il y avait bien longtemps, dans un sinistre salon de voyageurs, j'avais regardé Furia boire jusqu'à en perdre la raison. Elle descendait verre après verre d'un whisky gitabrien. Je lui avais demandé ce qu'elle avait l'intention de faire.

– Ce que j'ai l'intention de faire ? m'avait-elle lancé d'un air méprisant. De me bourrer la gueule, gamin.

– Mais pourquoi ?

Elle avait levé un petit verre devant ses yeux. Le liquide à l'intérieur déformait la vision que j'avais d'elle.

– Cinquième leçon d'*arta precis*, gamin. Parfois, pour voir quelque chose clairement, il faut cesser de vouloir comprendre.

– Qu'est-ce que c'est censé vouloir dire ?

Quand elle s'était levée, les pieds de sa vieille chaise avaient émis une complainte.

– Ça veut dire que, de temps à autre, quand quelqu'un te sourit, ce n'est pas signe qu'il a envie de te planter un couteau dans le ventre. C'est juste que la personne est heureuse. Parfois, un corps pleure tout simplement parce qu'il est triste, pas dans le but de te manipuler.

Elle avait attrapé plusieurs petits verres de whisky sur la table, les avait plaqués maladroitement contre sa poitrine et était partie en titubant.

– Ça veut dire que, parfois, une femme respectable a juste envie de se bourrer la gueule.

Je ne sais pas pourquoi ce souvenir me revint, mais j'observai les traits pâles de Furia en y cherchant un soupçon de ce sourire ironique qu'elle faisait si souvent. Celui pour me dire que tout allait bien se passer même si tout prouvait le contraire. Tout ce que je vis, c'était une femme très malade aux yeux fermés, dont je me demandai si elle les rouvrirait un jour.

« Parfois, pour voir quelque chose clairement, il faut cesser de vouloir comprendre. »

Je relevai la tête vers la tour et ce dieu qui accomplissait des miracles et qui, pourtant, semblait si désireux de discuter de ma croyance en lui.

Qu'est-ce que je voyais vraiment ?

Un garçon qui m'observait et me demandait si, selon moi, il était Dieu.

– Ancêtres, murmurai-je. Tu n'en es pas sûr, c'est ça ?

« De quoi ? »

– Tu ne sais pas si tu es vraiment Dieu.

La pluie s'arrêta, la foule cessa de danser, et tous échangèrent des regards inquiets. Puis ils levèrent la tête vers le garçon sur le balcon dans l'espoir d'un autre miracle. Mais il se contenta de rentrer, et les portes se refermèrent sur lui.

« Peut-être qu'on le découvrira ensemble quand tu viendras me tuer. »

# 40

# Le Chemin des Rues Tortueuses

Suite au brusque départ de Dieu, une immense plainte s'éleva de la foule massée au pied du temple.

– Reviens, reviens ! criaient-ils tous, en agitant les bras comme s'ils mimaient les signes religieux de leurs différentes sectes.

On aurait dit des milliers de magiciens désespérés de voir leur magie les quitter.

– Intéressant, dit la femme entièrement vêtue de lin beige qui tenait les jambes de Furia. Je propose qu'on quitte cet endroit, maintenant. La consternation ne va faire que croître parmi les pèlerins quand ils comprendront que leur dieu ne reviendra pas aujourd'hui.

« Leur dieu ».

Elle ne faisait donc pas partie de ces gens.

Sa voix et son accent avaient changé. Étrangement, Rakis la reconnut avant moi.

– *Argh*, gémit-il. De tous ces insupportables Argosi du monde, pourquoi c'est elle qu'on nous envoie ?

La gaze qui recouvrait la partie inférieure de son visage s'agita un peu, ce qui me suffit pour y déceler un sourire.

– Le chacureuil souffrirait-il de problèmes digestifs ? Ou peut-être se rappelle-t-il que, la dernière fois que nos chemins se sont croisés, il m'a dérobé plusieurs objets ?

– Kelen, dis à la sac à peau qu'elle récupérera pas ses machins, grogna-t-il en guise d'avertissement.

– Allez, laisse-moi la prendre, dit-elle en attrapant Furia pour me soulager de tout son poids.

C'était assez gênant de la voir porter Furia aussi facilement, mais je me souvins qu'elle était bien plus forte qu'elle en avait l'air.

– C'est bon de te revoir, Rosie, dis-je.

Quand elle se retourna pour échapper à la foule avec Furia dans les bras, je vis cependant la tension dans ses épaules.

– Je suis le Chemin d'Épines et de Roses. J'ai parcouru ce continent de long en large, j'ai combattu en duel des soldats et des mages, j'ai sauvé des villages entiers de malédictions qui s'abattaient sur eux et j'ai repoussé des armées avec mon seul jeu de cartes. Toi, *teysan*, dit-elle en insistant sur le terme, tu dois t'adresser à moi avec le respect qu'il se doit.

– Comme tu voudras, Rosie.

Rakis apprécia beaucoup ma réplique.

Elle nous conduisit sans difficulté hors de Makhan, parmi les gens qui discutaient, débattaient ou se lamentaient de la disparition de Dieu. Il y avait quelque chose d'étourdissant et d'un peu blasphématoire dans le chemin sinueux qu'on empruntait, car il défiait la perfection géométrique des rues, avec ses brusques changements de direction et sa logique obscure. Même si c'était Rosie qui portait Furia, je parvenais à peine à la suivre.

Rakis semblait au contraire apprécier ce côté imprévisible de notre itinéraire. Il bondissait de mon épaule sur le mur d'une boutique puis atterrissait sur l'auvent d'une autre ; il escaladait un toit et se jetait dans les airs afin que ses membranes duveteuses attrapent la brise pour survoler la foule. Plus d'une fois, il dut ensuite se poser et galoper pour nous rejoindre quand le Chemin d'Épines et de Roses prenait une direction inattendue.

– Où tu nous emmènes ? demandai-je.

– Quelle étrange question, répliqua-t-elle.

– Elle me semble pourtant totalement évidente.

– C'est bien ça le problème.

Mon désir de trouver un moyen de venir en aide à Furia était en conflit avec le côté imperturbable de Rosie et ses agissements incompréhensibles. Ça faisait un moment que je n'avais pas vu d'Argosi, et j'avais oublié que la plupart d'entre eux sont d'insupportables prétentieux.

– Depuis combien de temps nos chemins ne se sont-ils pas croisés ? demanda-t-elle en empruntant une large avenue emplie de marchands ambulants de fruits, de légumes et autres denrées dont les prix barrés avaient largement été revus à la hausse.

– Deux ans, je crois, dis-je. Depuis l'épidémie d'ombre au noir aux Sept Sables.

Elle jeta un coup d'œil à un petit miroir placé sur un piquet qu'un marchand avait installé pour surveiller les voleurs.

– Tu as voyagé depuis, *teysan* ? Tu as vu du pays ?

– Oui, mais…

– Dans ce cas, imagine tous les endroits que moi, j'ai visités. Tout ce que j'ai vu et fait depuis notre dernière rencontre.

Songe à combien de bagarres j'ai survécu, au nombre de secrets que j'ai mis au jour.

– Où veux-tu en venir ?

Elle changea de sujet aussi vite que de direction.

– Lance une pièce en l'air, s'il te plaît.

– Hein ?

– Une pièce. Brillante. Tu as ça ?

J'avais bien sûr toutes sortes de pièces. Je choisis la pièce de *castradazi* que j'appelais la luminaire, non pour ses propriétés mystiques, mais parce que c'était celle qui brillait le plus, sans que je sache comment. Je la sortis de la petite poche cousue dans l'ourlet de ma chemise et la jetai en l'air. Elle atterrit côté pile au creux de ma paume.

– Recommence, si tu veux bien, dit Rosie d'un ton autoritaire.

J'avais envie de lui demander pourquoi mais, sachant que je n'obtiendrais pas de réponse, je m'exécutai. Encore pile.

– Bon, dit-elle.

– À quoi ça sert ?

Elle reprit la conversation :

– Tu m'as demandé où je te conduisais.

– Oui, et… ?

Elle paraissait irritée par mes questions. Elle changea Furia de position, ce qui prouvait que, malgré son pas et son rythme, elle commençait à fatiguer.

– Vu tout ce qu'on a fait l'un et l'autre depuis notre dernière rencontre, vu toutes les informations que nous avons collectées, c'est étrange que tu commences par une question dont tu connais la réponse.

– Un salon de voyageurs ? C'est là que tu nous emmènes ?

Elle évita de peu un chariot poussé par un homme qui semblait avoir envie d'écraser quelqu'un.

– De toute évidence.

– Dans ce cas, pourquoi on suit un trajet aussi compliqué ? demandai-je, plus agacé que jamais. Ça peut pas être aussi difficile de traverser une ville dont les rues sont aussi géométriques.

Je regardai tout autour de moi.

– D'ailleurs, je suis presque sûr qu'on est déjà passés par là.

Rosie haussa un sourcil et rétorqua :

– On est déjà passés trois fois par là. Le Chemin de la Pâquerette Sauvage ne t'a donc pas enseigné l'*arta loquit* ?

Allez savoir pourquoi, je détestais qu'elle s'obstine à n'employer que le nom argosi de Furia.

– Qu'est-ce que le talent de l'éloquence a à voir avec le fait d'arpenter une ville à pied ?

– L'éloquence ne concerne pas uniquement la langue et la musique. L'*arta loquit,* c'est avant tout l'art de la navigation dans une conversation, une culture ou une ville.

– Ce sont des choses totalement différentes, marmonnai-je.

Malgré tout, cet argument progressa en moi. Car, pour parler une langue, il faut mémoriser son vocabulaire, mais aussi la comprendre dans un contexte, un peu comme des points qu'on relie sur une carte pour découvrir une forme. Il y avait plusieurs manières d'exprimer une idée, chacune avec ses nuances et ses conséquences, tout comme il y avait plusieurs façons d'aller d'un point à un autre, chacun avec ses bénéfices et ses dangers.

– Tu n'es pas responsable, me dit Rosie. L'enseignement de ta *maetri* est… aussi peu conventionnel que son chemin.

Cette critique de Furia m'agaça.

– Mon *amie* est mourante, et tu nous promènes dans cette ville comme une ivrogne qui a perdu sa bourse. Alors, tu crois que je compte le nombre de fois où tu nous fais passer par le même coin ?

– C'est juste, concéda Rosie en reprenant sa marche. Pour répondre à ta question, on fera ça tant que j'aurai besoin de déterminer le nombre et l'origine de nos poursuivants.

– Nos poursuivants ?

Tout à coup, je compris la raison des étranges changements de direction de Rosie, pourquoi elle avait jeté un coup d'œil dans le miroir du marchand et m'avait demandé de jeter deux fois en l'air une pièce brillante : c'était son moyen de surveiller ceux qui nous suivaient.

Je me retournai d'un coup, mon esprit déjà empli de visions de guerriers ou d'une foule à nos trousses, ainsi que de vizirs furieux prêts à m'arracher le cœur pour me punir d'aller savoir quelle hérésie. Vu ma conversation avec Dieu près du temple, j'étais au moins coupable de blasphème.

– L'*arta tuco, teysan,* dit Rosie d'un air tout aussi amusé que déçu. Un Argosi doit apprendre l'*arta*…

– Je connais l'*arta tuco,* lâchai-je d'un ton furieux.

– Dans ce cas, tu ferais bien de t'en servir, rétorqua-t-elle.

Elle avait raison. Si la subtilité n'était pas mon point fort, je savais d'habitude faire profil bas. Mais là, je me moquais totalement d'être subtil. J'ouvris les couvercles de mes bourses de poudre à mes flancs.

– Si quelqu'un nous suit, dis-moi où il se trouve et je le fais exploser une bonne fois pour toutes.

– Ça, c'est bien dit ! feula Rakis au-dessus de nos têtes depuis la gouttière où il était en train de courir. Ça fait des heures que j'ai pas croqué un globe oculaire de sac à peau.

Sa fourrure vira d'un beige passe-partout à un rouge éclatant. J'ignorais quand, ces derniers jours, il avait eu l'occasion d'engloutir un œil humain. Je décidai de ne pas lui poser la question.

– L'*arta eres* est un talent qu'il vaut mieux utiliser de façon judicieuse, dit Rosie. Alors garde ça pour le moment où on sera obligés d'emprunter la voie de l'orage.

– Tu veux bien arrêter de me faire la leçon et conduire Furia à ce bon sang de salon de voyageurs ?

Rosie s'arrêta net et me tendit le corps sans connaissance de ma *maetri*. Une seconde, je crus être allé trop loin et craignis que notre seule alliée nous abandonne. Mais dès que Furia fut dans mes bras, Rosie leva une main pour me caresser la joue. Ses doigts étaient aussi doux que des pétales, une sensation en contradiction totale avec la dureté que je lui connaissais. C'était comme si elle était devenue quelqu'un d'autre.

– Tu es inquiet pour Furia.

– Elle est malade. Elle a besoin…

– Tu as raison. Le Chemin de la Pâquerette Sauvage a été long, improbable et remarquable. Mais je crains qu'elle n'atteigne bientôt sa destination finale, comme nous tous un jour.

J'observai Furia.

– Tu veux dire qu'elle est en train de mourir ?

Rosie releva mon menton.

– Les Argosi ne font jamais long feu. Nos chemins sont dangereux, et on ne dispose dans la vie que d'une quantité limitée de chance. On s'en sort grâce au talent et à la ruse mais, au final, conclut-elle en reprenant Furia dans ses bras, même les meilleurs d'entre nous se retrouvent à court de cartes.

À nouveau, je cherchai des signes montrant qu'on était encore suivis.

– Tu as raison, admis-je. On sème nos derniers poursuivants et on trouve de l'aide pour Furia.

Rosie hocha la tête comme si je venais de lui donner un ordre et reprit sa marche à travers la ville.

– Comme tu voudras, le Chemin d'Étoiles sans Fin, si telle est ta volonté.

# 41

# Le salon de voyageurs

On s'arrêta enfin dans une ruelle face à une porte en bois strictement identique à huit autres qui ouvraient sur de petites maisons de plain-pied.

– On n'est pas déjà passés deux fois par là ? demandai-je.

– C'est vrai, dit Rosie en s'immobilisant. Mais la dernière fois, il y avait encore deux équipes d'espions à nos trousses.

Je regardai derrière moi et ne vis personne.

– Et là ?

– On les a semés à trois rues d'ici. C'est le plus sûr moment pour entrer.

Je voulus ouvrir la porte tout doucement mais Rosie, qui avait toujours Furia dans les bras, la poussa d'un grand coup de pied. L'endroit était bien plus vaste qu'on aurait pu le croire. Toutes les cloisons séparant cette série de maisons mitoyennes avaient été supprimées, si bien qu'il y avait là un grand espace avec des tables. Seules quelques personnes parmi les présents semblaient berabesq. Je me demandai combien il y avait d'Argosi.

– Qu'est-ce qui se passe si tu veux entrer par une autre porte que celle-là ? demandai-je.

– Elles sont fermées, répondit Rosie.

– Et si quelqu'un remarque que personne ne les utilise et tente d'entrer dans l'espoir de voler quelque chose ?

– Le vol est puni de mort dans les terres berabesq. Nous autres Argosi appliquons les lois des pays où nous nous trouvons.

Les hommes et femmes présents me parurent tout à coup bien plus dangereux. J'étais habitué à voir Furia tout faire pour éviter la violence. Tant qu'elle avait une autre solution, elle n'était pas du genre à suivre la voie de l'orage.

– Allez, viens, me dit Rosie en se dirigeant vers le comptoir.

Des gens levèrent la tête vers nous, mais aucun ne nous barra la route ou ne nous adressa la parole à part le barman, qui quitta à peine des yeux les chopes où il versait de la bière pour dire :

– Dans des moments comme ça, il vaut mieux se mettre à l'abri.

Rosie traversa la salle jusqu'à une porte tout au fond après avoir répondu :

– Dans des moments comme ça, il vaut mieux se terrer dans une cave.

Ce n'était pas le mot de passe des autres salons de voyageurs. Je me demandai s'il était différent à cet endroit, ou si l'autre, trop connu, avait été abandonné en ces temps troublés. Je songeai à poser la question, mais le Chemin d'Épines et de Roses ne s'était jamais montré loquace sur ce genre de sujet.

Rosie franchit la porte et attendit que je la rejoigne. Sitôt le battant refermé, on se retrouva dans une totale obscurité.

– Attention où tu mets les pieds, me prévint-elle.

– Ce n'est pas comme si c'était la première fois que j'entrais dans un salon de voyageurs, répliquai-je d'un ton irrité.

Je l'imaginai hausser les épaules.

– Je suis souvent étonnée de ce que tu sais et de ce que tu ignores, *teysan*. Il a fallu bien des années avant que ma *maetri* m'emmène pour la première fois dans une *hosta pilgri*.

– Furia procède différemment, dis-je, sans faire remarquer que j'ignorais que les Argosi appelaient un salon de voyageurs une *hosta pilgri*.

Après vingt-sept marches en pierre, on atteignit enfin un palier, puis Rosie ouvrit une porte qui donnait sur le véritable salon de voyageurs, la salle du rez-de-chaussée n'étant qu'une façade.

De ce que j'avais glané durant mes différents voyages avec Furia, ces sanctuaires existaient partout sur le continent, de la Gitabrie au sud-est jusqu'aux territoires zhuban, très loin au nord. Qui les avait construits et dans quel but, c'était un mystère dont je doutais que même les Argosi connaissent la réponse. Celui-ci ressemblait à la plupart de ceux que j'avais visités : une caverne creusée dans la pierre assez vaste pour contenir une petite armée, des lanternes qui pendaient d'un haut plafond, des chaises et des tables dépareillées, quelques recoins sombres pour abriter les conversations privées, ainsi que des accès à des tunnels, au cas où l'endroit serait pris d'assaut. Tout au fond, des alcôves protégées par des rideaux – de petites niches où on pouvait bénéficier d'une intimité encore plus grande, éventuellement en compagnie d'un artisan de confort.

Contrairement au rez-de-chaussée, seules deux tables étaient occupées. La première par un homme, les bottes posées dessus, un chapeau de la Frontière très similaire au mien dissimulant ses yeux, mais pas son sourire ni sa ressemblance avec Dexan Videris, un frondeur de sort hors la loi ayant failli me tuer, et réciproquement. Mais quand il releva son couvre-chef pour révéler son visage, je vis qu'il était un peu plus jeune que Dexan, quoique aussi beau, ce qui m'agaça. Il inclina son chapeau à mon intention avant d'attraper sa chope.

Maintenant que je pouvais sortir mes mains de mes bourses de poudre, je remarquai que Rosie nous entraînait vers l'autre table, où étaient installés côte à côte un homme et une femme qui parlaient à voix basse. Quand ils nous entendirent, ils se retournèrent et, même dans la pénombre, je les reconnus : le type aux cheveux gris et à l'air grincheux s'appelait Durral et la femme du même âge, mais bien plus gracieuse, Enna : les parents adoptifs de Furia.

– Allez l'allonger, ordonna Enna en saisissant aussitôt une mallette en cuir posée par terre.

Durral s'approcha et ouvrit grand les bras en disant :

– Donne-la-moi, Rosie.

– Je m'appelle le Chemin d'Épines et de Roses, répondit-elle en lui tendant Furia.

– Et moi le Chemin de J'en Ai Rien à Foutre, rétorqua-t-il.

Il porta sa fille adoptive jusqu'à l'une des alcôves, où il la déposa avec douceur.

– Hé, elle est bonne, celle-là aussi, fit Rakis au sujet de la réplique de Durral. Faudra que je m'en souvienne.

Enna ouvrit sa mallette en cuir et en sortit un objet en bois sculpté qui semblait composé de deux essences différentes. La partie sombre, taillée en forme de petit bol, était sans doute en acajou, et le petit tube qui y était relié paraissait en cerisier. Je mis quelques secondes à comprendre ce que c'était.

– Une pipe ?

– Éloigne-toi, me dit Enna en retirant ensuite un sachet de sa mallette. Si tu respires ça, tu risques de parcourir les rues de Makhan Mebab en te prenant pour un oiseau sans comprendre pourquoi tu ne décolles pas.

Elle ouvrit le sachet et versa une partie de son contenu dans la pipe. J'identifiai quatre matières différentes : deux vertes, des feuilles, qui n'avaient toutefois pas la même texture ; une troisième substance marron, couleur fumier, qui en était peut-être ; et la quatrième semblait composée d'éclats de cristal bleu-vert. Enna en attrapa un avec dextérité du bout de l'ongle et le remisa en disant :

– Pas trop de ça.

Puis elle referma le sachet.

– J'ai besoin de feu, me dit-elle.

– Moi ? Vous voulez que j'allume une pipe avec un sort qui a toutes les chances de la faire exploser, ainsi que votre main et la moitié de votre visage ?

– J'ai besoin d'un peu de ta magie, dit-elle calmement, même si la pipe tremblait dans sa main, puis elle précisa : Les herbes ne sont… qu'un moyen.

– Un moyen pour quoi ?

Durral poussa un grognement.

– Tu te prétends guérisseur, maintenant, gamin ? Tu crois qu'il nous faut ton accord pour essayer de sauver notre fille ?

– Durral, ne sois pas trop dur avec ce garçon, le sermonna Enna. C'est un peu difficile à expliquer, Kelen, me dit-elle. En vérité, personne ne sait vraiment ce qui va servir et ce qui sera inutile. Pour faire court, cette malédiction que les vizirs ont jetée à Furia ne peut être combattue avec la médecine traditionnelle. Il faut une sorte de… spiritisme.

– De *spiritisme* ?

– Tout ça doit sembler bien étrange à un ancien initié Jan'Tep.

Étrange ? Ça avait surtout l'air de relever d'une superstition pour le moins puérile. Mon peuple considère la magie comme une science. Il y a sur terre des sources de pouvoir pur : les minerais situés sous les oasis qui permettent de réaliser les tatouages Jan'Tep. Avec un entraînement adéquat et du talent, un mage qui maîtrise les formes somatiques, la géométrie ésotérique et les incantations peut jeter des sorts par leur biais.

Mais le spiritisme dont parlait Enna, ça n'avait pas de sens.

Même la magie du murmure, consistant à communiquer avec ces esprits qui occupent certains plans invisibles à nos yeux et qui, s'ils le veulent, peuvent accomplir certaines tâches parmi ces plans, avait plus de réalité.

– Parfois, il faut savoir faire confiance, Kelen, me dit doucement Enna.

Je tendis les mains vers mes bourses de poudre et prélevai une quantité infinitésimale de chacune.

– Je me contente d'enflammer le contenu de la pipe ?

– Concentre ta volonté.

– Je concentre toujours ma volonté, rétorquai-je d'un ton agacé. Sinon, je ne peux pas jeter de sort.

– Ce que je voulais dire, c'est que tu dois jeter ton sort en pensant à Furia. Comme… Comme si tu l'appelais. Comme si elle était ensevelie sous un éboulis et que ta magie du souffle était la petite paille par laquelle tu vas communiquer avec elle à travers les pierres. Tu dois en appeler à Furia par cette paille.

Je sentis les gros doigts de Durral se contracter sur mon épaule. Il me lança :

– Et tu rates pas ton coup.

Rakis grogna à ma place.

– Tu crois qu'en mon temps, j'ai pas égorgé quelques chacureuils ? gronda le vieil homme.

– Le Chemin du Chardon qui Radote se fait ronchon sur ses vieux jours, commenta Rosie.

Cette parole moqueuse me fit penser à ce qu'elle avait dit un peu plus tôt sur le fait que les Argosi ne vivaient pas longtemps. Pourtant, vu la tension dans ses mâchoires, Durral n'appréciait guère qu'on lui rappelle son âge.

– Ne le provoque pas, prévint Enna en faisant signe à Rosie et Durral de se calmer. Allez, ouste. C'est une histoire entre Kelen, Furia et moi.

À regret, Durral et Rosie s'éclipsèrent. Rakis les gratifia d'un grognement pour qu'il soit bien clair qu'il avait remporté la bataille, puis bondit de mon épaule vers la table occupée par le jeune gars en déclarant :

– Je vais faire les poches de ce type.

Enna posa une main sur mon avant-bras.

– Ça va bien se passer, Kelen. Tu n'es pas obligé d'y croire. Le domaine des malédictions est terriblement compliqué.

– Ça va sauver Furia ? Si on y arrive, je veux dire.

Elle secoua la tête d'un air las.

– Non, mon fils. Mais ça apaisera ses symptômes. Ça lui rendra quelques forces pour combattre un peu plus longtemps le mal.

Elle retira sa main. Je regardai le bout de mes doigts. Il n'y avait que quelques grains rouges et noirs dessus, juste assez pour envoyer une flamme dans le foyer de la pipe. Je devrais claquer des doigts exactement au bon moment pour que les poudres entrent en collision et dirigent la flamme pile au bon endroit. Et, dans le même temps, propulser ma volonté dans le sort pour en appeler à Furia.

Simple comme bonjour.

Je fis un pas en arrière : trop près de sa cible, ce n'est pas facile de bien viser. Une fois que j'eus trouvé le bon angle, je créai les formes somatiques et prononçai l'incantation, qui se composait d'un seul mot :

– *Carath.*

Les flammes jumelles rouge et noire fusèrent. Trop tard, je me rendis compte que je n'étais pas exactement en face, mais Enna s'en aperçut à temps et déplaça la pipe du centimètre nécessaire pour que le feu atteigne sa destination.

– Maintenant, recule, me dit-elle. Je ne veux pas que tu respires ça.

Malgré son avertissement, je restai planté là jusqu'à ce que Rosie m'entraîne vers l'endroit où Durral et elle avaient trouvé refuge. Une atroce fumée noire s'échappait de la pipe. Enna prit une grande bouffée avec précaution, comme si elle s'approchait d'un serpent à sonnettes. Ses joues se gonflèrent, puis elle posa la pipe, attrapa un instrument et l'étouffa. Elle avait les larmes aux yeux. J'ignorais si c'était à cause de la fumée ou parce qu'elle craignait pour la vie de sa fille adoptive.

Elle pinça les narines de Furia entre le pouce et l'index de sa main gauche. Avec la droite, elle lui prit délicatement le menton pour lui ouvrir la bouche. Et, très lentement, elle souffla en elle un mince filet de fumée noire tout en remuant les lèvres, comme pour en appeler à la magie du murmure. La fumée pénétra dans la bouche de Furia et, prisonnière de cette cavité, se mit à y tournoyer.

– Allez, ma fille, reviens-nous, l'encourageait Durral derrière moi. Ta maman t'appelle. Pour une fois dans ta vie, écoute-la.

Furia fut alors prise d'une quinte de toux à s'en déchirer les poumons. Mais, au lieu d'expulser la fumée, elle parut au contraire l'aspirer.

– C'est bien, ma chérie, dit Durral d'une voix tremblante. C'est pas une saloperie de malédiction qui aura la peau de ma fille.

Une autre quinte de toux, sèche, tranchante. Du sang coula au coin des lèvres de Furia, ainsi qu'une substance noirâtre, comme de l'huile mêlée à de l'eau. Ses mains voulurent chasser la fumée, mais Enna les attrapa et continua à l'insuffler lentement jusqu'à ce qu'elle ait pénétré les poumons de Furia.

Laquelle, au bout de quelques instants, cligna des yeux.

– Maman ? demanda-t-elle.

– Qui d'autre ? répondit Enna en souriant.

– J'étais pas sûre de te revoir un jour.

– Une dernière fois. Je t'avais dit qu'on se retrouverait une dernière fois.

– Mais ça sera la dernière ?

– Je ne vois pas tous les chemins devant nous. Mais je crois bien qu'il s'agit de la dernière, ma chérie.

L'idée que quiconque s'adresse à Furia en la qualifiant de « chérie » me parut insensée. Pourtant, mon mentor essuya une larme du dos de sa main. Puis elle tourna la tête et me chercha des yeux.

– C'est bien toi, gamin ? dit-elle.

Je vins m'agenouiller près d'elle.

– Je t'ai crue morte, dis-je en essayant de ne pas brailler comme un petit garçon.

– Moi aussi, figure-toi. Puis je me suis dit que tu étais trop têtu pour me laisser mourir tranquille, répondit-elle en tendant maladroitement sa main vers la mienne.

– Elle a besoin de calme, dit Enna en attrapant divers flacons et fioles dans sa mallette en cuir pour les disposer devant elle. Laissez-la-moi quelques heures pour que je lui administre tout ce que je peux afin de lui rendre des forces.

– Il n'y a qu'un remède contre le mal qui me ronge, dit Furia. Et je ne pense pas que quelqu'un aura l'obligeance de me l'apporter.

– Que tu crois, lança Enna en haussant un sourcil.

Furia ouvrit grand les yeux.

– Maman, tu n'as quand même pas de…

Enna plongea la main vers une poche intérieure de son manteau et en sortit un objet long et fin que je reconnus aussitôt.

– Un roseau de feu ! s'exclama Furia.

Son enthousiasme contrastait avec sa pâleur et l'épuisement visible sur ses traits.

– Mais papa et toi, vous détestez que je fume !

Durral s'approcha et posa une main sur son épaule.

– C'est une habitude détestable, ma fille. Qui te tuera un jour ou l'autre. Mais ta maman en a toujours un dans sa poche. Au cas où.

Je me levai pour les laisser en famille.

– Tu t'en es bien tiré, me dit Rosie.

Je me demandai si elle était sincère ou simplement gentille. Puis je me souvins que Rosie n'était jamais gentille.

– Merci, répondis-je.

– Viens avec moi, conclut-elle en refermant le rideau pour procurer un peu d'intimité à Furia et ses parents.

Elle se dirigea vers des marches en pierre creusées dans la paroi de la caverne, qui donnaient sur une galerie.

– Les autres vont arriver d'un instant à l'autre, m'annonça-t-elle.

– Quels autres ?

Elle inclina la tête comme si elle se demandait si je faisais l'idiot ou si je l'étais vraiment. Puis elle hocha le menton, comme si elle avait finalement tranché.

– Les autres Argosi. Ils attendent.

– Pour faire quoi ?

Ce qui était un sourire pour Rosie apparut sur son visage. Elle avait une façon de pincer ses lèvres assez désagréable, mais qui envoya malgré tout un frisson le long de ma colonne vertébrale.

– Une partie de cartes, bien sûr.

# 42
# La partie de cartes

Au cours de mes voyages avec Furia Perfax, j'avais appris une centaine de jeux de cartes différents. Certains, très simples, reposaient surtout sur la chance, par exemple la Récolte du fermier, où chaque joueur commence la partie avec deux rangées de cartes face cachée devant lui et doit deviner ce qu'elles sont. Plus il s'en approche, plus il remporte de points. Des jeux sont plus complexes, comme les Étoiles capricieuses, qui requièrent beaucoup de stratégie, sans parler de mémoire. (Furia était capable d'enregistrer la position de chaque carte dans un paquet étalé un instant devant elle.) Elle m'avait appris des jeux étranges comme le Troubadour étourdi, où chaque joueur dispose pour commencer d'une seule carte dont il tire une histoire, que complète ensuite l'autre joueur. À chaque tour, appelé « couplet », l'histoire s'enrichit, et les règles de la narration évoluent en fonction des cartes piochées. À la fin, le vainqueur est celui qui a raconté la meilleure histoire, et non celui qui a les meilleures cartes.

Je connaissais donc un bon nombre de jeux.

– Mais qu'est-ce qu'ils fabriquent, bon sang ? demandai-je depuis la galerie où je me trouvais avec Rosie.

À nos pieds, une cinquantaine d'hommes et de femmes, tous d'allure très diverse, s'étaient installés à des tables éclairées par des lanternes en cuivre et jouaient dans le plus grand silence. J'avais déjà vu faire Furia et Rosie, alors je comprenais le principe général : deux Argosi disposaient chacun les cartes de leur jeu respectif, qu'ils avaient peintes eux-mêmes afin de représenter les enjeux entre les différentes civilisations du continent. Ils montraient ainsi aux autres ce qu'ils savaient de l'état du monde. Puis ils déplaçaient les cartes de leur partenaire, comme pour dire : « Peut-être que là, tu te trompes, et si c'était plutôt comme ça ? » Soit l'autre acceptait ou refusait la modification, soit il disposait les cartes d'une autre manière, parfois en intégrant celles de l'autre joueur.

– Le Chemin de la Pâquerette Sauvage ne t'a jamais enseigné ce jeu, n'est-ce pas ?

Je fus moins surpris par cette question que par l'absence de mépris, d'incrédulité, ou de déception dans la voix de Rosie.

– En effet.

Elle acquiesça, apparemment satisfaite de ma réponse. Pas moi.

– Pourquoi Furia ne m'a pas vraiment révélé la voie des Argosi ? demandai-je, avec une note plaintive dans la voix que j'aurais préféré taire. Avec elle, il est toujours question de danser plutôt que de se battre, de musique au lieu d'éloquence. Pourquoi toutes ses leçons doivent-elles toujours être si…

– Mystérieuses ?

Cette réponse était en telle contradiction avec la Rosie que je connaissais que, malgré moi, j'éclatai de rire.

Son regard se dirigea vers le rideau derrière lequel Furia reprenait des forces sous l'œil attentif de ses parents.

– Ma sœur n'est pas comme nous, dit-elle tandis qu'elle balayait l'assemblée hétéroclite de joueurs.

Elle poussa un soupir.

– Ce qui fait qu'au final, elle est exactement comme nous autres.

Ça souleva une question que je me posais depuis très longtemps – à laquelle, je le savais, Furia ne donnerait jamais de réponse.

– Pourquoi les Argosi sont si différents les uns des autres ? Ne sont pas... organisés ? En réunissant tous vos talents, vous pourriez...

– Constituer une armée ?

– Sans doute.

– Une armée de joueurs de cartes, dit-elle presque avec regret. De toute évidence, on deviendrait la terreur de ce continent !

Elle se tourna vers moi et s'adossa à la balustrade en bois scellée dans la pierre. Puis elle leva une main en agitant les doigts.

– Qu'est-ce que tu vois ?

– Ta main.

Elle secoua la tête et visa ma poitrine avec son poing.

– Ceci est une armée. Efficace. Ordonnée. Avec un but. Lequel ?

– La guerre ?

– Peut-être la guerre. Peut-être, tout simplement, le pouvoir.

Elle approcha son poing de moi.

– Tu peux résister à mon armée ?

Moi aussi, je fermai le poing, puis me ravisai, desserrai les doigts et pris son poing entre mes deux mains.

Elle me fit à nouveau un petit sourire.

– Tu as capturé mon armée. Sauf que…

Je n'avais pas remarqué que son autre main avait bougé, pourtant je sentis la pointe de son ongle au coin de mon œil.

– Un coup d'Argosi.

– Trop cool, commenta calmement Rakis depuis la balustrade.

Je ne savais même pas qu'il était là.

– Kelen, je crois qu'elle va t'arracher l'œil. Dis, je pourrai le manger, après ?

Je libérai le poing de Rosie et elle retira son doigt.

– C'est ça, la voie des Argosi ? demandai-je. Être capable d'échapper à n'importe quelle armée pour mieux la défaire ?

Elle se retourna, posa les mains sur la balustrade et regarda à nouveau les joueurs de cartes.

– C'est ma voie, en tout cas. Mon chemin a toujours été celui des épines et des roses : je cherche ce qui est beau en ce monde, ce qui est doux, et je le défends sans hésiter. Et sans pitié.

– Furia n'est pas comme ça, crachai-je, furieux de ce qui paraissait être une critique de mon mentor.

Rosie ne tint pas compte de ma colère.

– Les autres non plus. Chacun de nous suit son chemin sans être sûr qu'il soit le bon, mais en espérant qu'un Argosi trouve celui que nous cherchons tous.

– Lequel ?

Sans se retourner, elle leva à nouveau le poing en l'air.

– Celui qui empêchera les armées de ce monde de s'anéantir alors qu'elles sont supposées protéger.

Je regardai à mon tour les dizaines de parties de cartes en

train de se jouer à nos pieds. Chaque paquet avait été peint à la main par son détenteur, ce qui reflétait autant sa personnalité artistique que son point de vue sur les civilisations de ce continent. Et pourtant, quel que soit l'ordre d'apparition des cartes ou la disposition que choisissait le joueur, c'était toujours le même schéma qui apparaissait sous nos yeux.

– Qu'est-ce que tu vois ? me demanda Rosie.

Je n'avais pas remarqué qu'elle m'observait.

– Peu importe la façon dont ils disposent leurs cartes, le résultat, c'est toujours deux armées sur le point de s'affronter.

– Pourquoi, selon toi ?

Je connaissais la réponse. En tout cas, elle hantait mon esprit, mais je paraissais incapable de l'exprimer.

– C'est ce que disent les cartes. Mais pourquoi ? Pourquoi elles...

Une douleur vive dans mon œil gauche me coupa le souffle. Ma peau tout autour se plissa tandis que les marques de l'ombre au noir pivotaient comme les cadrans d'une serrure. D'abord une, puis une deuxième, et enfin la dernière.

L'énigmatisme me venait de plus en plus souvent pour m'expédier dans un monde étrange. Cette fois, ma vision se troubla, et la caverne s'emplit d'un brouillard verdâtre. Les cartes se redressèrent et chaque enseigne prit vie : les boucliers pour les Daroman, les calices pour les Berabesq, les sorts pour les Jan'Tep, les inventions pour les Gitabriens, les roues pour les Zhuban, et celles de toutes les autres nations éloignées du continent et que je n'avais jamais eu l'occasion de visiter.

Les cadres autour des figures volèrent en éclats comme du verre, libérant les personnages qu'ils contenaient. Le sept de calice devint un ecclésiastique qui conduisait ses ouailles à la prière. Le deux de bouclier se divisa pour révéler deux jeunes guerriers qui s'entraînaient avec des épées en bois. Sur le six de roue, une troupe d'artisans zhuban cousait des lanières en cuir sur des armures afin de les rendre à la fois solides et flexibles. Chaque carte, chaque aspect d'une culture vaquait à ses occupations. Les existences qu'elles dépeignaient semblaient banales, et pourtant, rassemblées, elles conduisaient toutes à...

– Kelen? dit Rosie.

– Les enseignes, soufflai-je. La réponse se trouve dans chaque enseigne.

Prononcer ces mots verrouilla ma vision. Les scènes se figèrent à l'intérieur de leurs cartes, qui regagnèrent ces tables qu'en réalité, elles n'avaient jamais quittées. Les marques de l'ombre au noir autour de mon œil reprirent leur place initiale.

– Tu es malade? me demanda Rosie.

La vision fugace que mon énigmatisme m'avait offerte était en train de se dissiper, alors je dis très vite, forçant les mots à sortir de moi tant que c'était encore possible :

– La partie est faussée. Ces enseignes, ces cultures qu'elles représentent... Quand on les voit toutes ensemble, chaque carte fonctionne d'une manière qui fait que, quelle que soit la façon dont on les joue, le résultat, c'est la guerre.

Rosie me regardait sans mot dire.

– C'est donc à ça que mènent toutes les civilisations humaines? demandai-je. Sommes-nous toujours destinés à connaître des guerres et des effusions de sang?

– Les Argosi ne croient pas en la destinée, répliqua-t-elle d'une voix glaciale.

Mais ses épaules s'affaissèrent, et un soupir s'échappa de ses lèvres.

– Pourtant, sur ce continent, tous les chemins semblent y conduire. Nous voyageons dans chaque nation, nous visitons chaque culture, nous cherchons le meilleur moyen de comprendre ces peuples et d'affiner notre jeu pour les représenter de la façon la plus exacte. Mais quand on étale nos cartes, ce n'est jamais qu'une longue et constante marche vers la guerre.

Je compris alors pourquoi les Argosi ne se ressemblaient pas. Pourquoi Furia était si différente de Rosie, elle-même si différente des autres. Ils n'étaient pas simplement des joueurs de cartes, ils étaient le jeu. La main qui cherchait à éviter une guerre sur le continent. Pourtant, peu importait la façon dont ils disposaient leurs cartes, le résultat était toujours le même.

– C'est le jeu, dis-je. C'est le jeu qui est faussé.

Rosie ouvrit la bouche pour parler, mais je n'entendis pas ce qu'elle disait, car une autre voix prit place dans ma tête :

« Bon, quand viens-tu faire une partie avec moi, Kelen ? »

La voix d'un jeune garçon.

La voix de Dieu.

# 43
# L'invitée surprise

– Le dieu berabesq *te demande de le tuer*? interrogea le Chemin de la Cascade de Montagne.

C'était le grand type au chapeau de la Frontière assis tout seul dans la caverne quand Rosie et moi étions arrivés avec Furia.

– Je ne sais pas vraiment, répondis-je. Il a dit très exactement : « Bon, quand viens-tu faire une partie avec moi, Kelen ? »

Une petite bonne femme trapue, avec les cheveux les plus noirs que j'aie jamais vus et qui s'était présentée sous le nom du Chemin des Marches d'Émeraude, inclina la tête comme si elle tentait d'entendre quelque chose entre mes mots.

– Ça pourrait signifier qu'il cherche à te mettre à l'épreuve, proposa-t-elle.

– Le *mettre à l'épreuve*? ricana la Zhuban un peu plus jeune que moi debout près de l'Émeraude. Moi, j'ai plutôt l'impression que ce salopard veut attirer le frondeur de sort dans son temple pour *le tuer*. Alors voilà ce que je dis : on prend les artefacts, ce fléau et ces dés, allez savoir à quoi ils servent, et on attaque ce soi-disant dieu.

Les Zhuban ont encore moins de respect que mon peuple pour les objets magiques et la religion.

– Tes opinions sont toujours trop tranchées, chère *teysan*, soupira l'Émeraude.

– Peut-être que moi, au moins, j'ai des opinions, *maetri*, rétorqua la fille.

Quelques Argosi étaient plongés dans leurs pensées. Certains prononçaient des aphorismes fleuris selon lesquels il ne faut pas confondre les joueurs avec les pions, d'autres suggéraient des solutions nuancées telles que : « On fait exploser les portes du temple et on les tue tous. »

Rakis était si enthousiaste à cette dernière idée que je craignais qu'il propose de devenir le *teysan* de ces types, mais il se contenta de lever le museau.

– Il y a quelque chose qui pue, annonça-t-il.

– Quoi ?

Il décampa sans répondre et monta les marches qui conduisaient à la salle commune, me laissant avec la cinquantaine d'Argosi occupés à décider de mon avenir.

Enna, la mère adoptive de Furia, m'avait un jour dit qu'être Argosi, c'est choisir un chemin dans la vie et que, même si ce chemin en croise parfois un autre, on l'arpente toujours tout seul. À les écouter se disputer sans tomber d'accord sur rien, je me dis que ce n'était pas la bonne façon de voir les choses. Le problème, c'est que, dès qu'il y avait plus d'un Argosi dans une pièce, ils ne s'accordaient même pas sur l'heure, alors inutile de parler du sort à réserver à un dieu belliqueux.

– Ça suffit ! tonna une voix par-dessus toutes les autres, et tout le monde se tut.

Une Furia tremblante appuyée sur une canne en bois

s'avança péniblement. Tous s'écartèrent pour la laisser passer. Durral était prêt à la rattraper au cas où elle s'effondrerait.

Elle éclata de rire face à tous les Argosi.

– Nous comprenons mieux maintenant pourquoi nos *maetri* nous ont appris à jouer aux cartes sans jamais ouvrir la bouche.

– Quel drôle de commentaire, ma sœur, fit sèchement Rosie, de la part de celle qui a à peine gardé le silence pendant toutes nos parties.

Furia lui sourit – un faible rayon de soleil tentant de franchir une épaisse couche de nuages.

« Elle a l'air si... vieille », pensai-je, désespéré.

– Arrête de me regarder avec ces yeux de chien battu, gamin, dit-elle en boitant vers moi. Je t'ai déjà dit que mon cœur n'était pas à prendre, non ? Tu es mignon tout plein, mais j'ai d'autres inclinations, tu sais.

Quelques-uns rirent et la tension tomba un instant dans la caverne. À la limite de mon champ de vision, je remarquai un mouvement discret des lèvres de Rosie : un sourire qui n'était destiné qu'à Furia.

« Ancêtres, pensai-je. Ces deux-là auraient donc été amantes ? »

Chaque fois qu'elles s'approchaient l'une de l'autre aux Sept Sables, elles paraissaient sur le point de se battre. Ou bien de danser, comme préférait dire Furia.

– Tu comptes aller mieux un jour ? lui demandai-je en constatant qu'elle avait du mal à tenir debout malgré sa canne. Ou je vais une fois de plus devoir te sauver la vie ?

Elle pesa de tout son poids sur la canne et, de sa main libre, me caressa la joue.

– Bien sûr, gamin, bien sûr, dit-elle.

Le Chemin des Marches d'Émeraude émit un gloussement désapprobateur.

– La sentimentalité, c'est pas ça qui va faire changer d'avis un dieu qui compte dominer le continent.

– C'est pas non plus le fouetter avec ce vieux machin, répliqua Furia avant de se tourner vers les autres. Écoutez-moi, tous. Nous, les Argosi, nous n'avons pas de généraux. Nous n'avons pas de chefs. Nous n'avons pas de lois, car nous n'en avons jamais eu besoin.

Sa main passa de ma joue à mon épaule dans un apparent geste affectueux, mais je compris qu'elle tentait surtout de dissimuler son déséquilibre.

– Ce gamin est le seul avec qui Dieu semble enclin à discuter. Son chemin, le plus tortueux que j'aie jamais vu, l'a conduit hors des territoires Jan'Tep vers la Gitabrie, la Darome et bien d'autres contrées, y compris l'abbaye d'Ébène. Partout, il a mis au jour des indices de la guerre qui se prépare.

Un pincement autour de mon œil gauche appuya les propos de Furia. Elle avait raison. Tous les complots que j'avais dévoilés depuis trois ans que j'étais parti de chez moi étaient liés : les vers d'obsidienne à l'Académie des Sept Sables, les capacités magiques de l'ombre au noir des moines de l'abbaye d'Ébène, celles de l'entraveur blanc qui avait pris le pouvoir sur moi en Darome. Mes doigts se posèrent sur les lignes entortillées au-dessus de ma joue gauche que ma grand-mère m'avait tatouées quand j'étais enfant.

« C'est comme si je regardais un puzzle, mais que je n'arrivais pas à comprendre ce qu'il représente à cause de la pièce manquante. »

– Où veux-tu en venir ? demanda la Zhuban près de

l'Émeraude, qui ne tint pas compte du froncement de sourcils de son mentor.

Furia lui sourit gentiment.

– Là où je veux en venir, ma chérie, c'est que le gamin ici présent doit décider tout seul du chemin qu'il va emprunter pour nous tirer de ce bordel. Et que celui qui compte lui barrer la route devra d'abord me passer sur le corps.

Ces mots provoquèrent quelques remarques pleines de respect, puis d'adhésion. Mais ce sentiment n'était pas partagé par tous.

– Qui es-tu pour décider de l'avenir des Berabesq ? demanda une femme costaude dont la couleur de peau et les traits taillés à la serpe montraient qu'elle faisait partie de ce peuple. Le fléau est un artefact berabesq. Le dieu, qu'il existe ou pas, est berabesq.

Furia leva les yeux au ciel.

– Et, en ce moment même, les Berabesq cherchent à faire couler le sang de tous les autres peuples. En plus, Lily, je te rappelle que tu as cessé d'être berabesq le jour où tu es devenue argosi.

– Le Chemin des Lys Poudrés, la corrigea la femme, dont le ton m'obligea à plonger mes doigts dans mes poudres. Pas « Lily ». Ni « ma chérie » non plus.

Furia fit mine de ne même pas avoir perçu ses menaces.

– D'accord, coquelicot. Tu veux rejoindre ton peuple ? Dans ce cas, trouve-toi un exemplaire du livre saint de l'horloger, du guerrier, ou celui qui te conviendra le mieux. Un chemin t'attend, tapissé de plein de jolis versets.

Le Chemin des Lys Poudrés s'avança avec des mouvements aussi fluides que l'eau qui coule, encore plus menaçant qu'un serpent à sonnettes qui glisse sur le sable.

– Ce ne sont pas mes choix qui posent question, alors je devrais peut-être faire une petite danse avec toi, le Chemin de la Pâquerette Sauvage.

Un chœur de murmures s'éleva, certains Argosi appelant à l'apaisement, d'autres s'écartant en prévision d'un duel. Le tout fut stoppé par une explosion assourdissante. Des flammes rouge et noire léchèrent le sol de la caverne pour s'arrêter à un centimètre du Chemin des Lys Poudrés.

Je refermai mes bourses de poudre et fis de mon mieux pour que personne ne remarque à quel point mes mains tremblaient.

– C'est une menace, *teysan*? demanda Lily.

Malgré tous mes combats contre des mages, des soldats, des gardes, des espions, voire des serpents volants, je n'avais jamais affronté d'Argosi – quelqu'un qui maîtrisait mieux la ruse au combat que je ne le ferais jamais. Les chances n'étaient pas de mon côté.

– Furia est mon amie, déclarai-je assez fort pour que tout le monde entende. Ce qui est pour moi encore plus important que ma famille. Alors oui, Lily, c'était un avertissement, et ça sera le premier et le dernier.

L'*arta valar* était le talent argosi que je maîtrisais le mieux. Même si j'étais presque sûr qu'un jour, j'y laisserais ma peau.

– Merci, gamin, me souffla Furia. Mais tu sais que je peux m'occuper de mes affaires toute seule?

– Tu tiens à peine debout, lui répondis-je sur le même ton. Alors, à moins que tu aies l'intention de lui tomber dessus et de l'écraser sous ton poids au passage...

Je remarquai soudain un petit geste du poignet de Lily. Elle passa l'arme cachée dans sa manche au creux de sa main. Du bout de sa botte, elle frotta la pierre brûlée.

– Le premier principe de la voie de l'orage, c'est de ne jamais dévoiler en premier son arme la plus puissante sauf à s'en servir vraiment, *teysan*. C'est une bonne chose de vouloir protéger ses proches, Kelen des Jan'Tep, mais cette cité est bourrée de soldats, le temple est gardé par des doctrinaires et la magie des vizirs de cette tour vaut bien celle des mages seigneurs de ton peuple. Qui te protégera d'eux ?

J'entendis un cliquetis en provenance de l'objet en métal caché dans sa main.

– Et pour commencer, qui te protégera de moi ? conclut-elle.

Je ne savais pas quelle arme elle tenait, mais j'aurais parié qu'elle était capable de me tuer avant que je plonge à nouveau les doigts dans mes poudres. J'imagine que c'est pour ça qu'elle eut l'air presque aussi surprise que moi par la deuxième explosion, si puissante qu'elle continua à résonner dans la caverne bien après que l'éclair eut disparu. La pierre était fendue aux pieds du Chemin des Lys Poudrés.

Elle me dévisagea en plissant les yeux pour comprendre comment j'avais pu jeter un sort sans qu'elle le voie. Je me posais la même question, puisque je n'avais même pas touché mes bourses de poudre.

L'explosion venait de quelqu'un d'autre.

– Ça, c'est mon boulot, déclara une voix derrière moi.

Rendu presque sourd par l'explosion, je n'identifiai pas tout de suite cette voix. Mais tout le monde s'était tourné vers la galerie, alors je suivis leurs regards.

Le soulagement était incarné par une femme vêtue d'un long manteau de voyage bleu tellement couvert de sable doré et de terre que c'était comme si le désert l'habillait. Les trois doigts qui lui restaient à chaque main refermèrent le couvercle d'une petite boîte en métal d'où s'échappaient des étincelles à cause de l'orage qu'elle contenait.

Nephenia, l'ensorceleuse dont j'étais amoureux depuis sans doute bien plus longtemps que je ne connaissais la vraie signification de ce mot, croisa mon regard interloqué et me sourit.

– Je t'ai manqué ? demanda-t-elle.

# 44
# La protectrice

Nephenia descendit lentement l'escalier de la galerie d'un pas qui prouvait qu'elle était bien décidée à prendre son temps. Ishak, sa hyène de compagnie, la suivait avec sa queue touffue portée haut, très digne à part un détail : le chacureuil la montait comme un poney.

– À noter pour plus tard, Kelen, lança Rakis. Ça, c'est une entrée.

– Furia a raison, dit Nephenia quand elle atteignit enfin le pied des marches. Les pas de Kelen le mènent au sommet de cette tour, quoi qu'on y trouve. Et c'est moi qui l'y ferai entrer.

Ishak émit un petit jappement assez solennel. Sa maîtresse lui caressa la tête.

– Oui, tu as raison, *nous* allons le faire entrer dans le temple.

Rakis grogna. Je décidai de ne pas traduire, mais Nephenia sourit et ajouta :

– Avec, bien sûr, l'aide inestimable d'un superbe et diabolique chacureuil.

Si une grande majorité des Argosi avaient l'air au moins ouverts à cette idée, le Chemin des Lys Poudrés ne parut pas impressionné. Elle se tourna vers l'assemblée et déclara :

– Deux gentils petits amoureux *teysan* accompagnés de leurs animaux indisciplinés ? C'est tout ce que le Chemin de la Pâquerette Sauvage nous propose pour affronter un dieu ?

– Si c'est vraiment un dieu, dit Furia, c'est exactement ce que je propose, en effet.

– Moi aussi, renchérit la petite bonne femme aux cheveux noir de jais.

Le Chemin des Marches d'Émeraude fit le tour de Nephenia, Ishak, Rakis et moi comme si elle cherchait à nous décrypter.

– Un petit pouvoir, un peu de ruse, et quelque chose d'autre : de l'imprévisibilité.

– Le mot qui manque, c'est l'affection, déclarai-je.

Je n'y avais jamais pensé en ces termes, mais les Argosi n'ont pas d'amis. Même Furia, malgré toutes ses marques d'intérêt, gardait une certaine distance avec le reste du monde. Je me surpris à croiser son regard, plus conscient que jamais de l'importance de l'affection entre nous.

Le Chemin des Lys Poudrés balaya la salle, cherchant sans doute à deviner ce que les autres pensaient. Elle finit par lever les mains au ciel.

– Eh bien… Plaçons tous nos espoirs dans le Chemin d'Étoiles sans Fin. Au point où nous en sommes, au pire, il mourra et nous devrons trouver une autre solution.

Après quoi, l'endroit se vida assez rapidement. J'aurais aimé avoir quelques instants en tête à tête avec Nephenia, mais Ishak et elle avaient d'autres chats à fouetter.

– Je ne me suis pas lavée depuis deux semaines, annonça-t-elle avant d'agiter le doigt en direction de Rakis. Et pas de commentaires, monsieur.

Le chacureuil eut l'air si choqué que, pour une fois, il garda le silence. Elle posa les mains sur ma poitrine.

– Je sais que ça fait longtemps qu'on ne s'est pas vus, Kelen, que c'est une situation bizarre… Et puis, zut !

Elle m'attrapa par la nuque pour rapprocher mes lèvres de sa bouche.

Ça lui arrivait de m'embrasser sans prévenir et sans explication, mais également sans promesse. Elle était tellement timide du temps où nous étions des initiés Jan'Tep… Même si je préférais de loin la façon dont elle avait évolué.

Derrière moi, quelqu'un toussota, ce qui mit fin à notre baiser. Selon moi, cette interruption méritait au moins la peine de mort.

– Excusez-moi, dit le grand et insupportablement beau type qui se faisait appeler le Chemin de la Cascade de Montagne. Je suis désolé, mais j'aimerais m'entretenir un petit moment avec le Chemin d'Étoiles sans Fin.

Nephenia déposa un baiser sur ma joue en disant :

– On se retrouve dans une heure. Il faut partir dès la nuit tombée.

Un instant plus tard, elle avait disparu.

– Encore désolé, dit le Chemin de la Cascade de Montagne en cachant très mal son sourire.

– Qu'est-ce que je peux faire pour toi, le Cascadeur ? lui demandai-je en lui faisant signe de me rejoindre à une table.

Il grimaça à ce surnom, mais ne put que répliquer :

– Je l'ai bien cherché.

Puis il plongea la main dans une poche de son manteau et en sortit une carte.

– Tu vas avoir besoin de ça.

– Une discordance ? demandai-je.

Il fit glisser la carte sur la table, face cachée.

– Pas tout à fait.

Je la retournai pour y découvrir six cercles concentriques composés de lignes entrelacées de façon complexe : une sorte de labyrinthe. Je mis une seconde à comprendre ce que je regardais.

– C'est un plan de la tour du temple ?

– En théorie.

Je l'observai pour voir s'il plaisantait.

– La tour n'est plus accessible aux fidèles depuis des siècles, m'expliqua-t-il. Seuls y pénètrent les plus grands vizirs accompagnés de leurs asabli, ces serviteurs aveugles chargés de porter les textes sacrés et de tourner les pages à leur place.

J'avais oublié que les vizirs n'avaient pas le droit de toucher eux-mêmes leur propre livre saint de peur de le profaner.

– Les asabli ne sont-ils pas non seulement aveugles, mais aussi muets ? demandai-je.

Le Cascadeur acquiesça, puis sourit.

– Mais ils aiment bien boire un coup, alors, même si on ne peut pas vraiment dire qu'ils ont la langue bien pendue, ils possèdent tout de même un langage qui leur est propre.

Ses doigts firent une série de gestes, et je baissai mes mains vers mes bourses de poudre avant de me rendre compte qu'il n'était pas en train de jeter un sort.

– Tu as trouvé un serviteur des vizirs prêt à trahir le secret de leur temple le plus sacré ? m'étonnai-je.

Le Cascadeur éclata de rire.

– Tu crois qu'un seul m'a suffi ? Kelen, chaque vizir n'a accès qu'à un seul étage, et si j'avais tenté d'obtenir ça d'un asabli, il aurait tout de suite compris ce que je cherchais.

– Alors comment tu as… ?

– Ça fait presque deux ans que je suis sur ce coup-là. Différentes apparences, différents contacts.

Il tendit la main vers la carte, qu'il tapota.

– J'ai parfois passé des semaines rien que sur un petit détail. Parce que ça n'était pas comme si quelqu'un allait intentionnellement me révéler l'emplacement d'un couloir ou d'une porte. Je questionnais les asabli sur leur travail et, chaque fois que l'un d'eux me décrivait quelque chose, sa tête se tournait en direction du lieu dont il parlait.

Il s'adossa à sa chaise.

– C'est la pire tâche que le Chemin de la Pâquerette Sauvage m'ait jamais assignée.

– Furia a été ta *maetri* ?

Il acquiesça, surpris.

– Elle ne t'a jamais parlé de moi ? J'étais son *teysan* avant toi.

Je sentis ce fourmillement bien connu dès que j'apprenais quelque chose sur le passé de Furia qu'elle m'avait caché. Mais quand on doit autant à une personne, il faut accepter les limites de l'amitié définies par elle.

Rakis bondit sur la table pour me renifler le visage.

– Hé hé, tu nous fais une petite crise de jalousie ?

– Rakis, arrête.

Il se pencha plus près et feula d'un ton de conspirateur quand bien même, à part moi, personne ne pouvait le comprendre :

– T'inquiète, partenaire. J'ai de quoi te venger de ce type.

Il ouvrit grand la gueule pour me montrer une pièce en argent luisante et humide avec un petit rubis en son centre.

– Ça doit valoir un peu de sous, ce truc, non ?

Le fait que Rakis vienne de faire les poches du Cascadeur n'aurait pas dû me soulager, pourtant ce fut le cas.

– D'accord, dis-je en empochant la carte qui représentait un plan douteux de la tour. Maintenant, je dois rejoindre Nephenia et Ishak. J'imagine qu'un dieu, ça aime pas qu'on le fasse attendre.

Le Cascadeur m'attrapa par le poignet. Rakis grogna, mais l'Argosi l'ignora et plongea son regard dans le mien.

– Qu'est-ce que tu feras, une fois là-bas ?

– C'est-à-dire ?

J'avais six façons de me débarrasser de lui. J'étais en train d'opter pour celle où Rakis lui arracherait un bout de chair quand il me lâcha d'un coup.

– Je voulais juste...

Il jeta un coup d'œil vers l'alcôve, où les parents de Furia lui faisaient reprendre un peu de forces.

– Kelen, elle va mourir. Tu le sais, et je le sais. Comme nous savons tous deux qu'elle refuserait qu'on tue pour elle.

– Qu'est-ce que tu ferais, toi, à ma place ?

Il secoua la tête.

– Il y a une raison pour que je ne me sois pas joint au concert de ceux qui contestaient l'idée d'affronter ce dieu berabesq.

Il baissa les yeux vers la table, comme s'il avait tout à coup trop honte pour soutenir mon regard.

– Si c'était à moi que cette tâche incombait, si je possédais cet artefact daroman que les chuchoteurs t'ont confié, j'oublierais tout ce que Furia m'a appris, je renoncerais même à son amitié si nécessaire et j'irais tuer qui il faut pour la sauver.

J'avais un goût amer dans la bouche. Quelque chose dans ses paroles, quand bien même il paraissait loyal, quand bien même il disait ce que j'avais presque dit moi-même deux semaines auparavant, me parut lâche. Si j'avais retenu une chose des leçons de Furia, c'était bien que le courage implique de choisir le bon chemin, quoi qu'il en coûte. Que le devoir ne permet de justifier des atrocités que si on le laisse endormir notre conscience.

– Kelen, qu'est-ce que tu vas décider ? me demanda-t-il à nouveau.

Je me levai. Les pieds de ma chaise crissèrent sur le sol en pierre.

– Si on part du principe que je ne vais pas me faire poignarder par un doctrinaire en allant au temple ? Que je vais parvenir à localiser le tunnel et à m'y introduire ? Puis que je vais gagner cette tour avant qu'une centaine de gardes cléricaux ne me réduisent en charpie ? Et que ton plan est exact et que ces types à qui tu as parlé n'avaient pas juste un tic au visage ? Puis, bien sûr, que ce dieu ne me tue pas à l'instant où je m'approcherai de lui ?

Mon camarade *teysan* avait l'air un peu désolé pour moi. Il dit :

– Oui, en partant de tous ces principes.

Je n'avais pas de réponse à lui offrir. L'aiguille de la boussole dans mon cœur censée guider mes choix tournoyait comme une folle. Alors je fis ce que Furia aurait sans doute fait dans un moment pareil : je plaçai ma paume sous la gueule de Rakis et lui chatouillai le menton jusqu'à ce que, avec un regard furieux, il recrache la pièce qu'il avait volée. Puis je la lançai en l'air en me retournant et conclus :

– Il vaudrait mieux jouer ça à pile ou face.

MAKHAN MEBAB
LA CITÉ DES MIRACLES

# La cité des miracles

*Méfiez-vous de ceux qui vénèrent leur lieu de vie comme s'il s'agissait de la cité des dieux. Ils sont souvent de mauvais bailleurs.*

# 45

# La luminaire

Tandis que Nephenia, Ishak, Rakis et moi, on fuyait à travers les rues de Mebab en essayant de semer ceux qui s'étaient lancés à nos trousses à l'instant où on avait quitté le salon de voyageurs, je dus me rendre à l'évidence : je ne ferais jamais un bon assassin. Je vous l'accorde, l'autocritique, ça n'est pas l'activité la plus utile au moment où on cherche à échapper à ses ennemis, mais ça vaut toujours mieux que d'écouter les reproches d'un chacureuil et d'une hyène.

– T'es vraiment pas discret, me fit remarquer Rakis en surveillant nos poursuivants depuis mon épaule pendant que je courais.

– Je sais, répliquai-je.

La hyène, qui bondissait près de Nephenia, poussa un petit jappement.

– Ishak dit que t'es pas très rapide non plus, m'informa le chacureuil. Kelen, ces types vont nous rattraper si tu...

– Je sais, Rakis.

Ishak jappa à nouveau à mon intention. Nephenia la fit taire.

– Qu'est-ce qu'elle a dit ? demandai-je.

– Rien, répondit l'ensorceleuse.

Mais Rakis se fit un plaisir de traduire.

– Elle a dit que, la dernière fois que t'as visé, t'as raté ton coup, alors elle demande si tu ne pourrais pas t'entraîner un peu plus ?

Mon explosion de poudre avait manqué nos poursuivants d'un kilomètre au moins car j'avais l'épaule droite engourdie à cause d'une flèche de sarbacane.

Une sarbacane.

Qui utilisait encore des sarbacanes ? Ça n'est jamais aussi précis qu'un arc ou une arbalète. Et ça n'a pas non plus la même portée. Et puis, avec ça, il faut vraiment être un tireur d'élite pour atteindre quelque chose de vital comme une artère ou un œil. Alors, vous savez pourquoi on utilise encore des sarbacanes ? Pour le poison. Leurs projectiles sont parfaits pour transporter du poison et ainsi tuer sans même que la victime s'en rende compte.

Dans ce cas, pourquoi je n'étais pas mort ?

Le trio à nos trousses ne portait pas les habits en lin des doctrinaires mais le vêtement traditionnel noir et argent des gardiens des temples berabesq. Dans la mesure où on n'avait même pas encore tenté de franchir les murailles de Makhan, j'ignorais pourquoi ils nous poursuivaient. Encore plus étrange, ils m'avaient déjà touché à trois reprises avec leurs sarbacanes. La première à l'épaule, ce qui m'empêchait de viser et de répliquer avec mon sort de poudre, la deuxième à la jambe gauche, ce qui me faisait boiter et nous ralentissait.

Et la troisième ? En plein dans le derrière. Ce projectile-là, je pense que c'était juste par dépit.

– À droite ! cria Nephenia en atteignant une ruelle.

Sa voix paraissait étrange à travers sa cotte de mailles, un mélange de menace et d'écho qui convenait parfaitement au masque démoniaque laqué de rouge qui dissimulait ses traits. Cela rendait pénible de la regarder, ce qui était peut-être la raison pour laquelle elle n'avait été atteinte par aucun projectile.

La véritable question, c'était : pourquoi nos poursuivants ne m'avaient-ils pas touché au cou, ce qui m'aurait achevé ? D'ailleurs, pourquoi le poison était-il si léger ? J'étais presque sûr qu'il ne me tuerait pas. Son effet était déjà en train de se dissiper.

« Ils ont pour mission de me capturer, pas de me tuer. Mais à quoi bon ? »

– Il y en a un plus haut ! prévint Rakis.

En levant les yeux, je découvris la silhouette d'une femme de petite taille qui bondissait lestement de toit en toit. Elle porta à ses lèvres un tube de la longueur de son avant-bras.

– Je m'en charge ! cria Nephenia en récupérant dans la poche de son manteau ce qui était sans aucun doute un charme sophistiqué qui abattrait bientôt notre poursuivante.

– Non, moi ! répliquai-je.

Je sortis l'une de mes pièces de *castradazi* de l'ourlet de ma chemise.

Parce que, le problème avec les charmes de Nephenia, c'est que la plupart ne fonctionnent qu'une fois et que nous avions besoin de toutes les armes possibles pour pénétrer dans le temple. Pas du tout parce que j'étais bêtement agacé d'être la cible de tous les projectiles et fatigué de passer pour un maladroit doublé d'un idiot.

Faire danser les pièces, ça exige des mouvements subtils et précis ; pas simple quand on court dans une ruelle avec une épaule engourdie et une boiterie. Mais je m'étais beaucoup entraîné au cours des deux dernières années ; de plus, la *lomocastra*, ou luminaire, était la pièce la plus facile à manier. En fait, je ne suis même pas sûr que *lomocastra* soit son vrai nom. Le type qui m'avait donné les cinq pièces magiques n'avait pas pris la peine de préciser leur nom, ni – ce qui était le plus gros problème – leur mode d'emploi. Après de nombreuses tentatives infructueuses, j'avais réussi à réaliser quelques tours et je les avais baptisées. Lancée correctement, la pièce de gardien pouvait se lier magnétiquement à un objet métallique, ce qui en faisait un excellent outil pour ouvrir les serrures. À l'inverse, la fugitive pouvait attirer un objet pour l'entraîner au loin.

Je réfléchis à utiliser cette dernière pour arracher la sarbacane des mains de ma poursuivante mais, le problème avec cette pièce, c'est de trouver le bon geste : il faut la lancer à plusieurs reprises jusqu'à trouver la hauteur et l'angle précis. La luminaire n'a pas besoin de tout ça. Si on la jette assez fort, ça suffit pour qu'elle réagisse à la lumière.

Le bout métallique d'une flèche se ficha entre les pavés à mes pieds.

– Elle prépare déjà le projectile suivant, feula Rakis. Et il y en a deux autres qui approchent.

– Je m'en occupe, dis-je.

Vous avez déjà essayé de courir tout en boitant et en faisant danser une pièce ? Eh bien, sachez que c'est aussi dur que ça en a l'air.

Je lançai une fois la luminaire, puis une deuxième, et encore une fois, à la recherche de cette étrange sensation de légèreté qui me signifiait qu'elle était prête à danser.

– Allez, allez…

La luminaire, la plus brillante de mes cinq pièces, se mit à étinceler sous les rayons de la lune.

– Ça y est !

Là, je dus m'arrêter parce que la pièce s'était mise à résister à la gravité comme chaque fois que je la lançais. Je réessayai et, pendant qu'elle dansait, je sortis les poudres de mes bourses. Mon geste fut imprécis à cause de mon épaule engourdie, mais elles entrèrent tout de même en collision et je parvins à créer les formes somatiques tout en prononçant l'incantation à temps pour déclencher mon sort. Des flammes jumelles rouge et noire jaillirent.

Bien entendu, elles manquèrent la pièce. Si j'étais parvenu à ce niveau de précision, j'aurais tout simplement pu faire exploser mes poursuivants. Par chance, tout ce dont la luminaire avait besoin, c'était d'un éclair.

– Fermez les yeux ! criai-je à Nephenia et aux autres comme je plissais les miens très fort.

Malgré mes paupières closes, l'explosion m'aveugla. J'avais nommé cette pièce la luminaire non seulement parce qu'elle réfléchissait la lumière, mais aussi parce qu'elle l'amplifiait.

Derrière moi, j'entendis des grognements et autres gémissements. Quand je rouvris les yeux, je vis deux de nos poursuivants tituber. Sur le toit, la femme à la sarbacane rata sa réception et bascula dans le vide. Par chance pour elle, elle rebondit sur l'auvent d'une échoppe avant d'atterrir plus bas. Mais le craquement de ses os quand elle heurta le sol n'était pas de bon augure.

– Aïe, feula Rakis en clignant des yeux face à la femme évanouie. Ça va faire mal au réveil.

La luminaire regagna la paume de ma main. Je l'y emprisonnai puis tendis le bras ; même ainsi, elle éclairait assez pour servir de lanterne.

– Et elle va faire ça combien de temps ? demanda Nephenia alors qu'on laissait nos poursuivants aveuglés derrière nous.

– C'est difficile à dire, répondis-je en m'arrêtant dans la rue que je recherchais depuis qu'on avait quitté le salon de voyageurs. La luminaire réagit en fonction de la nature de la lumière. Si je l'expose toute une journée au soleil, elle brillera presque toute la nuit. L'explosion de mes poudres nous laisse au moins une heure, assez pour trouver l'entrée du tunnel qui passe sous Makhan.

– Fascinant, dit Nephenia en reprenant son souffle. J'ai l'impression que ça n'est pas dû à un charme intégré à la pièce, mais à une propriété inhérente à son alliage.

Elle jeta un coup d'œil à l'alignement banal de boutiques fermées et de ruelles tout autour de nous.

– Tu es certain qu'il y a un tunnel ici ?

– Certain, c'est un bien grand mot, mais on va dire que oui.

J'avais cru que, pour découvrir l'entrée du tunnel, il suffirait de revenir à l'endroit où Furia avait désigné le vizir qui sortait du temple sans avoir franchi aucune de ses portes. Mais là, la seule chose que je voyais, c'était une rangée de maisons de plain-pied en grès décrépi et aux portes blanches qui se ressemblaient toutes. Je n'aimais pas l'idée de forcer la serrure d'une demeure berabesq et de devoir expliquer à ses occupants pourquoi deux Jan'Tep accompagnés d'animaux sauvages s'introduisaient chez eux.

Ishak et Rakis se mirent à renifler, le chacureuil se donnant beaucoup de mal pour communiquer son scepticisme, la hyène confirmant avec des aboiements joyeux.

– Je suppose qu'aucune de tes pièces de *castradazi* ne pourrait nous indiquer où se trouve le tunnel ? demanda Nephenia.

Je tendis la main vers la poche cachée dans l'ourlet de ma chemise. À part la luminaire, j'avais une pièce de gardien, une fugitive, une quatrième pièce que j'appelle la guetteuse à cause de son œil ouvert sur une face et fermé sur l'autre, mais que je ne savais pas utiliser. Et pour finir, il y avait la guêpe : je l'avais baptisée comme ça parce qu'elle me piquait chaque fois que j'essayais de trouver à quoi elle pouvait bien servir. Je ne voyais pas comment ça allait m'aider.

Ishak, qui reniflait toutes les portes les unes après les autres, poussa une série d'aboiements.

– Qu'est-ce qu'elle dit ? demandai-je.

Avant que Nephenia puisse traduire, Rakis feula :

– La hyène propose qu'on essaie la porte avec le type mort derrière.

# 46
# Le cadavre

J'avais déjà souvent eu l'occasion de voir des corps sans vie. C'est l'un des risques de mon métier, qui induit que les gens passent leur temps à vouloir me tuer. Mais je pense que je n'avais jamais vu autant de sang. La toge du vizir pénitent, blanche à l'origine, était entièrement devenue rouge.

– Pourquoi l'avoir égorgé puis maintenu debout jusqu'à ce qu'il se vide de son sang ? demanda Nephenia, qui ne paraissait pas très en forme, tout à coup.

En règle générale, elle est confrontée à beaucoup moins de scènes de crime que moi. Elle insista :

– Serait-ce une sorte de rituel ?

– Sans doute plutôt pour l'empêcher de crier à l'aide.

Je ravalai ma répulsion et m'agenouillai pour voir ce que je pourrais découvrir. Quand on veut égorger quelqu'un, d'habitude, on l'attaque par-derrière. Mais vu l'absence de sang sur les murs, cette fois, on avait plutôt sauté sur le vizir dès qu'il avait refermé la porte. Donc, quelqu'un l'attendait là ? Ce n'était pas un endroit idéal pour une embuscade : trop facile d'être repéré par la victime dès qu'elle ouvrait la porte.

– Celui qui a fait ça cherchait lui aussi le tunnel. Il a suivi le vizir jusqu'ici, puis il l'a tué.

– Depuis combien de temps il est mort ?

Je fis signe à Rakis. Le chacureuil renifla le cadavre à deux reprises avant de plisser le museau et d'annoncer :

– Quatre heures.

Ishak s'approcha et inspecta le corps avant de pousser un bref jappement.

– Quatre, maintint Rakis.

– Qu'est-ce qu'elle a dit ? demandai-je.

– Peu importe. Cette hyène est stupide.

– Six heures, traduisit Nephenia.

Rakis grogna. Il est parfois jaloux de la supériorité olfactive d'Ishak.

– Bon, dis-je, en essayant de réfléchir à ces quelques indices.

Des empreintes de pas sanglantes se dirigeaient vers la sortie. Toutefois, d'autres traces revenaient pour contourner la mare de sang et partaient vers l'entrée obscure du tunnel.

– Qu'est-ce que tu comprends, toi ? demanda Nephenia.

– Après la mort du vizir, son assassin a entraîné les gardiens du temple dans une joyeuse course-poursuite à travers Mebab. Il les a sans doute semés près du salon de voyageurs, où ils ont attendu qu'il réapparaisse.

– Et ils ont ensuite pris en chasse le premier étranger qu'ils ont vu quitter le salon, en l'occurrence, toi.

J'acquiesçai.

– Mais entre-temps, l'assassin était revenu pour s'introduire dans le tunnel.

Nephenia regarda le passage obscur.

– Donc, il y a un nouveau joueur dans la partie. Qu'est-ce qu'il veut ?

J'observai le corps à terre. Souvent, les assassins manquent de rigueur, et même les professionnels commettent des erreurs. Mais le meurtre du vizir avait été exécuté d'une main de maître. Combien d'Argosi présents au salon de voyageurs rêvaient de récupérer le fléau en ma possession pour aller mettre fin une bonne fois pour toutes à cette menace divine berabesq ? Les paroles du Chemin de la Cascade de Montagne me revinrent en tête : « Si c'était à moi que cette tâche incombait, j'oublierais tout ce que Furia m'a appris, je renoncerais même à son amitié si nécessaire et j'irais tuer qui il faut pour la sauver. »

– Allez, venez, dis-je en m'engageant dans le tunnel en pente.

Je levai le poing qui tenait la luminaire pour avoir un peu de lumière et me mis en route sur les pierres glissantes.

– Une seconde, me dit Nephenia comme on allait prendre un virage. Où sont Rakis et Ishak ?

Elle voulut rebrousser chemin pour les chercher, mais je l'entraînai dans le tunnel. Je ne savais que trop ce que le chacureuil était en train de faire.

– Ne t'inquiète pas, ils vont nous rejoindre. Tu n'as pas envie de voir ce qu'ils font.

– Hé ! protesta le chacureuil depuis l'entrée, la gueule pleine. Si tu nous avais nourris au salon, on n'aurait pas besoin d'un casse-croûte à l'heure qu'il est.

Mais bientôt, la faim se révéla le cadet des soucis de Rakis.

– J'aurais jamais cru finir mes jours perdu dans un labyrinthe, grogna-t-il. J'aurais préféré une mort plus noble.

– Quel genre de mort ? demandai-je en orientant la luminaire, qui éclairait de moins en moins, vers un couloir humide.

Furia et moi, on avait fait l'erreur de croire que le tunnel d'accès au temple était en ligne droite. Mais sous les rues tirées au cordeau de Mebab, il y avait les vestiges d'une cité ancienne dont les citoyens avaient sans nul doute péri de faim à force de s'égarer dans ses ruelles qui semblaient ne jamais conduire nulle part. Et comme dans toute ruine qui se respecte, on tombait souvent sur des éboulis. On devait donc sans cesse revenir sur nos pas pour ensuite atterrir dans un nouveau cul-de-sac.

– On va tous mourir, marmonna Rakis.

Ishak émit un jappement joyeux.

– Tais-toi, rétorqua le chacureuil. Stupide hyène.

Je sortis la carte que le Chemin de la Cascade de Montagne m'avait donnée en espérant que, sur ce minuscule plan incompréhensible, un indice nous permettrait de gagner le temple. Mais dans ces toutes petites lignes, rien ne suggérait une entrée secrète.

– Kelen, ça va ? me demanda Nephenia. Tu es en sueur.

– Oui, oui. Je vais génialement bien. Je vis ma meilleure vie.

Peu avant de partir de chez moi trois ans plus tôt, j'étais descendu dans une mine située sous l'oasis de notre ville. C'est là que je m'étais découvert claustrophobe.

– Ces parois ont pas l'air très solides, dit Rakis en en grattant une avec ses griffes. Il faudrait pas grand-chose pour que l'une d'elles s'écroule.

– Arrête, dis-je.

Il inspira bruyamment.

– Et l'oxygène devient rare. En fait, on va sans doute plutôt mourir étouffés.

– Rakis, tais-toi.

Il renifla encore.

– Je suis presque sûr qu'il y a des rats, en plus. Beaucoup de rats. Et des crocodiles.

L'une des capacités d'Ishak consiste à reproduire chaque son qu'elle entend. Elle se mit à répéter en boucle : « Et des crocodiles. »

Rakis bondit comme si des mâchoires pleines de crocs venaient de lui mordre la queue. Quand il toucha terre, il avait le poil totalement hérissé.

– Des fois, tu n'es vraiment pas maligne, lança Nephenia à Ishak.

La hyène répondit par un éclat de rire tout en continuant à tourner autour de Rakis.

– Calmez-vous, s'il vous plaît, leur commandai-je en essuyant à nouveau la sueur sur mon front. On cherche un moyen d'entrer dans ce temple.

Je ne cessais de regarder la carte à la recherche de quelque chose qui n'y figurait pas, j'en étais presque sûr. Je voyais trouble, et mes poumons devaient travailler dur pour capter un peu d'air. Mes camarades semblaient aller bien, donc ce n'était que la conséquence de ma claustrophobie. Malheureusement, quand je suis dans cet état, ça perturbe Rakis, qui cherche des raisons à mon anxiété.

– Ça pue la pourriture aussi. Et le sac à peau. Et les égouts…

– Tu veux bien arrêter ? murmurai-je d'un ton furieux. J'essaie de trouver quel chemin empruntent les sacs à peau quand ils…

– Qu'est-ce qu'il y a ? demanda le chacureuil, inquiet de l'expression de mon visage. Qu'est-ce qu'il y a ? Un crocodile ?

Sa tête allait de droite à gauche ; il était convaincu qu'il allait être dévoré d'un instant à l'autre.

– Qu'est-ce qui se passe ? demanda Nephenia.

Je m'agenouillai pour attraper Rakis par la peau du cou.

– Tu as dit que tu sentais une odeur de sacs à peau, c'est ça ? Combien ?

Il grogna, puis haussa les épaules.

– C'est juste les restes de deux odeurs. Je pense qu'il n'y a pas beaucoup de sacs à peau qui passent par ici…

Ses yeux de fouine s'illuminèrent, et un sourire apparut sur son museau couvert de poils.

– Dis, Kelen ?

– Quoi ?

– J'ai une idée.

– Utiliser ton flair pour suivre la piste laissée par un sac à peau puant qui nous conduirait au temple ?

– Non, crétin. Le museau des chacureuils est bien trop délicat pour suivre une trace dans cette puanteur.

Il bondit sur le dos d'Ishak.

– Mais les hyènes, elles, elles s'en foutent que ça pue.

# 47
# Le labyrinthe

La luminaire n'éclairait plus depuis longtemps quand on atteignit l'entrée du temple. Rakis était à califourchon sur le dos d'Ishak, dont le flair nous aidait à contourner les obstacles. Les deux bestioles avaient l'avantage d'être proches du sol. En revanche, nous, les humains, sans lumière ni odorat digne de ce nom, on n'arrêtait pas de se cogner la tête contre les murs délabrés de l'ancienne cité berabesq. Ce qui, pensai-je, était un excellent prétexte pour prendre la main de Nephenia et passer en premier. Je l'avoue, cet accès de galanterie me procura un bonheur immense.

– Hi hi, gloussait le chacureuil chaque fois qu'il percevait le bruit sourd de mon crâne heurtant une surface douloureusement solide.

Il ne ratait pas une occasion. Au bout d'un moment, on était réglés comme des horloges : Ishak prenait un virage, suivi de l'avertissement de Rakis : « Par là ! »

Et *boum*. Je me cognais la tête.

– Hi hi.

– Par là, maintenant !

*Boum*.

– Hi hi.

Nephenia avait des bougies ensorcelées dans son manteau, mais Ishak et Rakis prétendaient que la fumée perturberait leur odorat. Je n'étais pas certain que ça soit un argument valable. Mais alors que je commençais à rêver de l'odeur d'un chacureuil rôti et d'une hyène en ragoût, on atteignit une porte en métal.

– Verrouillée, déclara Rakis.

– Tu es capable de *sentir* ça ? demandai-je.

– Non, mais qui ne verrouillerait pas une porte secrète qui donne sur un temple sacré ?

Bien vu.

D'habitude, si une serrure est massive mais assez simple, je peux l'ouvrir. Rakis s'occupe des plus petites et plus complexes. Le chacureuil est un génie du crochetage. Le problème, c'est quand il y a une serrure trop lourde pour que le chacureuil puisse faire tourner ses différentes parties, mais avec un mécanisme trop complexe pour moi. Précisément le genre de serrure qu'on met sur la porte secrète d'un temple.

– On pourrait se cacher pour attendre l'arrivée d'un autre vizir, proposa Rakis. Dès qu'il ouvre la porte, on lui saute dessus et on lui arrache la gorge. Ensuite, je fais sauter ses globes oculaires pendant que tu lui découpes les oreilles. Peut-être que tu pourrais aussi lui attraper la langue. C'est tellement spongieux, ce truc, j'ai toujours du mal à la choper.

– Ou alors, on pourrait utiliser ma pièce de gardien, dis-je en la sortant de l'ourlet de ma chemise.

Il me décocha un regard sceptique. Ses moustaches frémissaient quand il demanda :

– Et comment on aura des globes oculaires, alors ?

– On n'en aura pas, répliquai-je en lançant et en relançant la pièce jusqu'à trouver le bon angle, la bonne hauteur et le bon mouvement pour qu'elle se lie à la serrure.

J'expliquai :

– Tu te souviens qu'on essaie de s'introduire dans un temple sacré pour éviter qu'un dieu déclenche une guerre ?

– Ah oui, c'est vrai.

Il baissa le museau et prit un air penaud. Allez savoir pourquoi, je me sentis coupable.

– Peut-être que Dieu a des globes oculaires, dis-je.

Il inclina sa petite tête velue, sa babine de félin se retroussant en un très mauvais sourire.

– Tu crois que… ?

« Ancêtres », jurai-je en silence.

Un cliquetis m'indiqua que la pièce de gardien était venue à bout de la serrure. La porte en métal s'ouvrit sur le saint des saints berabesq, où mon partenaire espérait se délecter bientôt du cadavre d'un dieu. Mais depuis quand ma vie était-elle devenue aussi sordide ?

Malgré mon passé de hors-la-loi et la maigreur habituelle de mon porte-monnaie – pas seulement parce que Rakis le pillait à intervalles réguliers –, j'avais déjà eu l'occasion de voir quelques merveilles architecturales. Cazaran, la capitale de la Gitabrie, pouvait se vanter de huit ponts spectaculaires au-dessus d'un défilé vertigineux, qui reliaient les deux parties de la ville. Le palais impérial de Darome n'était pas mal non plus, en termes d'ostentation. Et l'abbaye d'Ébène, avec ses tours en minerai mystique de l'ombre au noir, était terriblement impressionnante avant que mon père et sa bande de mages guerriers ne la détruisent. Mais rien n'arrivait à la cheville de la tour du grand temple de Makhan.

– Par mes grands dieux, murmura Rakis comme on se glissait dans un couloir scintillant de toute beauté.

– Lesquels ? demandai-je. J'ai l'impression qu'avec toi, il y en a plus à chaque fois.

Il leva la tête vers moi comme si le lien entre nous était rompu.

– Mais qu'est-ce que tu racontes, *idjit*, j'ai pas parlé de dieux. J'ai dit que j'en croyais pas mes *yeux*.

Il s'ébroua, et sa fourrure prit la teinte dorée des murs tout autour de nous.

– Vous parlez toujours autant quand vous pénétrez dans le temple le plus secret du continent ? nous souffla Nephenia.

– Elle a pas tort, dit Rakis. Vaut mieux que tu la fermes, Kelen.

J'examinai la carte que le Chemin de la Cascade de Montagne m'avait donnée, dans l'espoir de comprendre où nous étions. Je me demandais toujours si je pouvais compter sur un plan dessiné à partir des mouvements de tête de serviteurs aveugles et ivres ignorant qu'ils étaient en train de révéler l'emplacement d'un couloir, autrement dit, pas grand-chose. Mais si certains endroits étaient inversés, la plupart des pièces et couloirs mentionnés sur la carte semblaient bel et bien exister.

– Apparemment, il y a une salle de prière à chaque étage, dis-je tout bas. On ferait bien de les éviter.

– Tout à fait d'accord, renchérit Nephenia. Et tu pourrais peut-être aussi rappeler au chacureuil quel est l'objet de notre mission ici.

Je jetai un coup d'œil tout autour de moi, mais Rakis avait encore disparu. Je le retrouvai en train de gratter les murs recouverts de feuille d'or pour récupérer le précieux minerai.

– Mais qu'est-ce que tu fabriques ? demandai-je.

– Chut, me souffla-t-il. Tu vois pas que je suis occupé ?

Parfois, l'avidité de mon partenaire à poils doit être traitée avec prudence. Alors je dis :

– Si on est chargés d'or, comment on fera pour emporter les pierres précieuses ?

– Les pierres précieuses ?

– Tu n'as pas entendu toutes ces histoires sur le temple ? On dit que la salle du trésor contient la plus vaste collection de pierres précieuses de tout le continent. Des diamants, des rubis, des émeraudes, des saphirs..., énumérai-je.

– Des saphirs ?

– Des seaux entiers.

Il cessa de gratter les murs, mais ses griffes étaient dorées quand il sautilla vers moi.

– Les seaux, ça sera pratique quand tu ramèneras *mes* pierres précieuses au salon de voyageurs.

À nouveau plongé dans la carte, je tentai de trouver quel couloir menait à l'escalier. Notre progression était douloureusement lente. Le sol résonnait sous nos bottes, ce qui menaçait d'alerter les patrouilles. Heureusement, les gardiens n'étaient pas aussi nombreux qu'on aurait pu le craindre.

– Pourquoi cet endroit est-il si mal protégé ? demanda tout bas Nephenia.

Je reconnus à sa façon de parler les techniques de Furia pour que je l'entende sans que sa voix porte.

– J'en sais rien, répondis-je en plissant les yeux, effrayé à l'idée que mes murmures se propagent en écho sur les murs.

– Cet endroit me fout les chocottes, feula Rakis.

Ishak confirma par un petit jappement.

Je leur fis signe à tous deux de se taire, même si je ne pouvais pas les contredire : plus on avançait dans ces couloirs dorés, plus on voyait de choses étranges. Face à une salle remplie de remèdes et d'instruments médicaux, on découvrit une chambre de torture avec des outils clairement destinés à arracher les aveux de blasphémateurs. Une bibliothèque qui contenait plus d'ouvrages que le palais impérial de Darome faisait face à une antichambre équipée de tout le nécessaire pour brûler les textes impies. Les incessantes contradictions des six sectes religieuses berabesq semblaient coexister en harmonie dans un même temple.

On atteignit enfin l'escalier et on passa à l'étage suivant. Selon la carte, il n'y avait pas un seul escalier central, mais plein d'escaliers éparpillés, et on dut parcourir à peu près toute la surface de la tour avant de rejoindre le sommet.

La seule logique de l'endroit, c'étaient les salles de prière à la droite de chaque escalier. Leurs plafonds peints représentaient des constellations, qui dominaient des parquets dotés de disques en bois pour ceux qui souhaitaient prier avec plus de confort. C'est en passant devant la troisième de ces vastes salles qu'on comprit pourquoi le temple paraissait désert.

– Mais pourquoi tous les gardiens font leur prière en même temps ? demanda Nephenia dans un murmure.

À chaque étage, c'était pareil : la salle de prière était remplie de dizaines de sentinelles en noir et argent qui auraient dû être en train de patrouiller mais qui, au lieu de ça, se tenaient à genoux, tête inclinée, tandis qu'un vizir perché sur une chaire leur faisait réciter des prières à l'une des six faces du dieu berabesq. L'entrée de chaque salle était protégée par une grille à gros barreaux, ce qui aurait eu du sens si on voulait empêcher les intrusions, à ce détail près qu'elle était verrouillée de l'extérieur.

Je fis signe aux autres de ne pas bouger tandis que je rampais devant l'une de ces entrées, puis escaladai le mur jusqu'à me glisser dans un espace au-dessus du plafond de la salle de prière, par lequel l'air circulait. De là, je pus examiner les hommes et femmes en contrebas.

Les gardiens du temple, vizirs et autres asabli étaient tous en prière, mais il y avait dans cette scène quelque chose de dérangeant : les gardiens paraissaient inquiets. Ils tournaient sans cesse la tête vers la porte, comme si les couloirs vides étaient pour eux source d'angoisse. Quand l'un d'eux voulut se lever, le vizir le rappela à l'ordre. Le gardien s'agenouilla de nouveau sur le disque de prière et reprit ses psaumes.

« Pourquoi les vizirs obligent-ils les sentinelles à rester dans les salles de prière ? » me demandai-je, sans grand espoir d'obtenir une réponse. Ce qui fut la raison pour laquelle je manquai de tomber de mon perchoir quand j'entendis une voix me dire : « Étrange, en effet, non ? »

C'était la même voix que les fois précédentes, mais elle avait changé : elle paraissait tendue, comme arrachée de la gorge de quelqu'un qui tente de dompter une douleur intense.

« Comme s'ils savaient que tu viens attenter à ma vie. »

# 48
# La torture

Les cris, ça n'était pas le pire. Mais des gémissements à vous briser le cœur nous attiraient inexorablement, Nephenia, Ishak, Rakis et moi, dans les couloirs circulaires qui conduisaient au sommet de la tour. On tremblait, non pas de froid, mais à cause d'un bizarre bourdonnement dans l'air. Plus on approchait, plus les murs semblaient se tasser, comme si les pierres sous les feuilles d'or tremblaient elles aussi d'horreur. Il se passait quelque chose de terrible dans cette tour. Quelque chose de surnaturel. Les traces noires autour de mon œil gauche me donnaient l'impression de gonfler.

On touchait au but quand Ishak, à quelques pas devant nous, se retourna d'un coup en découvrant ses crocs et en grognant à l'intention de Nephenia.

– Elle veut qu'on fasse demi-tour, traduisit-elle.

– Je suis bien d'accord, grogna Rakis, dont la fourrure passait alternativement du noir au rouge sang. Je veux me tirer d'ici.

– Hé, je te rappelle que tu es mon partenaire, lui dis-je.

J'avais appris que tenter de le rassurer quand il a peur, ça ne donne que des morsures.

Nephenia secoua la tête, les doigts posés sur ses tempes. Les bandes tatouées sur ses avant-bras n'étincelaient pas comme d'habitude : ses sigils brillaient comme si les encres métalliques étaient en train de se liquéfier.

– Kelen, je me sens mal.

Je ne me sentais pas très bien non plus, mais mieux qu'elle, ce qui était étrange. D'habitude, je suis le premier à tomber dans les pommes.

« Toi et moi avons quelque chose en commun, me dit la voix dans ma tête alors que les hurlements du garçon résonnaient dans le couloir. Quelque chose qui rend ça... moins inhabituel pour tes sens. »

« Quoi ? » demandai-je en silence.

Je partais du principe qu'un dieu capable de glisser des pensées dans votre tête peut aussi entendre les vôtres.

« Viens voir. »

Je me forçai à avancer. Les autres grincèrent des dents mais me suivirent. On ne mit pas longtemps à atteindre le bout du couloir, et on se cacha dans l'entrée d'une vaste salle circulaire. Des tentures de couleur vive allant du sol au plafond y représentaient la flore et la faune du désert. Des jouets de toutes sortes et de toutes tailles gisaient par terre – animaux en peluche, jeux de construction complexes destinés à des enfants plus âgés. Il y avait aussi des plateaux hexagonaux avec des pièces en bois sculpté en forme de soldats et d'engins de siège. Au fond de la salle, un petit bureau d'écolier encombré de feuilles de brouillon couvertes de mots gribouillés à l'encre.

Ce qui gâchait cette impression de chambre d'enfant gâté, c'était le bloc de marbre d'un mètre vingt de haut au-dessus duquel se tenaient six vizirs vêtus de toges somptueuses. Y était étendu un garçon ligoté dont la peau sombre était devenue couleur cendre sous le coup de la douleur. Des asabli tenaient des ouvrages reliés en cuir vers lesquels les vizirs ne cessaient de se tourner pour ensuite inscrire des sigils sur les membres du garçon à l'aide de plumes en bronze. Chaque plume traçait une marque rouge vif dans sa chair, où s'étiraient des lignes d'une encre à la noirceur si parfaite que je ne pus m'empêcher de murmurer :

– L'ombre au noir.

L'air se bloqua dans mes poumons alors que ma tête s'emplissait d'idées pour attaquer ces vizirs. Nephenia m'attira avant que l'un d'eux ne jette un coup d'œil dans ma direction.

– Kelen, sois prudent, souffla-t-elle.

Elle s'inquiétait pour rien : la combinaison des cris du garçon et des prières des vizirs aurait noyé le vacarme d'une armée tout entière. Elle ajouta :

– Tu ne peux rien contre eux.

Je chassai cette idée. L'image de ce garçon attaché à cette table… c'était comme me voir trois ans plus tôt, lorsque mes parents faisaient couler de l'encre métallique fondue sur mes avant-bras, m'interdisant tout accès à la magie, l'essence même de mon peuple.

– Pourquoi tu t'inquiètes ? demandai-je tout bas. On était en bien moins bonne posture quand on a combattu les moines à l'abbaye d'Ébène.

– Tu vois les broderies dorées sur les manches de leur toge ?

J'acquiesçai. Ces motifs intriqués paraissaient composés de mots d'une langue que je ne connaissais pas. Le temps et l'effort nécessaires pour réaliser ce travail d'orfèvre avaient dû être considérables.

– Tu ne trouveras jamais ça sur les habits de vizirs moins haut placés, insista Nephenia. Ni même sur la tenue des doctrinaires. Ces six hommes sont des arcanistes.

– Des quoi ? demanda Rakis, les oreilles plaquées contre son crâne.

Je n'avais pas vraiment étudié la théocratie berabesq, car j'avais surtout cherché à m'en tenir à l'écart. Nephenia comprit que j'ignorais de quoi elle parlait.

– Des arcanistes, reprit-elle en plissant les yeux à cause d'allez savoir quelle douleur ce mot infligeait à son esprit. Tu te souviens, il y a deux ans, quand on a affronté les doctrinaires dans le désert ? Ils utilisaient leur sang pour créer des boucliers mystiques. Eh bien, ces capacités leur sont offertes par les arcanistes.

– Donc, ce sont des ensorceleurs comme toi, sauf qu'ils peuvent aussi ensorceler des humains ?

– Sans doute, mais en termes de puissance, je ne leur arrive pas à la cheville. Je pense même qu'un mage seigneur ne pourrait vaincre un arcaniste.

J'avais passé beaucoup de temps à imaginer des plans pour combattre tous ces gens qui voulaient me tuer. En revanche, je ne disposais d'aucune tactique face à six individus encore plus puissants que des mages seigneurs, tout simplement parce que c'était impossible de rivaliser avec ça.

« Réfléchis à l'avertissement de ton amie, dit la voix dans ma tête. Si tu te mêles de leurs affaires, les arcanistes vous anéantiront, toi et tes compagnons, et vos âmes continueront d'agoniser bien après que vos corps seront froids. »

« Comme ce qu'ils sont en train de te faire ? » demandai-je.

« Ce n'est pas pareil. Oui, la douleur est intense, mais ce sacrifice est nécessaire. »

« Nécessaire à quoi ? »

Un nouveau cri jaillit de la gorge du garçon.

« Kelen des Jan'Tep, c'est ce qui permet de devenir un dieu. »

# 49

# Le rituel

On resta lâchement tapis dans l'ombre une heure de plus tandis que le garçon se faisait torturer. Nephenia n'osait pas utiliser ses charmes pour dissimuler notre présence par crainte que les arcanistes sentent sa magie. Leur mysticisme est différent de celui de mon peuple ; leurs capacités sont inscrites dans leur chair. Ils étaient donc en train de graver des miracles sur ce garçon dont ils s'apprêtaient à faire un dieu.

« Comme la malédiction de Furia », songeai-je, les poings tellement serrés que je m'entaillai la paume avec mes ongles.

– Quelque chose me dérange, dit Nephenia dans un murmure. Depuis la naissance de la théocratie berabesq, il y a des rumeurs sur les techniques secrètes des arcanistes, mais aucune n'évoque l'ombre au noir.

Les prières se turent et les cris du garçon se poursuivirent encore un peu. Puis on perçut le bruit de gros livres en cuir qu'on referme, suivi de mots presque gentils de la part des arcanistes envers le garçon comme ils le libéraient. Quand ils quittèrent la salle à pas lourds, je craignis qu'ils nous repèrent, mais leurs épaules voûtées et leur démarche témoignaient de leur épuisement intense, qui nous cacha tout aussi efficacement qu'un sort d'obscurcissement. Les six arcanistes et leurs assistants aveugles passèrent près de nous sans rien remarquer.

Mon expérience me commandait d'attendre un peu, au cas où l'un d'eux reviendrait sur ses pas, mais une voix fluette et tendue me lança depuis la salle :

– N'aie crainte. Ils ne reviendront pas avant de nombreuses heures.

Je sortis de ma cachette. Avant de pénétrer dans la salle, je défis avec soin le fléau enroulé autour de mon bras droit, puis je sortis de leur pochette en feutre usé les dés grossiers qu'Emelda m'avait donnés. Nephenia avait déjà préparé deux charmes : son éclair encagé et deux petites araignées en métal. Rakis et Ishak exhibaient leurs griffes et leurs crocs, ainsi qu'une attitude guerrière.

– Pas bouger, sac à peau ! gronda Rakis en bondissant dans la salle.

Sa fourrure était toute noire avec des bandes rouge vif. Ishak le suivait en répétant ses paroles, qui paraissaient encore plus troublantes venant d'une hyène.

Quand je vis le dieu, je n'en revins pas. On ne pouvait pas vraiment parler d'un jeune garçon : il était aussi grand que moi, mais il ne devait pas peser la moitié de mon poids. Il n'était pas maigre, il était... disproportionné. Comme si on l'avait écartelé pour que son corps s'étire, le faisant ainsi vieillir à toute vitesse. Pourtant, quand il vit Rakis et Ishak, il éclata de rire comme un enfant en s'exclamant :

– Oh, comme ils sont mignons !

Cette joie était toutefois contredite par la présence de deux rangées de sigils noirs sur son torse, et je serrai les dés dans mon poing. Il garda un silence gêné en voyant mon regard. Maladroitement, douloureusement, il ramena sa toge blanche sur son corps meurtri.

Je décidai de commencer par une question simple :

– Tu as quel âge ?

– Je ne sais pas, répondit-il.

Nephenia s'approcha pour inspecter sa toge, que le sang était déjà en train d'imbiber.

– Tu ne connais pas ta date de naissance ? s'étonna-t-elle.

– Il y a presque un an, je crois, répondit-il avant de réfléchir. Mais j'ai l'impression que c'était au commencement du monde...

– Ce n'est pas tout à fait pareil, objectai-je.

Un petit sourire, presque contrit, apparut sur son visage las.

– Si je te dis que je suis victime d'une machination, tu t'abstiendras de me tuer quelles que soient les conséquences, déclara-t-il, puis il baissa les yeux vers mon poing serré. Mais si je suis un vrai dieu, tu jetteras ces dés que mon peuple a sculptés dans le bois du premier baojara pour m'asservir, puis tu passeras les lanières en écorce de ce fléau autour de mon cou et tu m'étrangleras sans te poser davantage de questions.

Il secoua la tête et conclut :

– Non, mon ami, je ne soulagerai pas ta conscience. D'ailleurs, la reine que tu sers ne prétend-elle pas être à la fois une fillette de douze ans et l'incarnation d'un esprit royal de deux mille ans ? Pourquoi aurait-elle droit à un tel paradoxe et pas moi ?

Rakis leva la tête.

– Bon, je sais pas si ce gamin est un dieu, mais moi, j'ai

déjà envie de le tuer. On peut pas juste l'égorger et passer à autre chose ?

– Il y a une troisième option, dis-je en serrant les dés et le fléau entre mes mains.

Ce dieu ressemblait à un jeune garçon émacié incapable de faire le moindre mal, mais je n'étais pas dupe. Je lui proposai :

– Tu guéris mon amie, tu promets de quitter ce lieu pour là où vivent les dieux sans plus te mêler des affaires des humains, et on est quittes.

Il eut l'air amusé, malgré tout il fit un pas en arrière.

– Les Argosi commencent toujours par la voie de l'eau, c'est ça ?

Il désigna le petit bureau couvert de livres et de feuilles.

– Mes gardiens exigent que je lise tout ce qui concerne ce monde. Et ce sont les Argosi que je trouve les plus intrigants.

– Pourquoi un dieu a-t-il besoin de livres pour découvrir le monde ? s'enquit Nephenia.

– Pourquoi pas ? fut sa réponse.

– Si tu connais la voie des Argosi, dis-je comme ma main serrait le fléau plus fort, tu sais que, si la voie de l'eau est un échec, nous sommes prompts à nous engager sur la voie de l'orage. Je te suggère donc d'accepter mon offre.

Il tenta de le cacher, mais je vis qu'il me craignait.

– Cette amie que tu as, dit-il, tu insinues que sa vie est plus importante que celles des gens qui périront en cas de guerre. Quelle est donc cette personne ?

– Elle se nomme Furia Perfax, répondis-je d'un ton plus énervé que je ne l'aurais voulu, parce que j'étais sûr qu'il se moquait de moi. Figure-toi que, pendant que toi et moi, on papote, l'un de tes soi-disant miracles est en train de la tuer !

Il parut troublé.

– Un acte aussi ignoble ne peut être qualifié de miracle.

– C'est une malédiction, corrigea Nephenia. Infligée par des doctrinaires.

– Ah, dit le dieu, je comprends, même si ce n'est pas le mot qu'on utilise pour ce rituel. Pour nous, c'est une forme de consécration qui signifie…

Je l'interrompis :

– Je me fous du nom que vous lui donnez. Tu peux faire cesser ça ?

– J'imagine qu'il y a un moyen. Oui, je peux sauver la vie de cette Furia Perfax, ou plutôt, *nous* pouvons lui sauver la vie.

– Et comment ?

Il désigna le fléau dans ma main droite.

– Il te suffit de passer ça autour de mon cou, de serrer très fort et de tenir bon tout le temps de mon asphyxie.

– Te tuer, c'est le seul moyen ?

Il acquiesça. Ses doigts longs et incroyablement fins se tendirent vers le col de sa toge, révélant les marques noires gravées dans sa chair.

– Ce que tu appelles malédiction n'est pas un miracle, même si c'est vrai que ça vient de moi, de ces sigils inscrits dans ma chair. D'une certaine manière, j'en suis à la fois le contenu et le contenant.

– C'est donc ça que ça signifie, d'être un dieu ? questionna Nephenia. On n'est qu'un… qu'un ensemble d'événements miraculeux ?

Il haussa les épaules, peu soucieux de cette contradiction, mais je compris le sens de son geste : c'était une façon puérile d'éviter de répondre.

– Il n'en sait rien, dis-je à sa place.

Ses mots de la veille me revinrent, et je décidai de formuler mes spéculations à voix haute :

– Ses maîtres lui assurent qu'il est un dieu mais, en réalité, il n'en a aucune idée. Ils lui donnent des leçons de théologie berabesq, lui disent ce qu'il faut croire, malgré tout il sent bien que quelque chose cloche. C'est pour ça qu'il s'adresse à moi, un étranger : il se dit que le lien qu'il y a entre nous pourra lui révéler qui il est vraiment.

Quelque chose que je n'avais pas encore remarqué attira alors mon attention : un petit coin de la salle avec un unique disque de prière d'une trentaine de centimètres. À cette vue, je gloussai.

– Pourquoi ris-tu ? demanda-t-il.

Je désignai l'agenouilloir et l'interrogeai :

– Et tu pries qui ?

– La sagesse.

– La sagesse de qui ?

Il réfléchit à ma question, puis s'éloigna vers une petite table hexagonale sur laquelle était posé un plateau de shujan avec toutes ses pièces.

– Tu fais une partie avec moi ?

C'était une requête anodine, mais j'étais conscient du fléau dans ma main, qui vibrait comme la queue d'un serpent à sonnettes, me suppliant de frapper. Le petit numéro du « garçon impuissant soumis à des événements indépendants de sa volonté » était bien joué, mais son existence même menaçait Furia Perfax ainsi qu'un continent tout entier.

« Si je le tue maintenant, pensai-je, le fléau me procurant un étrange réconfort, si je me contente de… d'oublier qui je suis un instant et que je fais le boulot qu'on me demande, tout sera fini. Les troubles, ces armées près de s'anéantir sur un champ de bataille, ce qui arrivera à la reine de Darome si le mauvais clan l'emporte, l'incertitude de l'avenir pour les Berabesq s'ils perdent. Furia qui, sinon, sera chaque jour plus faible jusqu'à ce que, comme pour ma mère, tout... s'arrête. »

– Qu'est-ce que tu fais ? me demanda le garçon.

Il me fallut quelques instants pour formuler une réponse :

– Sans doute que je prie pour la sagesse.

Il désigna à nouveau les deux chaises. Indécis, je jetai un coup d'œil à Nephenia, qui avait le nez plongé dans un grimoire tenu un peu plus tôt par un asabli. Ishak et Rakis reniflaient partout, sans doute à la recherche d'un butin.

« Peut-être que Nephenia trouvera dans un de ces livres un moyen de mettre fin à la malédiction », pensai-je.

Je déposai les dés et le fléau par terre, puis pris une chaise. Dieu s'assit face à moi.

– Tu as dit que tu étais en train de prier, reprit-il. Puis-je demander qui ?

– Je ne sais pas. Personne, j'imagine. Je ne suis pas très religieux.

Le garçon se pencha sur le plateau de shujan et murmura d'un ton de conspirateur :

– Moi non plus.

Comme je ne répondais pas, il se redressa et demanda :

– Quoi, ce n'est pas drôle ? Je voulais faire une blague.

– Dis-lui que c'était nul, lança Rakis.

Le chacureuil reniflait partout dans la salle *sauf* vers le dieu berabesq.

– Et demande-lui où il range ses saphirs, par la même occasion.

– Que dit ton chacureuil ? demanda le garçon.

– Tu ne le comprends pas ? s'étonna Nephenia en attrapant un autre grimoire relié de cuir. Tu es censé être le dieu berabesq à six faces. Tu parles à Kelen par la pensée. Une déité peut certainement voir dans l'esprit de tous les êtres, non ?

– Je...

Il hésita et plissa le front, confus.

– Je ne sais pas trop comment ça marche, en réalité, tout ça.

– Comment ça marche, quoi ? demandai-je.

« Ça, dit-il dans ma tête. Ça n'est pas l'un de mes miracles. »

– Tu communiques avec quelqu'un d'autre que moi de cette façon ?

– Une seule personne.

– Qui ça ?

Son jeune front se rida à nouveau.

– Je ne sais pas vraiment. Un... conseiller.

– Un vizir ?

Il éclata de rire.

– Non, même si mes vizirs me guident, eux aussi. Ils me conseillent sur mon sommeil. Ils me disent ce que je dois boire et manger, m'indiquent quel remède avaler, peu importe le goût...

– Un remède ? Pourquoi un dieu aurait-il besoin de remèdes ?

Il éluda la question.

– Reprenons notre énigme. Tu m'as demandé qui un dieu peut prier, et moi, je t'ai demandé auprès de qui tu implorais la sagesse.

– Oui mais, dans mon cas, je ne cherchais pas vraiment une réponse à l'extérieur de moi.

– Parce que si réponse il y a, elle est en toi, c'est ça ?

J'acquiesçai. Il écarta les mains.

– Dans ce cas, peut-être que c'est pareil pour moi. La sagesse que je cherche, le dieu à qui je m'adresse…

Il se tapota le torse.

– Est en moi.

Ishak nous regarda en poussant deux aboiements. Rakis grogna pour signifier son accord.

– La hyène dit que si ce type n'arrête pas vite son baratin, elle va le bouffer tout cru.

Je décidai de ne pas relayer cette remarque.

– Pourquoi suis-je là ? demandai-je.

Avant qu'il puisse répondre, je levai une main.

– Ça suffit, les boniments. On arrête les spéculations métaphysiques. Je veux la vérité, c'est tout.

Pour une fois, il me fit une réponse franche. Qui ne me rassura pas.

– J'ai besoin de toi pour savoir si je suis un dieu et, si c'est le cas, s'il vaut mieux que je vive ou que je meure.

– Et comment tu comptes procéder ?

Il désigna les traces de l'ombre au noir autour de mon œil gauche.

– Ces marques. Elles ont une signification, n'est-ce pas ?

J'étais sur le point de faire une blague en disant que leur signification, c'était que n'importe qui avait le droit de m'attaquer sans motif, mais, tout à coup, je compris enfin la raison de ma présence.

– L'énigmatisme, soufflai-je. La capacité de l'ombre au noir à découvrir les secrets. C'est pour ça que tu voulais que je vienne. C'est pour ça que tu ne m'as pas encore assassiné. Parce que je suis un énigmatiste.

Il ne dit rien, ce n'était pas nécessaire. J'insistai :

– Tu crois que grâce à l'ombre au noir, je peux te révéler si tu es vraiment un dieu !

– Tu en es capable ? me demanda Nephenia en relevant la tête d'un ouvrage. Comment ça marche ?

– Je... C'est compliqué. L'énigmatisme n'est pas quelque chose qu'on allume ou qu'on éteint comme une lanterne magique. Cela exige de trouver la bonne question.

Le garçon désigna le plateau de jeu entre nous.

– J'ai découvert qu'une partie de shujan débouche toujours sur des questions fascinantes. On s'y met ?

## 50

# La partie

Je ne savais pas combien m'avaient manqué les parties de shujan que je faisais avec Keliesh sur la route de la capitale berabesq jusqu'à ce que j'y joue de nouveau avec un dieu.

– Il y a dans le shujan un rythme qui libère l'esprit, dit-il en déplaçant une pièce. Même si le nombre de mouvements possibles est mathématiquement quantifiable, il est si vaste que ça donne un sentiment d'infini.

On jouait selon une variante des règles, où chacun d'entre nous contrôlait un des six côtés du plateau et pouvait bouger les pièces des quatre côtés non attribués. Mais comme on ne pouvait en déplacer qu'une à chaque tour, une pièce qui pouvait être réutilisée par l'adversaire, il valait mieux se concentrer sur son armée. On était aussi tombés d'accord sur le fait qu'à chaque tour, on avait le droit de poser une question à l'autre.

– Comment tu t'appelles ? demandai-je au dieu en avançant l'un de mes chameaux.

Ça n'était pas la chose la plus urgente à savoir, mais me paraissait un bon point pour commencer.

– Le guerrier, répondit-il. Le jardinier. L'horloger, le pénitent, le guéris...

– Ton vrai nom ?

– Je ne sais pas. Ici, tout le monde m'appelle Dieu.

– Tu as mentionné une autre voix dans ta tête. Qui c'est ? Comment il t'appelle ?

– Ce n'est pas ton tour de poser une autre question.

Le garçon déplaça un archer et demanda :

– Quel nom tu aimerais me donner ?

Même si ça paraissait sans importance, j'avais l'étrange sensation que ce sujet comptait.

« Je n'ai pas envie de t'appeler tout court, pensai-je. Je n'ai pas envie que tu existes. Je n'ai pas envie que des dieux choisissent le destin des humains. De quel droit un dieu pourrait-il décider de mon avenir ? »

– Et pourtant, dit tout haut le garçon en réponse à mes réflexions silencieuses, tu as devant toi un dieu qui *te* demande de choisir *son* destin.

Il s'adossa à sa chaise et ajouta :

– Tu n'as toujours pas répondu à ma question.

Je regardai le plateau de jeu en réfléchissant à mon prochain mouvement. Il se trompait en disant qu'il y avait presque une infinité de possibilités dans ce jeu. Au début d'une partie, c'était vrai, mais dès qu'on optait pour une stratégie, on disposait de moins en moins de choix jusqu'à ce qu'il ne reste plus que...

– Shujan, dis-je pour finir. J'aimerais t'appeler Shujan.

Un sourire illumina son visage.

– Shujan ! Quelle belle idée !

Il tendit une main par-dessus le plateau pour saisir la mienne.

– Merci, Kelen !

Il semblait si heureux que je me sentis bizarre, comme si je me devais de faire quelque chose pour sceller son bonheur.

Je modifiai mon geste pour qu'il ressemble vraiment à une poignée de main et je dis :

– Ravi de faire ta connaissance, Shujan.

Il secoua ma main avec vigueur en guise de réponse, tout en disant :

– Moi aussi, ravi de faire ta connaissance, Kelen !

Puis il retira sa main. Toute sa joie avait disparu. Et il lança :

– Maintenant, à ton tour de poser une question.

– Tu as fait tomber la pluie hier, dis-je en déplaçant à nouveau mon chameau.

Dans le jeu de shujan, la stratégie la plus courante consiste à cerner son adversaire. Je n'étais pas encore prêt à ça, alors je dis :

– Qu'es-tu capable de faire d'autre ?

– Quand j'étais encore bébé, les vizirs m'ont présenté à mon peuple depuis le balcon de cette tour, et j'ai déclenché une pluie qui a fait pousser des fleurs sur les terres arides autour de la ville. Le lendemain, j'ai expliqué à tous les contemplateurs du ciel le mouvement du soleil et des étoiles. Puis j'ai fait en sorte que chaque son sur cette terre, depuis le rugissement du vent jusqu'à l'infime bruit des ailes du papillon, disparaisse d'un coup pour que tout le monde vive un moment de réflexion silencieuse. J'ai guéri des malades, et permis que des ennemis s'accordent un pardon réciproque.

Cinq miracles, dont chacun correspondait à l'une des faces du dieu berabesq : le jardinier, l'horloger, l'ermite, le guérisseur, le pénitent. Un seul manquait à l'appel : le guerrier.

« Il a dit que la malédiction ne faisait pas partie de ses miracles, quel est donc le sixième ? »

La réponse, me rendis-je alors compte, était évidente.

« Celui que les arcanistes continuent à inscrire dans sa chair. Le miracle qui unira toutes les sectes berabesq en une seule armée pour anéantir le continent. »

Je fis taire cette pensée dans l'espoir de ne pas la communiquer à l'adolescent en face de moi.

– Comment as-tu découvert que tu pouvais accomplir ce genre de miracles ? le questionnai-je.

Shujan refusa de répondre : ce n'était pas mon tour. Après avoir avancé son char de deux cases, il demanda :

– Tu me considères comme une menace pour tous ceux que tu aimes. Alors pourquoi tu ne m'as pas encore tué ?

– Parce que je...

Je ne terminai pas ma phrase.

Je ne savais pas ce qui me retenait de passer à l'acte. J'avais déjà tué pour des raisons moins nobles que celles qui m'amenaient ici. Et même si Shujan paraissait inoffensif, j'avais souffert d'assez d'illusions pour ne pas faire confiance à mes impressions. Pour ce que j'en savais, il pouvait très bien être un démon sous les traits d'un garçon. Alors pourquoi est-ce que je ne me contentais pas de passer le Fléau du baojara autour de son cou et d'exécuter ma mission ?

– Je n'aime pas qu'on me dise ce que je dois faire, répondis-je pour finir. Tuer sans savoir pourquoi, ça ressemble à...

– De la soumission ? proposa-t-il.

Je hochai la tête.

– C'est une idée. On est peut-être en train de parvenir à quelque chose.

– Je ne vois pas comment.

– À toi de jouer.

Je baissai les yeux. La partie commençait à peine, pourtant il venait de commettre une erreur grossière avec son char. Au shujan, un char ne peut être exclu du plateau, en revanche, dans certaines conditions, il peut être « assiégé ». Je posai mon aigle dessus. Même si l'aigle ne pouvait l'attaquer, il se déplacerait maintenant avec le char sans pouvoir lui non plus être exclu du plateau.

C'est un jeu assez étrange, quand on y pense.

– Comment tu savais quoi faire ? demandai-je. La pluie, les guérisons ?

– À cause des marques, annonça Nephenia, ce qui confirma mes soupçons.

Elle apporta l'un des grimoires reliés de cuir.

– Les arcanistes gravent des miracles dans sa chair, au sens propre.

– Un peu comme des sorts ?

Elle fit signe que non.

– Aucun Jan'Tep ne peut faire le genre de choses qu'il a faites. L'étendue de ses miracles est trop vaste. Les lois de la physique ne fonctionnent pas de cette manière, donc je ne comprends pas comment tout ça est possible.

– L'ombre au noir, dis-je tout à coup, mes doigts s'approchant d'instinct des lignes entrelacées sur mon visage. À l'abbaye d'Ébène, les moines prétendaient que l'ombre au noir crée une brèche vers d'autres plans éthériques, où les lois qui gouvernent la matière, l'énergie et la vie fonctionnent différemment, et permet à ces règles alternatives de se glisser dans notre univers.

– Mais ça exige de la volonté pour les mettre en œuvre, dit Nephenia en désignant Shujan. Il était encore bébé quand il a accompli son premier miracle. Ça ne dépendait donc pas de lui.

– Comment tu décides de réaliser un miracle ? lui demandai-je.

Shujan baissa les yeux vers le jeu dont il tenait son nom.

– Il y a… une voix qui parle dans ma tête. Quand les vizirs me conduisent devant mon peuple, elle m'aide à rassembler mes idées pour que je puisse accomplir des miracles.

Cette réponse me frustra terriblement.

– Ça n'explique rien. Comment tu sais même que c'est toi qui…

Il déplaça tout à coup une autre pièce, un vizir en bois qui balaya deux de mes pions, ainsi que ma question.

– Tu dis que tu détestes la soumission, mais es-tu capable de m'expliquer ce qu'est la liberté ?

Je retirai mon aigle du char pour prendre son vizir.

– Décider par soi-même sans subir l'influence des autres.

Son archer monta sur le char. Je venais de faire une erreur d'amateur. Aucune pièce ne peut attaquer depuis un char, sauf un archer, qui n'a le droit d'assiéger un char que si celui-ci vient d'être abandonné par un autre pion, comme mon aigle à l'instant.

– Tu n'es pas libre, me dit Shujan. L'ombre au noir autour de ton œil, les limites posées par ta mortalité, ton désir de rester en vie, tout cela guide tes choix.

– Surtout le dernier, grogna Rakis.

Il était en train d'inspecter un tiroir rempli de vêtements.

« Mais pourquoi il se sent obligé de m'embarrasser comme ça devant un dieu ? »

– Puisque tu n'as pas posé de question, dis-je en faisant

entrer mon deuxième aigle dans le jeu, si tu m'expliquais pourquoi un dieu a besoin de quelqu'un pour connaître ce dont il est capable ? Tu n'es pas censé savoir qui tu es ?

Au lieu de répondre, le garçon se leva et se dirigea vers la partie de la salle réservée à l'étude. À son retour, il posa six gros volumes sur le plateau, ce qui fit tomber les pièces en bois et mit fin à notre partie.

– Voici les six livres saints de mon peuple, l'ensemble de nos textes sacrés. Trouves-y une ligne disant que Dieu doit tout savoir.

Je regardai les volumes reliés de cuir – un pour chacune des faces supposées du dieu berabesq : le guerrier, le jardinier, l'horloger, l'ermite, le guérisseur, le pénitent. Furia avait sous-entendu que les Argosi étaient responsables des schismes entre les six sectes de cette religion, les empêchant de s'unir derrière une unique bannière théologique. Mais quelque chose sonnait faux là-dedans : les Argosi n'étaient pas du genre à manipuler les cultures. Il était plus probable que ces différentes interprétations aient d'abord été des traditions orales que les Argosi avaient permis de transcrire par écrit.

*Clic.*

Ce n'était pas un bruit, juste le pincement bien connu de la peau autour de mon œil gauche au moment où les lignes de mon ombre au noir se mettaient à tourner.

Autrement dit, à se déverrouiller.

– Shujan, tu n'as pas été honnête avec moi.

– Pourquoi tu dis ça ? répondit le garçon.

Sa question confirma mes soupçons. Je sentis le deuxième anneau de l'ombre au noir pivoter.

– Tu as dit que tu n'étais pas sûr d'être un dieu.

– C'est vrai.

– Tu sais que tu es un dieu. La question que tu te poses, c'est lequel.

Je sentis le troisième cercle de mon ombre au noir se mettre à tourner. L'énigmatisme que ma grand-mère m'avait tatoué quand j'étais enfant, cette malédiction qui faisait de moi un paria et ne répondait jamais à mes questions, sauf quand je posais la bonne, se déverrouilla enfin entièrement.

Le plateau entre nous s'étira hors des murs de la tour, franchit les temples et même la ville. Shujan et moi étions devenus de simples observateurs. Plutôt que de converger vers son centre, des armées quittaient le plateau, chacune menée par le garçon. Sauf que… il incarnait chaque fois un dieu différent.

Avec l'une, il chevauchait, une épée de feu à la main, et ses soldats l'acclamaient comme il les conduisait à la guerre. Ils laissaient des nations détruites partout dans leur sillage.

Avec une autre, il transportait un sac de graines que semaient ses adeptes. Grâce aux bonnes récoltes, les autres nations lui prêtaient allégeance en échange de ressources dont ils avaient besoin pour survivre.

Un autre Shujan, cette fois en pénitent, entraînait son peuple dans une prière silencieuse. Ils vivaient une vie simple, ne cherchaient pas la conquête, espéraient justifier leur existence par leur piété.

Je regardai un dieu après l'autre, qui chacun prenait un chemin différent vers une existence différente, mais qui, dans tous les cas, affectait toutes celles du continent.

– Montre-moi, me supplia le garçon dans la salle tout en haut de la tour. Montre-moi quel chemin mon peuple doit emprunter, pour que je sache quel dieu je dois incarner.

Mais il n'y avait pas de réponse. Aucune bonne réponse, en tout cas. Le guerrier conquérait des territoires au prix de la vie des autres. L'horloger concevait des projets de prospérité et de domination du continent, mais son peuple devenait paresseux et se reposait sur le labeur des autres. Le jardinier, le pénitent... chacun fournissait une réponse, dont aucune n'était satisfaisante.

Puis je sentis ma vision se brouiller, l'ombre au noir autour de mon œil reprendre sa forme initiale, et je revins dans la salle. Mais, désormais, Nephenia, Rakis et Ishak étaient tous étendus par terre, des fléchettes plantées dans le cou.

– Moi, je sais de quelle sorte de dieu le monde a besoin, déclara Torian Libri, une sarbacane dans une main et le fléau qu'elle m'avait pris, sans même que je m'en rende compte, dans l'autre. Il a besoin d'un dieu mort.

# 51
# Le jeu de dupes

Torian était en train de parler : elle me demandait de m'écarter pour la laisser finir le boulot, disait qu'elle savait depuis le début qu'il ne fallait pas me faire confiance. Je ne lui prêtais aucune attention, car j'avais les yeux fixés sur Nephenia et Ishak gisant à terre, ainsi que sur Rakis, tellement immobile que je guettais en vain des signes de respiration chez lui. Une part de moi se demandait ce que je ferais s'il était mort. La dose nécessaire pour endormir un humain adulte, voire une hyène, peut suffire à tuer un chacureuil.

– Tu es en train de *grogner*, joueur de cartes ? demanda Torian.

Elle me montra sa sarbacane.

– J'ai jamais considéré que ce machin soit efficace pour tuer, mais je l'apprécie pour neutraliser des témoins gênants. Si tu préfères ne pas voir la suite, j'ai une fléchette pour toi.

– Un instant, s'il te plaît, dis-je sans quitter Rakis du regard.

« Là », me dis-je, et je pus enfin respirer en voyant son flanc se soulever puis s'abaisser, quoique à peine. « Il est vivant ! »

– J'ai fait attention au dosage, me dit Torian.

Elle me connaissait assez pour deviner ce qui m'inquiétait

tant, ce qui ne rendait sa trahison que plus douloureuse encore.

– C'est toi qui as tué le vizir, dis-je. Puis tu as entraîné les gardiens du temple jusqu'au salon de voyageurs pour qu'ils s'en prennent au premier étranger qui en sortirait, parce que tu savais que ça serait moi.

– Tu ne réussiras pas à m'apitoyer, joueur de cartes. Je savais que tu les sèmerais facilement.

Elle me montra le fléau.

– J'avais besoin que tu m'apportes ça, tu comprends ?

Toujours assis face à moi, Shujan soutint mon regard.

« Peut-être que c'est la réponse qu'on cherche tous les deux, me dit-il en silence. Peut-être qu'on est libres parce que aucun de nos choix ne compte vraiment. »

Je me levai pour m'approcher de Torian. Elle agita la tête en brandissant à nouveau sa sarbacane.

– Je te suggère de ne pas avancer davantage. Je crois que j'ai laissé la dernière fléchette un peu trop longtemps dans le poison, et je sais que tu détestes quand je t'empoisonne.

En quelques secondes, j'essayai de saisir le sens de sa façon de me regarder, de sa posture, de la tension dans ses mâchoires. Torian n'était pas facile à déchiffrer. Elle portait avec fierté l'habit des gardes royaux dévoués à l'empire, pourtant ça dissimulait quelque chose. Une émotion passa sur son visage. De la peur ? Du doute ?

– Non, dit-elle, les joues tout à coup très rouges.

– Non quoi ?

– Me regarde pas comme un Argosi, comme si j'étais une énigme à déchiffrer avec ton *arta precis*, ton *arta tuco* ou je sais quoi encore.

Il y avait plusieurs réponses possibles, certaines ingénieuses et désarmantes, d'autres scandaleuses. Je laissai tout ça glisser sur moi. La première leçon que Furia m'avait donnée sur l'*arta loquit*, l'art de l'éloquence, c'est qu'une conversation, c'est de la musique, et qu'il faut parfois laisser son interlocuteur jouer les notes, et vous les silences.

– La reine est à la frontière sud avec son armée, tu le savais ? lança-t-elle d'un ton amer. Une fillette de douze ans dans une jolie armure qui ne lui servira à rien si les Berabesq attaquent, mais elle insiste pour être là-bas. Elle m'a assené des tas de bêtises sur le fait qu'un monarque n'a pas le droit d'envoyer ses soldats à la mort sans chevaucher avec eux jusque dans l'abysse si nécessaire.

Je ressentis une pointe de culpabilité, ainsi que quelque chose de plus froid et de plus dur dans mon ventre. Rien de tout ça ne me surprenait : Ginevra se révélait une vraie dirigeante, du genre à vouloir mériter l'amour de son peuple. Du genre à mourir plus souvent qu'à son tour.

– Et toi, pendant ce temps, tu pactises avec l'ennemi, tu discutes philosophie de la religion, tu cherches le chemin noble qui t'apparaîtra et te libérera de ton devoir.

Je ne répondis pas ; j'attendis qu'elle en vienne à ce qu'elle voulait vraiment dire. Pour finir, les mots sortirent, non avec des larmes, mais avec le trouble d'une fille bien plus naïve que Torian ne l'était en réalité :

– Tu as tué mon père, Kelen.

Je ne lui demandai pas comment elle savait. Emelda ? Un autre chuchoteur ? Allez savoir. Ça n'avait plus d'importance.

– Je suis désolé, dis-je, pas parce que ça changerait quoi que ce soit, mais parce que je le pensais sincèrement.

Certes, Jed Colfax m'avait terrorisé avec son entraveur blanc, m'avait conduit au bord du désespoir, pourtant il ne voulait que protéger la reine. J'aurais dû me douter que sa fille serait de la même trempe.

– Tu as tiré une flèche sur Furia dans le désert pour l'empêcher de m'accompagner, dis-je.

– J'aurais pu la tuer. Ç'aurait été de bonne guerre, tu crois pas ? Le monde peut faire l'économie d'une Argosi. Mais je me suis contentée de la blesser. J'espérais encore que, seul, tu ferais le nécessaire, si je te laissais cette chance.

« Le nécessaire ».

Ancêtres, j'en avais vraiment assez des gens qui me dictaient ma conduite alors que, moi-même, j'étais en plein doute. Mais aussi, de façon générale, j'en avais assez d'écouter des mensonges.

– La raison pour laquelle tu n'as pas abattu Furia, c'est parce que ça t'aurait obligée à admettre que tes beaux discours sur le devoir et la loyauté, c'est juste des conneries que les gens comme ta mère se racontent pour justifier leurs actes.

La colère était si visible sur son visage qu'on aurait pu croire que les arcanistes la lui avaient gravée sur le front.

– Espèce de connard. Qu'est-ce qui te donne le droit de me juger ? Tu es un hors-la-loi ! Un tricheur professionnel ! Tu passes ta vie à escroquer les autres !

– Tu oublies un détail, dis-je. Je suis aussi un assassin.

Un instant, je crus qu'elle allait me planter la fléchette dans le cou et que tout serait fini. Le problème, c'est que j'avais besoin de la mettre encore plus en colère.

– Tu te crois très malin, n'est-ce pas ? demanda-t-elle. L'Argosi, le frondeur de sort, le hors-la-loi à l'ombre au noir qui déjoue tous les complots ? Mais Kelen, c'est toi le plus aveugle de tous ! Tu es tellement convaincu de savoir à qui accorder ta confiance et de qui se méfier que tu es passé à côté d'un mensonge pourtant écrit noir sur blanc.

Je me retournai vers Shujan, qui paraissait aussi perplexe que moi. Mon *arta loquit* revint sur quelques termes employés par Torian. « Convaincu de savoir à qui accorder ta confiance », « un mensonge écrit noir sur blanc ».

Elle avait prononcé « confiance » avec amertume. Pourquoi ?

« Elle te reproche de faire confiance à certaines personnes », songeai-je.

« Un mensonge écrit noir sur blanc ». Cela pouvait faire référence à l'ombre au noir sur le corps de Shujan, mais j'en doutais. Il n'y avait aucune raison de contester la véracité de ces sigils. À mon ombre au noir, dans ce cas ? Non. Elle savait que ça aussi, c'était réel. De plus, qui aurait envie de feindre avoir…

« Non, je vous en supplie, pas ça ! »

Torian sourit comme si elle venait de me battre en duel.

– La reine, murmurai-je, espérant me tromper, mais certain d'avoir deviné.

Un an plus tôt, après le coup d'État qui avait failli la renverser, Ginevra m'avait convoqué dans la salle du trône. Je m'apprêtais à quitter la Darome, trop désireux de m'éloigner des intrigues de la cour et du défilé incessant de puissants nobles qui voulaient ma mort. Elle m'avait obligé à la regarder défaire sa robe, me révélant ainsi les marques noires qui signifieraient la fin de son règne à l'âge de treize ans quand, selon la tradition, elle devrait se présenter nue devant son peuple. C'est là que j'avais juré de la protéger.

« Ancêtres, je suis trop bête. »

– C'était une fillette qui avait été torturée pendant des jours et dont la couronne ne tenait qu'à un fil, dit Torian. Il lui fallait un protecteur, c'est toi qu'elle a choisi, le seul en qui elle avait confiance. Or, tu allais la laisser à la merci de ces loups vêtus de soieries qui arpentent le palais dans l'attente du moindre de ses faux pas. Elle s'est dessiné elle-même ces marques, car elle savait que ce serait un argument pour te faire rester.

– Je pensais… Je savais que ses tuteurs connaissaient un secret sur elle. L'ombre au noir, ça expliquait tout.

– C'est le problème de vouloir trouver un sens à ce monde, Kelen, ça te rend crédule. Pire, à cause de ça, tu exiges que les autres correspondent à l'image que tu as d'eux. Ginevra est une fille bien. Elle fera une grande reine, mais elle a besoin d'être entourée de gens qui ne fuient pas chaque fois qu'il y a un choix difficile à faire. Quelle que soit ton intelligence, joueur de cartes, tu ne peux pas échapper à ton destin.

Je ne savais pas quoi répondre. La part de mon cerveau toujours prête à dégainer cherchait une bonne raison de ne pas partir en laissant Torian agir à sa guise, ou alors de la neutraliser jusqu'à ce que le premier gardien du temple ou arcaniste la tue. Un empire berabesq serait-il pire qu'un empire daroman ? Quoi qu'on fasse, ce continent semblait voué à sa perte.

« Furia, pourquoi tu m'as sauvé le jour où ma sœur a provoqué mon arrêt cardiaque ? Pourquoi m'enseigner à voir le monde autrement si, au final, ça ne change rien ? »

– Pousse-toi, Kelen, dit Torian. Je vais faire le nécessaire, puis je t'aiderai à partir loin d'ici avec tes amis. Ton mentor argosi guérira, et vous pourrez reprendre vos chevauchées vers le soleil couchant.

Étrangement, le sarcasme dans sa voix se transforma en une petite musique, toutefois différente de celle que l'*arta loquit* vous fait parfois entendre. Son mépris pour mon mentor sautait tellement aux oreilles que, soit toutes les paroles de Furia n'étaient que fumisterie, soit ce qu'elle m'avait appris était bien réel et, dans ce cas, peu importait où ça me conduirait, seul comptait le chemin qu'elle me faisait prendre.

Je n'avais jamais eu de choix plus facile.

Je levai les mains pour montrer à Torian que je n'avais pas l'intention de tenter quoi que ce soit, puis je retirai mon chapeau et le posai par terre. Ce fut ensuite le tour de mon manteau, puis, très lentement, de la ceinture à laquelle mes poudres étaient attachées.

– Kelen, qu'est-ce que tu fais ?

Je défis l'étui qui contenait mes cartes en métal et les déposai aussi au sol.

– Je me prépare, dis-je en retirant par le col ma chemise, dont l'ourlet contenait mes pièces de *castradazi*.

Un vague grognement s'éleva de l'autre bout de la salle. Rakis me regardait, la tête tremblante, les yeux humides.

– Qu'est-ce qui se passe ? Qu'est-ce… ?

Sa tête de fouine se tourna vers moi, puis vers Torian, et il lâcha :

– Ah, d'accord, j'ai compris, vous allez vous accoupler.

Avant de reposer sa tête et de se rendormir.

– Je ne sais pas comment fonctionne ton cerveau tordu de joueur de cartes, dit Torian avec un sourire sceptique, mais je ne pense pas que ça va se passer comme tu as l'air de le croire.

– Pose tes armes, dis-je. Retire ton manteau et tes couteaux.

– Et pourquoi ?

– Parce que, sinon, tu vas être tentée de t'en servir quand je te tabasserai.

Elle parut surprise.

– Tu imagines qu'après tout ça, je mettrais ma mission en péril uniquement pour le plaisir de te faire quelques bleus ?

– Torian, la reine s'est trompée sur nous deux. Elle rêvait de nous voir en couple. Peut-être dans l'espoir que ça répare un peu la mort de ton père, ou bien son mensonge pour me garder auprès d'elle. Je l'ignore. En tout cas, elle a mal compris ce qui t'attire en moi.

Torian ricana :

– Ta jolie gueule ?

J'agitai la tête.

– Savoir si tu es capable de me battre en combat à la loyale.

– Je n'ai aucun doute là-dessus, joueur de cartes.

Je ne tins pas compte de sa tentative d'*arta valar*, qui était un peu trop grossière.

– Je me suis souvent demandé pourquoi tu détestais à ce point que je triomphe d'un mage ou d'un chasseur de primes. Je me disais, peut-être comme la reine, qu'en fait, sous la couche d'insultes et de menaces, malgré toutes ces fois où tu m'as jeté en prison, tu m'aimais. Qui sait ? Peut-être que c'est vrai. Mais en réalité, ce qui t'attire chez moi, c'est que tu ne supportes pas de voir un tricheur venir à bout de tous ces gens pourtant réputés dangereux. Ces gens que tu combats avec ta force physique, ton talent et ton courage.

Je désignai mes affaires par terre.

– Eh bien, voyons comment ça se passe sans nos armes habituelles.

Elle m'observa un long moment, en partie furieuse d'avoir été percée à jour, en partie désireuse d'effacer ce sourire suffisant de mon visage.

– Sans nos armes ? insista-t-elle.

– Je te donne ma parole de ne pas utiliser les miennes. Et toi ?

Elle posa la sarbacane, le fléau, et défit son manteau.

– Si tel est ton souhait. Je suis surprise que tu veuilles régler ça à mains nues. Jusqu'à présent, je t'imaginais surtout comme le héros chevaleresque des contes. Or, que je sache, le héros chevaleresque ne s'attaque pas aux femmes.

Elle retira un couteau d'une de ses bottes puis ajouta :

– Je te promets que tu ne te sentiras plus du tout chevaleresque couché sur le dos à me regarder te briser les os des bras et des jambes. Tu es sûr de vouloir ça ?

J'étais immobile, torse nu, conscient que je devais avoir l'air stupide, tout comme de l'indifférence avec laquelle Torian se débarrassait de ses armes sans toutefois me quitter des yeux, au cas où je tenterais de mettre fin au combat prématurément.

– C'est la dernière chose que je souhaite, dis-je. En vérité, je t'apprécie, Torian. Je t'apprécie beaucoup, même. Tu es courageuse, fière, tu es aussi la personne la plus intelligente que je connaisse, et étonnamment pleine d'humour, même quand tu me jettes en prison. Même le chacureuil a un faible pour toi.

– Plus maintenant, grogna Rakis avant de se rendormir.

J'inclinai la tête vers la gauche puis la droite pour détendre mes muscles. J'avais tendance à prendre pas mal de coups de poing sur le crâne dans ce genre de situation ; or un cou crispé, ça ne fait qu'aggraver les choses. Je repris :

– Mais tu as failli tuer mon mentor. Tu as endormi mon amie et son animal, ainsi que mon partenaire, avec des fléchettes empoisonnées. Et maintenant, tu veux tuer ce gamin parce que tu es tellement décidée à aller au bout de ta mission que tu ne vois pas qu'on est en train de se jouer de nous.

Elle crut que j'allais me mettre en garde, mais je restai pieds joints et lui tendis la main : Furia m'avait appris à me battre par la danse. J'entonnai quelques notes joyeuses avant de demander :

– Tu m'accordes cette danse ?

# 52
# L'art de la guerre

Torian Libri était plus rapide que moi, mieux entraînée, moins craintive (essayez de ne pas cligner des yeux quand un poing s'approche à toute vitesse de votre visage) et, peut-être, le plus important, plus encline à la violence.

– C'est déjà fini ? demanda-t-elle.

J'étais en train de reculer d'un pas chancelant. Un flot de sang coulait de mon nez sur mes lèvres et mon menton. J'avais l'arcade sourcilière droite ouverte, ce qui m'aveuglait presque, et, après le dernier coup de coude que Torian m'avait décoché à la tempe, je titubais comme un ivrogne.

Je ne devais pas être très beau à voir.

Torian ? Elle était indemne. Me passer à tabac n'avait fait qu'accentuer le bleu de ses yeux.

« Je peux te guérir », me dit Shujan en silence.

« Non merci », répondis-je.

Je m'élançai sur Torian comme si un géant m'avait projeté dans les airs. On ne peut pas faire mal à un adversaire de cette manière. En effet, la douleur est provoquée soit par un impact maximal sur la surface la plus réduite possible, soit par l'impact de quelque chose de dur contre quelque chose de mou, soit par la prise de contrôle d'une articulation qu'on force au-delà de son amplitude naturelle. Je n'avais aucune chance de réaliser l'un ces actes sur Torian.

Je me souvenais de la première fois où Furia m'avait enseigné cette technique. Je lui avais demandé en quoi ça pourrait bien être utile. «Si y a pas d'attaque, y a aucun moyen de se défendre», avait-elle répondu comme si ça avait du sens. Il y avait pourtant du vrai là-dedans : un guerrier accompli sait parer les coups ou bien la tentative de s'emparer d'un de ses membres. En revanche, il ne sait pas quoi faire quand on se contente de se jeter sur lui. Certes, Torian aurait pu me tordre le bras dans le dos ou me frapper à la gorge, mais l'absence de menace que je représentais et l'impression que je faisais n'importe quoi la firent hésiter.

Dans certaines danses, il est fréquent de lancer sa partenaire dans les airs. Et, pendant qu'elle tourbillonne, l'homme se prépare à la réceptionner. Furia m'avait enseigné la magie du tourbillon. Je laissai Torian se déplacer vers la droite, les mains prêtes à me projeter contre le mur. Mais, en retombant, je l'entraînai dans mon mouvement. Ce qui, l'espace d'une seconde, donna vraiment l'impression qu'on dansait.

– Qu'est-ce que… ?

– Incroyable, non ? lui dis-je pendant le bref instant où, pour de vrai, on valsa.

Mais elle n'était pas très forte en danse, alors, quand je saisis sa taille et repoussai son épaule, elle ne put s'empêcher de pivoter. Là, je lui donnai un grand coup dans le dos, et ce fut son tour de tituber en direction du mur.

– Ton geste était idiot, dit-elle en se replaçant face à moi. Tu aurais pu passer ton bras autour de mon cou et m'étrangler. Je te laisserai pas de deuxième chance.

« Je m'y connais peu en art du combat, me dit Shujan en pensée, mais j'ai comme l'impression qu'elle a raison. »

« Si j'ai besoin de davantage de commentaires sur ma technique, je te le ferai savoir. »

Torian revint vers moi, poings levés. Entre-temps, j'avais cartographié la salle dans ma tête, et j'étais raisonnablement capable de m'y déplacer sans me heurter à un mur ni trébucher sur un meuble.

– Si tu comptes me fatiguer, tu perds ton temps, m'informa Torian. Un jour, j'ai combattu sans pause une élite cramoisie zhuban pendant deux jours, alors qu'il engloutissait de l'herbe éclair toutes les heures.

– Impressionnant, commentai-je.

Un sourire se dessina sur ses lèvres comme elle réduisait la distance entre nous.

– C'est ce qu'il a dû penser, lui aussi.

– Je voulais dire : impressionnant qu'il ait pu avaler autant d'herbe éclair sans faire de crise cardiaque. D'ailleurs, l'excès d'herbe éclair, ça ne provoque pas une érection douloureuse chez les hommes ? Peut-être que tu as gagné faute de combattant…

Un rire inattendu semblable à une quinte de toux lui échappa. J'en profitai pour courir vers elle et je plongeai pour éviter une beigne. Là, je lui plaçai ce que je considérai comme un uppercut correct à la mâchoire. Elle recula avant que je puisse tirer parti de cet avantage et me décocha un coup de pied qui m'aurait arraché la tête si je m'étais trouvé à sa portée.

– C'est ça, le problème avec toi, Kelen, dit-elle en retrouvant l'équilibre. Tu vois le combat comme un jeu.

Des mots étranges, parce que j'étais quasiment sûr d'avoir

adressé les mêmes à Furia à l'époque où elle m'enseignait l'*arta eres*. Et elle avait rétorqué, avec un sourire :

– Et toi, gamin, tu t'obstines à voir ça comme une confrontation.

– Qu'est-ce que c'est, à part une confrontation ? avais-je protesté. Le combat, c'est du talent, de la puissance et des réflexes, non ?

– Le combat ? Bien sûr, gamin. Le combat, c'est tout ça, avait-elle répliqué en s'éloignant. Mais comme je n'arrête pas de te le répéter : les Argosi ne se battent pas.

– Dans ce cas, c'est quoi, l'*arta eres* ? lui avais-je demandé en avançant vers elle.

C'est là que j'étais tombé dans un trou et que j'avais culbuté et roulé un peu plus loin.

– L'*arta eres*, c'est l'art de gagner, gamin. Si tu as besoin de talent, de puissance et de réflexes pour gagner, alors c'est que tu t'y prends mal.

« Fascinant », dit la voix de Shujan dans ma tête.

« Tu peux déchiffrer mes souvenirs ? »

« Quand tu te plonges dedans, oui. »

Torian franchit ma garde et me frappa si fort du revers de la main que je crus que ma mâchoire allait se décrocher.

« Ce qui est un peu étrange en plein combat », ajouta Shujan.

Je tombai, puis effectuai un grossier salto arrière, manquant au passage de m'empaler sur les armes posées à terre. Ma vision se troubla un instant tellement je me redressai vite.

Torian commençait à s'habituer à mon style – si on peut appeler style le fait de tituber comme un ivrogne. Mais ça n'avait pas d'importance. Tout se déroulait selon mon plan.

– Tes réflexes ne sont pas mauvais, dit-elle quand j'esquivai une série de ses coups. Tu aurais pu faire un adversaire correct avec plus d'entraînement.

Elle profitait de son avantage pour m'acculer au fond de la salle. J'allais bientôt me retrouver coincé, et là, tout serait fini. Elle reprit :

– Mais tes histoires de danse argosi… Tu as à peine pu porter quelques coups.

– Le seul coup qui compte, c'est le dernier, dis-je en reculant encore.

Selon mes calculs, il me restait à peu près un mètre jusqu'à l'angle où se trouvait le lit.

– Dommage pour toi que tu n'aies plus ni place, ni ruse.

Je souris.

– Je ne te l'ai pas déjà dit, Torian ? J'ai toujours un tour de plus dans mon sac.

Là, je levai les mains et créai les formes somatiques de mon sort puis dis, d'un ton définitif :

– *Carath !*

– Petit salop…

Torian fit un geste pour se protéger le visage. Avant qu'elle comprenne qu'il n'y aurait pas d'explosion, je l'avais renversée sur le lit. Dans le même mouvement, j'attrapai le bord de la couverture afin de nous enrouler dedans. Quand on atterrit par terre de l'autre côté du lit, on y était enveloppés ensemble, si bien qu'aucun de nous ne pouvait plus porter de vrai coup.

Le combat au sol est un art en soi où, là aussi, je ne doutais pas que Torian soit la plus forte. J'étais déjà coincé sous elle, et elle m'enfonçait un coude dans la gorge.

À cet instant, je crois qu'elle dut ressentir quelque chose, parce qu'elle gloussa :

– Dis-moi, Kelen, c'est un couteau que je sens contre ma cuisse, ou alors tu es vraiment très heureux de me voir ?

Son souffle faisait comme une brise tiède sur mon visage et, quand une goutte de sueur coula de son front dans ma bouche, je la trouvai étonnamment sucrée.

– C'est un couteau, dis-je. Le tien.

Elle parut d'abord incrédule, puis troublée et, pour finir, furieuse.

– Espèce de… Tu as triché !

– J'avais promis de n'utiliser aucune de mes armes. Je n'ai pas parlé des tiennes. Et, au cas où tu te le demanderais, le tranchant est contre l'artère de ta cuisse. Si tu bouges même un peu, tu te videras bientôt de ton sang.

Elle me dévisagea longuement, son regard plongé dans le mien. Elle avait vraiment des yeux magnifiques, surtout quand ils vous scrutaient comme ça. Elle était en train de déterminer si j'étais capable de passer à l'acte. Elle tenta d'appuyer un peu plus fort son coude sur ma gorge, je répondis avec une pression proportionnelle de son couteau. À nous imaginer comme ça par terre l'un sur l'autre enroulés dans une couverture, je me dis qu'on devait donner un drôle de spectacle.

– Et maintenant ? demanda Torian.

– Qu'est-ce que tu dis de ça : je retire le couteau, tu enlèves ton coude de ma gorge, on sort de là et on met fin à la violence.

– Et puis ?

– On suit mon plan.

Ce n'était pas une réponse, du moins pas une réponse qu'elle apprécia, mais elle sembla la considérer.

– Eh bien, dit-elle en retirant finalement son coude, en tout cas, tu as du cran.

– Merci, dis-je en éloignant prudemment le couteau.

S'extraire de la couverture et se relever fut à la fois bizarre et gênant. Une fois debout face à face, je me rendis compte que, dans l'action, j'avais perdu le couteau.

– Tu as du cran, mais tu es un peu bête, me dit Torian en le brandissant. Tu aurais dû comprendre que, malgré mon envie de te battre à la loyale, je ne laisserais jamais mes désirs interférer avec la protection de la reine.

– Et tu aurais dû apprendre comment Kelen se bat, annonça Nephenia.

Avec fluidité et grâce, Torian pivota sur elle-même et lança le couteau avec précision. Il heurta la cotte de mailles que Nephenia portait et retomba dans un bruit métallique. Une boule de poils jaillit depuis le plafond sur Torian et lui envelopper la tête, ses membranes duveteuses déployées pour l'aveugler.

– Il est peut-être crétin et pas très beau à voir, mais mon partenaire a toujours un tour de plus dans son sac, feula Rakis.

Il y a des moments où j'aime vraiment ce voleur et tueur de chacureuil.

– T'as de beaux yeux, tu sais, dit-il en appuyant sur les globes oculaires de Torian.

# 53
# La paix

Pour quelqu'un qui détestait autant les Argosi, Torian Libri avait une certaine maîtrise de l'*arta valar*.

– Et maintenant ? demanda-t-elle sans manifester la moindre peur malgré la probabilité élevée de perdre ses yeux au profit du gosier d'un chacureuil. Tu vas me tuer ? Si ça te pose problème, tu peux laisser ta petite amie m'endormir avec l'un de ses jouets et m'abandonner aux arcanistes. Je suis sûre qu'ils finiront le boulot. Même si ça risque d'être un peu long.

Nephenia protesta :

– Je n'utilise pas de sorts de sommeil et je n'abandonne pas les gens pour qu'ils se fassent torturer.

Je m'approchai de Torian en faisant signe à Rakis de la lâcher. Il produisit plusieurs grognements pour réaffirmer les droits ancestraux des chacureuils à la vengeance contre les sacs à peau qui les empoisonnent avec des fléchettes, mais il finit par obéir et sauta sur mon épaule.

– Voici ce que je propose, commençai-je en pesant mes mots pour éviter que la situation ne dégénère : tu quittes le temple avec nous et tu attends une autre occasion pour tuer Shujan. Tu n'y arriveras sans doute pas, parce qu'il est probable qu'on se fasse capturer et tuer en chemin, et que la reine perde au passage ses deux meilleurs protecteurs. Sinon…

Elle m'observa de ses yeux bleu indigo et dit :

– Laisse-moi deviner. Je rejoins ta petite troupe de lanceurs de poudre de perlimpinpin pour aller apporter l'espoir et la clémence aux armées sur le point de se faire la guerre ?

– Quelque chose dans le genre.

Elle agita la tête sous le coup de l'incrédulité.

– Kelen, depuis qu'on se connaît, je t'ai jeté en prison, empoisonné, battu, laissé pour mort. Pourquoi tu me ferais confiance ?

Ce fut à mon tour de soutenir son regard.

– Parce que, pas une seule fois, les choses ne se sont passées comme tu l'escomptais. Et qu'à mon avis, tu n'es pas devenue la garde royale légendaire que tu es en commettant deux fois la même erreur.

– Même si j'acceptais, comment tu saurais que je ne cherche pas uniquement à gagner du temps ?

– Parce que même un hors-la-loi sait que, parfois, il faut faire confiance à quelqu'un, dis-je en souriant. Et puis, maintenant que je résiste à ton petit tour de charmeuse de serpent, ce n'est pas comme si tu avais le choix.

Torian tenta de rester stoïque, mais ce n'est pas facile de maîtriser ses émotions après un combat. Moi ? En général, je me mets à brailler comme un enfant de trois ans qui vient de faire tomber sa glace.

Elle éclata de rire.

– D'accord, joueur de cartes, on fait comme tu l'entends.

Rakis renifla l'air.

– Qu'est-ce qu'il y a ? demandai-je.

– Ça pue la jalousie et, pour une fois, ça ne vient pas de toi.

Il tourna la tête vers Nephenia.

– Hé hé...

– Qu'est-ce qu'il a dit ? demanda-t-elle.

– Rien. Juste qu'il a encore faim.

Ishak jappa à l'intention de sa maîtresse. Je commençais à comprendre que la discrétion n'était pas le fort de la hyène.

– N'importe quoi, je ne suis pas jalouse ! protesta Nephenia, dont les yeux lançaient des éclairs à Rakis.

– Je dis ce que je sens, répliqua-t-il.

Torian trouva la scène incroyablement amusante.

– De toute évidence, il n'y a que votre troupe pour tenter de négocier une paix impossible entre nations.

– La garde royale a raison, dit Nephenia. C'est quoi, ton plan, Kelen ?

Je jetai un coup d'œil à Shujan, qui ne nous quittait pas des yeux. Je pense qu'il n'avait jamais vu le tumulte des véritables relations humaines.

– Tu veux toujours découvrir quel dieu tu dois être ?

Il acquiesça.

Je regardai la salle remplie d'objets, de livres et de jeux, où les vizirs lui enseignaient ce qu'il devait croire et où les arcanistes cherchaient à graver sa destinée dans sa chair. Le seul contact qu'il ait jamais eu avec le monde extérieur, c'était quand on l'exhibait sur un balcon pour qu'il accomplisse un miracle devant ses adorateurs. Comment pouvez-vous savoir qui vous êtes quand votre vie est à ce point circonscrite par les croyances des autres ? Ce qui était un peu mon cas avant ma rencontre avec Furia Perfax, et avant que je quitte pour la première fois l'oasis confinée de mon clan et de mon peuple.

– Ça te dirait d'aller faire un petit tour ? lui proposai-je.

# 54
# La poupée de chiffon

En quittant la tour prudemment étage par étage, car des gardiens pouvaient nous tomber dessus à tout moment, je repensai à toutes ces soirées que j'avais passées à déplacer des pions en bois sur un plateau hexagonal en compagnie de Keliesh, chef de l'armée des pénitents. Le shujan se joue souvent avec des sabliers, dont certains vous laissent plusieurs minutes pour réfléchir et d'autres à peine quelques secondes. Dans ce jeu comme dans la vie, un instant de retard et vous êtes foutu. Un trop grand empressement, idem.

Torian s'arrêta au bout d'un couloir et leva à deux reprises le poing en l'air. Je manquai de lui rentrer dedans. Puis elle écarta ses doigts, les replia, en déploya trois à nouveau. Il devait s'agir d'un code mais, n'ayant jamais eu l'occasion de m'entraîner avec les gardes royaux, j'ignorais sa signification.

«Huit personnes», articula-t-elle en silence quand il devint évident que je ne comprenais pas.

«Ça doit être l'un de mes vizirs avec ses assistants, m'informa Shujan en pensée. C'est l'heure de ma leçon.»

«En pleine nuit?» demandai-je.

« J'ai une leçon par jour avec chacun de mes six vizirs, de jour comme de nuit. »

« Un pour chaque livre saint ? »

« Oui. Ils viennent chacun à leur tour. Et chacun craint que les enseignements des autres polluent ma vision. »

Six vizirs différents dispensaient leur prosélytisme à partir de six livres saints différents en espérant que leur interprétation l'emporte chez le dieu.

On attendit dans l'ombre que soit passée la procession en toge. Au centre, un homme maigre et plus petit que moi, malgré son ventre qui bombait son habit de vizir en soie. Il était escorté de trois serviteurs à la tête rasée. L'un portait un immense livre ouvert qui devait peser une tonne avec son épaisse couverture en bois et ses deux mille pages d'au moins cinquante centimètres de haut. Pourtant, il n'avait pas l'air de souffrir sous son poids.

Un deuxième assistant à la tête tout aussi rasée tournait les pages que le vizir lisait à voix haute. Aucun serviteur ne semblait avoir conscience de ce qui se passait autour de lui, et je compris pourquoi quand j'aperçus leurs yeux d'un blanc laiteux : ils étaient aveugles.

Quatre soldates en armure berabesq les suivaient. Comme celui de Keliesh et de ses troupes, le bronze de leur plastron était finement sculpté. Le dessin représentait cette fois des fleurs et de la vigne dans les sables du désert, leurs feuilles portées vers les cieux par des mains délicates.

– Des jardiniers, murmurai-je à Torian après leur passage.

Elle me lança un regard, l'air de dire : « Je m'en fous. Ce sont juste des crétins. Toi aussi, tu es un crétin, d'ailleurs on va tous mourir. » Je commençais à connaître cette expression que Rakis me décochait tout le temps.

Après quelques bruissements supplémentaires de pages et de soieries, le vizir et ses asabli atteignirent enfin le bout du couloir et disparurent en tournant à droite.

– Tu sens quelqu'un d'autre ? demandai-je à Rakis.

Il feula à l'intention d'Ishak, qui renifla par terre avant de répondre par un jappement. Il traduisit :

– L'endroit est désert, à part les salles de prière. Les autres sacs à peau y sont encore tous entassés.

Quand je traduisis à mon tour pour Torian, elle se frotta la mâchoire.

– Pourquoi il n'y a pas plus de patrouilles dans les couloirs ? Les Berabesq ont autant d'espions que les Daroman. Ils doivent savoir qu'on a envoyé quelqu'un pour...

– C'est justement là-dessus qu'ils comptent, la coupa Nephenia, les bras chargés d'ouvrages volés dans la chambre de Shujan.

Il y avait du désespoir dans sa voix, même si elle réussissait à parler avec cet étrange calme propre aux Argosi. Elle insista :

– Tu avais raison, Kelen. Tout ça, c'est un piège.

C'était agréable d'entendre que, pour une fois, je ne me trompais pas, même si je ne savais ni comment, ni pourquoi.

Torian nous conduisit à la volée de marches suivante, mais on dut bientôt s'arrêter pour laisser Shujan reprendre son souffle. Il posa la main sur un mur couvert d'or.

– Ça va ? lui demandai-je.

Il paraissait incapable de parler.

« Je suis si faible, Kelen. C'est comme si je n'avais pas vraiment grandi. J'ai juste été... étiré. »

Sa main glissa et je dus le rattraper pour l'empêcher de tomber.

– Qu'est-ce qu'il a ? demanda Torian.

– Il est malade, répondit Nephenia.

Elle avait ouvert l'un des ouvrages à une page qui montrait des silhouettes humaines entourées de mots berabesq sur plusieurs cercles concentriques. Au milieu, il y avait une demi-douzaine de sigils que Nephenia et moi, on reconnut aussitôt.

– Selon moi, les arcanistes utilisent un mélange de magie du sable et du sang pour faire paraître Shujan plus mature qu'en réalité, expliqua-t-elle en passant un doigt sur la rangée de symboles. Mais ça n'a rien de naturel, alors son corps n'a pas de force.

Je me penchai pour trouver du sens dans les marques intriquées.

– Tous ces miracles qu'il accomplit, la façon dont il a grandi si vite… ça l'affaiblit et ça le rend malade.

Ishak lui renifla les pieds puis aboya quelque chose à Rakis.

– Il est pas malade, nous informa le chacureuil. Il est mourant.

Je traduisis, d'abord en silence pour Shujan, puis, après son accord, tout haut pour les autres. Torian secoua la tête.

– Mais comment c'est possible ? Comment un dieu mourant peut-il mener le peuple berabesq ? Ça fait des siècles que les six sectes qui se partagent ce pays attendent leur dieu à six faces pour qu'il révèle enfin la vraie.

– Et ensuite, demanda Nephenia, une secte a raison contre toutes les autres ? Des traditions séculaires disparaissent parce que six religions différentes n'en forment plus qu'une ? Les Berabesq s'uniraient sans doute, mais à contrecœur, dit-elle en se tournant vers moi. Et si les arcanistes n'avaient en fait jamais voulu de dieu ?

Mon regard alla à Shujan, qui avait l'air perdu. Malgré la philosophie et la sagesse que ses professeurs lui enseignaient, ainsi que tous les miracles que les arcanistes gravaient dans sa chair, il n'était encore qu'un petit garçon.

– Un dieu assassiné par les ennemis de son peuple avant qu'il puisse honorer les fidèles qui l'attendent depuis des siècles, voilà ce qui unirait vraiment le peuple berabesq dans une nouvelle cause : la vengeance.

«Je ne comprends pas, me dit-il en silence. Dans ce cas, je serais un imposteur ?»

Sentiment erroné, terme juste. Je calmai mes pensées pour les lui cacher.

Shujan s'écarta de moi et tendit les bras. Dans la lueur de l'escalier, il se mit à scintiller comme une étoile. Au plafond apparurent des images expliquant le fonctionnement des plantes, des animaux, de chaque être vivant.

«Et ça, ce n'est pas un miracle, peut-être, Kelen ? demanda-t-il. C'est juste un tour ?»

– Mais qu'est-ce qu'il fabrique ? demanda Torian d'un ton furieux. Il essaie d'attirer les gardiens du temple ou quoi ?

– Laisse-moi une seconde, lui demandai-je, puis je me tournai vers Rakis. Tu peux aller vérifier que personne ne nous suit ?

Il renifla puis secoua sa fourrure pour changer de couleur et se fondre dans l'or des murs. Sans un mot, il remonta l'escalier.

Shujan tendit la main vers mon épaule droite. Je sentis de la chaleur qui, peu à peu, fit disparaître la douleur du coup que Torian m'y avait porté.

«Je peux guérir les malades et les blessés. Ce n'est pas un miracle, ça ?»

Il retira sa main. La douleur ne réapparut pas, mais j'avais été blessé si souvent que je savais faire la différence entre une guérison et un soulagement.

– Je ne sais pas, dis-je, même si j'avais envie de le rassurer sur ce dont je doutais moi-même. Peut-être qu'être Dieu, ce n'est pas seulement une question de pouvoir ou de connaissances.

– La rumeur d'un dieu ne suffirait pas aux milliers de vizirs qui contrôlent les six sectes de croyants, dit Nephenia.

Shujan dit à voix haute, même si l'effort lui en coûtait :

– Lorsque je suis apparu pour la première fois au balcon de la tour, les vizirs se sont interrogés sur le sens de ma présence. Mais, dans les mois suivants, j'ai grandi si rapidement et de façon tellement spectaculaire qu'ils ont déclaré que c'était le premier des miracles évoqué dans chacun des six livres saints : un enfant surgi de nulle part qui deviendra homme dès sa première année.

Shujan observa ses bras dégingandés.

– Ne suis-je qu'une poupée de chiffon avec trop peu de tissu ?

J'essayai de l'apaiser mais, tout à coup, mon attention fut attirée par quelque chose : l'ouvrage que Nephenia tenait toujours ouvert entre ses mains. Il était plus récent que les autres : ses pages étaient encore blanches. Ce fut le mélange de termes berabesq et de sigils Jan'Tep dessinés par une main fluide et élégante qui aiguisa ma curiosité. Je ne les aurais sans doute pas reconnus si je n'avais pas eu, dans ma poche, un paquet de treize cartes peintes par la même personne. Que je gardais simplement en souvenir de ma mère.

« Ancêtres, jurai-je en silence, elle a été faite prisonnière quand Ke'heops l'a envoyée comme espionne chez les

Berabesq. Et elle connaissait non seulement les secrets de la magie Jan'Tep, mais aussi des tatouages de l'ombre au noir qu'il avait rapportés des ruines de l'abbaye d'Ébène. »

– Kelen ? demanda Nephenia en levant la tête vers moi. Qu'est-ce qui ne va pas ?

Le son discordant d'une cloche en provenance d'un étage plus élevé nous surprit, et mon cœur s'arrêta un instant de battre. Bientôt, le carillon fut repris partout dans la tour, comme si un incendie s'y propageait. Des cris se firent entendre dans les couloirs.

Un bruit de pattes résonna à l'étage du dessus, suivi de l'apparition de Rakis dans l'escalier.

– Ils ont libéré les gardiens des salles de prière, et ces cinglés en toges noir et or font plein de signes bizarres avec leurs mains dans les airs.

– Les arcanistes doivent s'être aperçus de la disparition de Shujan, dit Nephenia une fois qu'Ishak eut traduit pour elle. Il faut qu'on parte avant que...

Je surpris du coin de l'œil un mouvement qui attira mon regard. Shujan découvrait avec horreur les sigils gravés dans sa chair en train de pulser sous le tissu de sa toge. Même s'il ne produisait aucun bruit, j'entendis des chants caverneux surgir de son torse. Il souleva son vêtement pour nous montrer l'ombre au noir en train de se réécrire sous nos yeux.

– Les arcanistes sont tout proches ! Je les sens modifier ma destinée, ils... Kelen ! Pars !

Avant que l'un de nous puisse faire un geste, ses bras semblèrent se lever tout seuls et, entre eux, l'air scintilla et s'agita, comme si les lois élémentaires de la physique ne s'appliquaient plus. Une bourrasque nous propulsa au bout du couloir. Rakis et Ishak s'envolèrent. Nephenia voulut les rattraper, mais ne put résister et percuta le mur si fort que j'aurais juré avoir entendu un os craquer.

Torian agrippa la rampe de l'escalier de sa main droite et me retint de l'autre.

– Kelen ! cria-t-elle. Les arcanistes contraignent Shujan à nous tuer ! C'est toi qui as le fléau !

Je baissai les yeux vers la corde enroulée autour de mon bras. Shujan était immobile dans la tempête, sa nature altérée par les arcanistes en dépit de ses protestations. Il me cria :

– Elle a raison. Je sens toutes les possibilités d'avenir s'effondrer en moi. Kelen, il faut que tu m'étrangles avec le fléau avant que je devienne leur marionnette !

Torian dit autre chose, que je ne parvins pas à entendre dans le rugissement des psaumes charriés par les vents tourbillonnant tout autour de nous. Je commençai à défaire le fléau de mon bras, puis je m'arrêtai.

« Le destin, me dis-je. Le chemin tracé pour nous par d'autres. L'anéantissement à la fois du libre arbitre et... du hasard. »

Je cherchai les dés de baojara dans ma poche. Si j'essayais de lancer ces petits cubes en bois dans la tempête, ils seraient emportés par le vent. Pourtant, mon intuition me disait qu'ils pouvaient annihiler tout pouvoir que d'autres avaient sur Shujan. Par chance, les quelques maigres sorts Jan'Tep dont je disposais, minables selon les critères de mon peuple, relevaient tous de la magie du souffle.

Je repliai mes doigts pour créer des formes somatiques si simples que même un initié de première année éclaterait de rire si un professeur lui demandait de les exécuter. La géométrie ésotérique que j'invoquai dans mon esprit était tout aussi simple. Quant aux syllabes à prononcer… Le seul problème, c'était que cet ouragan rendait délicate la modulation de sons spécifiques. Je dus les crier trois fois à pleins poumons avant de sentir la bande du souffle étinceler autour de mon avant-bras.

– *Elas'shep'shi!* hurlai-je pour la quatrième fois, qui fut la bonne.

Je lançai les dés en l'air en leur intimant de résister au vent et de rouler selon leur bon vouloir.

Ils quittèrent ma main si vite que j'eus peur que le sort échoue, mais je les vis ensuite tournoyer sans effort, leur mouvement dicté non par la tempête des arcanistes, mais par le chaos de leur hasard. Ils se percutèrent et, tout à coup, les vents qui nous secouaient tombèrent. Les dés de baojara roulèrent sur le sol.

– Tu as fait un double six, dit Rakis, sa fourrure dressée alors qu'il avançait d'un pas hésitant. Si c'est pas un coup de bol, ça!

– Je ne sais pas si ça compte, répondis-je. Mais les dés ont l'air d'avoir libéré Shujan de l'emprise des arcanistes.

– Pour le moment, dit Nephenia.

Ishak lui léchait la main.

– Il faut qu'on le fasse sortir d'ici avant qu'ils recommencent.

Torian regardait fixement le garçon, dont les traits juvéniles étaient tordus par un désespoir si profond que sa souffrance n'éveillait que la compassion, y compris chez cette fille au cœur de pierre.

– Ce n'était qu'une ruse, dit-elle calmement. Pour détruire la preuve de la traîtrise des arcanistes une fois qu'ils auraient fini d'utiliser Shujan comme poupée. Il n'est pas un dieu. Il n'est même pas un ennemi. Il est…

Shujan était tellement faible qu'il ne parvenait presque plus à tenir debout. Je dus le recueillir dans mes bras. Ses yeux emplis de larmes ne quittaient pas les miens.

« Il y a un mot dans ton esprit que tu essaies de me cacher. Ne t'en fais pas, Kelen, tu peux tout me dire. »

Je m'agenouillai pour récupérer les dés et lui dis en pensée : « Je suis désolé, mon ami. »

– C'est un imposteur, annonçai-je tout haut comme je le portais dans l'escalier. Toute cette affaire n'est qu'une sombre escroquerie.

On réussit à quitter la tour avant que les gardiens du temple ne nous rattrapent et que les arcanistes tentent de reprendre le contrôle de Shujan. Torian marchait en tête dans le tunnel qui traversait les ruines souterraines de la ville. Même dans l'obscurité presque totale, ses pas étaient rapides et sûrs. Peut-être qu'elle possédait vraiment de la « magie de garde royale », après tout.

– Et maintenant ? demanda-t-elle quand on atteignit le passage glissant qui nous conduirait à la porte de la petite échoppe, puis dans la rue.

Au cours du trajet de retour, elle avait retrouvé son cynisme habituel.

– Parce que si ton grand plan, c'était de rejoindre les Sept Sables à cheval avec l'espoir que ton nouveau petit ami et ma reine de douze ans empêcheront la guerre, je vois pas comment on va faire. Cette ville grouille de soldats, de vizirs et de je ne sais combien de doctrinaires. On n'atteindra jamais la frontière.

Shujan survivrait-il jusque-là ? La seule solution pour stopper cette guerre imminente, c'était qu'il signe un traité de paix avec la reine Ginevra. Les Berabesq vivaient dans une théocratie, ce qui signifiait que les règles édictées par les vizirs ne valaient qu'en tant qu'interprétation des paroles de leur dieu. Les arcanistes s'étaient donné tout ce mal pour convaincre le peuple que Dieu était parmi eux, car les paroles de Shujan avaient valeur de loi.

Tant qu'on parvenait à éviter son assassinat.

– On n'arrivera pas à gagner les Sept Sables sans assistance, reconnus-je. On a besoin de chevaux, de provisions et sans doute de quelques relais en chemin.

– Qui nous les fournira ? demanda Torian.

Nephenia et moi, on ne put s'empêcher d'échanger un sourire alors que je reprenais Shujan dans mes bras. Quant à elle, elle sortit charmes et pièges de son manteau pour nous aider à échapper à allez savoir ce qui nous attendait dehors.

– Des gens qui ne vont pas vous aimer, garde royale, lança-t-elle.

# 55

# L'impasse

La voix de Furia résonna assez fort pour faire trembler les parois de la salle souterraine du salon de voyageurs :

– C'est moi qui ai pris une flèche dans le dos, alors personne ne tuera cette fille à ma place.

Sa démonstration d'*arta valar* aurait été plus impressionnante si elle avait tenu debout sans l'aide de ses parents. Le courage de Torian fut assez remarquable pour être souligné, entourée qu'elle était par une centaine d'Argosi munis de toutes les armes imaginables, y compris quelques-unes dont j'ignorais le fonctionnement. Certes, on peut étrangler avec une écharpe en soie, mais la façon dont le Chemin des Marches d'Émeraude la brandissait faisait bien plus peur que je ne l'aurais cru possible.

– Et si vous formiez une file pour que je vous botte le cul chacun à votre tour ? proposa Torian.

Rakis, qui adore l'idée du sang qui coule – presque autant que les biscuits –, bondit de mon épaule vers la sienne.

– Ouais, c'est ça, vous autres saloperies d'Argosi ! Venez la chercher un peu, vous allez voir ce que vous allez voir !

– Tu as oublié qu'il y a deux heures, c'est toi qui voulais la tuer ? lui demandai-je.

– Ouais, mais...

Le chacureuil afficha cet air penaud des rares instants où il se rend compte qu'il s'est mis dans une situation embarrassante. Il regagna mon épaule en marmonnant :

– Je trouvais ça cool comme attitude, c'est tout.

La femme costaude qui se faisait appeler le Chemin des Lys Poudrés avança avec dans chaque main trois fleurs en métal dont les pétales se terminaient par une pointe.

– La Daroman fait une offre très généreuse que je suis ravie d'accepter.

– Reculez, l'avertis-je.

Elle ne quittait pas Torian des yeux.

– Elle s'en est prise au Chemin de la Pâquerette Sauvage. Je ne laisserai pas ce geste impuni.

– Eh bien, fit Furia, je savais pas que tu tenais tant à moi, Lily. Vu le nombre de fois où tu as essayé de me tuer.

« Mais comment ces gens parviennent-ils à avoir la réputation de philosophes pacifistes ? »

– Tu as exigé qu'on accorde à ton *teysan* l'autorisation de tuer Dieu, fit remarquer le Chemin des Marches d'Émeraude.

La petite femme aux cheveux très noirs désigna d'un geste ledit dieu affalé sur une chaise, à peine capable de garder les yeux ouverts. Plus on s'éloignait du temple, plus il s'affaiblissait. L'Émeraude reprit :

– Au lieu de ça, le Chemin d'Étoiles sans Fin nous ramène cette abomination sur pattes, ce qui ajoute une nouvelle discordance à notre jeu.

– Vous me semblez bien pressés de condamner un innocent,

dis-je, les mains sur mes bourses de poudre. Qu'est donc devenu l'adage : *La voie des Argosi est la voie de l'eau* ?

Lily ricana.

– Le Chemin de la Pâquerette Sauvage continue à enseigner ces bêtises à son *teysan* ? Qui aurait imaginé que tu deviendrais aussi vieux jeu, Furia ?

– Que veux-tu..., répliqua-t-elle.

– Dans ce cas, admets que tu n'es plus à la page et laisse-nous compenser tes faiblesses.

Elle fit un pas vers Torian, mais Nephenia se mit en travers de son chemin, les mains dans les poches de son manteau, sans révéler quel charme elle en sortirait si la situation devait prendre une mauvaise tournure. Ishak bondit près d'elle en grognant à l'intention de quiconque tenterait de s'approcher.

– Tu risquerais ta vie pour cette fille ? lui demanda Lily. Mais qui est-elle pour toi ?

– Pas grand-chose, répondit Nephenia. En réalité, je la déteste, mais Kelen pense qu'elle peut nous aider, alors ça me suffit. En plus... (Là, elle fit un pas supplémentaire vers le Chemin des Lys Poudrés sans se soucier de ses armes)... je ne pense pas risquer quoi que ce soit.

S'il ne se méfiait pas, un homme pouvait tomber amoureux de Nephenia sept fois dans la même journée.

– Tout cet *arta valar* commence à empuantir la salle, grommela Furia. Gamin, tu veux bien me rendre un service et mettre fin à ces bêtises ?

– Ouais, bien sûr, répondis-je.

Je pris une profonde inspiration et déclarai :

– La garde royale est avec moi.

Personne ne me prit au sérieux et personne n'abaissa ses armes.

Alors, j'ouvris mes bourses de poudre et j'en sortis deux pincées plus grosses que de raison. Je les lançai en l'air et jetai une variation de mon sort :

– *Cara'juru*, prononçai-je.

Dans ce sort, la magie du souffle n'est pas particulièrement dangereuse, en revanche la façon dont les flammes se séparent en mille étincelles dans l'air produit toujours son petit effet.

« Parfait, me dis-je en voyant la réaction des Argosi. Maintenant, toutes les armes sont pointées sur moi. »

– La garde royale est avec moi, répétai-je.

– Mais elle a tiré une flèche dans le dos de Furia ! s'exclama le Chemin de la Cascade de Montagne.

Encore plus que le Chemin des Lys Poudrés ou celui des Marches d'Émeraude, il semblait bien décidé à se venger de Torian. Il éprouvait sans doute la même loyauté envers sa *maetri* que moi.

– T'en fais pas, le Cascadeur, ça aurait fait aussi mal par-devant, déclara Furia.

Ce qui, au moins, déclencha quelques petits rires.

– Bon, dis-je, la situation est simple. Notre seul espoir, c'est de le faire sortir de la ville pour le conduire à la frontière où la reine a regroupé toute l'armée de Darome.

– Pour quoi faire ? demanda Durral, le père de Furia.

– En théorie, Shujan est le chef de la nation berabesq.

Durral plissa le front.

– Shujan ? Comme le jeu ?

– Il m'a demandé de lui trouver un... Bon, on peut se concentrer sur le plan ? Si je parviens à réunir Shujan et la reine, si je leur explique la situation, ils pourraient parvenir à un accord.

– Seulement s'il vit jusque-là, fit remarquer Furia en désignant le garçon. Il n'a pas l'air très en forme.

« Elle peut parler, elle », me dit en silence Shujan.

« Si tu peux nous aider d'une façon ou d'une autre, c'est le moment », rétorquai-je.

Shujan me surprit en se levant de sa chaise. Il réussit même à faire deux pas avant de chanceler. Étrangement, ce fut Torian, dont les réflexes surpassaient même ceux des Argosi, qui le rattrapa par les aisselles pour lui éviter la chute. Il lui sourit avant de se tourner vers les autres.

– J'ai récemment appris que je n'étais pas un dieu, déclara-t-il. J'ai réalisé cinq miracles, mais sans qu'ils résultent de ma volonté.

Sa main trembla alors qu'il baissait le col de son vêtement, révélant les tatouages inachevés sur sa poitrine creuse. Il reprit :

– Je ne saurai jamais quelle sixième merveille les arcanistes me réservaient.

– Tu devrais te rasseoir, lui dit tranquillement Furia. Garde tes forces pour…

– Non, Kelen a raison. Je souhaite me rendre à la frontière car, en mon nom, sont commises des manipulations du destin et des tromperies qui font peser des menaces de guerre et de bains de sang. Comme je ne peux entreprendre ce trajet tout seul, au nom du dieu que j'ai cru être, j'implore des étrangers de me porter assistance.

Rosie n'avait pas encore dit un mot, ce qui me rendait très nerveux, car je me souvenais qu'elle prenait rarement la peine d'annoncer ses intentions avant d'emprunter la voie de l'orage. Elle s'approcha et demanda :

– Tu es faible, petit dieu, et la mort te poursuit. Quel que soit le pouvoir que tu as eu, il t'a quitté. Même si tu survivais à ce voyage, qu'espères-tu pouvoir accomplir ?

Sa main lâcha le col de sa toge et retomba mollement le long de son flanc. Son souffle haché était la preuve du travail laborieux de ses poumons. Pourtant, Shujan s'exprima avec une telle conviction que ça nous réduisit tous au silence :

– Dans le peu de temps qui me reste à vivre, j'aimerais accomplir un miracle de mon choix.

# 56

# La cité de feu

Makhan Mebab s'embrasa avec la rapidité et la férocité que déclenchent les bons mots prononcés sur tous les tons : « On a tué notre dieu. » Ceux-ci se répandirent comme une traînée de poudre.

Le chaos s'amplifia à la manière d'une tumeur. La colère et l'indignation bouillonnaient dans la ville, et elles n'avaient pas d'échappatoire. Des hommes et des femmes se battaient dans les rues en s'accusant les uns les autres de blasphème, mais aussi de la perte de leur nation, celle des pieux tout autant que des païens. Les adorateurs du dieu guerrier accusaient ceux du dieu pénitent d'avoir affaibli le pays, car tout le monde avait appris qu'un agent de la Darome avait réussi à s'introduire dans le temple pour assassiner Dieu. Les fanatiques de l'horloger reprochaient à leurs vizirs d'avoir échoué à déjouer les pièges des ennemis des Berabesq.

Les rues de Makhan Mebab étaient à feu et à sang.

– C'est pas ta faute, gamin, me dit Furia alors qu'elle et trois Argosi, le Cascadeur, Lily et Rosie, guidaient Nephenia, Ishak, Torian, Shujan, Rakis et moi de toit en toit ou de souterrain en souterrain. C'était inévitable.

Shujan pleurait sans discontinuer à la vue de ces effusions.

– Est-ce que si je... si je révélais ma présence, si je faisais semblant d'être celui qu'ils croient...

– *Khata Batab*, l'interrompit Rosie.

Shujan prit un air horrifié.

– Qu'est-ce que ça veut dire ? demandai-je.

– « Le dieu menteur », expliqua-t-elle. Le livre saint de l'horloger évoque un faux dieu qui, si jamais Dieu devait être tué, surgirait pour mener ceux qui doutent directement en enfer.

Le Chemin des Lys Poudrés, même si je commençais à la voir surtout comme Lily, poussa un grognement.

– Comme si on n'avait pas assez d'une conspiration. Maintenant, on doit se mêler de religion.

– C'est sans doute ce qui se passe quand il y en a trop, dit Torian.

Lily se tourna vers elle.

– Garde, je vous conseille de ne pas commenter ce désastre dans la mesure où tout est votre faute.

– Arrêtez vos chamailleries, s'interposa Rosie. On doit être comme l'eau et couler autour des obstacles sur notre chemin.

– Dit la femme dont la voie de l'orage est la réponse à tout, se moqua Lily.

– Avancez, dit Furia, l'air aussi épuisée par ces divisions internes que par la malédiction qui pesait sur elle.

C'était étrange, la façon dont les Argosi semblaient toujours se caresser à rebrousse-poil. Seuls, ils paraissaient calmes et raisonnables, mais dès qu'ils étaient plusieurs en présence, on aurait dit des feuilles mortes qui n'attendaient qu'une étincelle pour brûler.

« Peut-être que c'est pour ça qu'ils voyagent seuls », pensai-je en me souvenant de ce qu'Enna, la mère de Furia, m'avait dit au sujet du couple qu'elle formait avec son mari.

« Il se trouve que Durral et moi sommes sur le même chemin. Un jour, nos chemins divergeront, et je devrai lui dire au revoir, à lui aussi. »

Je regardai Furia progresser péniblement dans le tunnel en essayant d'ignorer les hurlements en provenance de la rue, ainsi que sa souffrance. Une part de moi espérait que nous échapperions tous à ça pour vite reprendre la route ensemble – Furia, Nephenia, Ishak, Rakis et moi. Un bref moment, tous les cinq, on avait presque formé une famille. Mais tout à coup, cette idée me parut puérile.

Furia devait s'être rendu compte que je l'observais, parce qu'elle se retourna vers moi et me décocha un sourire.

– Courage, gamin, je peux pas tous vous porter jusqu'à la frontière, tu sais.

Il nous fallut trois jours rien que pour quitter Makhan Mebab. On devait se cacher dès qu'un groupe de fanatiques se jetait à l'assaut d'un autre, allez savoir pourquoi. Parfois, on devait rebrousser chemin car un incendie embrasait un quartier tout entier. Notre progression était lente, épuisante et déprimante.

– Je n'ai jamais vu quelque chose comme ça, me dit un soir Nephenia alors qu'on était tous les deux assis un peu à l'écart des autres.

– Moi non plus.

Elle ne parut pas m'avoir entendu, car elle regardait sans les voir les incendies par la fenêtre brisée de la boutique en ruine où on avait trouvé refuge, et continua :

– Je croyais pourtant avoir connu bien des horreurs : les vers d'obsidienne, le massacre des moines par l'assemblée guerrière à l'abbaye d'Ébène. L'ombre au noir, la haine…

Ses mains tremblaient quand elle les porta à sa bouche, comme si son corps essayait d'instinct de la protéger de tout ça.

– Ce que mon père m'a fait… Avant, je le voyais comme un monstre. Une aberration vivante. Maintenant, je me demande s'il n'était pas comme tous les autres, un être humain dans une coquille fragile. Un jour, le vernis de la civilisation a craqué et révélé sa cruauté et ses désirs cachés.

Plus elle parlait, plus elle pâlissait, comme si l'air qui quittait ses poumons ne laissait plus que du vide en elle. Mes tentatives de consoler ceux que j'aime se soldent généralement par des échecs cuisants. Quelqu'un de plus raisonnable que moi aurait compris depuis longtemps qu'il valait mieux garder le silence dans ces cas-là.

– Tu veux manger quelque chose? lui proposai-je en lui tendant un morceau de bœuf séché et tendineux que Rosie nous avait procuré.

Après l'avoir examiné en grognant, elle mordit dedans.

– Tu te souviens quand tu détestais que je cache mon ombre au noir? lui demandai-je en tapotant les marques autour de mon œil gauche.

Nephenia acquiesça. Le bœuf était si dur à mâcher qu'elle ne pouvait plus parler. Je l'avais fait exprès pour éviter d'être interrompu.

– Je pensais que l'ombre au noir, ça signifiait qu'un jour, un démon prendrait possession de mon âme et me transformerait en monstre. Or il y a un an, quand je suis arrivé en Darome, un moine qu'on appelle un entraveur blanc a réussi à prendre le contrôle sur moi. J'ai alors découvert qu'il y avait des choses pires à craindre qu'un démon qui vous dévore l'âme.

À ce souvenir, j'avais encore des frissons. Jusqu'à ce jour, ces visions me donnaient la nausée. Colfax m'avait juré dans son dernier souffle que ce n'était destiné qu'à m'impressionner. La fille de la taverne m'avait même écrit des mois plus tard pour m'expliquer qu'elle avait été payée pour mimer l'effroi, qu'elle savait que je ne lui ferais pas de mal, mais qu'elle avait quand même détesté participer à cette mascarade. J'avais répondu en la remerciant de sa gentillesse, mais mon dégoût de moi-même ne m'avait pas quitté. Je n'en avais parlé à personne.

– Kelen ? demanda Nephenia, une main sur mon bras. Ça va ?

Je faillis éclater de rire. J'essayais de la consoler, même sans y croire. Pourtant, j'aurais dû savoir qu'on ne combat pas le découragement avec des paroles inspirées. À quelqu'un comme Nephenia, il faut offrir une porte de sortie.

– Tu te moques de moi ? demanda-t-elle.

– Non, répondis-je.

– Dans ce cas, de qui tu te moques ? Parce qu'on a vraiment l'impression que tu ris de…

Je me penchai pour l'embrasser. Elle parut étonnée mais ne s'écarta pas, alors je continuai.

Je n'avais oublié aucun de nos baisers. Le premier, quand elle s'apprêtait à passer ses épreuves de mage et que notre clan venait de découvrir mon ombre au noir. Le deuxième, lorsque Furia et moi l'avions secourue dans le désert où elle était poursuivie par les doctrinaires parce qu'elle s'était fait passer pour moi. Puis devant l'abbaye d'Ébène, après sa destruction par mon père. J'étais alors prêt à suivre Nephenia où qu'elle aille, mais elle m'avait annoncé qu'elle ne serait sûre de m'aimer que si je devenais l'homme que je devais être, et que je cessais d'être le garçon que j'étais encore.

Étais-je enfin cet homme ? Je l'ignorais. « Ancêtres, ne doutez pourtant pas que j'ai essayé. »

Je m'éloignai d'elle. Elle me sourit, mais la tristesse se lisait toujours sur ses traits.

– Le monde est plein de noirceur, Neph, dis-je. De ravages, de ruines, de démons de toutes sortes sous des apparences humaines.

Je pris ses mains entre les miennes.

– Mais dans ce monde, il y a toi, alors pour moi, ça contrebalance tout le reste.

Ce n'était pas ce que j'avais fait de mieux en matière de poésie, mais ce n'était pas le but. Seule la chute comptait.

Nephenia haussa un sourcil.

– Parce que tu me vois toujours comme une jolie petite fleur objet de tes espoirs amoureux ?

– Parce que tu es mon héroïne.

Sa bouche s'entrouvrit, mais elle ne dit rien. Parfois, il m'arrive de trouver le mot juste.

Au bout de quelques instants, elle se pencha vers moi et posa son front contre le mien.

– Kelen ?

– Oui ?

– Tu m'as beaucoup manqué.

– Toi aussi.

# 57
# La cité du chagrin

J'aurais voulu que ma vie se termine comme ça, Nephenia et moi en train de s'assoupir dans les bras l'un de l'autre, lorsqu'un long cri déchira la nuit dans une rue proche. Ce n'était pas le premier de la soirée et ça ne serait pas le dernier.

– Combien de temps on va encore devoir rester dans ce satané endroit maudit ? protesta tout haut Torian.

Elle buvait, affalée dans un coin entre deux placards effondrés dont le contenu avait été pillé.

– Encore un petit moment, répondit Furia, concentrée sur sa partie de cartes avec Rosie et le Chemin de la Cascade de Montagne pour faire émerger le sens des ouvrages volés aux arcanistes.

Je lui avais avoué avoir reconnu l'écriture de ma mère sur certains dessins. Furia n'avait pas paru surprise, ce qui m'avait encore plus troublé.

– Mais qu'est-ce qu'on attend ? demanda Torian. Juste que vous finissiez vos débiles parties de cartes argosi ?

– Il faut sentir le rythme, ma fille. Si on sort maintenant, on sera emportés par le chaos. Il faut attendre que l'envie de faire couler le sang se calme, et là, on pourra se faufiler sans être repérés.

La question paraissait réglée mais, peu après, Nephenia m'attrapa le menton pour le tourner en direction de Torian.

– Tu devrais aller lui parler, me dit-elle.

– Je pense qu'elle a envie d'être seule.

– Si tu crois ça, travaille ton *arta precis*.

À contrecœur, je me dirigeai vers l'autre bout de l'échoppe. Je m'aperçus alors que Torian pleurait en silence, sans doute depuis un bon moment.

– C'est ma faute ? demanda-t-elle quand je m'assis près d'elle.

– Pourquoi ça serait ta faute ?

– J'ai blessé ton amie, je t'ai ralenti. Peut-être que tu serais arrivé ici plus tôt, ou qu'elle t'aurait accompagné dans le temple et que...

– On est tombés dans un piège, l'interrompis-je. Nous tous. C'est aussi simple que ça. Même si tu n'avais pas été là, on en serait au même point.

– T'en sais rien, dit-elle en secouant la tête. J'ai toujours refusé de suivre des ordres qui ne me semblaient pas justes. J'ai envoyé ma mère se faire foutre des centaines de fois et je lui ai dit que jamais, contrairement à elle, je ne ferais partie du conseil des chuchoteurs, que je ne deviendrais ni une espionne ni une meurtrière à la solde de l'empire, que je tenais à ce que mon ennemi sache d'où venait le coup fatal. Mais cette fois, j'étais certaine qu'elle avait raison. Une mort contre des centaines de milliers d'autres ? Je savais que tu refuserais. Que tu n'étais pas de cette trempe. Je croyais l'être, moi.

Elle jeta un coup d'œil à Shujan qui, avachi contre un mur,

était en train de caresser faiblement Ishak blottie contre lui pour lui tenir chaud.

– Je n'ai jamais cru qu'il était Dieu, dit Torian.

Ces mots parurent lui faire du mal.

– C'est normal. Les Daroman ne sont pas plus religieux que les Jan'Tep. Aucun de nous…

– Je n'ai jamais cru qu'il était Dieu, mais je l'aurais quand même tué. Je t'aurais quand même pris ce fléau pour l'enrouler autour de sa gorge et le regarder s'étouffer jusqu'à la mort.

– Aucun de nous ne savait ce que…

– Si, toi, protesta-t-elle. Tu as refusé depuis le début l'idée que ce meurtre puisse conduire à la paix.

– Je ne connais pas de précédent, alors pourquoi ça aurait fonctionné cette fois-ci ?

Elle chassa ses larmes du revers de la main.

– Moi, j'y croyais. Chaque fois que je traquais un fuyard, que je le tuais, que je le ramenais les fers aux pieds, que je le laissais baigner dans son sang, le résultat, c'était un monde plus sûr. Un monde meilleur. Ce n'est pas que j'aime tuer. C'est vrai, j'adore me battre. J'adore le regard d'un homme quand il est sûr qu'il va casser ma jolie petite gueule et qui, l'instant d'après, se retrouve par terre en se demandant si son dernier jour est venu. Mais je n'ai jamais tué sans y être contrainte, seulement en dernier recours.

Je vis Furia me faire discrètement signe que le moment était venu de lever le camp.

– C'est ça, le problème avec la mort, dis-je en me levant et en lui tendant la main, on ne sait jamais si on fait le bon choix jusqu'à ce que ça soit trop tard.

Quand on parvint aux immenses murailles protégeant Makhan Mebab, la ville avait changé. Le déchaînement de violence s'était mué en situation bien plus dangereuse. Avec l'aide des gardes cléricaux et des quadan, le conseil des vizirs avait repris le contrôle quartier par quartier. Maintenant, les habitants, qu'ils soient adeptes du guerrier, du jardinier ou de toute autre face de Dieu, étaient unis dans un seul but : attraper les ennemis des Berabesq.

– Eh bien, dit Furia comme on franchissait l'une des portes les moins fréquentées de la ville, pas de doute, c'est nous.

Le Chemin de la Cascade de Montagne, son ancien *teysan*, regarda les murailles avec un air de désespoir que je n'avais jamais vu chez un Argosi.

– Tous les étrangers vont être soupçonnés, arrêtés et interrogés.

– Tués, oui, dit Rosie. Sache, le Cascadeur, que la voie de l'eau a laissé place à la voie de l'orage.

Le jeune homme grimaça, et je me demandai si ça avait un rapport avec son surnom.

– J'ai observé chaque partie de cartes de chaque Argosi au salon de voyageurs, dit-il. J'ai joué chacune de mes cartes contre chacune des leurs. Aucun de nous n'a vu ce schéma émerger. En tout cas, pas avant que ça soit trop tard.

– On ne peut pas avoir toujours bon, gamin, dit Furia. Des fois, les cartes conduisent toutes à la guerre, et là, il n'y a plus qu'à sauver sa peau.

Je ressentis une étrange jalousie en l'entendant l'appeler gamin. J'essayai de le cacher et déclarai :

– Tout n'est pas perdu. Ce chef que j'ai rencontré, Keliesh, il n'était pas partisan de la guerre. S'il…

– Les vizirs veulent tout contrôler, déclara le Chemin des Lys Poudrés. Ça a toujours été le cas mais, jusque-là, ils n'avaient pas les moyens d'y parvenir. Cette jeune reine de Darome et son père qui l'a précédée sont tous deux enclins à la sagesse et à la retenue. Mais mon peuple vit au milieu du désert, ce qui nous procure une soif que personne ne peut comprendre. Cette soif ne sera étanchée que par le sang de nos ennemis.

Ce qu'ils disaient tous était vrai, je le savais au plus profond de moi. Chaque expérience que j'avais faite sur les routes avec et sans Furia, depuis les territoires Jan'Tep jusqu'aux Sept Sables, de la Gitabrie à la Darome, et même jusqu'à une île noire en pleine mer, me montrait que cette guerre était comme une machine construite pièce par pièce par chaque culture jusqu'à obtenir un monstre indomptable prêt à tout détruire sur son passage.

« Cette soif ne sera étanchée que par le sang de nos ennemis. »

Eh bien, nous allions vite devoir lui trouver un ennemi.

TELEIDOS
LA CITÉ DE LA PAIX

# La cité de la paix

*Tout le monde rêve d'une terre paisible, d'une ville étincelante au sommet d'une colline sans murailles ni gardiens.*

*C'est tellement plus simple à saccager.*

# 58
# L'intrus

Pendant un temps, je perdis le compte des jours. C'est fréquent, dans le désert, où les cycles ne font que se répéter. Qu'on le traverse à dos de cheval ou de chameau, juste après le lever du soleil, l'air devient tellement brûlant qu'il faut garder la bouche fermée pour éviter d'avoir la gorge trop sèche, puis, juste après son coucher, il devient si froid qu'on passe la nuit à grelotter sous sa tente. Mais j'avais déjà parcouru bien des déserts et, j'ai beau détester ça, ce rythme ne m'était pas inconnu. La différence, cette fois, c'étaient les pensées qui me hantaient.

Shujan se mourait. Les traitements qu'on lui avait infligés afin de faire passer un imposteur crédible pour un dieu vivant n'étaient pas faits pour le garder en vie au-delà de son premier anniversaire. La plupart du temps, il dormait dans une sorte de nid de couvertures attaché à la selle de Torian. Allez savoir pourquoi, elle voulait veiller sur lui.

Furia se mourait aussi. Malgré les charmes de Nephenia et les remèdes des Argosi – Rosie, Lily et le Cascadeur, qui passait son temps à demander à Furia de l'appeler le Chemin de la Cascade de Montagne –, tous partageaient mon désespoir tandis que mon mentor affichait son courage jour après jour.

La malédiction qui ne lui laissait aucun répit se manifestait par différents biais : elle trébuchait sans raison, ses blessures ne guérissaient jamais. Ce mal la dévorait vivante.

– Arrête de me regarder comme ça, gamin, disait-elle chaque fois qu'elle me surprenait à la dévisager. Tu vas finir par me faire rougir.

Elle passait toutes ses soirées avec Rosie sous leur tente à jouer aux cartes et à se disputer. Mais parfois, elles ne faisaient plus de bruit du tout, et là, tout le monde prenait garde à les laisser tranquilles.

Sauf Rakis, bien sûr.

– Elles ont recommencé, me feula-t-il un soir dans notre petite tente.

– Rakis, tais-toi.

– Je te dis juste que tu devrais aller voir.

– Quoi ? Pourquoi je…

– Eh ben, dit-il d'un ton sérieux, t'as l'air de ne jamais savoir comment t'y prendre avec les femelles, alors maintenant que Nephenia est de retour, j'en ai marre de te voir tourner autour du pot. Je me dis que le problème, c'est peut-être que tu sais pas comment lui faire du bien quand vous…

Je plaquai la couverture pliée qui me servait de coussin sur mes oreilles en m'écriant :

– Tais-toi, je ne veux plus t'entendre, tais-toi !

– Je pourrais te donner des conseils, mais l'anatomie des chacureuils, c'est un peu différent. Nos femelles à nous adorent quand on leur mord le…

Il se redressa d'un coup, le museau frétillant.

– Qu'est-ce qu'il y a ?

– J'ai cru sentir…

– Rakis, qu'est-ce qui se passe ?

Il bondit par-dessus mon corps pour quitter notre petite tente et partit dans le désert. Je le suivis en tentant de le rappeler sans réveiller les autres, en vain. C'était comme s'il avait été victime d'un sort de soie.

À deux cents mètres du camp, après avoir franchi une grande dune, je découvris ce qui avait attiré Rakis. Était-elle belle ? Je n'aurais pas su le dire. Je ne suis pas expert en femelles chacureuils.

– Je dois te laisser, déclara Rakis.

– Qu'est-ce que ça veut dire ? On est à moins d'une journée de route des troupes de la reine rassemblées en prévision d'une guerre ! On a de plus gros soucis que… Rakis ?

– Kelen, je dois te laisser.

Sans se retourner, sans même un adieu, il s'éloigna dans le désert avec la chacureuil, me plantant là comme un idiot. J'avais envie de hurler, de le traiter de lâche ou de traître pour m'abandonner comme ça. Mais je me souvins de ce que Furia avait essayé de me dire sur le trajet vers les terres berabesq. Elle avait voulu me rappeler que Rakis était depuis trop longtemps séparé de ceux de son espèce, que ça n'était pas bon pour lui d'avoir renoncé à ça pour moi, de sacrifier sa vie ainsi que l'espoir d'une descendance. S'il y avait une tribu de chacureuils dans les parages, n'avait-il pas le droit de la rejoindre ?

Une petite toux me prévint de la présence de quelqu'un. Je pivotai sur moi-même et découvris le Chemin de la Cascade de Montagne.

– Qu'est-ce que tu fais ? Je croyais que c'était Lily qui montait la garde cette nuit ? demandai-je.

– Oui, mais Furia m'a demandé de partir en reconnaissance, au cas où on nous aurait tendu une embuscade.

Ça avait du sens. Si nos ennemis ne pouvaient connaître notre localisation précise, ce n'était en revanche pas difficile de deviner que nous cherchions à rejoindre l'armée de la reine. Il suffisait de tirer un trait entre Makhan Mebab et la frontière pour nous y trouver.

– Ils sont combien ? demandai-je.

– Un seul, répondit-il. Furia a dit que tu saurais qui c'est. Elle m'a aussi recommandé de n'en parler qu'à toi. Elle a dit que cette décision t'appartenait, qu'aucun de nous ne devait interférer.

Je sentis s'abattre sur mes épaules un poids trop lourd pour moi.

– Elle a raison, dis-je pour finir. C'est mon problème.

Il plongea son regard dans le mien, sans aucun doute pour utiliser les mêmes talents argosi que Furia, à la recherche de la vérité pour savoir si j'allais tous nous conduire à la mort.

– Tu es sûr que tu veux pas d'aide ?

– Je pense que rien ne peut m'aider, répondis-je.

Le Chemin de la Cascade de Montagne désigna le nord.

– À cinq cents mètres environ. On ne voit personne. Il n'y pas de traces, pas de feu, rien.

– Dans ce cas, comment tu as su que… ?

Il fit une imitation correcte de l'accent traînant de Furia :

– Quand y a aucun signe d'embuscade, c'est là qu'y a une embuscade.

Je souris. Ce genre de proverbe allait me manquer.

Je me mis en route, mais j'avais tout à coup du mal à garder l'équilibre dans le sable mou. Mes mains se mirent à trembler avant que j'aie parcouru cent mètres.

Depuis le début, je savais que je mourrais dans le désert.

# 59
# Les retrouvailles

Les terres berabesq s'enfoncent comme les trois piques d'un trident en direction des frontières de trois pays : la Darome au nord-est, les Sept Sables au centre, les territoires Jan'Tep au nord-ouest. Mais cette description serait incomplète si on laissait entendre que ces trois pays sont comparables. Les terres berabesq sont immenses; elles s'étendent sur la plus grande partie du continent. En comparaison, le puissant empire daroman est bien plus petit, et les Sept Sables ridicules. Quant à mes terres natales, disons qu'on pourrait mettre cinquante territoires Jan'Tep dans ceux des Berabesq, et qu'il resterait encore de la place.

C'est pareil pour la population. Les Berabesq pourraient engloutir chaque mage Jan'Tep, depuis les mages seigneurs jusqu'aux plus jeunes initiés, ainsi que chaque cuisinier, serviteur et commerçant Sha'Tep, les jeunes, les vieux, les vivants et les morts, une douzaine de fois, et avoir encore faim.

Quand on grandit entouré de magie, il vous paraît inconcevable que le reste du monde vous voie comme faible et insignifiant. Parfois, les Jan'Tep sont craints en tant qu'espions ou assassins mais, le plus souvent, ils sont simplement vus comme étranges. Des bizarreries sur pattes qui, au bout du compte, n'ont que peu d'importance sur un continent dominé par de grandes armées équipées de machines de guerre sophistiquées.

Comment une telle nation parvient-elle à survivre entre des empires grandissants et de puissants intérêts mercantiles ? Et qu'est-ce qui se passe si, au lieu de se contenter de survivre, ce qu'elle veut vraiment, c'est dominer le continent ? Régner sur les croyants comme sur les non-croyants et se prouver une fois pour toutes supérieure à tous les autres ?

Ça serait un sacré tour de passe-passe, ça, non ?

– Bonjour, Père, dis-je avec calme.

Je ne le voyais pas. Les sorts d'obscurcissement sont particuliers : faciles à jeter (à condition d'avoir fait étinceler sa bande de la soie), mais difficiles à perfectionner. Ils n'étaient pas nombreux, les mages qui avaient la patience de gommer chaque défaut, d'explorer suffisamment la géométrie ésotérique et de créer les formes somatiques parfaites pour se rendre invisibles. Shalla était la meilleure dans ce domaine mais, même avec elle, si on avait un peu l'habitude, on percevait de petits défauts dans l'air, une subtile et pourtant réelle sensation d'être épié.

Par comparaison à Shalla, Ke'heops faisait figure d'amateur. Je voyais maintenant comment le Chemin de la Cascade de Montagne avait pu le repérer.

– Ke'helios, dit la voix de mon père.

– Kelen, le corrigeai-je.

Un soupir.

– Comme si c'était la clef de tout.

Un miroitement dans l'air précéda son sort. Il était plus près de moi que je ne l'avais anticipé, ce qui est l'une des raisons pour lesquelles je déteste la magie de l'obscurcissement.

– On pourrait croire qu'un nom est une chose bien trop insignifiante pour déranger un mage seigneur, surtout lorsqu'il est prince de clan et mage souverain du peuple Jan'Tep, répondis-je.

Mon père sourit, ce qui sembla le surprendre lui-même.

– Tu me flattes ? C'est ta nouvelle technique ?

Il avait raison. Mon arsenal consistait d'habitude à le mettre en colère avec toute une série d'insultes, de la plus subtile à la plus directe. Alors, pourquoi pas cette fois ? Pour deux raisons. La première, parce que ces rébellions puériles, ça suffisait, la seconde, parce que j'avais des choses à lui dire.

– Je suis désolé pour Bene'maat… Mère, je veux dire.

Il mit du temps à demander :

– Elle te manque ?

Cette question me prit au dépourvu. Je pense que ni l'un ni l'autre n'étions d'humeur à recourir à nos stratagèmes habituels.

– Ce qui me manque, c'est son odeur le matin, quand elle avait passé la nuit sur ses cartes astronomiques, le parfum des papiers qu'elle utilisait.

– L'odeur venait de l'encre, en fait. Elle la fabriquait elle-même. Bene'maat n'a jamais aimé les encres des marchands qui passaient en ville. Elle prétendait que les papiers les buvaient, et que son travail était trop précis pour ça.

– Précis, répétai-je. C'est un mot qui lui convient à la perfection. Chaque mot qu'elle employait, chaque action de sa part étaient si justes, c'était comme si elle avait passé des heures à les choisir.

– Elle t'aimait, dit Ke'heops. Je sais que tu as du mal à le croire, vu comment les choses ont tourné. Elle ne m'a jamais pardonné de l'avoir forcée à contrecarrer ta magie, de l'avoir obligée à choisir entre sa confiance en moi et son désir de te protéger. Elle portait cette honte comme des cicatrices partout sur son corps.

– C'est pour ça qu'elle est allée en terres berabesq, non ? Pour découvrir le secret des arcanistes qui gravent dans la chair des doctrinaires ce qui leur donne leurs pouvoirs.

J'exhibai mon bras droit.

– C'est à ça que je dois mon sigil de la braise, non ? C'est une inscription imaginée par Mère pour créer des chemins capables de franchir les contre-sigils.

Il acquiesça.

– Tu m'as fait croire qu'elle était partie espionner pour ton compte.

– Un fils ne devrait jamais avoir à porter le fardeau de la mort de sa mère.

Je dus serrer les dents pour m'empêcher de dire quelque chose que je regretterais. Ke'heops n'avait pas que cette excuse, j'avais d'autres hypothèses, mais une partie de moi hésitait à les lui confier. Je ne voulais pas abandonner le dernier petit fil qui nous reliait encore en tant que père et fils.

– Elle a demandé à me voir ? Vers la fin, je veux dire.

Ke'heops acquiesça de nouveau.

– Dans les derniers jours, la malédiction avait brisé tout son courage. Elle rêvait de te parler, d'entendre ta voix, de te supplier de lui accorder ton pardon.

Il dit ça sans colère, sans chercher non plus à me culpabiliser, et pourtant je m'en voulais déjà. Comme je refusais qu'il s'en rende compte, je pensai à quelque chose qui me réconforta un peu.

– Shalla lui a dit qu'elle m'avait retrouvé, non ?

L'un des sourcils parfaitement dessinés de mon père se haussa, quoique à peine.

– Comment le sais-tu ?

– Parce que c'est Shalla. Elle veut toujours faire au mieux pour les gens qu'elle aime. Je l'imagine se rendre au chevet de Mère et prendre sa main avec excitation en disant : « Mère, j'ai jeté un sort pour localiser Kelen. Il est très loin, sinon il serait déjà ici. Il a pleuré, Mère, et il m'a suppliée, oui, cet idiot d'arrogant m'a suppliée de te dire qu'il t'avait déjà pardonné depuis longtemps. Que tu lui manques, Mère, et qu'il t'aime tant. »

Ke'heops rit de ma grossière imitation.

– Ma fille est parfois… prévisible.

Moi aussi, je ris, désarçonné par le fait que mon père, pour une fois, descende de son piédestal de chef de la maisonnée de Ke et se laisse aller à un sentiment paternel.

– Mère l'a crue ?

Il redevint tout à coup très sombre.

– Je l'espère. Elle en avait envie, en tout cas.

Il y eut un silence, puis il reprit :

– Moi aussi, mais je suis moins naïf.

– C'est étrange, pensai-je tout haut. Il y a un an, un mois… peut-être hier encore, j'aurais dit que tu avais raison. Que certaines choses sont impardonnables. En tout cas, je le croyais.

Je secouai la tête.

– Il y a une image que je ne peux pas me sortir de l'esprit.

Je suis ligoté à cette table, vous deux penchés sur moi. Tu tiens une aiguille à la main, et l'encre métallique coule sur ma peau.

– Moi aussi, j'ai cette image en tête, dit-il doucement. Je vois ma main planter l'aiguille dans ton avant-bras pour y dessiner les contre-sigils. Je voudrais tellement ne pas faire ça, trouver un autre moyen. Je me dis encore qu'il devait y en avoir un.

Je remontai la manche droite de ma chemise. Autrefois, ces contre-sigils me paraissaient affreux, car ils me rappelaient non seulement ce qu'on m'avait pris, mais *qui* me l'avait pris. Maintenant...

– Si Mère et toi vous ne m'aviez pas fait ça, jamais je ne serais parti.

– Je sais.

– Ce que je veux dire...

Comment pouvais-je lui expliquer ? Ces routes interminables parcourues avec Furia, apprendre à survivre avec quelques tours argosi... l'*arta eres*, l'*arta loquit*, l'*arta tuco*. Abandonner ses rêves de domination en échange de la certitude que, parfois, les choses les plus humaines, les plus petites, les plus simples, comme se tenir droit et écouter avec les yeux, peuvent être aussi magiques que n'importe quel sort. Rencontrer Seneira aux Sept Sables, croire être amoureux d'elle, puis découvrir que l'amour est différent de l'engouement et qu'aucun des deux n'est un remède à la solitude. Fuir l'ombre au noir uniquement pour m'apercevoir qu'elle est aussi terrible que tout ce qu'on m'a raconté et que, pourtant, il ne faut pas la craindre. Voir Nephenia surgir de temps à autre pour bouleverser ma vie et me rappeler que je ne pourrai un jour vraiment aimer quelqu'un qu'à la condition de m'aimer moi-même d'abord.

Et Rakis, ce maudit chacureuil qui venait de me quitter parce qu'il avait repéré une femelle de son espèce. Le pire partenaire au monde. Le meilleur ami dont je puisse rêver.

Ma vie avait été un enfer de folie et de terreur, et pourtant elle était emplie de merveilles et d'extravagance, à tel point que j'éclatai de rire. Je n'aurais rien fait de tout ça si on m'avait offert la vie dont je rêvais – si mes parents ne m'avaient pas retiré ma magie.

– Je pardonne à maman, dis-je pour finir. Et je te pardonne toi aussi, Père.

– Vraiment ?

Je ne pense pas que j'avais déjà vu mon père pleurer. Pourtant, même là, il y eut une noblesse sévère dans la larme au coin de son œil.

– Vraiment.

Je pris une longue et lente inspiration et, très prudemment, j'ouvris mes bourses de poudre.

– Mais ce n'est pas pour ça que je vais te laisser agir.

Ni mes paroles ni mon geste ne le surprirent, mais ils parurent malgré tout le blesser. Je m'attendais à ce qu'il me menace, qu'il tempête, qu'il me rappelle l'étendue de son pouvoir, me dise qu'il connaissait chacun de mes tours. Il allait peut-être m'accuser de lui avoir menti en prétendant que je lui avais pardonné. Je m'étonnai donc quand il me demanda :

– Veux-tu bien m'accorder le temps de m'expliquer avant que l'un de nous franchisse la dernière limite qui nous empêchera à jamais de revenir sur nos pas ?

J'hésitai. Les quelques avantages dont je dispose lors d'un duel reposent sur l'habileté de mes mains et le fait de tenir mon adversaire à distance tout en jacassant pour le faire flancher.

Que mon père propose de s'expliquer, qu'il me demande mon autorisation, cela signifiait qu'il y avait une partie de l'histoire que j'ignorais encore.

Mais aussi que nous n'étions pas seuls.

# 60

# Des rêves en forme de châteaux de sable

– Où est-elle ? demandai-je.

J'aurais dû me sentir honoré que mon père ne cherche pas à me mentir.

– Pas très loin. Ta sœur est à portée d'oreilles.

– Elle t'a demandé de m'accorder une dernière chance, n'est-ce pas ?

Il acquiesça.

– Sha'maat a toujours cru que, si j'étais honnête avec toi, fondamentalement honnête, tu comprendrais pourquoi ces actes que tu considères comme odieux sont nécessaires à la survie de notre peuple, et qu'avec l'accès à cette compréhension, toi et moi pourrions…

Il jeta un coup d'œil dans le désert obscur vers un point que je ne repérai pas.

– Sha'maat croit que la vérité resserrera nos liens.

Je ravalai une dizaine de commentaires cyniques et une centaine de répliques mauvaises : rien qui soit assez intelligent pour empêcher la douleur qu'ils causeraient. Peut-être que j'étais enfin en train de devenir l'homme que Furia tentait de m'apprendre à être, celui que Nephenia voyait parfois quand elle me scrutait de loin avant de disparaître à nouveau de ma vie. Mais en réalité, j'avais tout simplement assisté à trop de souffrances et de tristesse ; pourtant, je le savais, d'autres surgiraient bientôt.

– Parle, dis-je. Je t'écoute.

– Je t'ai montré le terrible avenir qui attend notre peuple lorsque nous serons trop peu nombreux à pouvoir convoquer les forces primaires de la magie. Pendant des générations, nous n'avons pas mélangé notre sang à d'autres, et nous sommes à présent trop faibles pour modifier le cours des choses. Nous devons donc...

Des rides apparurent au coin de ses yeux comme pour annoncer la violence de ses paroles à venir.

– Nous devons accueillir des étrangers en notre sein, conclut-il.

– Les Daroman auraient pu faire de bons initiés, voire les Berabesq. Dommage que tu aies décidé de les énerver autant.

Une colère bien connue balaya ses traits, mais il se reprit vite.

– Je te l'ai dit, le nombre de lignées Jan'Tep serait trop faible si jamais nous devions...

– Si les Jan'Tep perdaient trop de mages dans le combat des Daroman contre les Berabesq. Je n'ai pas oublié. Mais toi, en revanche, tu as oublié de préciser que la survie de notre peuple ne te suffit pas.

– Nous sommes une nation de mages, Ke'helios, pas les serviteurs de barbares qui se jaugent au nombre d'épées et de chevaux qu'ils possèdent ou adorent un dieu assassin qui hante leurs visions enfiévrées. Ça, ce ne sont que les caprices d'enfants superstitieux, pas les ambitions de grandes civilisations. Tu voudrais que nous devenions les bouffons du roi réclamant des miettes pendant les siècles à venir?

– Père, nous pourrions devenir des professeurs et enseigner les dons de nos ancêtres à ceux qui n'ont jamais su qu'eux aussi, ils disposaient de la magie de ce continent.

– Des *professeurs*?

La rage fit éclater de petits vaisseaux sur ses joues. Il protesta :

– À quelles fins? Pour que ces barbares découvrent nos secrets, nous prennent nos pouvoirs et les diffusent parmi leur peuple, à qui ils réserveront toujours leur loyauté? Pour prouver que les Jan'Tep ne possèdent rien de particulier, à part certains métaux sous leurs oasis?

Je secouai la tête sans savoir si je devais rire ou pleurer face à l'orgueil démesuré de mon peuple.

– Ne ricane pas, mon garçon! Je suis ton père. Je suis ton prince. Je suis...

– Un imposteur, complétai-je. Un petit mage qui se raccroche aux mêmes superstitions que celles qu'il raille.

Je levai le bras droit pour exhiber ma bande de la braise, où il avait réussi à tatouer un nouveau sigil.

– Comment as-tu fait ton compte, Père? Comment as-tu découvert ce nouveau moyen de relier un être humain à la magie? C'est comme ça qu'est né ce dieu berabesq, n'est-ce pas? Les arcanistes connaissent depuis toujours les techniques pour inscrire des sorts dans la chair, mais ça ne suffit pas à faire un dieu : ces miracles qu'il a réalisés sont bien trop complexes, ils nécessitent une modification des plans éthériques qui ne peut se produire que grâce à...

Mes doigts caressèrent les traces noires autour de mon œil gauche.

– L'ombre au noir. À l'abbaye d'Ébène, l'abbé a étudié les dessins que grand-mère m'a faits et découvert le moyen de répliquer ce procédé.

Mon père acquiesça.

– C'est Seren'tia qui a mis cette technique au point. Mais nous n'avions pas compris pourquoi elle t'avait tatoué la bande de l'ombre. Les magies du fer, de la braise, du sang, du souffle, de la soie et du sable s'exercent sur un plan éthérique unique selon une quantité limitée de possibilités. Mais l'ombre… Des centaines de lois physiques permettent de créer de nouveaux sorts de cette magie ; certains si complexes qu'ils ressemblent à des…

– Miracles, complétai-je. Quand Mère s'est introduite en terres berabesq pour apprendre les méthodes des arcanistes, elle a trouvé comment combiner ces deux techniques pour produire des miracles.

– C'est la vision d'un croyant, ça. En réalité, il s'agit d'une nouvelle branche de la magie qui va nécessiter des décennies pour être explorée.

– Peut-être, mais jusqu'à ce jour, tout le monde pense qu'il s'agit de miracles. Tu as offert les découvertes de Mère aux arcanistes, tu l'as obligée à créer ce dieu pour leur peuple. La voix dans la tête de Shujan, c'était toi. C'est comme ça que tu déclenchais les sorts gravés dans sa chair.

Ke'heops acquiesça.

– Les Berabesq avaient un problème. Leur peuple ne tenait que par la croyance que Dieu viendrait un jour, et il en avait assez de l'attendre. Nous avons offert aux arcanistes les moyens d'unifier leur pays et de détruire au passage l'empire daroman qu'ils méprisent.

– Entre-temps, tu as conclu un marché avec les chuchoteurs en Darome, selon lequel tu les aiderais à décimer les Berabesq.

Je regardai tout autour de nous ce désert austère et triste dont la beauté échappe souvent aux nations qui le ravagent à intervalles réguliers.

– Tu as fait en sorte que ces deux pays se fassent la guerre ici, aux Sept Sables.

– C'était la seule solution. Les deux plus grandes nations du continent qui s'anéantissent l'une l'autre. Leurs armées qui s'affrontent avant que les Jan'Tep emploient leur magie pour affaiblir les rares survivants. Ils vont devoir conclure un traité de paix selon nos termes, puis nous soutenir contre la Gitabrie et les Zhuban si nécessaire.

– Et tout à coup, une culture vouée à sa perte domine le continent, dis-je en crachant presque ces mots. Qu'est-ce qui te fait penser que tout ça allait me convaincre de t'aimer, Père ?

Il plongea un instant son regard dans le mien puis écarta les mains.

– Ça.

Les bandes tatouées sur ses avant-bras étincelaient, plus puissantes que jamais alors qu'il en appelait au sort qu'il avait déjà utilisé en Darome. Mais, cette fois, la représentation de sable était plus vaste, plus raffinée, comme si mille maîtres sculpteurs donnaient forme à sa vision.

Là où il m'avait montré une seule ville la dernière fois, le désert se couvrit de tout un continent avec des cités florissantes et de nouvelles routes qui partaient de son centre, les territoires Jan'Tep, bien sûr. C'était à vous couper le souffle.

– Nous ne serons pas des tyrans, reprit Ke'heops. Une fois que nous aurons retrouvé les moyens d'assurer notre survie, nous inviterons ceux qui ont des aptitudes pour la magie à nous rejoindre. Puis, une fois que nous les jugerons prêts, ils retourneront dans leur pays et utiliseront leurs talents afin de construire de plus belles villes pour leur peuple.

J'observai, émerveillé, ses mots se matérialiser sur le sable. Le désert était en train de devenir une version miniature du monde qu'il décrivait.

– Que vois-tu, Ke'helios ? demanda mon père.

– Un âge d'or.

– C'est exactement ça !

Il tendit la main pour me serrer contre lui comme un père serre son fils perdu depuis longtemps.

– Dis-moi que Sha'maat avait raison, que tu as enfin compris, que nous allons de nouveau former une famille !

Avec deux pincées de poudre, une bande du souffle qui étincelait à peine et un seul mot, je fis exploser l'âge d'or de mon père en des milliards de grains de sable.

# 61
# Le revers de la médaille

Bien sûr, Ke'heops était indemne. Seule son impressionnante démonstration de magie du sable était détruite – sans oublier ses illusions. Il y eut un miroitement dans l'air derrière lui et Shalla apparut. Elle faisait son possible pour avoir l'air distante et indifférente. Ce qui n'est pas simple quand on vient de pleurer.

– Je suis désolé, Shalla, dis-je.

– Sha'maat.

Elle s'approcha lentement sur le sable irrégulier, risquant de trébucher à chaque pas à cause de sa longue toge argentée et de ses sandales hautes.

– Shalla, c'était mon nom d'enfant, or il se trouve, mon frère, que nous ne pouvons plus nous permettre d'être des enfants. Les enjeux sont trop importants.

– Tu as raison. Dans ce cas…

Elle agita la tête.

– Non. Ça suffit, les grandes déclarations, la philosophie de la Frontière et les ruses argosi. Le mépris du devoir envers ton peuple et ta famille. J'ai tout fait pour t'aider, te ramener à nous, mais tu cherches toujours à prouver que nous sommes les méchants de l'histoire que tu te racontes, et toi, un héros diaboliquement intelligent. Savais-tu, mon frère, que les héros ne trahissent jamais leur famille ?

Il y avait une froide cruauté dans ces mots qui ressemblait davantage à celle de notre père, comme si Shalla voulait lui montrer qu'elle avait enfin choisi d'être sa fille plutôt que ma sœur.

– Tu ne cesses d'utiliser ce terme, dis-je alors que j'étais déjà en train de passer en revue les tours dont je savais qu'ils ne suffiraient pas à me sortir de ce mauvais pas. Mais je ne suis pas sûr qu'il ait la signification que tu lui donnes.

Elle haussa un sourcil.

– Quel terme ?

– Famille.

C'était un coup bas, c'est vrai, alors je n'aurais pas dû être surpris de son expression peinée, ni de la façon dont la bande du fer avait violemment étincelé sur l'avant-bras de notre père. Une main invisible me saisit par la mâchoire pour me réduire au silence.

– Ça suffit, me dit Ke'heops.

Je me sentis tiré vers le ciel jusqu'à ce que mes pieds ne touchent plus terre.

– L'avenir des Jan'Tep n'est pas une question ouverte, déclara-t-il.

Quelque chose me dérangea encore plus dans cette phrase que les discours pompeux sur la famille et le devoir.

– Et quel avenir avons-nous laissé aux Mahdek ? demandai-je en obligeant les mots à franchir la poigne de fer qui enserrait ma mâchoire. Nous avons massacré ce peuple pour prendre ses oasis au lieu de partager avec lui la magie de ces terres.

Il éclata de rire.

– Partager ? Tu crois que les Mahdek auraient accepté de partager les oasis avec nous ? Ils voulaient nous réduire en esclavage. Nos enfants n'auraient eu droit qu'à un bref moment dans l'oasis, donc qu'à une infime portion de notre magie, jusqu'à ce qu'ils décident que ça suffisait. Non ! s'écria-t-il en se frappant la poitrine avec son poing, un geste étonnant de sa part. Nous avions plus de talent qu'eux pour attirer les forces primaires de la magie. La nature demandait que nous prenions le contrôle des oasis. Ce que nous avons fait n'était pas seulement nécessaire, c'était juste.

– Dans ce cas, pourquoi mentir ?

– Kelen, arrête de le provoquer, m'avertit Shalla.

J'ignorai ma sœur, de même que la douleur dans ma mâchoire et la menace dans les yeux de Ke'heops.

– Pourquoi ces mensonges, Père ? Pourquoi, génération après génération, les Jan'Tep mentent-ils à leurs enfants en leur expliquant qu'ils ont découvert ces oasis ? Pourquoi inventer des histoires de Mahdek déchaînant sur nous la magie du démon ?

Je posai un doigt sur les marques entrelacées autour de mon œil gauche.

– Et raconter à nous autres porteurs de l'ombre au noir que c'est une tare, alors qu'en réalité nous sommes les héritiers du poison que nos ancêtres ont eux-mêmes inoculé à notre peuple ? Tu parles d'avenir, Père. Quel mensonge vas-tu proférer devant les Jan'Tep, cette fois ?

– Je ne mentirai pas. J'ai appris le prix à payer pour garder chacun de nos secrets. C'est une vérité difficile, mais nous devons l'admettre ensemble.

– Facile à dire, plus difficile à faire, car leurs foudres vont vite s'abattre sur toi.

Il sourit à la façon d'un homme mesquin qui, depuis longtemps, cherche à prouver sa supériorité à son fils exilé et perdu pour la cause.

Il fit un geste de la main droite. Je me demandai quel sort il jetait, mais ce n'en était pas un : c'était un signal.

L'air miroita derrière nous. Un par un, des mages apparurent tels des vigiles silencieux. Une véritable assemblée guerrière Jan'Tep : soixante-dix-sept mages. Non seulement mon père n'avait pas démobilisé son petit gang après l'attaque de l'abbaye d'Ébène, mais de nouveaux mages étaient venus remplacer les morts.

On peut faire beaucoup de dégâts en ce monde avec soixante-dix-sept mages. Une fois que les armées daroman et berabesq se seraient entre-tuées, l'assemblée guerrière pourrait soumettre sans difficulté les survivants.

Tout à coup, les six bandes de mon père étincelèrent et leur rougeoiement illumina l'obscurité.

– Je suis Ke'heops, chef de la maisonnée de Ke, mage seigneur, prince de clan et mage souverain du peuple Jan'Tep, responsable de l'avenir de cette nation quoi qu'il en coûte. Je n'ai pas voulu ce fardeau, néanmoins, tel est le mien, et je remplirai ma mission.

J'étais incapable de parler tant il serrait ma mâchoire de cette poigne de fer. Malgré la douleur, une petite part de moi se demandait combien de temps l'os mettrait à se briser.

– Ça suffit, Père. Lâche Ke'helios. Je vais l'endormir avec un sort de sommeil et nous…

– Non ! Tu cherches toujours à le ménager. Pour une fois, il va devoir affronter la vérité. Pour une fois, il va comprendre que ça n'a jamais été en son pouvoir de nous arrêter.

Mon père agita ses doigts comme s'il m'appelait, et je me rendis compte que je flottais vers lui.

– Tu vas me voir tuer ce Berabesq comme tu aurais dû le faire. Ainsi que la garde royale qui le protège, et que cette saloperie de rongeur de nekhek que tu oses appeler partenaire. Ça aussi, c'était une façon de te moquer de nous ? En prétendant qu'une vermine dont l'espèce aurait dû être éliminée il y a longtemps peut devenir un familier ?

Il frappa l'air de sa deuxième main et je vis trente-six chandelles.

– Mais avant tout, je vais tuer Furia Perfax, cette Mahdek qui a surgi dans notre ville il y a trois ans pour nous prendre notre fils. Qui m'a volé mon enfant.

– Père, je t'en prie, arrête, le supplia Shalla.

Ke'heops n'écoutait pas.

– C'est une Mahdek. Tu le savais ? Nos anciens ennemis. Et pourtant, mon garçon, tu as cru ses vils mensonges, tu les as gobés comme un chien. Parce que tu avais envie de la croire pour mieux nous détester.

D'un geste de la main, il mit fin au sort de fer et j'atterris sur le sable.

– Kelen, je vais tous les tuer sous tes yeux.

Il se pencha pour que je puisse voir la détermination brute de son regard.

– Puis je te poserai une chaîne de l'esprit. Toute ta vie, tu reverras la scène sans jamais être capable d'en parler. Je te conduirai à la reine daroman, je lui expliquerai que nous l'avons sauvée de ce dieu et qu'elle doit à présent partir en guerre contre les Berabesq. Elle se tournera vers toi pour avoir un avis, car elle a foi en toi ; elle voudra savoir si ce que je dis est vrai. Et là, Kelen, même si ça déchire ton âme, tu acquiesceras. Avec de l'amour dans les yeux et de la haine dans le cœur, tu lui demanderas de me faire confiance comme elle te fait confiance.

Je n'avais jamais été à ce point terrifié par mon père. Mer'esan avait été la douairière de notre clan, l'une des mages les plus puissantes de notre peuple, pourtant j'avais vu la souffrance que lui causait la chaîne de l'esprit que son mari lui avait passée pour l'empêcher de révéler les méfaits de notre peuple.

– Alors, mon garçon, me questionna Ke'heops, tu es à court de ruses ? Tes maîtres argosi ne t'ont pas expliqué comment échapper à une chaîne de l'esprit ?

Je voyais déjà les bandes du fer, de la soie et du sang étinceler sur ses avant-bras. Ses doigts créèrent une série de formes somatiques trop rapide pour que je les analyse. Il préparait son sort.

– Père, dis-je en me relevant, j'ai un tour capable de contrer une chaîne de l'esprit.

Ce n'était pas un mensonge. Si, en effet, aucun talent argosi ne pouvait me protéger d'un tel sort et que je ne serais jamais capable de le briser, je savais en revanche une chose que mon père ignorait : je mourrais avant de le laisser m'enchaîner.

« Je me suis toujours dit que je finirais par me faire exploser avec mon sort. J'ignorais simplement que ça serait de façon volontaire. »

– Non ! s'écria Shalla en courant pour saisir le bras de notre père.

Elle me connaissait mieux que lui.

– Père, non ! Laisse-moi parler à Ke'helios. Laisse-moi…

Il la repoussa.

– Ça suffit, Sha'maat. J'ai trop souvent cédé à tes supplications. J'ai toléré les désobéissances de ton frère plus que je ne le devais. Il m'a humilié à mes propres yeux, à ceux de ta mère…

Sa colère et son chagrin disparurent comme des grains de sable dans le désert jusqu'à ce que le père blessé et le mari en deuil ne soient plus. Ne restait que Ke'heops, sauveur d'un peuple ayant un jour connu la gloire.

– Sha'maat, c'est toi qui vas m'écouter. Va t'assurer que l'Argosi et ses compères n'ont pas fui.

– Oh, moi, je ne m'inquiète pas pour ça, dis-je en prenant alors conscience de ce qui était évident depuis un moment. Car ils sont déjà tous là.

Les ruses reposent toutes sur une diversion : attirer l'attention vers un geste sans importance de façon à cacher ce qui compte. Je n'étais donc pas surpris que Furia et les autres se soient servis de la démonstration magique de mon père pour s'approcher. Je n'étais pas particulièrement étonné non plus du fait qu'ils se soient enfouis *dans* le sable pour se dresser subitement devant nous. Ce à quoi je ne m'attendais pas, en revanche, c'est qu'il n'y avait pas seulement Furia, Lily, Rosie, le Cascadeur, Nephenia et Ishak, mais *tous* les Argosi.

Ils se levèrent ensemble comme des spectres de leurs tombeaux.

J'aperçus un grand type à la poitrine large qui essuyait le sable sur son crâne rasé. Des marques noires descendaient sur ses joues pour former trois larmes sous chaque œil. Son sourire me frappa comme ces averses qui surgissent parfois de nulle part au milieu de la pire sécheresse du désert.

– Butelios ? m'exclamai-je, presque convaincu qu'il s'agissait d'un mirage. Mais qu'est-ce que tu fabriques ici ?

Il désigna la plus grande femme que j'aie jamais vue en train d'enfiler des gants cloutés.

– Quand le Chemin des Chênes qui s'Élèvent jusqu'au Ciel, ma *maetri*, m'a informé que la fin du monde était proche, je me suis douté que j'allais bientôt retrouver mon bon ami Kelen.

Là, un rugissement s'éleva en provenance des dunes au nord. Jan'Tep comme Argosi se retournèrent pour découvrir des dizaines de bestioles enragées qui bondissaient vers nous. À leur tête, un chacureuil particulièrement diabolique avec une fourrure d'un rouge étincelant et des rayures dorées comme l'éclair.

Mon partenaire ne m'avait finalement pas abandonné.

– Qu'est-ce que t'as ? me demanda-t-il en me scrutant avec son habituel regard sournois. Je me suis dit que s'il y avait un autre chacureuil dans le coin, il ne devait pas être tout seul, non ?

L'assemblée guerrière parut troublée par l'apparition soudaine de tant d'Argosi et d'une horde de nekheks. Je vis leurs bandes se ternir, car leur concentration leur échappait. Mais ces mages, dont beaucoup étaient des mages seigneurs, se ressaisirent et il ne fallut pas longtemps avant que le désert scintille de leur magie.

– Bon, dit Furia en s'époussetant et en réajustant son chapeau de la Frontière, on danse ?

# 62

# La partie de shujan

La tension était palpable dans le désert; le seul bruit était celui de nos respirations inquiètes tandis que chacun attendait l'étincelle qui déclencherait une explosion et un bain de sang. Le soleil apparut à l'horizon comme s'il voulait y assister.

Je pris une pièce de *castradazi* dans l'ourlet de ma chemise, la soupesai et sentis sa fraîcheur, mais surtout sa portée prophétique. Les Argosi face aux Jan'Tep. Les joueurs contre les mages : les deux faces d'une même pièce. Si je lançais la mienne, de quel côté retomberait-elle?

Pour une fois, je n'avais pas peur. D'une certaine manière, le moment était presque… beau. C'était ce dont tant de guerriers que j'avais croisés au cours de mes voyages, qu'il s'agisse de soldats ou de gardes, y compris Torian, parlaient avec une ferveur presque mystique. Comment avait-elle dit, déjà?

«Le regard d'un homme quand il est sûr qu'il va casser ma jolie petite gueule et qui, l'instant d'après, se retrouve par terre en se demandant si son dernier jour est venu.»

Non, ce n'était pas exactement ça. Je me souvins d'un soir où je jouais aux dés avec des soldats daroman. Je leur avais demandé s'ils avaient peur avant la bataille. Ils m'avaient répondu que oui, bien sûr, il y avait de la peur mais que, si on creusait dessous, on finissait par rencontrer une sorte d'émerveillement. D'abord, on ne comprenait pas, puis on tournait les yeux vers l'homme ou la femme à votre gauche, à votre droite, et, sans échanger un mot, on savait que cette personne allait risquer sa vie pour vous, et vous pour elle. « C'est comme ça, c'est tout, m'avait dit l'un des soldats. Ça va au-delà de la camaraderie, de l'amitié ou de la famille. C'est comme... »

La femme assise près de lui, au visage couvert de cicatrices et avec un bandeau noir sur l'œil, avait ajouté : « C'est comme franchir les portes de la plus belle ville au monde. Une ville qui n'existe pas, parce que aucun architecte ne pourra jamais la concevoir. Une ville pour laquelle on n'hésiterait pas un instant à donner sa vie parce que, même si on sait qu'on va mourir, on sait aussi que notre esprit y demeurera à jamais. »

Avec Furia, Nephenia et les autres Argosi, Rakis et son armée de chacureuils recrutés à la hâte, je me sentais comme aux portes de cette ville splendide. Lutter à leurs côtés serait un acte de gloire qui marquerait les générations à venir : un bataillon de frères et de sœurs d'armes face à un ennemi implacable pour défendre une paix impossible. Ça confinait au miracle.

Puis ma réflexion prit une autre direction, et je pensai à ce jeu auquel je jouais le soir avec Keliesh lorsque nous étions en route pour les terres berabesq.

« Le vizir Quozhu dit que... » Le quadan commençait toujours une partie comme si c'était vital que je sache que toute sa sagesse lui venait d'un autre. « Malgré toutes les stratégies possibles au shujan, on en revient toujours aux fondamentaux. (Il avait saisi l'un de ses archers en bois bleu.) Il faut considérer chaque pièce comme un être vivant dont on détient le destin entre ses mains, et traiter chaque être humain comme une pièce sur un plateau de jeu, qu'on peut utiliser et jeter à sa guise. »

Malgré mon expérience limitée du shujan et de la philosophie berabesq, j'avais eu l'occasion de remarquer avec quelle facilité les gens traitaient les êtres humains comme s'ils n'étaient que des pions sur un plateau de jeu. Je commençais à réfléchir quand je sentis mon ombre au noir me pincer, les marques désireuses de pivoter pour me montrer ce qui allait se passer. Je chassai cette sensation. Je n'avais pas besoin d'énigmatisme pour deviner la suite.

Les Jan'Tep allaient jeter des sorts d'une efficacité mortelle, qui seraient contrés par des ruses argosi et la bravoure féroce des chacureuils. Il y aurait beaucoup de morts dans chaque camp, des cris engloutis par le désert, des os qui finiraient de blanchir sur le sable.

Sans savoir comment, j'étais presque sûr de survivre.

Je ne savais pas pourquoi. Sans doute parce que j'avais défié tant de fois la mort au cours de ces dernières années que j'étais incapable d'imaginer un scénario où je ne serais pas debout avec un ennemi dans une mare de sang à mes pieds.

N'importe quel ennemi sauf un.

Certes, parfois la vie est un coup de dés qui n'abolira jamais le hasard, mais moi, je préfère les cartes.

Mon père attendait que je le défie. Avec des gestes lents, je m'assurai que mes côtes ne s'étaient pas cassées dans ma dernière chute, j'ajustai mes bourses de poudre, je vérifiai que l'étui qui contenait mes cartes rasoirs était toujours fixé à ma cuisse, que j'avais encore toutes mes pièces de *castradazi*, et là, je me tournai vers mon père pour prononcer cette incantation à une seule syllabe :

– Non.

# 63

# Le compte à rebours

Il n'y avait aucune magie dans ce mot, presque aucune marque de défi non plus, et pourtant Ke'heops le reçut comme une gifle.

– Non ? répéta-t-il, incrédule.

– Non, Père. Tu ne trahiras pas tes alliés. Tu ne massacreras pas leurs armées. Tu n'imposeras pas la domination Jan'Tep sur ce continent. Ça suffit.

Il désigna les Argosi.

– Tu n'imagines tout de même pas que ces tricheurs et quelques nekheks peuvent vaincre une assemblée guerrière ?

– En toute honnêteté, je l'ignore. Et je n'ai pas l'intention de le découvrir.

– Tu crois vraiment avoir ton mot à dire ?

Il fit étinceler ses bandes, ce qui me parut une démonstration inutile de puissance.

– Oui, dis-je en balayant son esbroufe d'un revers de main, je sais, tu as plein de jolis sorts à ta disposition. Moi, je n'ai que quelques tours dans ma manche qui, toutefois, quand je te les montrerai, se révéleront bien plus efficaces qu'ils n'en ont l'air.

Je m'agenouillai pour dessiner un cercle dans le sable autour de moi. Une expression troublée passa sur les traits nobles de Ke'heops.

– Tu ne vas tout de même pas me proposer un duel?

– Pourquoi pas? J'ai combattu des chasseurs de primes, des traqueurs de sort, des initiés et des mages seigneurs. Tous avaient plus de pouvoirs que moi, mais aucun ne m'a jamais vaincu.

Techniquement, le Rouquin, ce gamin des Sept Sables, m'avait salement amoché. Mais il avait treize ans et pas de magie et, si mes calculs étaient corrects, j'avais mes chances contre Ke'heops.

Je me tournai vers Furia et tous les Argosi réunis. Je me demandai quand ils avaient été aussi nombreux au même endroit, prêts à faire ce que les Argosi détestent le plus, l'inverse de ce qu'ils recherchent : la guerre. Là, ils étaient disposés à se battre et à mourir dans ce désert pour moi.

C'était ça qui me donnait du courage, la seule chose qui m'empêchait d'implorer à genoux le pardon de mon père. Mon seul lien à la voie de la pierre.

Il fallait que les Argosi et les chacureuils survivent pour laisser une dernière chance à ce continent d'échapper au chaos et à la destruction. Alors, moi, je devais tenter d'affaiblir mon père, même si mes chances étaient minces. Et ça, je devais le faire seul.

– Après le début du duel, personne ne doit s'interposer, leur annonçai-je.

Mon père secoua la tête en prenant soin de ne pas regarder ses mages.

– Je ne peux pas me battre contre un Sha'Tep, déclara-t-il.

Je levai le poing droit pour envoyer ma volonté dans ma bande du souffle, qui étincela d'une lueur bleue.

– Père, je ne suis pas un Sha'Tep. Et tu le sais. Malgré tous tes efforts, il me reste une bande de magie. Tu sais pourquoi ? Parce qu'un sale nekhek m'a libéré de la table où tu m'avais attaché.

Ke'heops grogna.

– Tu as dit nous avoir pardonné, pourtant tu continues à...

Je ressentis le besoin de soupirer malgré mon cœur qui battait la chamade et menaçait de faire trembler tout mon corps. Je n'étais pas prêt pour la suite. Je ne le serais jamais.

– Je t'ai pardonné, Père. Mais je ne te laisserai pas détruire ce monde et ruiner toute la beauté de ces terres et des gens qui vivent au-delà de nos frontières.

Une lueur d'incertitude éclaira son regard. Était-ce à l'idée de combattre son fils devant ses soldats ? L'embarras de prétendre qu'il s'agissait là d'un combat équitable ? Ou alors, est-ce qu'une petite part de lui se demandait si ce fils maudit et faible qui, selon toute probabilité, n'aurait pas dû survivre sans la protection de son clan, mais qui avait pourtant vaincu tous ceux qu'on avait envoyés le tuer, ne présentait tout de même pas une menace sérieuse ?

J'avais remarqué que mon père n'était pas insensible à l'*arta valar*.

– Allez, dis-je par pure provocation, le soleil se lève et, ensuite, j'ai du boulot pour réparer tout ton bordel.

Il ne sourit pas, il ne m'accorda même pas l'honneur d'une réponse. J'étais presque déçu qu'il n'ait jamais de fierté à voir son fils se sortir de toutes les situations par une pirouette.

– D'accord, dit-il en s'agenouillant à son tour pour dessiner un cercle magique dans le sable. Sans doute qu'on devait en arriver là.

Comme toujours, mon père traça son cercle parfaitement : une merveille de précision, à croire qu'il y avait une prime pour ça. Je cherchai Shalla des yeux. Elle paraissait tellement en colère que je me demandai si elle n'allait pas me tuer avant que Ke'heops en ait même la possibilité.

– Pourquoi ? me lança-t-elle.

Un seul mot, à la fois si douloureux et si plein d'espoir qu'il paraissait trop vaste pour qu'on y réponde. Pourtant, je lui devais une réponse. Elle allait assister à l'anéantissement de notre famille. Nous n'avions aucun frère et sœur, aucun cousin, plus aucun oncle ou tante. Notre mère, que Shalla adorait, même si elle cherchait toujours à la surpasser en loyauté envers notre père, était morte. Il ne restait plus que Shalla, Ke'heops et moi. Et là, elle allait voir l'un de nous deux tuer l'autre.

Je pense qu'il comprit que quelque chose de plus important que nous deux était en jeu, parce qu'il tenta une dernière fois de me raisonner.

– Ça peut encore se passer autrement, dit-il, même si ces mots me semblaient très lointains. J'ai cédé à la colère, Ke'helios. Discutons encore. Laisse-moi te montrer mes calculs, t'expliquer pourquoi mes projets sont indispensables et qu'ils mèneront, je te le promets, à un monde meilleur, pas seulement pour les Jan'Tep, mais aussi pour les autres peuples de ce continent. Je sais que tu te soucies des Daroman, des Berabesq et des Gitabriens. Je sais que tu as des amis aux Sept Sables. Laisse-moi te prouver que leur avenir peut s'accorder au nôtre.

– Pas tant que tu régneras.

Il se tut. Il n'y avait plus rien à dire.

– Tu veux te charger du compte à rebours ? demandai-je à ma sœur.

Elle fit signe que non.

– Pas de compte à rebours, intervint Ke'heops. C'est inutile. Commence quand tu seras prêt, mon garçon, et apprends une bonne fois pour toutes ce qui se passe quand tu jettes des cartes à jouer contre de la vraie magie.

– Très bien.

Je fermai les yeux, utilisant cette fois le temps qu'il m'offrait pour ralentir les battements de mon cœur et apaiser mes mains. Une odeur familière me monta aux narines, celle de la poussière de la route et des roseaux de feu : Furia. Accompagnée d'une senteur musquée de fourrure et de fureur : Rakis.

– Hé, gamin, me lança-t-elle. Dis-moi, je t'ai déjà parlé de la septième forme d'*arta tuco* ?

– Je suis un peu occupé pour le moment, Furia.

Elle gloussa.

– Dans ce cas, laisse-moi juste voir tes yeux une seconde.

Je les plongeai dans les siens, qui étaient verts, quoique pas émeraude. On aurait dit un champ d'herbes folles qui s'agitaient dans la brise pour vous signifier que le monde est vaste et que les routes vous appellent.

Je me demandai ce qu'elle vit dans les miens.

– Ouais, dit-elle avec un sourire au coin des lèvres, c'est bon, tu l'as.

Perché sur son épaule, Rakis inclina la tête. Il était étonnamment calme. Shalla, qui prétendait que sa présence suffisait à l'endormir, en était-elle la cause ? Le chacureuil se contenta de renifler et de me dire :

– Égorge-le, Kelen. Mais laisse-moi les globes oculaires.

Furia fit demi-tour pour rejoindre les Argosi.

Nephenia s'approcha.

– Hé, dit-elle.

– Hé. Écoute, j'apprécie vraiment vos encouragements, mais je ne pense pas que ces mages Jan'Tep vont attendre encore très…

– Tu sais, ce que tu dis quand on te fait remarquer que tu prends des risques insensés ? Quand tu réponds que tu as toujours un autre tour dans ton sac ?

– Ouais.

– Tu sais que personne ne te croit, non ? D'accord, tu es assez fort en *arta valar* mais, dès que tu dis ça, tout le monde sait que tu bluffes.

– Vraiment ?

Elle acquiesça, puis se pencha par-dessus mon cercle de duel et déposa un baiser sur ma joue.

– Sauf moi. Je me fais avoir chaque fois.

Quand elle s'écarta, je vis des larmes au coin de ses yeux. Elle insista :

– Alors tu veux bien le dire, là ?

– Nephenia ?

– Oui ?

– Trouve-toi un beau point d'observation, parce que le dernier tour, celui que je garde dans mon sac… Disons que ça va faire un joli spectacle.

Elle sourit, même si je pense qu'elle ne me crut pas vraiment. Une fois qu'elle fut à une distance raisonnable, je dis à mon père que, malgré tout, je continuais à aimer, à admirer, je dis à ce père à qui je voulais tant ressembler :

– On commence.

Et je lançai la pièce entre nous.

# 64

# Le duel

La pièce de *castradazi* tournoya dans les airs, et elle eut beau ne pas ralentir le temps, cette fois, on aurait dit que nous tous – mon père, Shalla, les mages Jan'Tep derrière eux ainsi que tous les Argosi derrière moi – étions prisonniers de cet instant. Comme si, une fois la pièce retombée, sa face importait peu.

Ce qui était vrai.

Au sujet des jeux de cartes, Furia aime dire qu'un amateur joue ses cartes, un expert joue les cartes de son adversaire, et un maître joue l'espace entre toutes les cartes.

Depuis le jour de notre rencontre ou presque, j'essayais de comprendre cette sentence.

Là, je savais enfin. Le problème, c'était que pour en arriver là, pour atteindre le niveau qui fait toute la différence entre la victoire et la défaite, pour faire le tri entre ceux qui vont vivre et ceux qui vont mourir, il faut malgré tout disposer de certaines cartes.

Mon père avait fait étinceler ses six bandes de magie, ce qui, même pour un mage seigneur, était remarquable. Il était capable de jeter les sorts les plus subtils, les plus mortels, n'importe quel sort du plus élémentaire au plus complexe.

Il aurait pu me faire flamber avant que la pièce de *castradazi* retombe sur le sable.

Mais il s'en abstint parce que, devant ses mages, il avait besoin d'au moins l'illusion d'un vrai combat. Il avait besoin d'incarner le mage souverain contraint par un monde cruel de sauver l'âme tordue de son fils en lui ôtant la vie après avoir vainement tenté de le ramener à la raison.

Pour ça, il devait me laisser attaquer en premier.

L'attaque la plus évidente était mon sort de poudre. C'était mon seul véritable recours à la magie Jan'Tep, le seul que mon père et sa petite bande connaissaient.

Alors pourquoi les décevoir ?

Je lançai mes poudres et créai les formes somatiques avec mes mains : index et majeur pointés pour la direction, annulaire et auriculaire pressés contre ma paume en signe de retenue, et le pouce vers le ciel pour rappeler à mes ancêtres qu'après toutes les saloperies qu'ils m'avaient fait subir, ils me devaient bien un peu de chance.

Des flammes jumelles rouge et noire jaillirent, assez chaudes pour faire fondre de l'acier. Mon père avait déjà créé un bouclier magique qui aurait pu parer mille fois pire. Mais bien sûr, la cible, ce n'était pas lui.

Je fermai les yeux quand les flammes entrèrent en contact avec la pièce de *castradazi* par terre. Sous le coup de la chaleur, le sable se transforma en verre. La luminaire réfléchit et amplifia l'explosion à tel point que, à l'horizon, le soleil avait l'air pâle en comparaison. Tout le monde fut aveuglé, sauf moi.

Par réflexe, mon père jeta un sort de braise peu élaboré – un éclair qui m'aurait toutefois transpercé la poitrine si je n'avais pas plongé au sol juste à temps.

J'entendis partout autour de moi des mages jeter divers sorts de sang ou de sable pour recouvrer la vue. Shalla avait été la plus rapide, bien sûr. Elle vit que notre père venait de tenter de me tuer.

– Arrêtez, je vous en prie! nous cria-t-elle.

Quelqu'un l'attrapa par le bras en disant :

– On n'interfère pas dans un duel de mages.

Qui que ce fût, il vola dans les airs par la grâce d'un sort de fer.

Mon père m'observait, plus agacé qu'autre chose.

– C'était bien joué, mais tu n'as plus de tour dans ton sac. Un vrai mage guerrier aurait esquivé l'éclair tout en jetant un sort de contre-mesure.

– C'est un peu tard pour les leçons de duel, Père, tu ne crois pas? lui dis-je en me redressant.

Ses lèvres se crispèrent sous le coup de sa détermination.

– Puisque tu le dis.

Ses mains s'agitèrent, et il prononça l'incantation d'un autre sort.

Mon seul atout, puisque je n'avais pas accès à la haute magie, c'était mon passé d'excellent élève. Et comme j'étais lâche, j'avais développé de solides réflexes pour échapper aux sorts les plus douloureux. Si rien de tout ça ne vous semble particulièrement impressionnant, laissez-moi vous le dire autrement : je savais quels sorts mon père allait jeter avant même qu'il le fasse.

Sans oublier que je suis peut-être faible, que je n'ai peut-être que la ruse à ma disposition, mais que je dégaine plus vite que n'importe quel mage seigneur.

L'index de Ke'heops traça un cercle en l'air tandis que sa

bande de la soie scintillait : il préparait un serpent de peur – un sort qui terrorise son adversaire de l'intérieur. J'aurais pu le contourner avec une nouvelle explosion de poudres qui l'aurait obligé à reprendre son bouclier, mais je le laissai me toucher de plein fouet.

Ma gorge se contracta, mes mains se mirent à trembler. Les muscles de ma jambe tressautèrent pour m'enjoindre de fuir avant que mon cœur lâche.

Puis j'éclatai de rire.

Mon père regarda sa main pour voir si, par hasard, un défaut n'avait pas faussé le sort. Je fus ravi de son trouble. En réalité, il cherchait à me déstabiliser pour que je ne sois plus en mesure de ruser.

« Il craint mes tours, compris-je alors. Il ne sait pas comment réagir face à ça, il est désemparé. »

– Ton sort n'a pas échoué, Père, lui dis-je. Je sens le serpent me liquéfier de l'intérieur.

– Tu caches bien ton jeu, dans ce cas, dit-il, même s'il avait l'air d'en douter.

– Tu n'as pas compris, dis-je en me mettant à lui tourner autour, puisque mon cercle dans le sable n'avait aucune chance de me protéger, tout en tendant la main vers le jeu de cartes rasoirs dans l'étui à ma cuisse. En réalité, depuis que j'ai quitté la maison, je n'ai jamais cessé d'avoir peur. Des gens surgissent sans cesse pour me tuer. Je me bats, je survis, et ensuite, la nuit, je n'arrive pas à dormir parce que je sais que, dès le lendemain ou la semaine suivante, ça recommencera.

– C'était donc ça, le dernier tour de ton sac ? demanda-t-il.

La pulsation grise de la magie du fer était perceptible entre ses mains. Il reprit :

– Alors peut-être que tout est pour le mieux. Peut-être que tu ne fais qu'attendre qu'on te libère de tes peurs.

– Ou peut-être que j'attendais le jour où tu cesserais de te comporter comme un lâche et où tu accepterais de te battre comme un homme.

Il tenta de dissimuler un sourire, mais je voyais quelque chose couver dans ses yeux.

– Tu veux me convaincre de... me battre à mains nues ?

– Oh non, Père.

Je continuai à marcher autour de lui, ce qui l'obligeait à pivoter pour rester face à moi. Les mages sont entraînés à rester immobiles. De cette façon, l'esprit est plus calme, donc plus apte à jeter des sorts.

– Tu te souviens de l'époque où Mère et toi avez contrecarré ma magie ?

– Tu reviens encore là-dessus ?

– Je pensais surtout au jour où oncle Abydos, ce frère que tu avais réduit au rang de serviteur Sha'Tep, a surgi dans ton étude. Tu t'en souviens ?

– Abydos était un traître.

– Peut-être, mais ce qui m'a frappé ce jour-là, c'est ce qui s'est passé entre vous. Il t'a demandé de l'affronter sans magie, pour une fois.

– Un mage seigneur n'utilise pas ses poings pour...

– Père, tu avais l'air terrorisé, comme si tu savais que, sans tes sorts, tu n'avais aucune chance contre lui.

La magie du fer entre les mains de Ke'heops ne faiblissait pas. Elle s'était au contraire renforcée à tel point qu'on aurait vraiment dit des mains de métal.

– Tu te trompes, cracha-t-il.

Je fis mine de ne pas avoir entendu.

– Et là, Mère t'a sauvé. Tu t'en souviens ? Tu étais totalement inhibé par la fureur de ton frère. Elle s'est placée devant toi en déclarant qu'il devrait lui passer sur le corps pour t'atteindre.

J'éclatai à nouveau de rire.

– Si tu avais pu voir ton soulagement, Père. Je le jure, chaque fois que j'y repense, je ne peux m'empêcher de me rappeler la tête que tu…

Ke'heops poussa un rugissement comme je n'en avais jamais entendu et se jeta sur moi. La magie autour de son poing allait faire voler en éclats les os de ma mâchoire et me réduire au silence une bonne fois pour toutes. Mais là, il posa le pied sur la plaque de verre créée par l'explosion de mon sort de poudre. Sa sandale glissa sur sa surface étonnamment lisse, et il tomba sur ses fesses devant tout le monde : ses ennemis, ses alliés, sa famille.

Personne ne rit. Personne ne fut bête à ce point.

Sauf moi.

J'entendis Furia me dire presque dans un murmure :

– Gamin…

Elle n'avait jamais aimé qu'on ridiculise son adversaire. À l'époque où on voyageait ensemble, elle ne cessait de me répéter que je devais devenir un homme ; dans sa bouche, ce mot ne comportait pas la connotation rétrograde parfois sous-entendue dans d'autres cultures du continent. Elle n'aurait jamais approuvé que j'humilie mon père en mettant en doute sa qualité d'homme, d'autant que ça risquait de me conduire à la mort.

– Encore une ruse, dit-il en se relevant.

Mon père était grand et fort. Il contrôlait toujours tout. Mais là, ses épaules larges tremblaient de rage.

– Tu ne sais faire que des tours.

– En voici un que tu vas aimer, dis-je.

J'exhibai une carte à jouer que Furia m'avait donnée peu de temps après notre rencontre. On y voyait un jeune homme avec un chacureuil sur l'épaule, des traces d'ombre au noir autour de l'œil et une boule de feu entre les mains. Elle s'intitulait : le Frondeur de sort. Je la retournai pour que mon père voie bien chaque côté.

– Et regardez comment le prodigieux illusionniste Kelen fait disparaître une carte !

Je la lançai en l'air vers lui, à ce détail près que ce n'était plus la même : je l'avais remplacée par une carte rasoir. Une entaille de dix centimètres apparut sur la main droite de Ke'heops, y laissant une coupure ensanglantée et déclenchant un nouvel accès de colère.

À nouveau, j'entendis Furia m'interpeller. Elle savait que ça ne marcherait pas. D'habitude, quand on fait perdre ses esprits à un mage, il perd aussi tout recours à sa magie. Mais Ke'heops n'était pas n'importe quel mage, ni même n'importe quel mage seigneur. Il était toujours en possession de ses moyens. Il était le plus dangereux mage guerrier que les Jan'Tep aient jamais produit.

Ses bandes du sang et du fer étincelaient de tous leurs feux. Il referma son poing ensanglanté, prononça une seule incantation : « *Bimei'ayda* », et écarta largement les doigts.

Tout à coup, chacun de mes membres s'étira comme si j'étais attaché à quatre chevaux qui partaient dans quatre directions différentes.

– Père, non ! hurla Shalla.

« Bon sang, pensai-je alors que je me sentais soulevé en l'air, comme promis au sacrifice du couteau. Il est encore plus fort que je le croyais. »

Il s'était servi du saignement provoqué par ma carte rasoir pour créer un sort de sympathique du sang. Plus il écarterait les doigts, plus je sentirais mes bras et mes jambes s'écarteler.

– Que dis-tu de mon propre tour ? questionna-t-il en s'approchant.

« L'*arta valar*, me dis-je. Il ne te reste plus que l'*arta valar*. »

– Je me suis toujours demandé de qui je tenais mon penchant pour la ruse, dis-je, aussi calme que la surface d'un lac par une journée sans vent. Mère n'y a jamais eu recours, donc ça ne peut venir que de toi.

Il m'attira à lui avec son sort. Je flottai au-dessus du sol, mon regard au niveau du sien pour la première fois de ma vie.

– Je n'ai rien en commun avec toi, dit-il.

De sa main libre, il me gifla si fort que je dus m'assurer que j'avais encore une mâchoire.

– Et tu n'as rien en commun avec moi, ajouta-t-il.

Tout en me gardant en l'air, il resserra son poing. Mes bras se rabattirent contre mes côtes, mes jambes se plaquèrent l'une à l'autre, mes côtes craquèrent. Tout mon corps serait bientôt réduit en bouillie. Je sentis le goût du sang, que je songeai à lui cracher au visage, puis je me ravisai.

– Tu te trompes, Père, sifflai-je avec le peu d'air qui me restait dans les poumons. On est exactement pareils, toi et moi. Tu ne le vois donc pas ?

– Tu racontes n'importe quoi ! Je suis le mage souverain des Jan'Tep ! Le premier depuis trois siècles ! Toi, tu n'es qu'un hors-la-loi ! Un exilé avec quelques cartes en main et le désir chevillé au corps de trahir son père !

Je secouai la tête, ce qui n'était pas simple, car mon crâne me donnait l'impression d'être prisonnier de la poigne d'un géant.

– Je n'ai jamais voulu trahir personne. Je rêvais d'être un héros. Le héros de toutes les histoires, le héros qui sauve son peuple des démons et des méchants, qui les sort des ténèbres pour leur offrir un avenir rayonnant.

Un rire cynique s'échappa des lèvres de Ke'heops.

– Eh bien, tu as une drôle de manière de t'y prendre.

– C'est parce que je ne suis pas un héros, Père. Et toi non plus. C'est ça, ce que nous avons en commun. Nous avons passé notre vie à rêver d'être des héros alors que, depuis le début, nous savions que le vrai héros était quelqu'un d'autre.

Sa rage fut à la hauteur de la vérité que je lui assenais. Je murmurai la dernière partie, ce qui l'obligea à se pencher vers moi.

– Qu'est-ce que tu viens de dire ? demanda-t-il.

– C'est Shalla qui sauvera notre peuple, Père, répétai-je assez fort pour que tout le monde entende. Depuis toujours, ça doit être Shalla. Pas moi. Pas toi. L'héroïne, c'est Shalla.

# 65

# Le sort ultime

Mon père m'aurait tué si, malgré sa colère, il n'était pas resté maître de lui-même. Il savait l'impression que ça laisserait, sinon : il m'achèverait à l'instant où je lui révélais que sa fille incarnait l'avenir de notre peuple ? Même en plein duel de mages où il n'y a qu'une seule issue, la mort, ce serait apparu comme l'acte d'un… faible.

Alors il prit une bouffée d'air, puis éclata de rire.

– Et voilà, dit-il pour finir en agitant la tête, c'était donc ça, le dernier tour dans ton sac. Mais tu emploies toujours le même, non ? Petit, quand tu avais mérité une punition, tu te réfugiais dans les jupes de ta mère. Puis tu as laissé cette Argosi mener tes combats à ta place. Et maintenant, tu tentes de monter ta sœur contre ton père.

Il leva les mains. J'allai m'écraser plus loin sur le sable et j'entendis quelque chose céder en moi. Shalla se précipita vers Ke'heops.

– Je t'en supplie, Père, ça suffit ! Regarde-le ! Il est hors d'état de nuire !

Ke'heops la repoussa. Sans le vouloir, elle venait de sceller le sort de chacun de nous.

– Ma fille, comment oses-tu interférer dans un duel de mages ? À moins que ses derniers mots te fassent douter ? Chercherais-tu à me défier pour la couronne de notre peuple ?

– Non, Père, non ! s'exclama-t-elle, horrifiée.

– Dans ce cas, obéis à ton souverain. Au chef de ta maisonnée. À ton père.

Shalla battit en retraite sans me quitter du regard, les yeux pleins de larmes.

– Relève-toi, m'ordonna-t-il. Relève-toi pour affronter la sentence à laquelle tu échappes depuis trop longtemps.

Délivré de son sort de compression, je me rendis compte que j'étais vraiment blessé. Je devais cracher du sang pour ne pas m'étouffer, j'avais plusieurs côtes brisées, je pouvais à peine bouger les bras, et ce ne fut qu'au prix d'une volonté suprême que je réussis à me mettre debout.

– Ke'helios de la maisonnée de Ke, commença-t-il tel un magistrat qui se prépare à livrer son verdict, pour avoir trahi ta famille, ta maisonnée et ton peuple, je te…

– Une seconde, dis-je en crachant davantage de sang.

« Ancêtres, je crois que, cette fois, il m'a vraiment eu. »

– Non, dit-il. Ça suffit, tes petits tours.

Avec un effort considérable, je réussis à lever le bras droit.

– Laisse-moi jeter un ultime sort, dans ce cas. Un vrai sort. Issu de la magie de la braise.

Il parut presque amusé.

– De la magie de la braise ? Ce serait un sacré tour de force avec tous ces contre-sigils moins un seul. Tu n'as jamais pu te servir de ta bande de la braise.

– Je n'ai pas dit que ça serait facile.

– Plus jeune, tu passais ton temps à regarder cette bande, tu saignais du nez à force de vouloir l'animer. Tu étais affreusement têtu, alors que c'était évident que tu ne parviendrais jamais à tes fins.

Il se tut un instant, puis ajouta :

– Mais j'étais fier de ta volonté.

– Dans ce cas, sois une dernière fois fier de ma volonté, dis-je en crachant à nouveau du sang.

Un organe avait lâché en moi. Je n'en avais plus pour longtemps.

Il recula en secouant la tête.

– Dans ce cas, Kelen…

S'était-il rendu compte qu'il venait de m'appeler par mon nom d'enfant ? Il conclut :

– Dans ce cas, que ça se termine ainsi.

J'écartai mes pieds de la largeur de mes épaules. Je redressai le dos. Je fis face une dernière fois à mon père.

– J'aurais rêvé que tu sois l'homme que tu prétends être, dis-je d'une voix aussi brisée que moi. J'aurais aimé que tu voies la vérité comme je l'ai vue, que tu admettes que la magie peut être merveilleuse, mais aussi maléfique, que tu comprennes que notre peuple ne peut se contenter de sorts et d'incantations. Que tu n'avais pas besoin de trahir la moitié de ce continent pour préserver ta petite part.

– Tu mens encore une fois ! s'exclama-t-il. Je t'ai offert la chance de mourir en Jan'Tep, et toi, tu…

– Ne t'inquiète pas, Père, j'ai bel et bien un sort en réserve.

Il voulut m'interrompre, mais j'insistai :

– Un vrai sort. Un sort de braise.

Mon bras tremblait sous l'effort pour rester en l'air, mais je réussis à le stabiliser.

– Un éclair, Père. Pas une métaphore ni une illusion. Avec de la vraie magie, je vais secouer ce désert sous le coup du tonnerre et de l'éclair qui te frapperont.

– Dans ce cas, fais-le, mon garçon !

Il avait presque l'air de vouloir y croire, comme si le fait que je brise les chaînes de mon destin lui ouvrait enfin les portes d'un splendide avenir. Comme si nous étions tous les deux unis par un lien plus fort que celui que nous avions trahi à de si nombreuses reprises. Unis comme père et fils.

Je regardai fixement les sigils cuivrés sur ma bande de la braise. Ils étaient tous contrecarrés sauf un. Je concentrai ma volonté sur eux en leur commandant d'attirer les forces primaires de cette magie. J'insistai jusqu'à ce que la bande de la braise se contracte autour de mon avant-bras.

Je sentis quelque chose couler sur ma lèvre supérieure.

Du sang.

– Kelen, arrête, dit Shalla. Père, je t'en prie…

– Silence, répondit-il. Laisse-lui son grand moment.

« Oh, Père, pensai-je, pourquoi n'ai-je pas réussi à être le fils que tu souhaitais ? Pourquoi n'as-tu pas été le père dont j'avais si désespérément besoin ? »

Alors que je continuais à me concentrer, la pression grandissait autour de mon cerveau et j'avais de plus en plus de mal à respirer. Je sentis mon regard dériver vers Furia Perfax. Elle était appuyée sur Rosie, mourant d'une malédiction dont je savais maintenant que la source n'était pas un dieu étranger, mais mon père. Elle devait l'avoir compris, elle aussi, pourtant je ne décelai aucune rancœur en elle. Pas plus qu'un désir de vengeance.

Le Chemin de la Pâquerette Sauvage.

«Je t'aime, Furia Perfax», pensai-je en sentant de nouvelles rigoles de sang couler sur mon visage.

Il y en avait maintenant même sur mes joues : je saignais des yeux.

«Tu m'as appris à rire de ce monde. À y chercher la lumière jusque dans l'ombre au noir. À puiser en moi quelque chose de plus précieux que la magie.»

Elle m'observait d'un air sceptique : elle ne comprenait pas ce que je cherchais à faire. J'aurais ri, si seulement j'avais pu. Peut-être qu'enfin, j'exécutais un tour qu'elle n'avait pas vu venir.

Rakis était perché sur son épaule, convaincu que, d'une seconde à l'autre, j'allais lui demander de bondir pour planer à l'aide de ses membranes duveteuses jusqu'à nos ennemis et les déchiqueter à coups de griffes et de crocs.

«Le meilleur partenaire qu'un hors-la-loi puisse espérer.»

Quelqu'un criait mon nom, mais je l'entendais à peine. Je crois que j'avais aussi du sang dans les tympans.

Ma bande de la braise refusait toujours d'étinceler.

– Kelen, arrête! hurlait Shalla. Tu es en train de te tuer!

Ma sœur n'avait jamais été forte en litote mais, cette fois, elle avait raison.

– Ça suffit, mon garçon, dit mon père si bas que je fus étonné de l'entendre. Laisse-toi aller. Le passage gris t'attend. Explique à nos ancêtres que tu as fait de ton mieux. Sans démériter. Sans déshonneur.

Un meilleur fils aurait accueilli ses paroles avec grâce. Moi?

– Explique-leur toi-même, salopard.

Les sigils en cuivre de ma bande de la braise étaient toujours ternes à part celui que mon père avait réussi à rétablir. On ne peut pas jeter de sort avec un seul sigil. J'insistai quand même.

– Arrête, Kelen, me supplia Shalla.

Malgré le sang qui coulait de mes yeux, je la vis se préparer. La magie tourbillonnait autour de ses avant-bras.

– Je ne laisserai pas faire ça.

– Dans ce cas, arrête-moi, dis-je. Tu en as le pouvoir. Depuis le début, cette décision te revient.

Elle eut l'air d'en douter, puis elle commença à comprendre et, d'un coup, tout lui parut clair.

Mon dernier tour. Celui qu'il m'avait fallu des années pour mettre au point. À mon insu.

Depuis que j'avais quitté ma ville natale – les milliers de kilomètres que j'avais parcourus, tout ce que j'avais appris, les secrets que j'avais mis au jour –, mon peuple n'avait pas été là pour moi. Comme je l'avais dit à mon père, je n'étais pas le héros de cette histoire, et lui non plus.

Tout ce que j'avais traversé, c'était pour offrir à ma sœur un choix, pour lui montrer une route qu'on ne pouvait connaître sans quitter le monde où nous avions grandi. Durant toutes nos conversations, lorsqu'elle utilisait ses sorts de divination pour apparaître dans une flaque d'eau ou du sable, elle m'écoutait lui raconter les secrets que j'avais appris sur notre peuple, sur les terres et les autres cultures. Shalla avait toujours été tiraillée entre les vérités simples qui nous guidaient depuis l'enfance et celles, bien plus inquiétantes et dangereuses, qui m'avaient coûté mon innocence. Entre le père qu'elle voulait tant imiter et le frère que, malgré ses nombreux défauts, elle continuait à aimer.

Elle avait toujours évité de faire ce choix qui l'attendait ; elle repoussait le moment inéluctable où elle devrait soit défier notre père, soit me regarder mourir.

Deux routes pour une même nation, une même famille. La jeune femme la plus puissante au monde, qui rêvait que son père et son frère s'aiment autant qu'elle les aimait, devait choisir entre deux destins irréconciliables.

Le moment était venu.

Je sentis mes jambes céder sous moi et ma conscience se rompre. Je tentai de respirer, mais mon cœur avait cessé de battre sous l'effort. Avec mes ultimes forces, je tendis un bras vers mon père et, avec le peu d'air qui me restait, je prononçai le mot magique qui résonna tandis qu'une explosion secouait l'air autour de nous :

– *Ta-da!*

LE PASSAGE GRIS
LA CITÉ DES OMBRES

# La cité des ombres

*Pourquoi croyons-nous que les morts se languissent dans leur tombe à peine enfouie sous la surface de la terre ? Toute construction ne projette-t-elle pas elle-même son ombre ? Peut-être les tombes ne sont-elles destinées qu'à ceux dont le monde des vivants n'a que faire.*

# 66
# Le passage gris

J'avais toujours soupçonné que le passage gris, cet endroit nébuleux entre la vie et la mort où les Jan'Tep étaient accueillis par leurs ancêtres pour y être jugés, c'était du grand n'importe quoi. Une invention. Les vestiges d'une époque où mon peuple avait besoin de se rassurer avec ce genre de superstitions.

Je fus donc surpris de me retrouver dans une obscurité presque totale, où je voyais pourtant très bien, en compagnie d'une vieille femme dont les traits m'étaient étrangers même si je compris qui c'était, vu tout ce que j'avais subi ces dernières années à cause d'elle.

– Grand-mère, dis-je.

Elle sourit. Si vous voulez savoir, c'était plus un sourire méprisant que gentil. Elle ne parut pas du tout impressionnée par ma remarque.

– Tu as compris qui j'étais. Bien joué. J'espère que tu ne t'attends pas à ce qu'un autre de tes ancêtres perde son temps à t'accueillir.

Elle fit un pas vers moi.

– Allez, mon garçon, tu es capable de deviner bien d'autres choses encore.

« L'*Arta precis*, pensai-je. Apparemment, ces derniers temps, tout le monde a envie de tester mon *arta precis*. »

– Eh bien, commençai-je en regardant l'océan noir au loin puis les échardes en onyx sous mes pieds, je crois que je reconnais aussi ces égouts remplis de merde.

Seren'tia, la grand-mère qui m'avait tatoué la bande de l'ombre dans mon enfance, haussa les épaules.

– Ça non plus, ça n'est pas très difficile à deviner.

– Tu n'es pas un fantôme, et tu n'es pas non plus un esprit qui m'accueille dans l'au-delà.

– De toute évidence, ricana-t-elle malgré la trace d'un vrai sourire au coin de sa bouche.

Je tapotai les marques de l'ombre au noir autour de mon œil gauche, mais je n'eus aucune sensation.

– En me tatouant la bande de l'ombre, tu as introduit une partie de toi en moi.

Elle ricana encore.

– Prouve-le, parce, que jusque-là, ça sort de nulle part.

– L'énigmatisme. Cette capacité à voir les secrets des autres. Mon énigmatisme est supposé se déverrouiller quand je pose les bonnes questions. Mais il est parfois un peu… capricieux.

– Fais attention à tes propos, mon garçon. Je te conseille de ne pas me mettre en colère.

« Je commence à comprendre d'où vient le caractère de Ke'heops. »

– Comme si ça m'importait, dis-je. Tu n'existes même pas. Ma grand-mère, quel que soit l'enfer qui a bien voulu la recevoir, a simplement imprimé une partie de sa psyché dans mon esprit. Comme une sorte de… mécanisme.

L'apparition de Seren'tia fit mine, en vain, de ne pas être intéressée.

– Ah bon ? Et pourquoi ?

Je m'approchai si près d'elle que je vis jusqu'aux petites rides autour de ses yeux, ainsi que sa peau parcheminée par le temps. Elle paraissait aussi réelle que n'importe qui mais, quand on a révélé autant d'illusions que moi, on sait que plus une situation paraît convaincante, moins il faut y croire.

– Elle avait découvert le véritable passé de notre peuple, dis-je. Le massacre des Mahdek, la mainmise sur les oasis. Et sans doute bien d'autres choses. Il paraît que c'était une femme intelligente.

– Et belle, aussi, ajouta le personnage spectral en lissant ses longs cheveux gris.

– Elle a dû comprendre que notre peuple prenait une mauvaise direction, que l'obligation de se reproduire entre mages allait peu à peu affaiblir les Jan'Tep et, avec eux, tout le continent.

L'apparition secoua la tête.

– Tout le continent ? Tu crois que je m'intéresse un instant à ces barbares daroman ou à ces fanatiques berabesq ? Aux Gitabriens ? Sans même parler des autres. Ancêtres, nous aurions dû les exterminer il y a bien longtemps. Non, mon garçon, je suis loyale envers les Jan'Tep. C'était notre culture que je voulais sauver. Pas ses petits complots mesquins, mais...

Elle hésita un instant, puis se retourna et balaya de la main le paysage d'onyx. Les échardes se déplacèrent pour former des bâtiments, des sanctuaires de mages, des sigils d'une magnifique et complexe géométrie ésotérique.

– La magie peut être merveilleuse. Mais elle se transforme

bien plus facilement en sombres projets qu'elle ne poursuit de nobles desseins.

– Dans ce cas, pourquoi tu n'as rien fait ? demandai-je, d'une voix rendue aiguë par le désespoir qui, je crois, me fit paraître un peu ridicule. Tu étais une mage puissante. Respectée. Admirée. Pourquoi tu n'as pas... ?

– La douairière était admirée elle aussi, mon garçon. Regarde ce qui lui est arrivé. Son mari l'a entravée avec une chaîne de l'esprit pendant trois siècles. Il s'est même débrouillé pour que la chaîne persiste après sa mort. Ce n'était pas un problème que ma génération pouvait résoudre. Ni même celle de ton père. Nous étions encore trop prisonniers du passé et du mythe de notre puissance.

– Pourquoi pas Shalla ? C'est elle qui a le pouvoir.

– Justement.

Je voulais qu'elle s'explique. Comme elle ne le fit pas, j'insistai :

– Tu sais que tu n'as pas répondu à ma question ?

– Elle n'était encore qu'un bébé qu'on devinait déjà son potentiel magique. Elle était... parfaite. La parfaite petite Jan'Tep qui deviendrait un jour la mage la plus puissante de plusieurs générations. Mais le pouvoir – et ça, c'est une leçon à peu de frais, mon garçon –, le pouvoir sans humilité est un projectile qui détruit tout sur son passage, qui supprime une vie après l'autre jusqu'à se retourner contre le tireur.

L'apparition de ma grand-mère tendit une main pour caresser ma joue d'un geste si doux que ça me surprit.

– J'aimais beaucoup t'observer, quand tu étais petit. Tu voulais à tout prix devenir un mage comme ton père et comme ta mère, pourtant je pense qu'au fond de toi, tu savais déjà que ça n'arriverait jamais. Certes, tu aurais pu réussir tes épreuves et devenir un mage sans grand pouvoir. Un façonneur de lumière, si tu avais fait étinceler ta bande de la braise. Ou un fabricant de boules en verre rougeoyant avec ta bande du souffle. Mais tu n'aurais jamais été heureux, car tu n'aurais jamais pu accomplir ton rêve de devenir mage seigneur. Au lieu de ça, tu es devenu quelqu'un… d'intéressant.

– Un frondeur de sort en exil ?

– Un frondeur de sort. Un hors-la-loi. Un Argosi. Un illusionniste. Mais surtout, quelque chose qui avait presque disparu dans notre peuple.

– Quoi ?

Elle me tapota la joue.

– Un être humain.

Je réfléchis. Ce n'était pas le plus beau titre dont j'avais jamais rêvé, pourtant ça me convenait.

Quoique.

– Et maintenant ? demandai-je.

L'image de Seren'tia haussa les épaules.

– L'avenir de notre peuple est entre les mains de Sha'maat. Ton coup de poker a fonctionné. Elle a tué votre père. Avec un éclair de feu, évidemment.

Elle m'observa, un sourcil levé.

– Tu aimes bien les actes théâtraux, non ? Tu as adoré jouer la petite comédie de : « Regardez le sort de braise qui va surgir », jusqu'à ce que ta sœur fasse son choix.

– Je me dis depuis un petit moment que, quand tout ça sera fini, je me verrais bien comédien.

Elle fit la grimace.

– C'est une profession méprisable. Sha'maat va prendre la

place de son père comme mage souverain. Il n'y a pas d'autre possibilité. Elle a vu de quelle manière le pouvoir a perverti cet homme qu'elle admirait plus que tout au monde. Elle ne laissera pas d'autres enfoirés agir comme lui. Tu peux être fier de toi : tu as évité une guerre, tu as sauvé ton peuple et, même si personne n'écrira jamais une ballade en ton honneur, tu t'en es plutôt bien sorti pour un frondeur de sort avec une seule bande de magie.

Comme elle s'apprêtait à partir, je rassemblai enfin le courage de poser la question fatale :

– Est-ce que je suis mort ?

Elle se retourna vers moi.

– Quasiment.

– Quasiment ?

– Disons que la magie du fer de ton père t'a presque tué, et que ta tentative pour forcer ta bande de la braise à étinceler afin de prouver à Shalla que tu étais prêt à en finir a fait le reste. De toute façon, avais-tu vraiment envie de vivre ? L'existence n'est pas simple ici-bas pour un hors-la-loi, et il y a peu de chances que ça s'améliore pour toi avec tous les ennemis que tu t'es faits. Et puis, le monde n'a pas besoin d'un escroc qui a joué sa dernière carte, non ? Une fois que tout est fini, les gens comme nous, on se contente de les mettre au rebut.

– Ce n'est pas faux, dis-je, et je fis mine de me laisser aller au sommeil sans fin.

– Tu ne trompes personne, dit-elle.

– Toi non plus. « Avais-tu vraiment envie de vivre ? » Grand-mère, je suis un lâche. Alors oui, j'ai peur de mourir. Qu'est-ce que je dois faire pour vivre ?

Son sourire fut presque la chose la plus terrifiante que j'aie jamais vue. Elle me dit :

– Embrasser ta grand-mère.

– Embrasser ma grand-mère ?

Elle acquiesça.

– Là, dit-elle en tapotant ses lèvres. Sinon, ça ne marchera pas.

– C'est n'importe quoi.

– Pas du tout. Tu me dois un baiser. C'est le seul moyen.

« Ancêtres, me dis-je, vous aimez vraiment vous foutre de ma gueule, hein ? »

Je m'exécutai : je me penchai vers l'apparition de ma grand-mère pour l'embrasser sur la bouche. Je voulus tenter un baiser léger, me contenter d'effleurer ses lèvres pour satisfaire la magie cachée dans cette requête, surtout pas plus, de façon à éviter de vomir. Mais Seren'tia m'attrapa par la nuque et plaqua ses lèvres contre les miennes pour souffler dans ma bouche. Je la repoussai violemment.

– Et voilà comment je suis récompensée, dit une voix très différente. Une voix épuisée.

– Furia ? dis-je tout fort.

J'ouvris les yeux et je fus aveuglé par la lumière. Puis le flou prit peu à peu la forme d'un visage que j'avais vu pour la première fois exactement dans les mêmes conditions.

– Faut qu'on arrête ce genre de scène, gamin, dit-elle avec son sourire ironique, presque, mais pas entièrement, contrebalancé par l'inquiétude que je lisais dans ses yeux. Sinon les gens vont croire que tu es amoureux de moi.

Je voulus trouver une blague mais, en fait, je ne fis que chercher sa main sans me soucier de la douleur fulgurante dans mon épaule. Sans doute que mon père avait cassé quelque chose là aussi. Je la serrai le plus fort que je pus.

– Eh bien, ils auront raison.

– Bon, bon, bon, répéta-t-elle à plusieurs reprises.

« Ancêtres, pensai-je. Même Furia Perfax reste sans voix. Le monde a vraiment changé. »

Quelque chose de lourd pesa tout à coup sur ma poitrine. Une tête velue avec des yeux de fouine.

– Bon, tu te magnes ? J'ai faim.

– Une seconde, dis-je en tentant de respirer.

– Laisse-le tranquille, sale bestiole, lui dit Furia en le repoussant. Tu crois que je lui ai fait du bouche-à-bouche pour que tu l'étouffes juste après ?

Il lui adressa un grognement étonnamment féroce, même pour un animal de son espèce.

– Qu'est-ce qu'il y a ? demandai-je.

– Cette salope d'Argosi veut pas que je tue les sacs à peau de mages. Elle veut même pas que je bouffe les globes oculaires de ton père.

Les chacureuils n'ont vraiment aucun respect pour les défunts.

Je cherchai du regret ou de la culpabilité en moi au sujet de la mort de mon père. J'étais sûr qu'il y en avait quelque part, mais un hors-la-loi apprend à vivre le présent sans se préoccuper du passé. Ce qui signifiait qu'il y avait quelqu'un dont je devais me soucier.

– Shalla ? dis-je en essayant de me redresser sur les coudes.

– Il vaut mieux la laisser un peu tranquille, dit Furia. Elle n'est pas apte à parler à quiconque pour l'instant.

En réalité, Shalla n'était pas apte à *me* parler. Je l'avais contrainte à choisir entre son frère et son père, à décider lequel de nous deux vivrait et lequel mourrait. Personne ne devrait avoir à faire ça.

– J'ai fait ce qu'il fallait ? demandai-je à Furia.

– Y a pas vraiment moyen de le savoir, gamin.

Elle retira son chapeau de la Frontière et s'essuya le front avec la manche de sa chemise.

– Tu as sans doute empêché une guerre. Et la mort de beaucoup de gens à cause d'un mensonge. Mais peut-être que ton père avait raison. Peut-être que c'est plus simple d'avoir un seul pays avec un seul chef qui décide pour tout le monde.

Elle tendit la main vers son gilet en cuir noir mais, pour une fois, n'en sortit pas un roseau de feu. Elle fit apparaître un jeu de cartes.

– Les Argosi ne croient pas à la divination, gamin. Ces cartes ne prédisent pas l'avenir, elles ne font qu'indiquer ce qui existe et qui, par conséquent, peut se produire. On doit s'efforcer de les lire du mieux qu'on peut, et voir où nous mène notre chemin.

Je réfléchis à ces paroles.

– Furia ? dis-je pour finir.

– Oui, gamin ?

– Ça te tuerait de me dire pour une fois que j'ai bien fait ?

Elle sourit, rangea le jeu de cartes dans son gilet et, cette fois, en sortit un roseau de feu.

– Ça se pourrait, gamin. Ça se pourrait.

# 67

# L'avenir

Les semaines suivantes me parurent aussi molles que de la mélasse. Je n'avais jamais goûté la mélasse et n'avais aucune idée de sa consistance, mais Furia m'assura que c'était la meilleure image pour décrire mon état. Il faut dire qu'il y a des sorts plus enviables que se faire broyer de l'intérieur.

Certains mages de l'assemblée guerrière de mon père reçurent l'ordre de me transporter à l'aide de la magie du souffle, et on repartit tous ensemble, Jan'Tep et Argosi, vers ma terre natale, au nord-ouest. Personne ne me chercha de noises, même si je voyais bien que certains mages en rêvaient. Shalla avait clairement fait savoir qu'il y aurait des représailles terribles dans ce cas.

Des négociations étaient en cours. Un accord avait été trouvé entre la nouvelle mage souveraine Jan'Tep de quinze ans, la reine de Darome âgée de douze ans et le dieu vivant des Berabesq qui n'avait pas encore atteint son premier anniversaire. Par une inhabituelle justice poétique, le traité qui fut signé fut noué avec les lanières de ce qui avait jusque-là été un horrible et vieux fléau, avec pour garante mon amie Seneira, émissaire officielle de la toute nouvelle nation souveraine des

Sept Sables. Apparemment, son peuple en avait vraiment assez qu'on se serve de son désert comme d'un terrain de jeux pour grandes puissances qui, en fin de compte, n'avaient pas grand-chose de grand.

On m'a raconté que Shujan apparut devant ses armées réunies, qu'il leur prouva qu'il était bien un dieu avec quelques miracles, puis qu'il promulgua deux édits. Le premier : un commandement divin de respecter le traité de paix. Le second, une révélation : celle qu'une déité, tout comme les humains, est une idée bien trop complexe pour être décrite dans un livre, ni même six. Puis Shujan, le dieu à six faces des Berabesq, leur souverain, mon ami, s'effondra par terre, mort.

Il n'aura jamais atteint son premier anniversaire. Je n'aurai jamais pu lui dire adieu.

Après son couronnement, Shalla rassembla les sept princesses et princes de clan ainsi que leurs conseils de mages seigneurs. À coups de preuves irréfutables, elle leur expliqua la raison du lent déclin de la magie que chacun avait remarqué sans le révéler aux autres, de sorte que personne n'avait pris conscience que notre peuple tout entier souffrait du même mal. Puis elle permit à ceux qui convoitaient sa couronne de la défier. Il paraît qu'elle se montra clémente. On m'a juré qu'à l'exception d'un seul, tous survécurent.

– Nous en avons terminé avec les vieilles traditions, annonça-t-elle sans prendre de gants aux grandes maisonnées Jan'Tep. Nous devons cesser de voir les autres peuples comme inférieurs au nôtre. Et cesser de nous définir uniquement par la magie. Nous devons au contraire avoir confiance en quelque chose de plus profond, quelque chose qui dépasse la puissance de nos sorts.

Ces paroles firent place à la consternation et furent suivies d'une question brûlante :

– Et qu'est-ce qu'on va faire ?

– Ouvrir une école de magie sur le principe de l'Académie des Sept Sables : un endroit pour accueillir des étudiants doués de magie, peu importe leurs origines. Nous les ferons venir dans notre oasis, ils apprendront de nous, et nous d'eux. Peut-être qu'ensemble, nous découvrirons qu'il y a de quoi être fier du nom de Jan'Tep.

Aucun des mages n'applaudit. Pas un seul. Mais ils écoutèrent et se résignèrent.

Ainsi, mon peuple fit ses premiers pas vers un avenir très différent de ce qu'il avait jamais imaginé.

Il prit le Chemin du Mage Humble.

Pendant toute cette période, pas une seule fois Shalla ne m'adressa la parole, y compris aux funérailles de notre père, auxquelles j'assistai selon ses ordres. Puis on me tendit une lettre. Elle n'y évoquait ni la mort de Ke'heops, ni le choix terrible que je l'avais obligée à faire. Au lieu de ça, elle y énonçait mes devoirs en tant que premier chancelier de l'Académie de l'Oasis.

Le cadeau d'une vie. Peut-être même l'espoir d'une existence noble.

Je déclinai sa proposition par un petit mot gentil.

D'autres offres suivirent, la plupart de vive voix, ce que j'appréciai. Même si ça rendit mes refus systématiques plus difficiles.

Seneira me proposa de rentrer avec elle à Teleidos pour les

aider, son père et elle, à combattre ceux qui, de l'intérieur comme de l'extérieur des Sept Sables, étaient bien décidés à saper cette toute nouvelle nation et à l'empêcher de former un gouvernement. Beren Thrane avait imaginé un système un peu fou, écoutez bien, qui consistait à faire voter chaque citoyen à des élections de représentants qui dirigeraient le pays pendant une période donnée avant d'être contraints à céder leur place à de nouveaux élus.

Vous imaginez que je refusai évidemment de participer à un tel cauchemar. Même moi, je ne suis pas aussi bête.

En revanche, je persuadai Seneira d'engager Butelios à ma place, car il était la personne la plus idéaliste que j'aie jamais rencontrée. Si quelqu'un pouvait réussir cette mission, c'était bien lui. En échange, il extorqua à Seneira la promesse de la citoyenneté dans son nouveau et très bizarre pays pour les familles atteintes de l'ombre au noir rescapées de l'abbaye d'Ébène.

J'ai peut-être ainsi par inadvertance ajouté les Sept Sables à la liste des pays où je serais pendu si jamais j'y pointais le bout de mon nez.

Je retournai voir Keliesh, et on passa ensemble des moments agréables à jouer au shujan. Malheureusement, quand on a frôlé la mort, on ne récupère pas aisément toutes ses facultés. Ça ne me dérangeait pas de perdre, en revanche, devoir supporter les adages des vizirs Quozhu, Calipho et, croyez-le ou non, Sipha (Furia lui avait gentiment procuré la collection complète de ses écrits), mit bientôt ma convalescence en péril. D'un air presque penaud, il me demanda si je souhaitais me convertir à la religion des pénitents et rejoindre son armée. Apparemment, les bons joueurs de shujan ne couraient pas les rues, même parmi ses troupes, surtout quand la moitié du temps est consacrée à honorer la sagesse des grands vizirs.

L'offre la plus difficile à refuser fut celle de la reine Ginevra. Elle croyait que je lui en voulais encore de son mensonge. Il me fallut un moment pour la convaincre que j'étais ravi qu'elle ne souffre pas de l'ombre au noir et que je n'aie pas à botter le cul de tous ses ennemis. Que ça suffisait à calmer toute l'irritation que j'avais pu concevoir à la découverte de cette supercherie.

Et puis, c'est rassurant d'apprendre qu'il y a des escrocs encore plus éhontés que moi en ce monde.

Cependant, le plus douloureux au cours de ma convalescence, ce fut de voir mes amis reprendre la route les uns après les autres.

# 68

# La meute

C'est fou le temps qu'on peut passer à dormir après avoir frôlé la mort. On pourrait croire qu'au contraire, on serait terrorisé à l'idée de fermer les yeux et de se réveiller dans le passage gris avec une grand-mère qui exige un vrai baiser. Pourtant, pendant plusieurs semaines, je ne fis que me réveiller pour me rendormir aussitôt. Et quand les propositions cessèrent, elles furent remplacées par les mauvaises nouvelles.

– Le chacureuil a un contrat à honorer, m'informa Furia quand je voulus savoir pourquoi Rakis n'était pas en train de me donner des gifles en exigeant que je sorte mon cul de fainéant du lit.

– Qu'est-ce que ça veut dire, qu'il a un contrat à honorer ?

Elle était installée dans un fauteuil à bascule près de mon lit. Je me demandai d'où venait cet objet. Il n'y en avait jamais eu chez moi.

– Ce petit salaud a réussi à rallier une tribu de chacureuils pour te sauver la vie contre cette horde de mages. Mais leur présence n'était pas gratuite. Rien n'est jamais gratuit avec cette vermine.

– Mais ils ne se sont même pas battus ! C'est moi qui ai anéanti mon père !

– Ouais, il aurait dû être plus précis sur les termes du contrat.

– Et donc ? Il a rejoint leur tribu et je ne le verrai plus jamais ?

Elle aspira une bouffée de roseau de feu. Les guérisseurs que ma sœur avait dépêchés à mes côtés lui avaient expliqué à maintes reprises que cette fumée ne favorisait pas mon rétablissement, mais Furia n'en tenait pas du tout compte. Elle aussi était en convalescence depuis la mort de Shujan, et donc la dissipation lente de sa malédiction.

– Gamin, il ne reste pas beaucoup de chacureuils dans le monde. Et comme les plus intelligents sont les femelles, les mâles sont rares.

– Alors Rakis doit…

Elle acquiesça.

– Sa part du contrat, c'est de s'accoupler avec toutes les femelles chacureuils qui le voudront tout le temps où elles le voudront. Le petit gars va être bien fatigué. Pauvre bestiole…

– Mais il va s'en sortir, dis-je.

« Adieu, Rakis, pensai-je. J'espère que tu connaîtras au moins la moitié du bonheur que tu mérites. Je ne doute pas que tu voleras le reste. »

– Et Nephenia ? demandai-je.

– Elle voulait vraiment te parler avant son départ. Elle a attendu longtemps, mais il y avait une péniche en partance et, si elle la ratait, elle risquait de ne pas atteindre l'océan à temps pour prendre son bateau. Elle m'a dit de te dire que ce n'est pas terminé entre vous, que ça dure depuis si longtemps que ça peut encore attendre un peu.

– Ça ne ressemble pas du tout à Nephenia, ça.

Furia haussa les épaules.

– Bon, j'ai sans doute tourné ça un peu à ma manière.

Au fond de moi, je savais que Nephenia ne resterait pas. Elle avait plus d'instinct argosi que moi, et tout le monde sait qu'un Argosi doit suivre son propre chemin, mais aussi que deux Argosi ne sont jamais ensemble pour la vie.

Mes yeux se refermèrent et le sommeil m'emporta avant que j'aie le temps de réfléchir à la suite.

Furia était toujours là quand je me réveillai. Le ciel nocturne était visible par la fenêtre de ma chambre et les étoiles scintillaient comme si elles m'appelaient.

– J'ai dormi combien d'heures ?

Elle gloussa.

– D'heures ? Ça fait deux jours que tu dors, gamin.

– *Deux jours ?*

– Ouais. Ces sorts de guérison de ton peuple terrassent le corps et l'esprit. Moi, je préfère les méthodes traditionnelles.

Elle prit une bouffée de roseau de feu et passa du fauteuil à bascule à un sofa un peu à l'écart du lit. Je tentai de la rejoindre mais, malgré toute la magie des guérisseurs, j'avais le corps encore trop bandé pour bouger. Elle se mit à gratter les cordes de la petite guitare qu'elle emportait partout en chantonnant un air que je ne connaissais pas.

– C'est une chanson qui vient de Tristie, dit-elle, alors que je n'avais rien demandé. De l'autre côté de l'océan.

– C'est là que tu vas ?

Elle acquiesça.

– Je pense que j'ai bien besoin de vacances. Et puis, j'aimerais en apprendre un peu plus sur les origines des Argosi.

– Les Argosi ne viennent pas de ce continent ?

Elle secoua la tête.

– Nan.

– Tu ne me l'avais jamais dit.

– Il y a beaucoup de choses que je ne t'ai jamais dites.

Elle gratta une seule corde de sa guitare. Ce son n'était pas discordant, mais pénétrant, comme en suspens. Plein d'interrogations.

– Tu me demandes ce que je vais faire maintenant.

Elle sourit.

– Tu vois ? Je savais que tu finirais par maîtriser l'*arta loquit*.

Elle ajouta une note et la rejoua, ce qui donna à sa mélodie un aspect saugrenu, presque moqueur.

– J'ai entendu dire qu'on t'avait fait plein d'offres. Tu pourrais aller vivre dans plein de beaux endroits.

Je ne pris pas la peine de répondre. Dans des moments comme ça, il vaut mieux jouer le silence entre les notes.

– Le palais daroman... c'est pas mal. On pourrait avoir plaisir à y vivre, surtout que, maintenant, les chuchoteurs savent que tu as sauvé leur peau.

Elle posa sa guitare.

– Les Sept Sables ne manquent pas d'attrait non plus. Cette Seneira, j'ai entendu dire qu'elle n'était pas encore mariée, alors maintenant que tu es célèbre...

– Furia ?

– Oui, gamin ?

– Tu te souviens de la discussion qu'on a eue il y a quelques années sur les conseils en matière amoureuse ?

Elle leva les mains.

– D'accord, gamin, d'accord.

Elle jeta un coup d'œil à ma chambre.

– Ici aussi, c'est pas si mal, tu sais. Tu pourrais rester pour aider ta sœur à diriger ton peuple.

– Shalla ne m'a toujours pas parlé depuis que…

Une part de moi n'avait pas envie de terminer cette phrase, mais je me dis aussi que, quand on a causé la mort d'un homme, le moins qu'on puisse faire, c'est prononcer son nom.

– Depuis que je l'ai obligée à tuer Ke'heops. Notre père.

Furia sortit un paquet de cartes de son gilet et m'en lança une. Elle était d'un rouge cramoisi et représentait le six de chaîne.

– Une carte de gage ? demandai-je.

– Gamin, les Argosi ne s'embarrassent pas de culpabilité. Si tu crois avoir fait quelque chose de mal, alors emprunte la voie de l'eau pour rétablir la situation. Quoi qu'il en soit, ta sœur t'aime. Ça, ça ne changera jamais. Maintenant qu'elle sait comment neutraliser ces contre-sigils, ou va savoir comment vous appelez ça, tu pourrais peut-être même devenir un mage un jour. Si tel est ton souhait. Mais un conseil, gamin, ne reste pas trop longtemps au même endroit. Un Argosi ne doit jamais laisser son passé le rattraper.

Une brusque douleur dans les côtes m'obligea à me rallonger.

– Ne pas laisser mon passé me rattraper ? Furia, je suis une épave. Je n'ai même pas encore dix-neuf ans, et j'ai plus de cicatrices qu'un doctrinaire berabesq ayant survécu à la scarification. Je me sens si… vieux.

– Moi aussi, dit-elle en rangeant sa guitare dans son étui

et en se levant, quoique avec prudence, remarquai-je. Cette saloperie de malédiction m'a vraiment fichu un coup. Elle a presque disparu maintenant, mais je pense qu'il va encore falloir du temps avant que je puisse à nouveau danser.

Elle s'approcha de mon lit et posa une main sur ma tête.

– C'est bon, il y a de la vie là-dedans. Il te reste encore quelques bonnes années.

Elle se dirigea vers la porte. Je savais que, le lendemain matin, elle serait partie.

– C'est tout ? demandai-je. Même pas un au revoir ?

– Comme celui que tu nous as accordé, à Nephenia et moi, quand tu t'es éclipsé de Gitabrie en pleine nuit pour affronter seul tes ennemis ?

Elle n'avait pas tort.

– Est-ce que je te reverrai un jour ?

Avant même que ces mots franchissent mes lèvres, je regrettai ma question. Pour les Argosi, tout était affaire de chemin et de présent, sans attaches dans l'avenir, ni le passé. Furia avait quitté tant de fois son chemin pour me sauver la vie, elle m'avait appris à m'en sortir tout seul. Cette époque était révolue.

Elle se retourna pour me faire son fameux sourire.

– Il n'y a sans doute aucun moyen d'empêcher nos chemins de se croiser à nouveau, gamin. Tu veux savoir pourquoi ?

L'espoir se glissa en moi à travers ma douleur, mes bandages et mes côtes cassées.

– Pourquoi ?

– Parce que je suis très forte pour suivre quelqu'un à la trace, gamin.

# 69

# L'illusionniste

Le soir même, j'étais en état d'arrestation.

– Tu plaisantes ? dis-je en lançant l'avis à Torian Libri.

– Me regarde pas comme ça. Je suis garde royale, pas magistrate. J'obéis aux ordres.

Elle s'assit au bord de mon lit en repoussant les pans de son long manteau en cuir rouge. Je poursuivis :

– Pour commencer, on est en territoires Jan'Tep. Tu n'as aucune autorité ici.

– Tu n'as donc pas lu ce joli nouveau traité que ta sœur a signé ? répondit-elle en souriant. Très long. Avec plein de clauses. Dont une qui autorise l'extradition des hors-la-loi.

Elle fit exprès de caresser le cuir de son manteau avec ses ongles.

– Alors, tu comprends, j'ai ma réputation à tenir.

Je lui repris l'avis des mains.

– « Agression d'une garde royale » ? « Entrave à la bonne marche de la justice » ?

Elle haussa les épaules.

– Tu m'as tout de même mis quelques bons coups de poing dans ce temple berabesq. Mais ne t'inquiète pas trop, joli cœur. La reine est très prise par la nouvelle diplomatie entre la Darome et les territoires berabesq et Jan'Tep, mais je suis sûre qu'elle trouvera le temps de prononcer quelques paroles flatteuses à ton procès.

– Mon *procès* ?

– Le magistrat est un chic type. C'est vrai, c'est l'un de ces « juges à potence » dont tu as dû entendre parler, mais il me doit un ou deux petits services. Je pourrais peut-être le convaincre de commuer ta peine en un ou deux ans d'assignation à résidence.

– T'aimes vraiment ton boulot ?

Elle tapota ma poitrine.

– Arrêter des bons à rien et traquer des assassins ? Qui n'aimerait pas ça ?

– Tu sais que cette histoire d'assignation à domicile, ça ne va pas tenir, n'est-ce pas ?

– Et pourquoi ?

– D'abord, parce que même si tu obtenais un tel verdict d'un magistrat corrompu, tant que la reine n'a pas transmis ma lettre de démission à la cour, je suis toujours tuteur royal. Et même si ça n'était pas le cas, la reine m'accordera sa grâce. Et puis..., ajoutai-je en brandissant le couteau de cinq centimètres que j'avais volé dans son manteau, je suis très doué en évasion, tu sais.

Elle poussa un soupir.

– C'est vrai. Mais j'ai un plan contre ça.

– Tu acceptes de m'en faire part ?

Elle posa un coude sur ma poitrine sans se soucier du grognement de douleur que je poussai. Étrangement, je me rendis compte que j'appréciais sa proximité. Elle se pencha vers moi et, bientôt, je contemplais les deux saphirs de ses yeux et j'inspirais son souffle. Je sentis ses doigts s'entremêler aux miens.

– Quand j'ai parlé d'assignation à résidence, je n'ai pas spécifié la résidence, me glissa-t-elle.

– Garde, seriez-vous en train de m'hypnotiser ?

– J'en sais rien. Ça marche ?

– Un peu.

La main qui ne tenait pas la mienne se posa sur mes yeux pour les couvrir.

– Voilà, comme ça, c'est mieux. Maintenant, je ne peux plus t'hypnotiser, n'est-ce pas ?

– Torian…

Ses lèvres trouvèrent les miennes, et mon millier de douleurs perdit toute ma concentration au profit de Torian. Ce baiser avait quelque chose de fou, quelque chose qui me donnait envie de la serrer contre moi. La sensation de ses doigts dans mes cheveux réveilla en moi quelque chose qu'honnêtement, je croyais mort.

– Arrête.

Cette injonction nous surprit tous les deux, à tel point que je mis une seconde à comprendre que c'était moi qui l'avais prononcée.

Torian recula.

– Je suis désolée, Kelen, je ne m'étais pas rendu compte que…

Elle haussa un sourcil.

– En fait, je ne sais pas ce dont je suis supposée me rendre compte.

– C'est… Je suis désolé. Ça n'a rien à voir avec…

– Joueur de cartes, je te jure que si tu termines ta phrase, tu vas avoir besoin de bien plus de bandages encore.

Je me tus. Torian resta assise au bord du lit et lâcha :

– Bon sang...

– Quoi ?

– C'est l'ensorceleuse, non ? Nephenia ? Elle t'a pas abandonné pour courir derrière je ne sais pas quoi, je ne sais pas où ?

– C'est compliqué, dis-je.

– La vie est compliquée. Nous sommes tous compliqués. Alors pourquoi ne pas accepter la complication qui t'offre une chance de bonheur au lieu d'attendre celle qui ne viendra peut-être jamais ?

Elle se pencha à nouveau vers moi.

– Écoute, Kelen. Peut-être que, toi et moi, on ne sera jamais amoureux l'un de l'autre. Mais ça n'empêche pas de vivre quelques mois de passion sauvage. Agrémentés de quelques duels, bien sûr.

– J'essaie de les éviter quand je peux.

Elle ricana.

– Tu n'es pas très fort pour ça. Bref, qu'est-ce que ça peut faire si ça n'est pas la grande histoire d'amour de ta vie ? La Darome est un beau pays, et la reine t'adore. Alors si tu venais m'aider à la protéger ? Elle pourrait devenir la plus grande des souveraines de tout l'empire si on...

– Parce que je ne suis pas daroman !

Je n'avais pas voulu le dire si brutalement, je n'avais pas voulu crier. Ces dernières semaines, j'avais tenté de trouver des formules fleuries et poétiques chaque fois que je refusais une proposition, mais, cette fois, la mélancolie céda à l'amertume.

– Je ne suis pas de Darome, Torian. Je ne suis pas des Sept Sables, ni d'ici, d'ailleurs, ni de nulle part.

Elle fronça les sourcils.

– Ta position est absurde. Tout le monde a cherché à t'embaucher. Tu pourrais avoir un boulot où tu veux sur le continent.

Je secouai la tête.

– Je…

Comment pouvais-je lui expliquer ce que ma grand-mère m'avait dit sur ma place en ce monde ? Torian n'aurait jamais compris. Elle aurait éclaté de rire, elle m'aurait noyé dans ses yeux saphir et j'aurais vite oublié tous mes ennuis. La magie de la garde royale, ce n'était pas un mauvais endroit où se perdre quelques mois ou quelques années. Mais ça m'avait coûté cher de devenir l'homme que j'étais : le genre d'homme qui ne tressaillait pas quand Nephenia passait un doigt sur les marques de mon ombre au noir. Le genre d'homme à répondre à la question silencieuse mais toujours présente dans le sourire ironique de Furia par un : « Oui, tu as eu raison de parier sur moi. » Je n'étais pas prêt à renoncer à ça.

– Les gens comme moi… sont là pour révéler la vérité, dis-je pour finir. Pour écarter le rideau qui dissimule des sociétés drapées dans leurs illusions.

Je tapotai les marques de l'ombre au noir autour de mon œil gauche.

– Mais quand l'aube vient, quand quelque chose de bien s'annonce… ma place n'est plus là, Torian.

Je m'attendais à une remarque narquoise, pourtant elle se contenta de hocher la tête, comme si mes explications vaseuses avaient du sens.

– Et donc, tu vas aller où ?

– Je ne sais pas. Je me suis posé la question chaque minute que j'ai passée éveillé.

Elle se pencha pour m'embrasser à nouveau, cette fois sur la joue.

– J'espère que tu trouveras, Kelen. Parce que, tu sais quoi ? ajouta-t-elle en se levant. Même si tu es un Argosi, un minable, un tricheur et un frondeur de sort, il y a une chose chez toi que je vais regretter.

Elle s'approcha de la porte. Je crus qu'elle allait partir sans un mot de plus.

– Ça te dérangerait de me dire quoi ? demandai-je.

Elle se retourna et me fit le sourire le plus salace que j'avais jamais vu.

– Ferme les yeux. Tu trouveras.

Elle me laissa perplexe. N'ayant rien de mieux à faire, je fis ce qu'elle me proposait : je fermai les yeux. Je m'étais presque rendormi quand j'entendis un bruit étrange, un peu comme un grincement de dents. J'ouvris à nouveau les yeux, mais la boule en verre rougeoyant éclairait à peine à cause de la faiblesse de ma magie. J'abandonnai et décidai de réfléchir encore aux paroles mystérieuses de Torian quand j'entendis à nouveau le bruit.

– Qui va là ? lançai-je en attrapant mes bourses de poudre. Si vous êtes un ami de mon père ou un ennemi de ma sœur, ou n'importe qui d'ailleurs, vous devriez savoir que ça fait des semaines que je n'ai pas fait exploser un mage et que mes doigts commencent à me chatouiller.

Pas de réponse.

Je propulsai toute ma volonté dans la lanterne, et la pièce

s'éclaira un peu plus. Il me fallut encore quelques instants pour repérer la provenance des bruits récurrents : l'appui de fenêtre. Dans l'ombre, un chacureuil ventru de cinquante centimètres assis sur son derrière était en train de grignoter ce qui ressemblait à un biscuit.

– Rakis ?

– Ouais ?

– Qu'est-ce que tu fous là ?

Il continua à grignoter son biscuit.

– J'ai cru que la garde et toi, vous alliez vous accoupler, alors je me suis dit que ma présence risquait de te distraire et de t'empêcher de…

– Donc tu as décidé d'attendre derrière la fenêtre en mangeant des biscuits ?

– J'avais faim.

– Ça n'explique pas ce que tu fais ici. Furia m'a dit que tu avais passé un contrat avec les femelles chacureuils pour…

– Ouais. On peut éviter d'en parler ? En tout cas pas avant d'être à plusieurs milliers de kilomètres ?

– Mais qu'est-ce que tu racontes ?

– Je te raconte que tu dois sortir de ce lit puant, je dis au passage que ton peuple ferait bien d'inventer des sorts pour se laver, et qu'on se casse de ce pays de merde.

Malgré mes bandages, il me fallut moins de temps que je ne l'aurais cru pour me préparer. Faire mon sac fut encore plus simple. Un hors-la-loi possède en tout et pour tout deux chemises. Avant de franchir la porte, je déposai les treize cartes que ma mère avait peintes sur le lit, où je savais que Shalla les trouverait.

On ne mit pas longtemps à seller mon vieux cheval, que Rakis prétendait avoir retrouvé dans les collines puis convaincu de le suivre, et, bientôt, on reprit la route vers la frontière à l'est.

– On va où ? demandai-je.

Allongé sur le dos à sa place habituelle sur l'encolure, il haussa paresseusement les épaules.

– Je sais pas. Je m'en fous.

Je réfléchis aux différentes options, mais une question continuait à me hanter.

– Rakis ?

– Ouais ?

– Comment tu t'y es pris pour rompre ton contrat avec la tribu de femelles chacureuils ? Ton espèce a l'air assez... inflexible au sujet des contrats.

Il y eut un long silence.

– C'est compliqué.

Je laissai cette réponse flotter entre nous alors que le cheval continuait sa progression sur la route. Mais je ne pus me retenir de demander :

– Serait-ce possible, même si c'est juste une question comme ça, que les femelles chacureuils n'aient pas été entièrement satisfaites de tes performances ?

Il poussa un grognement sourd. Je levai les mains.

– Je posais la question, c'est tout.

– Eh bien, la pose pas !

– C'est juste que... j'aurais cru, avec ta maîtrise des techniques d'accouplement et tout ça, que... Comment auraient-elles pu te résister ?

– Mon espèce est barbare, voilà le problème. J'ai pas pu

en convaincre une seule de me rejoindre dans un bain. Elles se sont moquées de moi, Kelen ! Elles m'ont traité d'animal domestique ! Tu y crois, à ça, toi ?

– Inconcevable.

– Je suis même allé jusqu'à une ville voisine voler des biscuits pour elles, et tu sais ce que ces débiles de femelles ont fait ? Elles ont goûté, et tout recraché. Kelen, elles ont recraché des biscuits !

– C'est d'une barbarie absolue, si tu veux savoir.

– À croire qu'on n'est pas de la même espèce.

– Dans ces conditions, l'accouplement…

– J'ai fait mon devoir, déclara-t-il d'un ton solennel. Ce dont on m'a même pas remercié. Y avait même pas de cadeau à mon réveil, pas une seule fleur. Et pas non plus le moindre compliment.

– Serait-ce possible que tu t'y sois mal pris ? suggérai-je.

Sa babine supérieure se retroussa et un grognement jaillit du tréfonds de sa gorge :

– Quoi ?

– Aurais-tu tenté ce truc qui consiste à te laisser retomber à quatre pattes et à remuer tes fesses devant leur tête ?

– Kelen.

– Tu as pensé à faire le bruit ? Celui que les femelles adorent ?

Je fis en sorte de produire le son le plus déplaisant qui soit, au moins comparable à celui d'un mouton constipé, pendant que Rakis rugissait mille et une menaces.

Je continuai jusqu'au ponton, où on acheta un billet pour la côte. Je suis presque certain que le capitaine de la péniche me fit payer plus cher parce qu'il me prit pour un cinglé, mais ça en valait la peine.

Une fois sur l'eau, un éclair lumineux attira mon attention vers la rive. Les six bandes tatouées autour de ses avant-bras étincelaient juste assez pour illuminer une cascade familière de cheveux blonds parfaitement coiffés et désormais surmontés d'une élégante couronne à sept pointes. Elle était trop loin pour que je voie si elle me lançait son habituel regard désapprobateur et si sa bouche tombait pour me rappeler qu'une fois de plus, je faisais le mauvais choix en m'affranchissant de mes obligations familiales. Peut-être que c'est pour ça qu'elle resta à distance : elle se disait enfin qu'on devait arrêter de vouloir se convaincre l'un l'autre.

Je lui fis signe, et elle répondit par un signe identique. Il arrive que ce genre de forme somatique soit en fait un geste d'espoir. Peut-être qu'un jour, ce visage arrogant apparaîtrait dans un coin de désert ou une cuve d'eau. Je lui raconterais mes voyages et elle secouerait la tête, ce qui enverrait quelques grains de sable ou gouttes en l'air. Puis elle me demanderait comment je pouvais espérer rejoindre Nephenia ou Furia en ce monde, car leurs navires auraient certainement quitté les côtes bien avant mon arrivée.

Je devrais inventer une réponse, parce que Shalla ne me comprendrait jamais vraiment. Je ne pouvais que continuer à avancer, il n'y aurait jamais de retour possible pour moi : je n'avais pas de chez-moi. Je n'en aurais sans doute plus jamais. «Le monde n'a pas besoin d'un escroc qui a joué sa dernière carte», avait dit ma grand-mère. La vieille bique parlait en connaissance de cause.

Alors je restai blotti sous les étoiles sur le pont d'une péniche, moi, le frondeur de sort errant encore faible pour des mois, sans futur bien défini et avec plein de gens prêts à me tuer au moindre prétexte. Pendant ce temps, mon chacureuil de partenaire, voleur, assassin, mais aussi mauvais amant, déblatérait sur les innombrables manières dont il allait m'arracher mes globes oculaires pour les cuisiner et les dévorer si je mettais encore une fois sa virilité en doute.

Je ne pus m'empêcher de sourire.

Quand j'étais petit, rien ne prédisait que je deviendrais un hors-la-loi. Je n'avais pas grandi dans cet esprit. Mais cette existence qui m'attendait était la mienne, et chaque point lumineux dans le ciel constituait pour moi un nouveau chemin à suivre.

Le ciel des étoiles sans fin.

# TABLE DES MATIÈRES

# REMERCIEMENTS

## *Mille et un tours de magie*

Le terme « magique » peut prendre deux significations différentes. Dans la première, il est question de moyens surnaturels qui permettent de contrôler la nature. Dans la seconde, de l'art qui consiste à réaliser des tours a priori impossibles. La fantasy s'est toujours davantage intéressée à la première forme de magie mais, au cours des aventures de Kelen, j'ai souvent défendu l'idée que la seconde, certes moins puissante mais parfois plus noble et tellement plus humaine, supplantait tout le reste lorsque les dés étaient pipés et toutes les chances contre nous.

De là à appliquer ça aux livres...

On évoque souvent les auteurs comme des mages puissants qui disposent de capacités magiques leur permettant d'invoquer une histoire merveilleuse, laquelle ne serait pas à la portée des simples mortels. Peut-être est-ce vrai pour certains auteurs, en revanche, en ce qui me concerne, j'ai toujours eu l'impression qu'écrire un livre, ça n'avait rien de surnaturel. C'est au contraire une série de tours de magie réalisés non par un auteur isolé, mais par plusieurs magiciens qui œuvrent de concert. J'ai donc décidé de vous en présenter quelques-uns.

Le livre que vous tenez entre vos mains vous semble réel, n'est-ce pas ? Si vous fermez les yeux, vous vous représentez davantage un objet qui a une forme et un volume qu'une succession de mots. Eh bien, pour commencer, c'est grâce à Nick Stearn qui a imaginé ce bel objet, à Sam Hadley qui a dessiné Kelen affrontant son père dans le plus terrible des duels, et à Sally Taylor qui a créé les décors de cette lutte. Jamie Taylor et Alex May ont ensuite rassemblé ces dessins pour les déverser tel du métal fondu entre mes chapitres jusqu'à façonner ce livre.

Un livre, c'est comme une carte dans un jeu: les chances pour qu'il surgisse entre vos mains plutôt que dans tant d'autres est la résultante de bien des tours de magie. Mes agents Heather Adams et Mike Bryan ont dû hypnotiser de nombreuses personnes pour les convaincre qu'une série de fantasy avec un antihéros incapable de jeter les sorts de son clan, c'était quand même une bonne idée. Mark Smith, le P-DG de Bonnier Zaffre, et Jane Harris, la directrice de Hot Key Books, n'ont pas simplement sorti un lapin de leur chapeau, mais toute une équipe de gens merveilleux : publicitaires, maquettistes, représentants et tant d'autres. Je vous dois bien plus qu'une brève mention à la fin d'un livre. Je vous promets de faire mieux la prochaine fois.

Mais plusieurs tours de magie ne cessent de m'émerveiller, et j'ai envie de vous parler de certains, dont celui que je n'ai toujours pas compris.

Pour commencer, si vous lisez ce livre dans une autre langue que l'anglais, vous et moi devons remercier Ruth Logan et Ilaria Tarasconi, ainsi que mes merveilleux éditeurs et éditrices du monde entier. Vous voulez voir un vrai tour de magie? Regardez un traducteur ou une traductrice s'emparer d'un livre non seulement bourré d'expressions anglaises (et même parfois d'un mélange d'expressions anglaises et américaines) mais aussi de plein de mots bizarres inventés par un auteur sans pitié. Le talentueux traducteur ou la talentueuse traductrice réussit pourtant à dérouler la même histoire avec beauté et fluidité dans sa propre langue. Vous vous êtes déjà demandé comment on dit «chacureuil» en anglais?

L'un des exploits magiques dont je suis le plus admiratif, c'est celui qui consiste, une fois le manuscrit – que j'ose appeler, je sais, c'est un peu ridicule, mon dernier jet, car il est rempli de coquilles et souffre d'une ponctuation défaillante – envoyé à Talya Baker, à récupérer ces plus de cent mille mots devenus, comme par magie, un texte fluide et cohérent. Chacune de mes erreurs et fautes de frappe a magiquement disparu grâce au talent de Melissa Hyder. Vous imaginez ça ?

Auparavant, mon éditrice Felicity Alexander a dû lire bien des versions et trouver les mots magiques pour me faire améliorer mon récit au lieu de me laisser aller à la facilité. Elle a repris le travail de Matilda Johnson, qui m'avait obligé à coucher sur le papier le système magique Jan'Tep et empêché de faire de Kelen un garçon trop geignard. À vrai dire, elle a surtout réussi à m'empêcher de faire de Kelen un garçon geignard...

Ensuite, grâce à son troisième œil, Eric Torin repère toute la magie du manuscrit que, sans lui, j'aurais laissée de côté. Kim Tough identifie les bonnes idées et me pousse à les développer. À différents stades, Brad Denhert, Wil Arndt, Jim Hull et Nazia Khatun me confirment soit que je vais dans la bonne direction, soit que je viens de couper la branche sur laquelle j'étais assis.

Sans toutes ces personnes et leurs tours extraordinaires, les aventures de *L'Anti-Magicien* ne seraient pas ce qu'elles sont : une série sur laquelle je suis très fier d'apposer mon nom. Vos lettres et gentils messages inspirés sont aussi ce qui, comme par magie, me permet de passer de bonnes journées.

Kelen dit qu'il a toujours plus d'un tour dans son sac, n'est-ce pas ? Eh bien, voici le tour que je ne suis jamais parvenu à déchiffrer.

Jusqu'à l'âge de vingt-sept ans, je n'avais jamais écrit pour autre chose que des mémoires universitaires ou participer à des cadavres exquis avec des amis. Bien sûr, j'avais entendu parler des écrivains et de leur « irrépressible besoin d'écrire », qu'ils situent dans leur enfance et les a poussés à devenir écrivains. Moi ? Je n'écrivais pas. *Nada. Niente.* Puis j'ai rencontré Christina, et là, la personne qui n'avait jamais fait preuve de la moindre aptitude à l'écriture, qui ne finissait presque jamais ce qu'elle commençait, a bientôt contemplé sans y croire le manuscrit achevé de son premier roman.

Le dernier tome de *L'Anti-Magicien* est le dixième roman que j'ai écrit au cours d'une carrière improbablement magique, et pourtant je ne sais toujours pas comment Christina a accompli ce tour.

Sébastien de Castell
Août 2019
Vancouver, Canada

# POST-SCRIPTUM

À chaque histoire, il y a une dernière page, celle qu'on hésite à tourner de crainte de refermer une fois pour toutes notre lien avec ces paysages, ces personnages et ces chacureuils qu'on commençait à peine à connaître. Pourtant, il faut tourner cette page, parce qu'il y a des milliers d'autres histoires qui attendent et que ça ne serait pas raisonnable de rester prisonnier de l'une d'elles.

Mais si… ?

Pourquoi ils… ?

Un jour, est-ce qu'elle… ?

Tant de questions. Il reste tant de questions en suspens. Même une fois le livre refermé et rangé dans sa bibliothèque, ou mieux, prêté à un ami, on éprouve le désir de poursuivre chaque intrigue. Notre monde est inachevé, doit-il en être de même pour les histoires ?

La réponse est oui.

Le temps doit venir où l'imagination du lecteur prend le pas, où le dernier forfait de Rakis et de Kelen est issu de votre esprit et non plus du mien. Le temps où les intentions de l'auteur ne comptent plus. Sinon, il se transforme en tyran, et son livre en une cage pour le lecteur.

Ça ne signifie pas qu'il n'y aura plus jamais de livres racontant les aventures d'un hors-la-loi rusé (et un peu geignard tout de même) et de son partenaire voleur, assassin, maître chanteur (sans oublier, plus récemment, usurier). Mais pour ça, il faut les lâcher un petit moment.

Mais si… ?

Je ne sais pas. Laissez vos pensées vagabonder, vous verrez bien.

Pourquoi ils… ?

Demandez-leur. Ils sont tout autant ancrés dans votre esprit que dans le mien.

– Un jour, est-ce qu'elle… ?

Je vous le promets, la réponse se trouve dans votre imagination. C'est facile. Laissez-moi vous montrer.

Imaginez un bateau. Un navire marchand gitabrien au long cours, en solides planches de bois incurvées jusqu'à sa proue et décoré de pièces en bronze au sommet de chaque mât. Le marin en charge de la grand-voile prend le vent avec une telle maîtrise que le bateau glisse sur l'océan. L'équipage pourtant expérimenté n'a pas souvenir d'une traversée aussi paisible.

– Je vais mourir, gémit une silhouette penchée par-dessus le bastingage.

Ce genre de plainte pourrait provenir d'un jeune hors-la-loi Jan'Tep connu pour ça, mais aujourd'hui, dans un improbable acte de justice maritime, la victime du mal de mer se trouve être un chacureuil un peu enrobé dont la fourrure a pris l'exacte teinte du vomi qu'il recrache par-dessus bord.

– Si tu n'avais pas mangé tous les biscuits de la réserve, aussi, commente son partenaire, qui à cet instant ignore qu'il se réveillera le lendemain matin avec les jambes couvertes de morsures et son chapeau noir de la Frontière rempli de vomi de chacureuil.

– C'est pas les biscuits, insiste Rakis avant de rendre de la bouillie de biscuits dans l'océan pourtant calme, c'est à cause de cette mer démontée. On est en train de vivre la tempête du siècle. Et puis, cette eau est sans doute infestée de crocodiles.

Kelen ne commente pas, de peur qu'un membre de l'équipage qui passerait par là se moque du chacureuil et que… Les marins font mieux leur boulot avec leurs deux globes oculaires.

– C'est pas naturel, gémit Rakis. Les créatures terrestres ne sont pas faites pour voyager par la mer.

– Pas naturel ? Tu passes ton temps à sauter de la cime des arbres pour planer au-dessus des canyons. Tu trouves ça naturel ?

– Ça n'a rien à voir, *idjit*.

Le chacureuil redresse la tête.

– Comment ça se fait que toi, tu sois pas malade ?

Kelen hausse les épaules.

– Je sais pas. Je suis claustrophobe, et plein d'autres trucs. Je peux pas avoir tous les maux de la terre non plus.

– Dans ce cas, pourquoi t'as l'air aussi malade que moi ?

Kelen ne répond pas. Car sa réponse serait aussi bête que lui.

Mais pourquoi avait-il tout fait pour rattraper le bateau de Nephenia ? Il s'était dit qu'elle n'aurait pas réussi à atteindre la côte à temps pour embarquer sur le navire de la semaine précédente. Maintenant, il se disait qu'elle avait peut-être pris une route plus longue, qu'elle était encore sur le continent, installée dans allez savoir quel salon de voyageurs, Ishak à ses pieds, en espérant peut-être que Kelen en franchirait le seuil.

« Quel idiot, quel idiot, quel idiot, pense-t-il. Maintenant, je suis coincé sur ce bateau pour trois semaines, et je vais me retrouver dans un endroit où je ne connais ni la langue ni les usages. Je vais sans doute débarquer sur l'Île qui Déteste les Frondeurs de Sort. »

Non que les marins de ce navire les apprécient particulièrement. De récents événements ont poussé les personnes les plus modérées à se méfier de tout Jan'Tep. Kelen doit monter la garde la nuit pour que Rakis puisse dormir un peu entre deux accès de nausées. Il tient toujours ses pièces de *castradazi* dans sa main gauche et une demi-douzaine de cartes rasoirs dans sa main droite, car ce n'est pas simple de conserver de la poudre au sec en mer.

– Comment va ton ami ? demande l'un des marins.

Il fait à peu près la taille de Kelen, mais il est plus costaud et porte une épaisse barbe rousse qu'il n'a pas dû tailler depuis au moins dix ans. Il est aussi le seul à être relativement gentil avec eux.

– Bien, répond Kelen. Il adore se faire vomir, c'est tout.

Le marin glousse.

– Il a l'air féroce, pourtant. C'est sans doute un rude adversaire au combat.

– T'as pas tort, sale ours barbu, feule Rakis avant de se remettre à gémir.

– Et toi ? demande le marin à Kelen. Excuse-moi de dire ça, mais tu as l'air… perdu.

– Je vais bien. Je suis aussi heureux qu'on puisse l'être.

Le marin lui donne une tape dans le dos.

– L'ami, j'ai vu ton regard. Tu observes la mer comme un homme qui a envie de s'y jeter. Qui se dit que ce qu'il cherche se trouve peut-être au fond de l'océan.

– Je me répète, mais je vais bien, merci de ta sollicitude. Je ne veux pas t'empêcher de faire ton travail.

Kelen sait qu'il y a peu de chances que ça soit le cas. Il est déjà tard et les étoiles ont commencé à s'allumer dans le ciel. Elles sont belles, pense-t-il, mais, à sa grande surprise, il s'aperçoit qu'il préfère celles du désert. Il est sur le point de prendre le chacureuil sous son bras pour gagner leur cabine quand le marin l'attrape par l'épaule. Kelen se rend compte qu'ils sont seuls sur le pont.

– Tu ferais mieux de retirer ta main, l'ami, dit-il. J'imagine que t'en as besoin pour tirer des cordes ou des trucs comme ça.

Le marin ignore l'avertissement et désigne les petites vagues.

– Une vieille tradition gitabrienne dit que, quand on se sent perdu en pleine mer, il faut se placer à la poupe et crier du plus fort qu'on peut notre plus cher désir aux dieux de la Mer.

– Par exemple, une ration supplémentaire de liqueur ?

Le marin se contente d'un sourire.

– En général, il s'agit d'une femme.

Il surprend le regard de Kelen et ajoute :

– C'est donc bien ça qui te tourmente, mon gars ? Tu as abandonné ta bien-aimée derrière toi ?

– C'est plutôt elle qui m'a abandonné derrière elle.

Le marin lui lance un regard désapprobateur.

– Se plaindre, ça ne sert à rien, l'ami. T'as intérêt à te débarrasser de cette mauvaise habitude avant de la retrouver.

Kelen n'a pas le temps de répondre que le marin lui donne une nouvelle tape dans le dos.

– Allez, dis-nous le nom de cette femme. Crie-le en direction du ciel avec la force de l'océan en pleine tempête, et voyons ce que les dieux de la Mer te répondent.

– Je ne vais pas...

– Fais-le, espèce de crétin geignard, sinon, je te fais passer par-dessus bord.

Quand Kelen a payé sa traversée, sur le quai, un vieil homme lui a expliqué qu'un marin d'eau douce paie toujours plus cher que les autres : le prix du billet, plus le fait de ne pas savoir naviguer. Le billet, on le paie avec des pièces, son ignorance avec l'humiliation. « Vaut mieux accepter, avait dit le vieillard. Les marins deviennent sympathiques une fois qu'ils se sont bien moqués de toi, mais si tu rechignes, ça peut mal finir. »

– D'accord, finit par dire Kelen.

Il ne doute pas qu'une demi-douzaine de marins attendent pour se moquer de lui une fois qu'il se sera plié à cet étrange petit rituel.

– Allez, vas-y, le presse le matelot. Crie le nom de celle que ton cœur désire.

En prenant une grande bouffée d'air, histoire de crier assez fort pour interrompre le repos des marins, Kelen hurle :

– Nephenia !

– Et voilà, dit le marin. Tu te sens mieux, non ?

– C'est gênant, répond Kelen mais, en vérité, il éprouve une légère sensation de catharsis dans le fait de donner voix à ses pensées.

– Recommence, dit le marin.

Cette fois, Kelen n'hésite pas :

– Nephenia !!!

– Encore une fois, insiste le roux, les dieux de la Mer aiment tout ce qui se conjugue par trois.

Kelen attrape le bastingage, rejette la tête en arrière et hurle :

– NEPHENIA !

Bien sûr, il ne se passe rien. Les dieux de la Mer n'existent pas et, même si c'était le cas, ils auraient autre chose à faire qu'exaucer les souhaits de marins d'eau douce lors de leur première traversée de l'océan.

Kelen se retourne et s'appuie au bastingage, puis plonge la main dans sa poche pour récupérer les cartes en métal qu'il y a rangées. Il dit au marin :

– Et maintenant, si on allait se coucher comme tout le monde ?

Le gros type baisse la tête et sa longue barbe frôle sa poitrine.

– Comme tu veux.

Kelen ne cesse de surveiller les mains du matelot sur ce pont plongé dans l'ombre d'où risquent de surgir ses compagnons. C'est pour ça qu'il est à ce point désemparé par la véritable attaque quand elle se produit.

Tout à coup, le marin l'embrasse.

– *Argh*, gémit Rakis.

Le visage velu du type se plaque contre celui de Kelen pendant que ses mains cherchent les siennes.

Personne ne l'avait mis en garde contre cette tradition particulière des marins.

Mais là, il se produit quelque chose d'étrange. Au lieu de la sensation de poils contre sa bouche et son menton, Kelen ne sent qu'un tissu très doux : de la soie.

Tout à coup, le marin recule, l'air un peu déçu.

– C'était pas un baiser très agréable. Pas étonnant qu'elle soit partie sans toi.

Quoique au fond du trou, Kelen n'en reste pas moins un Argosi, l'élève de Furia Perfax, et, même si ça n'avait pas été le cas, il se serait souvenu d'un jour où un autre inconnu l'avait embrassé dans le désert.

– Ce qui m'étonne le plus, rétorque-t-il alors, c'est que quelqu'un soit capable d'assez de cruauté pour cacher sa hyène pendant trois jours et trois nuits afin de jouer un tour minable à un pauvre frondeur de sort au cœur brisé.

– Attends, qu'est-ce que tu racontes ? lance Rakis.

Un bruit de pattes sur le pont précède l'arrivée d'une hyène hirsute qui bondit pour poser lesdites pattes avant sur le bastingage, son museau à quelques centimètres de celui de Rakis, et s'écrie – dans une réplique parfaite de la vieille exclamation du chacureuil :

– Un démon !

En éclatant de rire, le marin retire quelque chose de son visage. D'abord, on dirait qu'il s'arrache la peau, mais elle se transforme en larges bandes de soie orange. Qui gisent bientôt en tas à ses pieds.

– Nephenia ? demande Rakis, encore incrédule.

Elle adresse ce sourire féroce et sauvage d'ensorceleuse à Kelen.

– Je t'avais dit que les dieux de la Mer exauçaient les vœux.

Elle l'embrasse à nouveau et, cette fois, il sent vraiment ses lèvres sur les siennes. Ils restent enlacés sur le pont qui se balance doucement pour prolonger ce baiser qui va durer longtemps, malgré les commentaires particulièrement inutiles d'un chacureuil et les jappements d'une hyène particulièrement ravie. Tout à coup, Kelen commence à croire malgré lui à la bienveillance des dieux de la Mer.

Mais peut-être...

Peut-être que ça ne se passe pas comme ça. Peut-être que Kelen traverse l'océan à la recherche de Nephenia, où elle le sauve d'une attaque de pirates ou, plus probablement, si le passé n'est qu'un prologue, où ils se viennent mutuellement en aide. Je l'ignore parce que, pour l'instant, cette histoire et ce baiser vous appartiennent autant qu'à moi. Alors laissons, comme cette ultime page se tourne, notre imagination prendre le dessus et ne cherchons pas une unique réponse à toutes nos questions.

La seule chose dont je suis certain, c'est que le jour où Kelen retrouvera Nephenia, il la regardera avec émerveillement, stupéfait de voir la femme qu'elle est devenue, si différente de la fille timide et sage qu'elle semblait être plus jeune. Puis il se souviendra que leur histoire n'est pas terminée et que, malgré tous ses défauts, tous ses échecs, à la fois réels et supposés, lui aussi est bien plus que la somme de son éducation.

Moi aussi.

Vous aussi.

Sébastien de Castell<br>Août 2019<br>Vancouver, Canada

# L'AUTEUR

Après avoir décroché un diplôme en archéologie, Sébastien de Castell s'est rendu compte lors de sa première fouille qu'il détestait creuser le sable. Depuis, il se consacre à sa nouvelle carrière de musicien, de médiateur, de chorégraphe de combat, de professeur, de chef de projet et d'écrivain.

Il est également l'auteur d'une série de livres de fantasy, *Les Manteaux de la gloire* (éditions Bragelonne), qui a été saluée par la critique avec des nominations pour les prix Goodreads Choice 2014 et Gemmell Morningstar pour le meilleur premier roman, ainsi que pour le prix du meilleur premier roman étranger aux Imaginales en France.

*L'Anti-Magicien* est une série de six romans pour adolescents. À l'image de son héros Kelen, Sébastien de Castell est persuadé que chaque être humain est la combinaison de tous les choix qu'il fait, bien loin du mythe de l'élu habituellement présenté dans les romans de fantasy.

Il vit à Vancouver, au Canada, avec sa charmante épouse et deux chats pugnaces qui ne sont pas sans rappeler une certaine créature du roman que vous tenez entre vos mains.

Retrouvez toute son actualité sur son site Internet :
www.decastell.com

**Du même auteur chez Gallimard Jeunesse**

GRAND FORMAT LITTÉRATURE

**L'Anti-Magicien**

1. *L'Anti-Magicien*
2. *L'Ombre au noir*
3. *L'Ensorceleuse*
4. *L'Abbaye d'Ébène*
5. *Les Traîtres de la cour*
6. *Hors-la-loi*

ON LIT
PLUS
FORT.
COM

L'ACTUALITÉ DES ROMANS
GALLIMARD JEUNESSE

Le papier de cet ouvrage est composé de fibres naturelles, renouvelables, recyclables, et fabriquées à partir de bois provenant de forêts gérées durablement.

Mise en pages : Françoise Pham

Loi n° 49-956 du 16 juillet 1949
sur les publications destinées à la jeunesse
ISBN : 978-2-07-515098-9
Numéro d'édition : 372811
Dépôt légal : avril 2021

Imprimé en Italie par Grafica Veneta S.P.A.